榮獲第一屆國家文藝獎◆翻譯獎

# 嘉德橋市長

The Mayor of Casterbridge

湯瑪斯．哈代◆原著

吳奚真◆譯

# 譯者前言

湯瑪斯・哈代（Thomas Hardy）在一八四〇年出生於英國道塞特郡（Dorsetshire）首府道柴斯特（Dorchester)附近的一個村莊。道柴斯特就是本書中的嘉德橋。他的父親是一名泥水匠工頭，或建築包工者，樂天知命，安於自己的營生，不肯接受妻子要他到大地方謀求發展的勸告；就一個鄉村包工者來說，他的業務算是很不錯了，有一個時期雇用十五名工人。在哈代的父親之前，他的祖父和曾祖父也是建築包工者。

哈代幼年時代身體不太健壯，八歲才上學，最初在本村小學就讀，一年後轉到道柴斯特的一所私立小學。十六歲離開學校，開始跟道柴斯特的建築師希克斯(John Hicks）做學徒。二十一歲前往倫敦，在著名建築師布洛姆斐爵士(SirDArthur Blomfield)手下做事。五年後，又回到道柴斯特，協助他從前的師傅從事教堂改建工作。

他的早期生活有兩個突出的特點：喜歡讀書；對音樂特別敏感。喜歡讀書是受了母親的鼓勵，愛好音樂則來自家族的遺傳。他的父親、祖父和曾祖父都曾在教堂為唱詩班演奏。在很小的時候，他的父親就教他拉小提琴。他是個早熟的孩子，剛會走路就開始閱讀書籍。他的母親是個非常喜好讀書的人，教他讀很多書，但是那些書不是一般兒童的讀物，例如，還不到九歲，母親就教他讀朱艾敦（Dryden)翻譯的羅馬詩人魏吉爾（Virgil)的詩集。他的拉丁文很有根底，對於拉丁古典作品始終喜愛。在學徒期間，他學習希臘文，能閱讀荷馬史詩和希臘悲劇的原文。他對於英國文學作品，涉獵甚廣。他也熟讀聖經，特別喜愛「詩篇」。到了倫敦之後，除掉晚間在王家學院修習希臘羅馬的語言和文學之外，又培養一些新的興趣：他對美術館的繪畫做有系統的研究，並且時常看戲，尤其是莎士比亞的戲劇，看的最多，每次都是手裏拿著原著；狄更斯的作品朗讀，他也去聽。他在早年雖然從事建築工作，但是在不知不覺中已經爲後來的寫作生涯做了準備。參與教堂重建的業務，更豐富了他對於當地古蹟名勝的知識。他在建築學方面所受的訓練，對於他的寫作，尤其對於他的小說的結構，很有幫助。他把情節、性格描寫、背景、和主題都視爲一些互相依存的要素，當作一個和諧整體的各個部分加以考慮。

哈代的寫作生涯，以寫詩開始，不過他早期的詩當時都未出版，多年之後才把其中的一部分發表出來，也有一部分零星地在他的小說中加以引用。他二十七歲開始寫小說，三十四歲毅然放棄建築師的工作，專心寫作。他的第一部出版的小說是「無望的補救」（Desperate Remedies,1871），後來陸續出版「在綠樹下」（Under the Greenwood Tree,1872），「一對藍眼睛」（A Pair Of Blue Eyes,1873），「遠離塵囂」（Far from the Madding Crowd,1874），「艾塞爾伯塔之手」（The Hand Of Ethelberta,1875），「還鄉」（The Return of the Native 1878),「司號長」（The Trumpet-Major,1880），「一個淡漠的人」（A Laodicean,1881），「塔上儷影」（TWO on Tower,1882），「嘉德橋市長」（The Mayor of Casterbridge,1886），「林居人」（The Woodlanders,1888），「德伯家的黛絲」（Tess of the D'urbervilles,1891），「無名的裘德」（Jude the Obscure,1896）

## 譯者前言

和「摯愛的人」（The Well-beloved,1897）。除了這十四部長篇小說之外，還有四部中篇和短篇小說的集子。讀者如果讀了「還鄉」、「德伯家的黛絲」、「無名的裘德」、「嘉德橋市長」和「遠離塵囂」這五部書，便可以對哈代小說作品的特質得到一個概括的認識。

他在「黛絲」和「裘德」這兩部小說裏，對於當時社會的禮法和道德標準加以挑戰性的漠視和攻擊，使得許多衛道之士群起而攻之。他之寫作小說，當初完全是爲了謀生，一寫就寫了將近三十年，快到六十歲才擱下小說家的筆，致力於寫詩，先後出版了「維塞克斯詩集」（Wessex Poems,1898），「過去與現在詩集」（Poems of the Past and Present,1902），「時間的笑柄」（Times Laughing Stocks,1909），「環境的諷刺」（Satires of Circumstances,1914），「幻想時刻」（Moments of Vision,1917）等詩集。他的詩劇「皇朝」（Dynasts，一九〇四年出版第一部，一九〇六年出版第二部，一九〇八年出版第三部）以歐洲的拿破崙戰爭爲題材，設計宏偉，執行精巧。

哈代在三十四歲那年（一八七四年）和艾瑪・吉福德（Emma Lavinia Gifford）結婚。他們是經過四年的戀愛才結婚的，最初過得很快樂幸福，但是兩人性格相反，哈代生性恬淡，不喜交際，艾瑪卻愛熱鬧，喜好社交，兩人終於成爲一對怨偶。艾瑪在一九一二年去世。兩年之後，哈代續取曾爲他擔任秘書工作的弗洛倫絲・達格岱（Florence Emily Dugdale），時年七十三歲。這位續弦夫人和他的年齡相差將近四十歲，協助他的寫作工作，對他的晚年生活照看得很好，後來並且撰寫哈代的傳記。

哈代始終不喜歡倫敦和其他大城市的那種虛飾。除了有時前往倫敦小住和到歐洲大陸旅行之外，他一生中大部分時間是在道塞特郡度過的。一八八三年，他自己設計，在道柴斯特之東一哩外的麥克斯門（Max Cate）營建新居，那就是他的終老之所。他一生酷愛自己的故鄉，並且在作品中把那片地方化爲文學上的一個不朽王國——「維塞克斯」（Wessex），其範圍大致相當於古代西撒克遜人（West Saxon）的王國「維塞克斯」。他早年從自己家鄉吸取許多永難忘懷的經驗，後來經過想像力的一番重新創造，而構成文學園地的珍品。自然景物、歷史遺蹟、地方軼事、宗教活動、音樂跳舞，以及老一輩人的回憶、本地的迷信和傳說，都成了他取用不盡的寫作資料。

在他的晚年，各地的仰慕者不斷前來訪晤，青年作家對他表示高度的崇敬，他被尊崇爲當時在世的最偉大的作家。他幼年只受過八年的基本教育，現在卻有三所大學頒贈給他文學博士學位，英國政府頒贈給他殊功勳章（Order of Merit）。他的第一部出版的小說「無望的補救」最初爲麥克米倫公司（這家公司後來成爲哈代全部著作的出版者）所拒絕，後來由丁斯萊公司出版，不但沒得到報酬，自己還賠上一些錢。「在綠樹下」也由丁斯萊公司出版，只得到三十鎊稿費。他在一九二八年逝世的時候，卻留下將近十萬鎊的遺產（當時一名女僕的全年工資是十二鎊）。國家爲了他在文學上的偉大貢獻，決定把他的遺體葬在西敏寺，但是他的家屬知道，他本人生前的意願是死後長留故鄉。經過考慮之後，採取一個折衷辦法，一方面尊重國人的要求，把他的遺體火化之後，葬在西敏寺「詩人的角落」，另一方面，在火化之前，把他的心臟從遺體中取出，葬在故

## 譯者前言

鄉的史汀斯福教堂墓地，可以說是身在西敏寺，心在故鄉。

哈代的崇高聲望在生前已經奠定，死後更在不斷增長之中。在一八九六年，文學批評家戈斯（Edmund Gosse）認爲小說家哈代在文學史上的地位，將與同時代的文壇鉅子史蒂芬孫和麥瑞狄斯在伯仲之間。但是，時至今日，史蒂芬孫（「金銀島」的作者）已經淪爲兒童讀物作家，麥瑞狄斯的十五部小說中，只有三部仍在印行，而哈代的十四部長篇小說和四部中短篇小說，全部都在大量行銷。他的幾部重要小說，如「黛絲」、「嘉德橋市長」等，都被用作英國中學英文科的教材。前幾年我看到三篇有關英國出版界的報導說，平均說來，狄更斯和哈代小說的銷數仍然一直領先，超過任何當代的暢銷文藝作品，因爲暢銷書來來去去，大都只能風光一陣，而那些文學典籍卻細水長流，歷久彌新，永遠擁有廣大的讀者。

哈代在一八八四年開始寫「嘉德橋市長」，翌年四月完成。那時候，正是他漫長一生的中期。作爲一個小說家而言，他的能力已經達到高峰。而且，他的名聲已經建立起來，經濟方面有了相當基礎，可以無須接受出版家的壓力，從容寫作。這部小說的故事發生的地點，大部分是嘉德橋。嘉德橋就是哈代的家鄉道柴斯特，他童年和少年時代的遊息之地，在從事建築工作的時期，他的足跡遍及附近各地。在這部小說裏，他用畫家的眼光和手法，詩人的情懷，來觀察和描繪這個地區的一些具有特色的景物。他的描繪眞實、清晰而生動，非有大師的技巧不克臻此。他之所以選擇這片地方作爲背景，不僅因爲他熟悉這些景物，也因爲他覺得，在一個沒有戴上文明虛飾的社會裏，人性能被觀察得更清晰，了解得更透徹。

哈代小說的情節，通常總是建立在一個三角的愛情關係之上，然後按照一個公式發展下去。往往有一個外來的男子，闖進維塞克斯的社會，攪亂了他們那種比較平靜的生活。這個外來的人，在教育程度和見識方面，比那些本地人爲高，但是在道德和理想方面，則不如他們。即使在哈代的一些喜劇小說裏面，造成情節的初步錯綜的，也常是一個「闖入者」，愛上一個已經訂婚或已經被人追求的女人。當然還必須有一個優柔寡斷或用情不專的女人，才能造成那種錯綜。在闖入者出場之俊，接著就發生了一連串的錯綜：意志的衝突，意外事件和抵銷意外事件的另一意外事件，和一些嘲弄性的人事滄桑，直到最後，一個或一個以上的主角因爲遭遇失敗或悲慘的死亡而退出舞臺。

「嘉德橋市長」的情節，就是按照上述公式進行的。蘇格蘭人范福瑞就是闖入者，但並不是一個壞人。不論在愛情或事業方面他都無意傷害韓洽德，可是他所發生的作用，卻和其他悲劇小說中無品德的闖入者完全一樣。水性楊花的柳塞塔助紂爲虐，幫助他達成那樣一個角色的任務。韓洽德剛剛由於蘇珊之死而脫除了一個使人困惱的三角關係，卻馬上捲入另一個三角關係之中。韓洽德最初不願意伊莉莎白．珍同范福瑞結婚，後來又阻撓紐森認女，也造成一些錯綜。范福瑞同時追求兩個女人，如果不是伊莉莎白．珍生性與人無爭，可能使情節更趨複雜。哈代就是這樣地從陳舊的三角愛情關係演化出一個複雜的情節，其中充滿了引人入勝的事件，經常使讀者對於人事滄桑和時運有一種變幻莫測之感。

# 譯者前言

不過，「嘉德橋市長」並不是一部愛情小說，這裏面所出現的愛情都是很淺薄的。我們不可在本書中尋求哈代所擅長的對於女人天性的深刻分析，因爲那不是本書的主題。

「嘉德橋市長」這部小說，可以說是主人翁韓洽德一個人的獨角戲，如作者在扉頁上所說的，這是「一個性格堅強的人物的故事」(a story of a man of character)。在以前的作品裏面，哈代常把重點平均分配在三、四個人物身上。在這部小說中，全書的興趣都集中在韓洽德一個人。從最初以一個捆乾草工人的身分出場起，然後達到事業高峰，登上市長寶座，直到最後，風水輪流轉，他又像來時一樣以捆乾車工人身分離開嘉德橋，在這全部期間，他一直控制著整個故事。

除了韓洽德，另外還有八個相當重要的角色，在那八個人中，范福瑞和伊莉莎白・珍都被刻畫得很成功，而蘇珊和柳塞塔，由於她們在情節中所佔的地位，當然也是要角。但是他們之中任何一個人都不會爲了自己的緣故而具有相當的重要性。從他們同韓洽德的關係看來，他們像是命運之神的一些工具，被用來撥弄韓洽德的。哈代對於范福瑞的處理，尤其恰到好處。

范福瑞有很多優點。可是，他缺少韓洽德所具有的那種深刻而強烈的感情。他是膚淺的。他很誠懇，心地善良，但是他對於性格和自己不同的人，完全不能了解。當他突然丟下伊莉莎白・珍而去追求柳塞塔的時候，他完全不知道前者在感情上受了多麼大的傷害。從他對柳塞塔之死的反應看來，可知他對她的感情是淺薄的。最重要的是，他不了解韓洽德。雖然范福瑞所做的事情樣樣都很合理，可是他的行爲往往發生一種殘酷的作用。他很含蓄，以自我爲中心，從來沒有侵略性的意圖，可是他卻對於韓洽德造成了無以復加的損害。他的興起，並不能引起讀者的同情。相反地，讀者的同情卻始終牽繫於韓洽德的沒落。讀者並不覺得范福瑞特別令人喜歡，有些人會覺得他是一個乏味的人。實際上也許正應如此。哈代要我們間接地看范福瑞，換句話說，就是通過韓洽德的眼睛來看他。

伊莉莎白・珍代表英國維多利亞時代女性美德的典範。她的許多優美性質爲她那秀美的外貌添加一種溫柔的魅力。但是她的沉默寡言和保守退讓，使她不能發揮太大作用。她和范福瑞一樣，是用以襯托韓洽德的綠葉。

蘇珊和柳塞塔在書中的重要性，不如范福瑞和伊莉莎白・珍，她們二人只是爲韓洽德那些具有特殊作風的行爲提供一些機會而已。

至於賣粥老婦、姚普、紐森、和惠特爾這四個人的特殊性質，僅在於發揮各人的有限作用，幫助這部作品的中心觀念的推演。

韓洽德是一個巨人；他比一般人更大，更厲害。這一點是他的性格的基石。他的行爲和動機總是過分的，走極端的；由於這種趨勢，他的一些美德往往反而產生錯誤的後果。他誠實、公正、勇敢，但是這些美好的品質有時使他過於嚴厲，不能容忍旁人。他一旦做出某項決定之後，馬上全力以赴，而不顧後果。他的感情比其他人物都更爲強烈。在公私兩方面，他都能明辨是非善惡，而且永遠執著自己的判斷。從另一方面看來，如果一個人永遠自以爲是，他常會做出一些使自己後悔的魯莽行爲，而且使自己很難與那些不能達到他那些嚴格標準的人們相處。

韓洽德的另外一個更大的缺點，是過於自負。他直覺地以爲自己比旁人都好。他的自負終於摧毀了自己。可是，他的偉大和能引起讀者同情之處，也正是這種自負。在他終於明白自己的錯誤的時候，他也不懇求恕宥。他永遠有勇氣承受自己的錯誤的後果。在本書的末尾，他遠走荒野，孤獨地死去，沒有向任何人求助，也沒有告訴旁人說他被人誤解。在這種情形之下，他終於建立一種道德上的優勢，使他顯得比那些拒斥他的人高出很多。

本書情節中有很多巧合，那些偶然的巧合發生了決定性的影響，播弄著主人翁的命運。現在只舉出幾個顯著的例子：韓洽德已經成爲當地的一個重要人物，但在內心裏面卻非常孤獨寂寞，范福瑞似乎正是他所需要的塡補空虛的朋友。可是，他剛剛開始陶醉在那個蘇格蘭人的友情之中，失蹤多年的妻女忽然出現，使整個局勢改觀。就在他的妻子回來的同時，舊情人柳塞塔又進入他的生活當中，不但未能爲他帶來安慰，反而成爲進一步的不幸之源。柳塞塔爲了吸引韓洽德，鼓勵他向她求婚，請伊莉莎白・珍到她家裏去住，有一天范福瑞往訪伊莉莎白，她不在家，他卻對柳塞塔一見傾心，因而使伊莉莎白和她的繼父陷入悲慘處境。在韓洽德會晤柳塞塔希望就兩人的婚事達成協議的時候，教堂卻鳴鐘慶祝她對他保密的一項婚姻；他的主要目的是請她幫忙延緩償付欠葛洛爾的債，而葛洛爾偏偏是她秘密結婚的見證人。韓洽德決定把舊信退還柳塞塔，委託姚普代辦，柳塞塔的長時期的憂懼，本來就可以由韓洽德的慷慨而得到紓解了，結果那些舊信卻落入另一個男人手中，成爲新的禍根。

這些不幸事件似乎支持著一個論點，認爲在哈代的世界中，人類只是盲目的命運之神的傀儡。但是哈代顯然強調了另一種看法，他說本書是「一個性格堅強的人的故事」。如本書第十七章所引述的諾瓦里斯的話，性格就是命運。性格不能直接決定命運，但是它可以影響並改變決定命運的各種因素。與其說韓洽德是命運或機會的犧牲品，不如說他是自己性格的犧牲品。從本書的開頭幾章，就可看出韓洽德的悲劇已成定局。那場悲劇的展開，就是這部小說的精華所在。也許有人會提出不同的意見，認爲韓洽德在某一場合如果這樣做而非那樣做，在另一場合如果這樣做而非那樣做，……他就可以免於劫難。但是，「嘉德橋市長」之所以成爲一部偉大的小說，就在於韓洽德的性格被塑造成如此這般，他所做出的反應只能是這樣的。任何旁人都可能做出其他反應，但是韓洽德不會。

麥克陶華爾「Arthur Mac Dowall)在「哈代：一項批評的研究」(Thomas Hardy:A Critical Study)一書中說，哈代的作品中有兩個人物將在英國小說園地中永垂不朽，一個女的，一個男的，女的是黛絲，男的就是韓洽德。

哈代的文體是敘述、描寫和哲理三者的混和，文字典雅蘊藉，格調清逸脫俗。他是一個博覽文學典籍的人，所以在作品中旁徵博引，使用許多典故，譯者對於那些典故盡量加以注釋（在本書中，用阿拉伯數字標示的都是譯者所加的注解，哈代原注則用※號

## 譯者前言

標示）。

喜歡看人生悲慘的一面，是哈代的天性，他認爲那一面是眞實的。在他的筆下，人生充滿了莫測的變幻，微末的小事往往發生巨大的影響，可以把喜劇化爲悲劇。他所看到的人生中的諷刺，或命運的播弄，是確實存在的——至少就他而言是如此的。在「嘉德橋市長」這部小說的末尾，伊莉莎白．珍終於獲得完滿的幸福，但是她仍然惴惴難安，認爲「幸福快樂只是整齣痛苦戲劇中偶而出現的插曲而已」，這也正是作者對於人生的看法。

人們稱哈代爲宿命論者，爲決定論者，爲悲觀主義者，這些稱呼多少都含有責難意味。哈代自己不喜歡被稱爲悲觀主義者，他自稱是一個社會改良主義者（meliorist）。他在一九〇二年所做的辯解（A Pessimist's Apology）①，似乎包含著相當的智慧：「簡言之，悲觀主義（或者更正確一點說，被稱爲悲觀主義的那種態度）就是做一場穩紮穩打的遊戲。在這場遊戲之中，你不會輸，反而可能得到利益。只有持著這種人生觀，你永遠不會失望。因爲已經設想到在最壞的情況中怎麼辦，在更好的情況出現時（這種情況是可能出現的），人生就輕鬆得有如兒戲。」

在哈代八十一歲生日，有一百零六名青年作家聯名寫給他一篇致敬書，其中有下面的一段話②雖屬讚美之辭，卻不失爲對於哈代的悲觀哲學的一個適當的評價：「你在你

①見弗洛倫絲．哈代所著的「哈代的後半生」第九十一頁。

②見布朗（Douglas Brown）著的「湯瑪斯．哈代」（Thomas Hardy）第二十八頁。

的詩和小說裏面，為我們提供人生的一幅悲慘的景象，你憑著自己對於人類性格的熟悉來報導那種景象，用你的慈悲為懷的幽默加以調劑，並且藉著你對於人類的苦難與忍受的同情使之變為甘美。你的作品告訴我們，高傲的心能克服最殘酷的命運，即使在你向那種命運低頭的時候，亦復如此。……你在所有作品之中，曾經顯示為傳統所孕育、由自尊心所支持的人的精神，歷經失敗而屹然存在。」

「嘉德橋市長」共有四種版：（一）連載的版本（該書最初於一八八六年一月至五月同時在大西洋兩岸的The Graphic和Weekly連載）。（二）一八八六年的單行本第一版。（三）一八九五年的全集版。（四）一九一二年的維塞克斯版（Wessex Edition）。單行本第一版曾對連載版本做了很多修正。全集版又做了一些修改。在維塞克斯版出版之前，哈代做了最後一次的校訂。維塞克斯版是哈代小說的定本，本書就是根據這個版本譯出的。

哈代的序寫於一八九五年，在一九一二年略加修正。

吳奚真

民國七十七年九月於洛杉磯

# 序

湯瑪斯・哈代

我要提醒尚未到達中年的讀者注意，在發生本書故事的那些歲月中，國內糧食貿易情況（本書的大部分故事是以那種情況爲轉移的）所具有的重大意義，不是那些像目前這樣習慣於花六辨士就能買到一條麵包、並且看慣了社會大眾對於收穫季節天氣漠不關心的人們所能體會的。

本書所敘述的各個事件，主要是由三件大事產生的，那三件大事恰巧按照本書敘述的順序和大致相同的時間間隔，出現在那個叫作嘉德橋的小城及其鄰近地區的眞實歷史之中。那三件大事就是：丈夫售妻、在穀物法即將廢止①之前那段時期小麥收成的變幻難測、以及皇室人物訪問英國的上述地區。

本書的這一版，像前一版一樣，差不多有一章是任何一種英國版裏面本來所沒有的，雖然在連載版和美國版裏面，都有那一章。把那一章重新放進去，是應大西洋彼岸的優秀評判者的要求而做出的，她們強烈地主張，國內版刪去那一部分，乃是一種損失②。有一些較短的小段文字和名字，在最初的英國版和美國版中都被刪除，現在那些刪

①參看第二十六章注解②

②此處所說的在國內版刪除後來又重新放進去的部分，是第四十四章的大部分，也就是韓治德帶看結婚禮物往訪伊莉莎白・珍那段故事。大西洋彼岸的「優秀評判者」指麗貝嘉・歐文（Rebekah Owen）姐妹。

除的理由已不存在，所以又都重新放進去了。

和我的任何其他描述維塞克斯生活的作品中的故事比較起來，本書的故事更特別是一個人物的事蹟和性格的寫照。有人對於第二主角范福瑞先生所說的蘇格蘭話提出異議；他的一位同鄉甚至宣稱，推德河（the Tweed)那邊的人絕對不會說出warrld，can-net，和advairrtisment之類的字。可是這位先生在對我加以指正時，他的發音在我這個南方人的耳朵聽起來，就和那些拼法所代表的語音完全一樣，所以我並不覺得他的批評是正確的，當時我們也沒再多談這個問題。大家必須記住，本書對於這個蘇格蘭人所做的描繪的著眼點，並不是蘇格蘭人心目中的蘇格蘭人，而是其他地區人們心目中的蘇格蘭人。我在本書中並未嘗試用語音學符號把他的全部發音顯示出來，正如我不必把那些維塞克斯說話者的語言做同樣的預示。可是，我要附帶談到，由於一個偶然的機緣，本書這個新版承蒙一位蘇格蘭語教授做了一次批判性的審閱，他在這方面是一位不容置疑的權威——實際上，他在出生第一年就由於急迫的個人理由而採用這種語言。

而且，有一位非蘇格蘭人的富有魅力的女士，態度一絲不苟，見解深入透闢，是一位很有名望的蘇格蘭人士的太太、在這部小說最初出版不久之後，她來訪晤作者，問我范福瑞這個人物是不是以她丈夫爲藍本刻畫出來的，因爲在她看來，她丈夫似乎就是那個快樂的人（他無疑地是個快樂的人）的活生生的肖像。可是，我在塑造范福瑞這個人物的時候，根本沒有想到她的丈夫。因此我相信，范福瑞縱或不能算是蘇格蘭人心目中的一個蘇格蘭人，至少算得上南方人心目中的一個蘇格蘭人了。

這部小說在一八八六年五月分上下兩冊初次出版。

# 嘉德橋市長的生活與死亡

## ——一個性格堅強的人物的故事

# 01

在十九世紀尚未過完三分之一的時候，一個夏末的傍晚，有一雙青年男女，女的抱著一個孩子，徒步走近上威塞克斯一個叫做維敦・普萊斯的大村莊。他們的衣著樸素，但是並不寒酸，不過顯然是由於長途跋涉的關係，衣履上面積聚了一層灰土，看起來有些風塵僕僕的樣子。

那個男的身材挺拔，皮膚黝黑，神情嚴峻，從側影看起來，他的面角①的傾斜度極其微小，幾乎成個直角。他穿著一件褐色燈芯絨上裝，一件釘著白牛角扣子的粗斜紋布背心，一條同樣材料的短燈籠褲，和黃褐色的裹腿套，頭上戴著一頂草帽，上面套著一個塗了一層亮油的黑色帆布罩。他的上裝比身上其餘的衣著都新。在後背上，他用一條環形皮帶背著一個藺草筐，在筐的上端，有一把割草刀的木柄探伸出來；從筐的洞孔，可以看到一把捆乾草用的撚繩器。他的步伐穩健而缺乏彈性，是具有技能的鄉下人那種特有的步態，和一般勞動者那種雜亂的踉蹌腳步顯然有別。他每次邁出腳步，踏在地上，都流露出一種固執而憤世嫉俗的淡漠。在他邁步行進的時候，那種爲他所特有的淡漠甚至出現在那兩條很規律地交替移動的粗斜紋布褲筒的摺痕上面，時而在左腿上顯示出來，時而在右腿上顯示出來。

①從鼻孔的底部畫兩條線，一條通到耳孔，一條通到前額最突出的部分，這兩條線交叉構成的角度，叫做面角（Facial angle）。

可是，在這一對男女的行進之中，有一種眞正奇特的情形，會促使本來無意理會他們的偶然的過路人對他們加以注意，那就是他們彼此之間始終默無一語。他們兩人並肩而行，從遠處看起來，會使人以爲那是兩個關係極其密切的人，在低聲做親密而從容的閒談。但是走到近處一看，就會發現男的正在閱讀，或者假裝閱讀一張民歌，那張民歌由他用那隻通過藺草筐的環形皮帶伸出來的手很費力地舉在眼前。究竟這個表面上的理由是他沉默不語的眞正原因，還是爲了避免一種使他厭煩的交談而假裝出來的理由，除了他自己，誰也不能確實斷定。但是他的沉默一直繼續下來，那個女的雖然在他身旁，卻完全享受不到與他共處的樂趣。實際上，除了懷中還抱著一個孩子之外，她可以說是獨自沿著大路行走。有時候，那個男人的彎曲的臂肘幾乎觸到她的肩膀，因爲她盡可能靠近他的身邊，而不實際碰到他。但是她似乎無意去挽他的胳臂，他好像也無意讓她去挽。她對於他那種不理不睬的沉默，一點兒也不表示驚奇，似乎認爲那是當然的事情。這一行人所發出的絕無僅有的言語，只是那個女人偶爾對孩子——一個很小的女孩，穿著一身童裝和線繩織成的藍靴子——低聲講話，和孩子的喃喃作答。

那個年輕女人面容上的主要的——也可以說是唯一的——動人之處，在於它的富於變化，隨時把內心的情緒反映出來。當她向下斜視著小女孩的時候，她變得很秀美，甚至可以說是很漂亮；夕陽的紅光斜照著她的面容，使她的眼瞼和鼻孔看起來有如透明體一般，嘴唇也被映得火紅，在這種情形之下，她尤其顯得好看。當她在樹籬蔭涼下跋涉前進、默默地想著心事的時候，她現出一副冷酷而有些淡漠無情的神態，彷彿認爲在「時

間」和「機會」的掌握之下，世間沒有不可能發生的事情，也許只有公道是個例外。前一種狀況是造物主的業績，後一種狀況大概是文明的成就。

這一雙男女是夫妻，而且是那個抱在懷中的女孩的父母，這幾乎是無可置疑的。因爲在這三個人沿著道路向前行進的時候，他們的周遭始終籠罩著一種索然無味的熟稔氣氛，有如神像頭頂的襯雲一般；任何其他種關係都不會有這種情形。

妻子的眼睛大部分時間都在向前望著，不過並不是在觀賞風景，因爲眼前的景物實在沒有什麼引人入勝之處，在這個時節，在英國任何一郡的任何一處地方，都可以看到。這條道路既不直，也不彎，既不平坦，也非丘陵起伏，兩旁是灌木樹籬以及其他的樹木和植物，它們那些注定要遭受劫難的葉子，已經進入暗綠色的階段，將來再一步一步地變爲微黑色、黃色、和紅色。堤邊的蔓草和附近的樹枝，都被那些匆匆駛過的車輛揚滿了塵埃。道路上更堆積著一層很厚的塵土，像是鋪著地毯一般，他們的腳步落在上面毫無聲息。因爲有這種情形，再加上方才講到的他們彼此之間默無一語，所以外間的任何聲響都可聽到。

有很長的一段時間，萬籟俱寂，只聽見一隻荏弱的小鳥在唱著一首陳腐的晚歌，像那樣的晚歌，自從數不清的許多世紀以來，在這個季節的任何一個日暮時分都可以在小山上面聽到，而且會是以完全同樣的顫聲和音符唱出的。但是當他們漸漸走近村莊的時候，遠處有一陣亂嘈嘈的聲音，從前面那片仍被簇葉遮掩著的高地傳送到他們的耳邊。當維敦．普萊斯的外圍房舍剛剛在望的時候，這一家人遇見一個挖蘿蔔的人，肩頭扛著一把鐵鍬，鍬上掛著一個餐袋，閱讀民歌的人馬上抬頭看看。

「這裏有什麼活兒可以做嗎？」他很淡漠地問道，同時揮動手裏的大幅民歌，指點著前面的村莊。他以爲那個勞動者沒聽懂他的話，又補充說：「有沒有捆乾草這一類的活兒可以做？」

那個挖蘿蔔的人已經在開始搖頭了。「哎呀，我的天，在這個季節到維敦找那種活兒做，你這人是怎麼搞的？」

「那麼，有沒有什麼房屋出租——一所剛剛蓋好的小房子，或這一類的房舍？」對方又問。

那個悲觀的人還是做了一個否定的答覆。「在維敦，拆房子倒是比較常見。去年拆了五棟房子，今年又拆了三棟，弄得那些人沒地方住，連茅草頂的圍欄都沒有，維敦·普萊斯的情形就是這樣。」

那個捆乾草的人——他顯然是幹這個行業的——以略帶傲慢的態度點點頭。他朝著村莊的方向望去，接著說：「可是此地像是有什麼事情正在進行，不是嗎？」

「是的。今天是趕集的日子，不過現在你所聽到的嘈雜奔忙，都是一些生意人在賺小孩子和傻瓜的錢，因爲眞正的生意早就做完了。我今天一整天都在附近做活兒，一直可以聽到那些聲音，但是我沒到上邊去——我沒去。那些事兒跟我沒有關係。」

捆乾草的人和他的家屬繼續前進，不久就到了集場。呈現在他們眼前的是許多停馬場和圍欄，在午前曾經有數百匹馬和羊在那裏展示出售，但是現在大半已經被牽走了。

正像那個挖蘿蔔的人所說的，現在只有少量的眞正交易仍在進行，主要是以拍賣方式出售一些低劣的牲畜，這種牲畜用其他的方法賣不掉，而且是那些早來早走的高級買主所絕對不肯買的。可是，現在市集上的人群卻比上半天更爲密集。一批閒散的遊客，包括外出度假的工人、一兩個休假回家的士兵、和鄉村小店主之類人物，都是最近才成群走進來的。這裏有西洋景、玩具攤、蠟像攤、活怪物、爲了公益而旅行各地完全沒有私心的醫生、變隱豆戲法的人、賣小裝飾品的人、和算命先生等等，正迎合那些遊客的趣味，使他們流連忘返。

和本書故事有關的那兩個步行的男女，對於這些事情都沒有什麼興趣。他們向四周張望一番，想尋找一家飲食店。在這片高地上，星羅棋布著許多家售賣飲食的帳篷，其中有兩家，在落日的黃赭色煙霞之中處於最接近他們的位置，對於他們似乎具有同等的吸引力。一家的帳篷是用乳白色新帆布搭成的，頂上掛著一些紅旗，招牌上面寫著「上好家釀啤酒、麥酒、蘋果酒」。另一家比較舊；一隻很小的煙囪從後邊挺伸出來，前面掛著一個招牌：「本店出售上好牛奶粥。」男的把這兩家的廣告文字考量一番，想要走進前一座帳篷。

「不——不——到另外一家去，」女的說。「我一向愛吃牛奶粥；伊莉莎白・珍也愛吃；你一定也會愛吃的。我們已經很辛苦地走了一整天，吃些牛奶粥是很滋養的。」

「我從來沒吃過這種東西。」男的說。不過他還是聽從了她的建議，於是他們走進那家粥棚。

粥棚裏面客人很多，兩邊各擺著一張狹長的桌子，大家都沿著桌子坐著。在裏面的一端，有一座燒木炭的爐子，上面放著一個三隻腿的大鍋，鍋的邊緣擦得通亮，使人可以看得出它是用鐘銅做的。主持店務的是一個五十歲左右的醜婆子，繫著一條白圍裙，那條圍裙繫在身上，使她顯得相當體面，但是做得太寬了，幾乎把整個腰部都圍蔽起來了。她所賣的那種老式的稀粥，是由麥粒、麵粉、牛奶、葡萄乾、無籽小葡萄乾等等混合而成的。她用一隻大匙緩緩地攪動著，使鍋裏的東西不致燒焦，全帳篷都可以聽到那種沉濁的刮削之聲。分別放置各種做粥原料的器皿，則都擺在旁邊的一個由木板和支架構成的鋪著白桌布的檯子上面。

這一雙青年男女每人叫了一碗熱氣騰騰的粥，然後坐下來很悠閒地吃著。到現在爲止，一切情形都很不錯，因爲如那個女人所說的，牛奶粥很有營養，是世間極其適宜的食物；可是對於不習慣於這種食物的人，那些漂浮在表面的膨脹得像檸檬籽兒一般的麥粒，最初也許會使他們望而生畏。

但是這個帳篷裏面還有一種東西，不是隨便看一眼就能看得出的。那個男的，因爲具有一種邪惡的特殊直覺，很快就覺察出那種東西的存在。他裝模做樣地吃了一些粥，然後便從眼角注視著醜婆子的行動，看穿了她所玩的把戲。他向她眨眼示意，她點點頭，他便把自己的碗遞過去；她從檯子下面拿出一個瓶子，偷偷地把瓶子裏面的東西量出來一些，倒在那個男人的粥裏。她倒進去的是蔗汁酒，那個男人也同樣偷偷地把錢付給她。

他發覺這種粥在攙進許多酒之後，好吃得多了。他的妻子看到了這件事情的經過情形，心裏覺得很不安；但是他卻勸她在自己的粥裏也攙些酒，她在稍事疑慮之後，同意少攙一點兒在裏面。

男的喝完了他那一碗粥，又叫了一碗，並且做手勢叫老闆娘再多攙些蔗汁酒，酒的作用不久便很明顯地在他的舉止態度上表現出來了。他的妻子曾經煞費苦心地避開了那些官准酒棚的暗礁，結果卻發現自己深陷在賣私酒者的危險漩渦之中了，內心非常憂愁。

那個小孩開始很不耐煩地牙牙講話了，妻子已經不只一次地對她的丈夫說：「麥可，我們的住處怎麼辦？你知道，如果我們不快點走，找住處會有困難的。」

但是他對於那些宛如鳥鳴的言語置若罔聞，他高聲和在座的人們談話。點上蠟燭之後，小孩的黑眼睛張得圓圓的，帶著一副沉思的神態無精打采地凝視著蠟燭，漸漸地閉起來了；然後又睜開，然後又閉起，她睡著了。

喝完了第一碗粥的時候，那個男人曾經變爲沉靜；喝完了第二碗，他顯得很高興；喝完了第三碗，他議論滔滔；喝完了第四碗，由他臉面的形狀、嘴唇的偶爾緊閉、以及黑眼珠迸放出來的火花所表示的特質，開始在他的行爲當中顯露出來了。他變爲傲慢不遜，甚至氣勢洶洶，像是要和人爭吵。

像這種場合所常有的情形一樣，大家的談鋒終於轉到高尚道德的問題。他們所談論的主題是，許多好男兒常常被壞妻子所毀壞，特別是，輕率的早婚往往使許多前程遠大的青年的雄心壯志受到挫折，並且耗盡了他們的精力。

「我本人就完全是這種情形，」這個捆乾草的人說，帶著一種沉思的怨恨態度——幾乎可以說是憤怒。「我十八歲就傻里傻氣地結了婚，現在落到這樣的下場。」他揮手指著自己和妻女，想讓大家看明白他們的窮困。

那個年輕女人，他的妻子，對於他這一類的話似乎已經聽慣了，這時毫無反應，像是根本未曾聽見一般。她繼續斷斷續續地同那個半睡半醒的小孩私語，談一些親切的瑣事。有時候，她為了讓胳臂休息一下，就把小孩在身旁的凳子上放一會兒。她的丈夫繼續說——

「我歸裏包堆只有不到十五先令②，可是我在我們這一行是一個有經驗的好手。我可以向全英國的人挑戰，看看草料業有沒有人比我強；如果我重新是一個沒有妻兒牽累的自由人，不要多久我就可以有一千鎊的財產。但是一個人要到時機已經過去的時候，才會明白這些小事情。」

從外面的集場傳來了拍賣者叫賣老馬的聲音：「這是最後的一匹了——誰買便宜貨？四十先令怎麼樣？這是一匹很有希望的傳種母馬，五歲剛剛過一點兒，什麼毛病也沒有，只是背部稍微凹陷一些，左眼在路上被她的親妹妹踢瞎了。」

「就我來說，我看不出為什麼娶了老婆而不願意要的男人，不能像那些吉卜賽人出賣老馬一樣地把她們賣掉，」帳篷裏面的這個男人說。「為什麼他們不能用拍賣的辦法

②先令（shiling）是英國從前的貨幣單位，每鎊（pound）為二十先令，每先令為十二辨士（penny）。先令本來是銀幣，後來改為銅鎳合金幣。一九七〇年，英國廢除先令，每鎊改為一百辨士。

，把她們賣給需要這種物品的人？你們說？當然啦，我對天發誓，如果有人買，我現在就把我的老婆賣掉！」

「有人會買。」有幾個客人回答說，眼睛看著那個女人，她的長相很不錯。

「眞的，」一個正在抽煙的人說。這位先生的外衣，在領子、臂肘、接縫、和肩胛骨等處都溜明嶄亮，那種亮光顯然是由於長期和骯髒表面相摩擦而造成的，如果出現在家具上面，會比在衣服上更爲可貴。從外表看起來，他過去大概曾經在郡中一個大戶人家做過馬夫或車夫。「我曾經在上流人的圈子裏見識過，可以說不比任何人差，」他補充說，「一個人有沒有好教養，我一看就曉得；如果說我沒有這個本領，天下就沒人有這個本領。我可以告訴大家，她是有好教養的——我是說，在骨子裏面，你們聽著——她的教養不比這個市集上任何一個娘兒們差——不過也許還要花費一番工夫才能顯露出來。」然後，他把兩腿交叉起來，繼續抽他的煙袋，眼睛對準空中的某一點凝望著。

那個已經喝醉了的年輕丈夫，出乎意料地聽到旁人對他的妻子的讚美之辭，瞪著眼睛愣了一會兒，心中不免有些懷疑，自己以這種態度對待一個擁有那樣優美本質的人，是否有些欠妥。但是他很快又恢復了原有的信念，很冷酷地說：

「好啦，現在就是你的機會；我歡迎有人給這個上帝的傑作出個價兒。」

她轉過臉對著她的丈夫，低聲說：「麥可，你以前就曾經在公共場合這樣胡說八道。但是玩笑歸玩笑，你要小心，再說一遍也許就出了亂子！」

「我知道我以前說過，我是眞打算這麼做，現在我所要的只是一個買主。」

這時候有一隻燕子，這個季節最後一批燕子當中的一隻，偶然從一個洞孔飛進帳篷的上部，在人們頭頂上很迅速地旋繞著飛來飛去，使得人們的目光都出神地追隨著牠，大家一直在注視著那隻鳥，直至牠飛出去的時候為止，在這個期間，都忘記了對於那個勞動者的提議表示任何意見，這個話題就算告一段落了。

但是，那個男子繼續吩咐老闆娘把他的牛奶粥攙進更多的酒，也許是由於他的意志極為堅強，也許是由於他的酒量極大，他仍然顯得相當清醒。十五分鐘後，他又重彈舊調，正像一個樂器在演奏幻想曲的時候，經過一些枝枝節節之後，又重新回到原來的主題。「喂——我在等著有人給我老婆出個價，這個女人我不要了。誰想要？」

這時大家的道德意識已經大為低落，對於這個重新提出的詢問報之以一陣讚賞的笑聲。那個女人低聲說話，她在懇求他，顯得很焦急的樣子：「喂，喂，天就要黑了，這樣胡說八道沒用處。如果你不走，我可要走了，走吧！」

她等了又等，可是他沒有動。過了十分鐘，這個男人打斷了那些喝牛奶粥的人們的散漫談話，他說：「我方才提出的問題，還沒有人回答。諸位當中有哪一位張三李四要買我的貨物？」

女人的態度變了，她的面貌現出了前面已經講到的那種嚴酷的神色。

「麥可，麥可，」她說，「事情要弄假成眞了。噢，不能再胡鬧下去了。」

「有沒有人買？」男的說。

「我倒希望眞有人買，」她很堅定地說。「她對現在這個主子，一點兒也不喜歡！」

「我對你也是一點兒都不喜歡，」他說，「那麼我們就算雙方同意了。各位，你們都聽見了吧？這是雙方同意分手。如果她想要這個女孩，她可以帶去，走她的路。我可以帶著我的工具，走我的路。這是像聖經故事③一樣地簡單明瞭。那麼，蘇珊，你站起來，讓大家看看。」

「別站起來，我的孩子，」坐在那個女人身旁的一位肥胖健壯，穿著一條肥大裙子的販賣束胸鈕帶的婦人，低聲對她說，「你丈夫不知道自己在說些什麼。」

可是那個女人眞站起來了。「那麼，誰來做拍賣人？」捆乾草的人喊道。

「我來做，」一個矮個子馬上回答，這個人的鼻子長得像一個球形銅把手，講話帶點水音，眼睛活像兩個鈕扣洞。「哪一位爲這位太太出個價錢？」

那個女人眼睛望著地，好像她在盡量運用自己的意志力，來堅持自己的立場。

「五先令。」有一個人說，引起一陣笑聲。

「別侮辱人，」那個丈夫說。「誰出一基尼④？」

沒有人答話，那個賣束胸鈕帶的女人插嘴說話了。

「看在老天的份上，好漢子，不要胡鬧了。啊，這個可憐的人嫁給了一個多麼殘酷

③這個聖經故事，大概是指亞伯蘭（Abram）和妻子羅得（Lot）分離的故事，見舊約「創世紀」第十三章第八至十二節，其中有「亞伯蘭就對羅得說：請你離開我，你向左，我就向右，你向右，我就向左。」

④基尼（guinea）：自一六六三至一八一三年間發行之英國金幣，值二十一先令，後來已不流通，但仍被當做貨幣單位用。在付一基尼時，要付一鎊再加上一先令。

的丈夫！不管怎麼說，婚姻關係總是相當寶貴的！」

「把價錢提高些，拍賣人。」捆乾草的人說。

「兩基尼！」拍賣人說，沒有人答話。

「如果這個價錢沒人買，十秒鐘後，買主就必須出更多的錢，」那個丈夫說。

「很好。拍賣人，現在再加一基尼。」

「三基尼——三基尼就要賣掉了！」那個說話帶水音的人說。

「沒有人出價？」丈夫說。「天哪，不論怎麼算，我在她身上花的錢總有這個數目的五十倍。再往上加。」

「四基尼！」拍賣人喊道。

「告訴你——少於五基尼我是不會賣的，」做丈夫的說，同時把拳頭打在桌子上，使粥碗爲之跳動起來。「任何人肯付五基尼，能夠好好對待她，我就把她賣給他；她將永遠爲他所有，不再跟我有任何瓜葛，但是錢少我不賣。喂——誰出五基尼——她就是你的人。蘇珊，你同意嗎？」

她帶著一種極端淡漠的態度低下頭。

「五基尼，」拍賣人說，「沒人買就要把她收回了。有沒有人出五基尼？這是最後一次了。買不買？」

「買。」門口傳來一個很大的聲音。

所有的眼睛都朝那邊看去，站在帳篷那個三角型門口的，是一個水手，他是在過去兩三分鐘內來到的，不過一直未被旁人注意到。隨著這個明確表示而來的，是一片沉寂。

「你說你買？」做丈夫的問道，同時張大眼睛望著那個人。

「我說我買。」水手回答。

「說是一回事，付錢又是一回事。錢在哪裏？」

水手躊躇了一會兒，再看看那個女人，然後走進來，攤開五張嶄新的紙幣，放在桌子上，那是英格蘭銀行的五磅鈔票。在鈔票上面，他又叮叮噹噹地扔下了幾個先令——一個，兩個，三個，四個，五個。

拍賣人的叫價一直被認爲是帶些假想性質的，現在卻有人如數付出了實實在在的金錢，這些實實在在的金錢在旁觀者們的心中引起很大的震撼。他們的眼睛盯視著主角們的面容，然後再盯視著那幾張被先令壓在桌子上的鈔票。

儘管那個男子曾經不斷做出吊人胃口的表示，可是到現在爲止，誰也不能確實斷定他是十分認眞的。旁觀者一直把這件事視爲一項做得太過火的嘲諷行爲；大家以爲他由於失業，所以對世界、社會、和最親近的家屬都有一種怨憤之情。但是，一經有人用實實在在的金錢來回報拍賣人的叫價，這個場面上那種愉快的輕浮氣氛馬上消逝了。帳蓬裏面似乎充滿著一種陰慘的色彩，改變了所有的人們的神態。歡樂的皺紋離開了聽眾的臉上，他們都獃獃地咧著嘴等待事態的發展。

「現在，」那個女人打破了沉寂，她那低微而乾澀的聲音顯得十分響亮。「麥可，在你有進一步的行動之前，聽我說一句話。如果你碰一碰那個錢，我和孩子就跟那個人走。你給我聽著，這已經不是玩笑了。」

「玩笑？這當然不是玩笑！」做丈夫的喊道，她的話引起了他的憤怒。「我收下這筆錢，那個水手把你帶走，這是非常明白的事情。別處常有人做這樣的事——爲什麼在這裏不能做？」

「我提出一個附帶的條件，就是這位年輕女人必須甘心情願才行，」水手很溫和地說。「我絕對不願意傷她的感情。」

「當然，我也不願意傷她的感情，」她的丈夫說。「不過她是甘心情願的，只要她能把孩子帶走。就在前幾天我跟她談到這件事的時候，她還這麼說過！」

「你可以發誓說你甘心情願嗎？」水手問她。

她望一望丈夫的面容，發現他毫無悔悟之意，就回答說：「我發誓說我甘心情願。」

「很好，她可以把孩子帶去，這項交易就算完成了。」捆乾草的人說。他拿起水手的鈔票，很愼重地摺疊起來，把那些鈔票和先令一起放進衣服上部裏面的一個口袋裏，臉上擺出一副已成定局的神情。

水手看看那個女人，面露笑容。「走吧，」他很和善地說。「帶著這個小孩——人越多越快活！⑤」她躊躇了一會兒，仔細看他一眼。然後她又把眼睛低垂下去，一語不

⑤「人越多越快活」（The more the merrier.）是英國的一句俗話。

發，抱起孩子，跟著他向門口走去。在到達門口時，她轉過身來，把手上的結婚戒指取下，朝著捆乾草的人扔過去。

「麥可，」她說，「我和你一起過了這兩年，天天受你的氣！現在我離開你了，到別處去碰碰運氣，這對於我和孩子都會更好些。再見吧！」

右手握住水手的胳臂，左手抱起小女孩，她很傷心地嗚咽著走出了帳篷。

一副獃鈍的關切神情出現在那個丈夫的面容上，好像他並沒有預料到會有這樣的結局，有幾個客人笑起來了。

「她走了嗎？」

「是的，她已經走遠了。」靠近門口的幾個鄉下人說。

他站起來，向門口走去，步履很謹慎，好像知道自己已經醉了。另外幾個人也跟著走過去，他們站在那裏，注視著蒼茫的暮色。低級動物的和平靜穆同人類的故意彼此敵對，這二者之間的差別，在這個地方是顯而易見的。有幾匹馬，正在那裏很有耐心地等待套車，以便啓程回家，牠們彼此很親愛地交頸摩肩，這個情景和帳篷裏面剛剛結束的那項殘酷行爲，成爲一個鮮明的對比。市集之外，在那些山谷和樹林裏面，一切都是寂靜的。太陽剛剛落下，西方的天空上掛著一片淡紅色的雲霞，那片雲霞似乎是一種永久存在的東西，可是實際上卻在慢慢地變化著。眼望著那片雲霞，就好像從一個昏暗的會場裏面，看著舞臺上一項精采的技藝表演。看過了方才帳篷裏面的那一幕，現在面對著眼前這片景象，便自然而然地生出一種感觸，認爲人類是和善的宇宙中的一個污點，令人厭棄。不過再仔細想一想，世間的各種情況原都是間歇性的，在某些個夜間，人類都很純眞地沉入睡鄉，那些安詳沉靜的東西卻擾攘騷亂，高聲咆哮。

「那位水手住在哪裏？」大家四處張望一陣而毫無所獲之後，一個旁觀者問道。

「天曉得，」那個曾經見識過上流社會的人說。「他一定是個異鄉人。」

「他差不多是在五分鐘以前進來的，」賣牛奶粥的婦人兩手叉著腰，參加討論。「然後他退了回去，然後他又往裏面看，我沒得到他一辨士的好處。」

「這個做丈夫的人活該，」販賣束胸鈕帶的女人說。「有那麼一個漂亮體面的太太，爲什麼還不稱心滿意？我佩服那個女人的精神。要是我，我也會那麼辦——如果做丈夫的那樣對待我，我一定也那麼辦！我要走，任憑他怎麼喊，喊破了喉嚨，我也絕對不會回來——啊，不到末日審判的喇叭⑥響起的時侯，我是不會和他相見的！」

「我想，那個女人的境況以後會好起來了，」另一個更爲深思熟慮的人說。「因爲海員的生活環境好，不容易被人騙去金錢，那個男人又的確很有錢，而她呢，從外表看起來，她近來是很困窘的。」

「大家聽著——我不會去追她！」捆乾草的人說，很執拗地回到自己的座位。「讓她走好了，像她這樣異想天開，將來要吃苦頭的。不過她不應該把閨女帶走——那是我的閨女；如果再有這種事情，我不能讓她把孩子帶去！」

⑥在世界末日，所有死去的人都要聚首一堂，按照他們的所做所爲，接受審判，見新約「啓示錄」第二十章。「喇叭響起」大概指啓示錄第八、九兩章所說的天使吹號。

在場的顧客們，也許因爲覺得自己對於那項無可辯護的行爲曾經發生推波助瀾的作用，也許因爲天色已晚，在那件事情發生之後不久，都慢慢地散去了。捆乾草的人把臂肘伸展在桌子上，臉倚在胳臂上邊，不久便發出鼾聲。賣粥婦人決定要打烊了，她把那些蔗汁酒瓶、牛奶、麥粒、葡萄乾等等都裝在車上，然後走到那個男子伏桌而眠的地方。她搖動他，但是搖不醒。因爲市集要一連繼續兩三天，這座帳篷不必在當天夜裏撤除，而且那個人顯然不是流氓，所以她決定讓他睡在那裏，那個藺草筐仍然擺在他的身邊。她吹滅了最後的一隻蠟燭，放下帳篷的門簾，就離開那裏，趕車回家了。

## 02

那個男子醒來的時候，發現朝陽正從帳篷的縫隙照射進來。溫暖的光輝瀰漫在整個大帳篷的空氣之中；一隻藍色大蒼蠅在裏面飛來飛去，發出悅耳的嗡嗡聲。除了大蒼蠅的嗡嗡聲而外，沒有任何其他聲響。他四處張望一番——看看那些板凳——看看那個用三角架支起的檯子——看看他的工具筐——看看那個煮粥的爐子——看看那些空碗——看看一些去殼的麥粒——看看那些漫布在草地上的瓶塞子。在零星的雜物中間，他發現一個亮晶晶的小東西，把它撿起來。那是她妻子的戒指。

昨天晚上那些事情的一幅混亂圖畫，似乎出現在他的腦海裏面，於是他把手伸進前胸的衣袋。一陣沙沙之聲，顯示出當時漫不經心地塞進去的水手的鈔票。

他的模糊記憶得到第二次的證實，這已經很夠了；他現在可以斷定自己不是在作夢。他繼續坐在那裏，朝著地上呆望一些時候。「我必須盡快離開這個帳篷，」他終於深思熟慮地說，臉上那副神情，好像如果不把心中所想的事情說出口來，就不能理清自己的思路。「她走了——當然是跟那個買她的水手走了，還有小伊莉莎白·珍。我們昨天走到這裏，我喝粥，粥裏攙了蔗汁酒——把她賣了。不錯，就是這麼一回事，所以我才會在這裏。現在我怎麼辦呢——不知道我是否已經清醒得可以走路了？」然後他站起來，發覺自己的情況很好，可以向前行進，沒有什麼妨礙。他背起工具筐，覺得還背得動。於是他拉開帳篷門簾，走到外面。

這個人懷著鬱悶而又好奇的心情向四周望望。他站在那裏，九月之晨的清涼空氣刺激著他，使他心神爲之一振。昨天晚上他帶著妻兒到達的時候，都已經疲倦不堪，沒有太注意觀察這個地方，所以現在呈現在他眼前的，可以說是一片前所未見的新景物。這個地方是一片空曠高地的頂巔，在一邊的盡頭處毗連一片樹林，並且有一條迂曲的道路可以通達。底下就是維敦．普萊斯村，這片高地和每年一度在這裏舉行的市集都以那個村莊的名字爲名。這個地方向下通到一些山谷，再往前通到另外一些高地；有一些古塚點綴其間，還可以看到一些史前期堡壘遺留下來的壕溝。這全部景物都呈現在初升的朝陽之下，草葉上的濃露尚未曬乾，遠方映現出紅白兩色貨車的暗影，每個車輪圓圈投射出來的影子被拖得很長，像是彗星的尾巴一般。就地過夜的吉卜賽人和演藝人員，都還舒舒服服地躺在他們的馬車或帳篷裏面，或者身上裹著馬衣躺在馬車或帳篷下邊，他們一聲不響，寂靜如死，只有偶爾發出的鼾聲，顯示著他們的存在。但是「七眠子」①有一條狗；這些人也擁有幾條爲流浪漢所喜歡豢養的品種怪異的狗，看起來既像狗又像貓，既像貓又像狐狸，牠們都躺在那裏。一條小狗突然從車底下跳起來，虛應故事地叫了幾聲，然後很快又躺下了。只有那條小狗確實看見這個捆乾草的人離開維敦集場。

①七眠子（Seven Sleepers）——早期基督教傳說：小亞細亞以弗所（Ephesus）的七名貴族青年，因爲逃避羅馬皇帝狄希阿斯（Decius——在位期間：西元二四九——二五一）的迫害，逃到一個山洞裏，有一隻狗守衛著，他們在那裏高臥將近兩百年之久，到狄奧多希二世（Theodosius II）的朝代才醒來。回教「可蘭經」第十八章也記載類似的故事。

這似乎正符合他的願望。他繼續往前走，心中在默默地思索著，對於那些嘴裏銜著草在樹籬上飛來飛去的金翼啄木鳥，道旁的蘑菇的圓頂，和羊鈴的玎玲之聲（戴著那些鈴鐺的羊運氣好，沒有被送到市集賣掉），全然不加理會。他走到一個小巷，距離前一天晚上發生事故的地點足有一哩之遙，他在那裏把背著的筐子放下，靠在一個大門上。有一兩個困難問題盤據在他的心頭。

「我昨天晚上曾經把姓名告訴什麼人了？還是沒有告訴任何人？」他心裏在想。最後他得到一個結論，斷定自己不曾把姓名告訴任何人。他的整個舉止態度足以表明，他的妻子把他所說的話完全當眞，使得他多麼驚愕和憤怒——從他的面容，和他咬嚼從樹籬扯下來的一根草的那副樣子，也同樣可以看出這種心情。他知道，她之所以這樣做，一定是出於一時的憤激，而且，她一定以爲這次交易具有相當的約束力。對於後一點，他幾乎可以完全斷定，因爲他知道她的性格毫不輕浮，頭腦卻極其簡單。而且，雖然她平常一向心平氣和，這次也許因爲非常怨憤，不顧一切，以致完全阻扼了懷疑的念頭。從前有過一次，他喝醉了，宣稱要把她像這次一樣地賣掉，她以一個宿命論者的聽天由命的語調回答他說，要賣就賣，不必這樣屢次三番地說。……「可是她總知道我當時是神志不清的啊！」他大聲說。「好啦，我一定要走遍各處把她找到……他媽的，她爲什麼這麼糊塗，使我受到這樣的恥辱？」他高聲吼叫。「就算我喝醉了，她並沒喝醉啊。像這種愚蠢的傻事，蘇珊是做得出來的。溫順——那種溫順所加給我的損害，更甚於暴烈的脾氣！」

他冷靜下來之後，又回復到最初的想法：他必須設法找到她和他的小伊莉莎白·珍，而且要盡量忍受這個恥辱。這個恥辱是由他自己造成的，所以他應該忍受。但是他首先決定要立一個誓，這個誓比他過去所發過的一切誓都更爲重大：爲了做好這件事情，他需要找到一個適當的場所和神像，因爲在這個人的信仰之中，有一些拜物教的成份。

他背起筐子，繼續前行，一邊走，一邊以探索的目光眺望前面的景物。大約走了三、四哩路之後。他看到一個村莊的屋頂，和一座教堂的鐘樓。於是他馬上朝著那個鐘樓走去。這個村莊十分寂靜，因爲這時男人已經到田裏工作，妻女還沒有起身做早飯等他們回來吃，正是鄉下人日常生活中的一段靜止時刻。因此他一路走到教堂，沒有被任何人看見，教堂的門只是用門閂拴著，他便走了進去。這個捆乾草的人把筐子放在聖水盤旁邊，沿著中堂走到祭壇的欄杆前面，然後打開門，走進聖堂。最初他似乎覺得有些陌生，後來便跪在高臺上。聖餐桌上擺著一部用夾子夾起的聖經，他把頭低垂在聖經上面，高聲說道：

「我麥可·韓洽德，在今天九月十六號早晨，在這個莊嚴神聖的場所鄭重發誓，在以後的二十一年裏不喝任何烈性的酒，用這段時期來彌補我曾經活過的歲月，一年抵一年，我憑著面前這部聖經發誓。如違誓言，讓我變成啞巴，瞎子，無依無靠！」

捆乾草的人說完這段誓詞並親吻那部大書之後，站起來，似乎因爲有了一個新的開始而感到舒暢一些。他在門廊站了一會兒，看到附近一所小房子的紅煙囪突然冒出木柴的濃煙，知道那個人家剛生火。他走到那家的門口，主婦同意為他做些早餐，由他付給一些微小的代價。吃過早飯，他就開始走上尋覓妻女的征途。

這項任務的困難性質，不久就很明白地顯現出來了。雖然他日復一日地探訪查詢，各處奔波，可是沒有人在那個市集日的夜晚以後看到過像他所描述的那三個人。而且，他打聽不出那個水手的姓名，使查詢工作更加困難。後來，他自己的錢用光了，在略事猶豫之後，決定花用水手的錢，繼續尋訪，但是仍然毫無結果。實際的情形是，因為他不好意思洩露自己的賣妻行為，所以不能以大喊大叫的方式從事察訪，而這種察訪工作，如果求其有效，卻非用那種大喊大叫的方式不可。大概由於這種原因，他沒有得到任何線索，雖然除掉沒有向人說明自己失妻當時的情況而外，他已經盡了一切的努力。

幾個月過去了，他還在繼續尋覓，有時做些零工，藉以維持生活。這時候，他已經來到一個港口。在這裏，他聽說和他所敘述的樣子相仿的兩個大人和一個小孩，已經在不久前移居海外了。於是他不想再尋覓下去了，決定前往他早已在心中盤算好的一個地區，在那裏定居。第二天他便動身，向西南方走去，除了晚上歇宿之外，始終不會停頓，一直走到位於維塞克斯的一個遙遠地區的嘉德橋市。

通往維敦·普萊斯村的大路，又覆蓋著一層厚厚的塵土。樹木也像當年一樣地呈現著暗綠色的容顏。在韓洽德一家三口曾經走過的那條路上，現在正有兩個和那個家庭並非無關的人行走著。

大致看起來，眼前這片景物和當年極為相似，甚至從附近那片村莊高地傳來的人聲和喧囂，也依稀相同，所以現在很像是發生前文那段故事的第二天下午。只有對細節加以觀察，才會看出變化；但是實際上顯然已經經過了漫長的歲月。現在走在這條路上的兩人當中的一個，就是上次以韓洽德年輕妻子的身分出現的那個女人。現在她的面容已經不再保有當年的圓潤，皮膚也有了質地上的變化；頭髮雖然尚未失去色澤，卻比從前稀疏多了。她現在穿著一身寡婦的孝服。和她同行的人，也穿著黑衣服，是一個身材美好的十八歲左右的少女，完全擁有那種曇花一現的寶貴本質——青春，而青春本身就是美，不論一個人的膚色或外形如何。

看一眼就會知道，這個少女是蘇珊·韓洽德的長成的女兒，雖然人生的盛夏在母親的面容上留下嚴酷的痕跡，她昔時的青春特質卻已被時間之神非常巧妙地轉移到女兒身上，但是隱藏在母親心中的某些事情，女兒卻完全不知道，一個熟悉內情的人也許會認為，這是造物主的延續能力方面的一個奇特缺陷。

她們兩人手牽著手往前走，我們可以看得出，這只是一種親暱的表示。女兒靠外邊的那隻手提著一個老式的柳條筐；母親拿著一個藍包，那個藍包和她的黑色毛料長袍形成一個奇特的對比。

到達村莊周邊的時候，她們沿著當年走過的那條老路行進，往上走到市集的場所。在這個地方，歲月顯然已經發揮了很大的影響。從那些旋轉木馬、高飛器、測驗鄉下人力氣和體重的機器、以及懸賞射擊的設備，可以看出機械方面的一些進步。但是這個市集的眞正營業已經大爲減少。附近各市鎭新出現的定期大市場，已經開始奪走曾在此地繼續幾百年的生意。那些羊欄和栓馬索大約只有從前的一半長。成衣匠、襪商、桶匠、亞麻布製品商、以及其他諸如此類做生意的攤子，幾乎已經絕跡，車輛也比以前少多了。母女二人穿過人叢，走了一小段路，然後就停住腳步。

「我們爲什麼到這裏來耽誤時間？我本來以爲你要一直往前走呢。」少女說。

「我是要一直往前走，親愛的伊莉莎白．珍，」母親解釋說。「但是我想在這個地方看一看。」

「爲什麼？」

「我第一次遇見紐森，就是在這個地方——在像今天這樣的一個日子。」

「在這個地方第一次遇見爸爸？不錯，你以前告訴過我，現在他卻已經淹死而永遠離開我們了！」少女一邊說，一邊從衣服口袋裏掏出一張卡片，看了看，歎一口氣。那張卡片有一道黑邊，在一個類似壁上紀念牌的圖案裏面寫著：「懷著深摯的愛紀念水手理查．紐森，他不幸於一八四一年喪生海上，時年四十一歲。」

# 03

「也就是在這個地方，」她的母親繼續說，言詞之間顯得更加躊躇。「我上次看到我們現在所要尋找的親戚——麥可・韓洽德先生。」

「他究竟和我們是什麼親戚，媽媽？你從來沒明明白白地告訴過我。」

「他是，或者從前是——因爲他現在也許已經不在人世了——我們的一個姻親，」母親很費斟酌地說。

「這個話你以前已經對我講過多少遍了！」少女回答說，同時心不在焉地望望四周。

「我想他不是我們的近親吧？」

「完全不是。」

「你上次聽到他的消息的時侯，他是一個以捆乾草爲業的人，是不是？」

「不錯。」

「我想他根本不知道我吧？」少女很天眞地繼續說。

韓洽德太太沉吟一會兒，然後很不安地回答說：「他當然不知道你，伊莉莎白・珍。我們往這邊走。」她朝著集場的另一部分走去。

「我想。在此地打聽任何人的下落，都不會有什麼結果。」女兒向四周注視一番，這樣說道。「市集上的人，像樹上的葉子一樣，年年不同，我想今天所有在場的人們之中，只有你一個人曾經在那麼許多年前到過這裏。」

「那倒不一定，」紐森太太（這是她現在加給自己的稱呼）說，同時很熱切地望著前面不遠處綠堤下面的一樣什麼東西。「你看那邊。」

女兒朝著那個方向望去。她母親所指的目標，是由插在地裏的木棍構成的一個三角架，上面懸著一口三條腿的鍋，鍋下面正燃燒著冒煙的柴火。一個老太婆正彎腰站在鍋的前邊，她面容憔悴，滿臉皺紋，幾乎可以說是衣衫襤褸。她用一個大調羹攪動鍋裏的東西，不時用粗嗄而斷續的聲音吆喝著：「好吃的牛奶粥！」

她的確是從前那座牛奶粥帳篷的女店主——當年生意興隆，乾乾淨淨的，繫著白圍裙，經手的銀錢玎璫作響——現在帳篷已經不見了，髒兮兮的，連桌凳都沒有了，看不見什麼顧客，只有兩個皮膚呈褐色而略微發白的小男孩走過來說：「來半辨士的粥——多給點兒。」她用最普通的已經掉碴兒的黃色陶土碗，爲他們盛了兩碗牛奶粥。

「那時候她就在這裏。」紐森太太說。她向前邁了一步，像是要走過去。

「別跟她講話——那多不體面！」女兒勸阻她。

「我只跟她講一句話——伊莉莎白．珍，你可以在這裏等我。」

女兒不反對這個辦法。於是母親向前走去，她就轉身走向一些出售彩色畫片的攤子。那個老太婆一看見韓洽德．紐森太太，就請她照顧生意。紐森太太說要買一辨士的粥，老太婆馬上爲她盛粥，其殷勤敏捷之狀，超過她在年輕時代對待買六辨士粥的顧客。這位自稱爲寡婦的人拿起那碗代替當年那種豐美調和品的稀薄無味的粥，這時醜老太婆把放在爐子後邊的一個小籃子打開，很詭譎地抬頭看看，低聲說：「攙一點兒蔗汁酒好不好？——這是走私的酒，你知道——來兩辨士的好不好——粥裏攙上這個，喝起來像是提神的甘露酒！」

紐森太太看到這套老把戲依然存在，不禁苦笑一下。她搖搖頭，其弦外之音，那個老太婆當然無從了解。她用鉛調羹假裝吃些牛奶粥，同時很客氣地對醜老太婆搭訕著說：「你從前境況很好吧？」

「啊，太太，你說的不錯！」老太婆馬上開始向她傾吐自己的滿腹牢騷。「我在這個集場做了三十九年生意，先是少女，然後是太太，然後是寡婦，在這段時間裏，我曾經和本地最有錢的人們的肚皮打交道！太太，說起來你也許不信，我過去曾經是一座大帳篷的主人，那座大帳篷是全市集最吸引遊客的地方。任何人來來往往，沒有不到我辜德伊諾夫太太那裏吃一碗牛奶粥的。我曉得牧師的口味，也曉得衣著華麗的士紳的口味；我曉得城裏人的口味，也曉得鄉下人的口味。我甚至曉得那些不要臉的下賤娘兒們的口味。但是，我告訴你，人都沒有記性，老老實實做生意賺不到錢——這年頭只有狡猾奸詐的人才興旺！」

紐森太太回頭看看——她的女兒還在遠處的攤子前面低著頭看畫片。「你能不能想起來。」她很審慎地對老太婆說，「在十八年前的今天，一個丈夫在你的帳篷裏把自己太太賣掉的事情？」

醜老太婆回想一下，微微地搖搖頭。「如果是一件大事，我馬上就會想起來，」她說。「每一次夫妻間的嚴重的打架，每一個謀殺案，每一個過失殺人案，甚至每一個扒竊案——至少是重大的案子，如果我親眼看見，我都能想得起來。但是你說賣掉太太？

這件事情當時是否安安靜靜地做出來的？」

「啊，是的。我想是這樣的。」

賣牛奶粥的婦人又微微地搖頭。「可是，」她說，「我還是想起來了。我想起一個男人做了這樣的事情；——一個穿著燈芯絨外衣、拿著一個工具筐的男人，但是，哎呀，我們並不記著這一類事情。我現在還能想起那個男人，只因爲他在第二年的集期又到這裏來了，並且偷偷地告訴我說，如果有一個女人來打聽他，就說他已經到——哪裏？——嘉德橋——是的——到嘉德橋去了。但是，我告訴你，要不是你來問，我不會再想到這件事情！」

紐森太太本想就自己的微薄財力所能做到的，給老太婆一些報酬，但是她一轉念，想到自己丈夫之所以做出那種敗德行爲，完全是由這個肆無忌憚的女人的酒所造成的。所以她只簡短地向她道了謝，便回到伊莉莎白那裏。伊莉莎白一見面就對她說：「媽媽，我們馬上繼續往前走吧——你到那種地方去買東西吃，眞不大體面。我看見只有最下等的人才到那裏去。」

「不過我已經打聽到我想知道的清息了，」母親很安詳地說。「我們那位親戚上次到這個市集來的時候，說他住在嘉德橋。嘉德橋離這裏很遠很遠，而且他說這個話也是多年以前的事了，但是我想我們還是到那個地方去。」

然後他們就離開市集，走到下面的村莊，在那裏找個地方住宿一宵。

韓洽德太太盡量朝著最妥善的地步做，但是她已經陷入一種困難的處境。曾經有過許許多多次，她話到嘴邊，想把自己當年的眞實故事告訴伊莉莎白．珍，那段故事的悲慘高潮就是自己在維敦市集被丈夫賣掉，當時她比現在自己身邊的女兒大不了好多。但是她沒有那樣做。因此，這個天眞的少女一直認爲那位和藹可親的水手同她母親之間的關係，就是他們一向所表現出的那種正常關係。孩子對紐森的強烈親情，是隨著年歲而成長的。在韓洽德太太看來，用一些使人煩惱的觀念來危害女兒的那種親情，是一項非常可怕的冒險行爲，她不敢認眞做這個打算。她覺得，讓伊莉莎白．珍明白事情的眞相，實在是一個愚蠢的主意。

但是，蘇珊．韓洽德之所以不敢揭露眞相，以免失去親愛的女兒的歡心，並非由於她覺得自己曾經做錯事情。她的頭腦單純（這也就是韓洽德瞧不起她的根本原因），使她一直存著一種想法，認爲就道義方面來說，紐森已經由那次購買行爲，從她取得一種眞實而無可非議的權利，雖然那種權利的確切意義和法律限度，她並不清楚。一個神志清明的青年婦女，居然把這種買賣行爲當眞，在老於世故的人看來，也許會覺得奇怪；如果不是還有無數同樣的事例，我們也幾乎不敢把這件事情信以爲眞。但是，事實上，她絕不是第一個，也不是最後一個死心塌地跟著買主過日子的鄉下女人，許許多多的鄉間實事可做例證①。

蘇珊．韓洽德被賣後的奇特遭遇，我們用三言兩語就可說明。在無可奈何的情形下，她曾經被紐森帶到加拿大去，他們在那裏住了幾年，境況並不很好，雖然她以一個主婦的身分，辛勤操勞，盡量使他們的小家庭生活愉快，衣食無缺。在伊莉莎白．珍十二歲左右的時候，一家三口回到英國，在法爾茂斯定居下來，紐森靠著做船夫和碼頭裝卸工人來維持一家人的生活，前後有好幾年。

後來紐森到紐芬蘭去當水手，就是在這段時期當中，蘇珊開始醒悟過來。她把自己的故事透露給一個朋友，那個朋友對於她的認眞接受自己被出賣後的地位，採取一種嘲笑態度，於是她的寧靜心情就此結束了。當紐森在一年冬末回家的時候，他發現自己過去處心積慮地在蘇珊心中建立起來的那種虛幻想法，已經完全化爲烏有。

蘇珊陷入一種憂鬱心情之中，在這個期間，她向紐森明白表示，她懷疑自己是否還能同他一起生活下去。後來到了作業的季節，紐森又離家前往紐芬蘭。不久之後，傳來了紐森在海上失蹤的含糊消息，這個消息解決了那個使她那溫順的良心深受折磨的問題。她從此就沒有再見到他。

關於韓洽德的消息，她們一點也沒有聽到。對於安分守己的勞動分子來說，當時的

①在十九世紀的英國，賣妻的事例是屢見不鮮的。艾里斯（Havelock Ellis）在他的「性心理學」一書中，講到一些在公開市場賣妻的事例（見該書第八卷四〇三頁）。一八八三年三月二十四日的「觀察報」（Obeserver）上面，轉載「布雷克本報」的一段記載如下：「一名姓高爾頓的磨工，於上星期一在斯托克港的市場公開售妻。由丈夫工廠的一位同事以一加侖啤酒爲代價買去。女的頭上戴著一條類似轡繩的東西，似乎十分情願的樣子。」

英國有如一洲那樣廣大，一哩路有如一個經度或緯度那樣漫長。

伊莉莎白・珍發育很早，已經長成爲一個大人了。在她們獲悉紐森在紐芬蘭附近喪生海上的一個月左右之後（當時她大約十八歲），有一天，伊莉莎白正在她們那所小屋裏面的一個柳條椅上坐著，替漁夫編結漁網。她母親也坐在同一房間後部的一個角落裏，在做同樣的工作。做母親的忽然放下手中的大木針，若有所思地打量著女兒。陽光從門口照射進來，照到那個少女的頭部，她的頭髮很鬆散，所以光線可以照射到頭髮的深處，正像照射到一個榛樹叢裏面一樣。她的臉面，雖然很蒼白，尚未發育完全，卻很富於美的原料，將來可望有很好的發展。其中有一種蘊含在內層的漂亮本質，似乎竭力想衝破那些臨時性的不成熟的曲線，和由貧困所造成的損害，而顯露出來。她在骨子裏是漂亮的，雖然在皮肉方面還不能說是漂亮。如果在她面貌的可變部分尚未成爲定型之前，日常生活當中的煩惱可以避免的話，她那蘊含的美還能顯露出來，否則她可能永遠不會長得十分漂亮。

面對著自己的女兒，做母親的很發愁，她這種憂愁並不是渺茫的，而是出自合理的推想。爲了女兒的前途，她曾經多次設法擺脫貧困的束縛，但是現在母女二人仍然牢牢地陷在那種束縛之中。很久以來，做母親的就已經覺察出來，女兒的年輕的心靈是在如何熱烈而不斷地尋求開展；可是現在已經十八歲了，她的心靈仍然沒有得到怎樣的開展。伊莉莎白・珍的很有節制的願望，實在就是能看見，能聽見，能明白②。如何使她成爲一個知識更豐富、名聲更美好的——或者如她自己所說的，一個「更好的」——女人，是她經常向母親提出的一個問題。她對於各種事物的探索，此處於同樣地位的其他少女都更爲深入，做母親的覺得自己對於她這種探索不能有所幫助，內心深感苦惱。

那個水手大概已經不在人世了。從前在蘇珊未曾醒悟過來的時候，她一直很虔誠而始終不渝地把他當做自己的丈夫，現在她不需那樣做了，她自己在考慮：現在既然已經恢復自由之身，在這個樣樣事情都不湊巧的世界上，目前豈不是一個非常適當的時機，可以盡最大的努力，使伊莉莎白得到上進的機會。把自尊心收藏起來，去尋覓前夫，似乎不失爲一個最好的初步辦法。他可能已經爲了酗酒而斷送了性命。不過，從另一方面想來，他也許還不致糊塗到那個地步，因爲在她和他共同生活的時候，他只是偶爾一陣一陣地好酒貪杯，並不是個慣常的酒徒。

無論如何，如果他還在人世，她們母女應該回到他那裏去，這個主意的正當性似乎是不容置疑的。尋覓韓洽德的困難，在於使伊莉莎白曉得事實眞相——對於這件事情，蘇珊不敢多想。她終於決定開始尋訪，而不把自己過去同韓洽德的關係告訴伊莉莎白，等將來找到他的時候，可以由他來向她說明，如果他願意那麼做的話。她們母女二人在市集上的那番談話，以及伊莉莎白和母親一起遠路訪親而不明底蘊的情況，都是由此而起。

②因爲伊莉莎白熟讀聖經，此處哈代可能是引用新約「馬太福音」第十三章第十至十三節的典故，說明她心中的願望：「門徒走過來，問耶穌說，對眾人講話，爲什麼用比喻呢？耶穌回答說，……所以我用比喻對他們講，是因爲他們看了，但是看不見，他們聽了，但是聽不見，也不明白。」

## 04

她們在這種情況下繼續向前行進，所憑恃的只是賣粥婦人對於韓洽德的下落所提供的模糊線索。她們必須極端儉省。有時步行，有時搭乘農人的馬車，有時搭乘運輸業者的卡車；就這樣地，她們漸漸走近了嘉德橋。伊莉莎白・珍發現母親的健康已經遠不如從前，而且在言談之中，時常流露出一種灰心的語調，表示她對人生已經十分厭倦，如果不是爲了女兒的緣故，她就是離開人世也沒有什麼怨憾。這項發現使做女兒的吃驚。

在將近九月中的一個星期五晚上，快到黃昏的時候，她們到達一座小山頂，那座小山距離她們要去的地方不到一哩之遙。馬車道的兩旁有種植在土堤上面的樹籬，她們走到樹籬裏邊的青草地上，在那裏坐下。從這個地方，可以俯瞰嘉德橋及其近郊的全景。

「這個市鎭看起來是一個多麼老式的地方啊！」伊莉莎白・珍說，而她的沉默的母親卻在思索地勢以外的其他事情。「整個市鎭密密麻麻地擠作一團，圍在一個四方形的樹牆裏面，像是用方形木框圍起來的一片花園用地。」

這個古老的嘉德橋市的四四方方的形狀，的確是它的一個最觸目的特點——在那個時代，雖然距離現在很近，它卻完全沒有受到現代風習的影響。它緊湊得有如一盒骨牌。它沒有郊區——按照普通的意義來說。鄉村和市鎭會聚在一條線上。

在翱翔高空的飛鳥看起來，嘉德橋在這個幽美傍晚的景色，一定像是一件由暈淡的紅色、褐色、灰色、和水晶所構成的鑲嵌細工，外面圍著一個長方形的深綠色框子。在人類的眼睛從地面上平著看起來，這個市鎭只是一片模糊不清的東西，放置在由菩提樹和栗樹構成的一道柵欄裏面，四周多少哩內都是些圓隆的高地，和凹陷的田野。走到近處，再仔細看去，會逐漸從那一片模糊之中分辨出一些鐘樓、山牆、煙囪、和窗框，還有那些最高的窗戶玻璃，由於受到西天一片銅色雲霞的映照，而閃耀著朦朧的血紅光輝。

從這個樹木圍繞的方形市鎮每一邊的中心點，都有一條林蔭大道，分別通往東方、西方和南方，朝著廣闊的麥田和峽谷延伸大約一哩之遙。這兩個步行人現在就要從其中的一條道路走進市區。在她們還沒有站起身來繼續前進之前，樹籬外面有兩個男人經過，一邊走一邊在議論一件事情。

「噢，一點也不錯。」當那兩個人走遠的時候，伊莉莎白對母親說，「他們在談話當中提到韓洽德這個名字——就是我們那位親戚吧？」

「我也這麼想。」紐森太太說。

「這就等於告訴我們，他還住在這個地方。」

「是的。」

「我可不可以追上去，跟他們打聽打聽他的消息——」

「不！現在絕對不能這樣做。說不定他現在正在貧民習藝所，或許關在監牢裏呢。」

「啊呀——你怎麼會想到那裏去了，媽媽？」

「我只是隨便說說罷了！不過我們一定要私下暗中打聽。」

她們休息夠了，在薄暮時分繼續往前走。這條林蔭道兩旁樹木濃密，把中間的道路遮蔽得有如隧道一般地黑暗，雖然兩側的露天地區仍然殘留著微弱的日光。換句話說，

她們是在兩片黃昏之間，沿著當中的午夜一般的漆黑前進。現在人文的景象既已呈現眼前，伊莉莎白的母親對這個市鎭的形貌開始感到深切的興趣。她們信步各處走了一會兒，馬上看出那道把嘉德橋圍起的、由盤根錯節的樹木構成的柵欄，本身就是一條林蔭路，座落在一道低矮的綠堤或陡坡上邊，外面的一條壕溝仍可看見。在這條林蔭路和土堤的裏邊，有一座斷斷續續的城牆；在城牆的裏邊，塞滿了市民的住所。

這兩個女人當然不知道，這些周邊的特殊形貌原來只是這個城市古時的防禦工事，後來種植了樹木，做爲公眾的散步場所。

這時燈光從環繞的樹木中間閃爍過來，爲裏面的人帶來一種極其安適的感覺，同時使外面沒有燈光照耀的鄉野顯得出奇地寂寥和空虛，因爲那些地方同人類聚居之處極爲接近，而景象卻截然不同。超越其他聲音而傳送到她們耳際的一種聲音——一個管樂隊演奏的樂曲——更爲增大了城市和原野之間的差異。這兩個旅客回到嘉德橋的正街。在那裏，她們看到一些木造房屋，閣樓向外突出；格子窗上裝著小塊玻璃，由一些帶有拉繩的棉布窗簾遮蔽著；在山牆的破風板下面，陳舊的蜘蛛網在微風中飄動著。也有一些木架砌磚的房屋，主要靠著隔壁房屋的支持。有些石板瓦屋頂，用瓦修補起來，也有一些瓦屋頂，用石板瓦修補起來，偶爾也可以看到一些茅草的屋頂※。

由店鋪視窗陳列的物品，可以看出這個市鎭賴以存在的人們所具有的農業和田園的性質。在鐵匠鋪的門口，擺著大鐮刀，收割鐮刀，羊毛剪刀，鉤刀，鐵鍬，鋤頭，和鶴

※這些老舊房屋現在大部分已被拆除（一九一二年）。

嘴鋤；在桶店的窗口，有蜂房，奶油桶，攪乳器，擠牛奶用的凳子和桶，草耙，大水瓶，和播種器；在馬鞍店的窗口，有馬車繩索和犁用馬具；在車匠店和機械店的窗口，有馬車，手推車，和磨麵機；在化學藥品店的窗口，有馬的塗擦劑；在手套店和皮革店的窗口，則陳列著修整樹籬用的手套，修葺茅草屋頂用的護膝，農夫用的裹腿套，和鄉下人用的木屐。

她們走到一座灰色的教堂前面，那座教堂的巨大的方形鐘樓一直聳入越來越暗黑的天空之中。最近處的燈光照耀著教堂的下部，使人們可以看出，石牆接縫處的灰泥已經完全被歲月和風雨侵蝕光了，在遺留下的縫隙裏面長出許多小叢的景天和草類，一直到上面的雉堞，隨處都可以看到這些植物。鐘樓的時鐘敲了八點，於是教堂的鐘開始以一種果斷的玎璫之聲響起來了。在嘉德橋，仍然實行敲晚鐘的辦法，市民都把晚鐘當做店鋪關門的信號。鐘的低沉音調一響起來，整條正街上所有的店鋪馬上發出劈劈啪啪關窗板的聲音。不出幾分鐘，嘉德橋所有的店鋪都打烊了。

其他時鐘也陸續地敲了八點——一個時鐘從監獄裏發出陰沉的聲音，另一個時鐘從救濟院的山牆發出聲響，在鐘響以前發出的機件轆軋的聲音，比鐘聲更爲清晰可聞。在一家鐘錶店裏，有一排很高的裝有油漆木框的大鐘，正當窗板要把它們關在裏面的時候，也跟著接連地敲出八點，很像一排演員，在幕落之前道出他們最後的臺辭。然後鐘樂結結巴巴地奏出了「西西里水手的讚美歌」※。在這種情形之下，前進派的歷史家不等上一小時的全部事務圓滿結束，就進入下一個小時了。

在教堂前面的空場，有一個女人在走路，她的衣服袖子捲得很高，內衣的邊緣露在外面，衣服下襬也摺起來了，塞在衣袋裏。她胳臂下面挾著一塊麵包，正從那上面撕下幾小塊，遞給一個同行的女人；她們以挑剔的態度一點一點地吃著麵包。韓洽德・紐森太太和她的女兒看到這個情景，便想到自己的肚子也餓了，她們向那個女人打聽附近什麼地方有麵包店。

「眼下在嘉德橋想買到好麵包，跟想得到瑪哪③一樣地不易，」那個女人對她們加以指點之後，又這樣說道。「他們可以在那裏吹他們的喇叭，打他們的鼓，大擺筵宴」——她用手指著前面大街上一個較遠的地方，那裏正有一個管樂隊站在一座燈火輝煌的建築物前面——「但是我們就得受罪，沒有好麵包吃。現在在嘉德橋，好麵包沒有好啤酒多。」

「好啤酒沒有壞啤酒多，」一個兩手插在衣服口袋裏面的男人說。

「怎麼會沒有好麵包呢？」韓洽德太太問。

「噢，都怪那個糧食商人——本地開磨坊的和做麵包的都跟他買小麥，他把已經發黴生芽的小麥賣給他們。據他們說，他們並不知道小麥已經發霉生芽，直至看到生麵團像水銀一般流瀉在烤爐上面，才明白是怎麼一回事，結果做出來的麵包，扁得像癩蛤

※這些鐘樂，像其他鄉村教堂的鐘樂一樣，現在已經沉寂多年了。

③瑪哪（manna）是古以色列人流浪荒野時，耶和華賜給他們的食物，見舊約「出埃及記」第十六章第十四節至三十六節。後來此詞意指非常好吃的食物。

蟆，裏邊就像用牛羊脂肪做成的布丁似的。我是個做妻子的人，也是個做母親的人，但是我以前從來沒有在嘉德橋看見過這樣無法無天的麵包。——你一定是初到此地的外鄉人吧，所以不明白本地這些可憐的人們爲什麼在這個星期全都把肚子氣得鼓鼓的。」

「是的。」伊莉莎白的母親很羞怯地說。

因爲還不曉得自己在這個地方的前途如何，不願受到更多的注意，所以她帶著女兒從那個女人的身邊走開。她們在那個女人所指示的店鋪買了幾塊餅乾，暫時充饑，然後便本能地朝著那個奏樂的地方走去。

母女二人往前走了幾十碼，就到了市樂隊演奏的地方，那些人正在演奏「古英格蘭之烤牛肉」的樂曲，聲音很響，使玻璃窗爲之震動。

那所被樂隊在門前擺滿了樂譜架的建築物，是嘉德橋市最大的旅館——王徽旅館①。一個寬大的弓形凸窗從門廊頂端突出到大街上面；從開著的窗戶傳出人們的談話聲，玻璃杯碰擊聲，和開瓶塞聲。而且，窗簾都沒有拉起，從對面馬車站石階的頂端可以望見室內的全景。現在正有一小批閒人爲了這個目的而聚在那裏。

「我們也許可以去打聽打聽——我們的親戚韓洽德先生的消息了，」紐森太太低聲說，她自從走進嘉德橋市區以後，就顯得很奇特地虛弱而激動。「我想，這是個探聽消息的好地方——只是問一問他在這個市鎮的情形如何——如果他在此地的話，我想他一定在此地。伊莉莎白．珍，最好由你去做這件事情。我現在太疲倦了，什麼事情也不能做——你要先把面紗拉下來②。」

她在最下面的一蹬臺階上坐下；伊莉莎白．珍遵從她的吩咐，站到那些閒人中間。

①王徽旅館（the King's Arms）：皇室人物於旅行途中，在這家旅館住宿，准許旅館把皇室的盾徽（coat of arms）漆在門口，作爲紀念。後來「王徽」遂成爲這家旅館的名稱。

②在那個時代，淑女的帽子上帶有一個用黑色細棉布或蕾絲（lace）製成的面紗，出門時拉下來蒙在臉上，在下頦底下繫起。

「今天晚上有什麼事情？」少女選中一位老人，在那人身旁站了相當久的時間，取得可以交談的權利之後，才向他問道。

「噢，你一定是外鄉人，」老人說道，眼睛仍然一直望著窗口。「這是上流士紳和領袖人物的一場盛大的公宴——市長坐在首席。因爲我們普通老百姓沒被邀請，他們沒把窗簾拉起，使得我們可以從外邊看一看裏面的情形。你走上臺階，就能看到他們。那個坐在桌子一頭，面對著你的，是市長韓洽德先生；左邊和右邊都是市議會議員……啊，他們當中有很多人當初還不是跟我現在一樣！」

「韓洽德！」伊莉莎白．珍說，她很吃驚，但是並沒有料想到這個消息的全部意義。她走上臺階的頂端。

她的母親，雖然低垂著頭，卻在那位老人所說的「市長韓洽德」幾個字尚未傳到她耳邊之前，就已經聽到從旅館視窗傳來的說話聲音，那些聲音很奇異地吸引著她的注意。她站起身來，盡快走到女兒身邊，同時竭力不把自己那種非常急切的心情顯露出來。

旅館餐廳的內部，連同餐桌、玻璃杯、銀餐具、和裏面的座上客，都展現在她的眼前了。面對窗口，在首席坐著一位四十左右的男子。這個人身材魁梧，大臉盤，講話聲音很有威嚴，他的整個身體結構可以說是粗疏而不緊密，臉面的膚色很濃重，近乎黝黑，長著兩個閃亮的黑眼珠，眉毛和頭髮都是烏黑而濃密的。在他有時因爲聽到賓客所講的什麼話而縱聲大笑的時候，他的大嘴張得很大，在枝形燈架的光線照耀之下，把他

## 05

仍然保有的三十二顆健全牙齒足足露出了二十或二十多顆。

他那種笑聲，在陌生人聽起來，是不會使人歡欣鼓舞的，因此最好能少聽到。人們可以根據那些笑聲做出許多猜測，推想到發笑者的性情，對於弱者不會有憐憫之情，對於偉大或強有力的人物卻會由衷地加以讚賞；他的善良（如果他具有這種性質的話）一定是間歇性的——偶然表現出一種幾乎使人受不住的豪爽，而非經常保持一種溫和的親切。

蘇珊．韓洽德的丈夫——至少在法律上是如此的——坐在她們的眼前，他在形態方面是成熟的，在線條方面是僵硬的，在性格方面是誇張的；飽受磨鍊，臉上還留著思慮的痕跡——總而言之，比從前老了。伊莉莎白完全沒有像她母親那樣受到過去記憶的牽累，只是懷著一種深切的興趣和好奇心看著韓洽德，因爲她發現自己尋覓很久的親戚竟然有如此意想不到的社會地位，自然而然地產生了那種心情。韓洽德穿著一身老式晚禮服，縐邊襯衣在寬闊的胸前露出一大片，還戴著鑲寶石的領扣，和一條很重的金鍊子。在他的右手邊擺著三隻玻璃杯，但是使他的妻子很感驚奇的是，兩隻裝酒的杯子都是空的，而第三只杯子——一隻平底大玻璃杯——裏面，卻裝著半杯水。

她上次看見他的時候，他穿著一身燈芯絨上裝、斜紋布背心短褲、和棕色皮裹腿套，坐在粥棚裏邊，面前放著一碗熱牛奶粥。時間這個魔術師已經造成很大的變化。眼睛望著他，心裏在回想過去的事情，她不免有很大的感觸，因而退縮到運貨馬車站站房門口的側柱旁邊，側柱的暗影正好可以遮掩起她的臉面。她已經忘記女兒的存在，直到伊莉莎白·珍過來拉了她一把，她才如夢方醒。「媽媽，你看見他了嗎？」女兒低聲說。

「看見了，」母親匆促地回答。「我已經看見他了，這就夠了！現在我只想走開——想死掉算了。」

「爲什麼——啊，爲什麼呢？」她走近些，在母親耳邊低聲說。「你是不是覺得他不會幫助我們？我覺得他看起來像是很慷慨的人。他是一個多麼有風度的紳士，不是嗎？他的鑽石領釦多麼閃亮耀眼！你居然說他可能被關進監獄，或者住在貧民習藝所裏，或者已經死了，眞奇怪！一切情形不都是完全相反嗎！爲什麼你現在這樣怕他？我一點也不怕他；我要去見他——大不了他只能不承認我們這門子遠親罷了。」

「我完全不知道——我不曉得應該怎麼辦。我覺得很氣餒。」

「不要這樣，媽媽，現在我們已經到了這裏，就照原定計畫去做！你在這裏休息一會兒——我去看看，再多探聽一些關於他的消息。」

「我不想去會晤韓洽德先生了。他的情形不像我所預料的那個樣子——他使我受不了！我不願意再和他見面了！」

「還是等一等，再考慮一下吧。」

伊莉莎白·珍過去對於任何事情，從來不曾像對於她們母女目前的處境感到這麼大的興趣，部分是因爲她發現自己同一個闊人有親戚關係，自然而然地感到興高采烈。她又走過去仔細觀察餐廳裏面的情景。年輕的賓客們正在興致勃勃地一邊談話，一邊吃東西；年長的人們則正在挑尋美味的食物，把頭伏在盤子上面，用鼻子吸氣嗅來嗅去，發出咕嚕咕嚕的聲音，像是伸出鼻子探尋橡實的母豬一般。在座的客人似乎只喝三種酒——紅葡萄酒、白葡萄酒，和蔗汁酒；除了這三種酒之外，桌子上沒有什麼其他的美酒。

現在桌子上擺著一排側面刻有圖形的老式大酒杯，每個酒杯配置著一個調羹；那些酒杯裏面倒滿了熱氣騰騰的攙水烈酒，使人不免爲那些暴露在蒸氣前面的物件深感擔心。但是伊莉莎白・珍注意到，雖然侍者們在很敏捷地爲所有的賓客倒酒，市長的酒杯卻一直空著，沒有人爲他斟酒，他仍然在用那個放置在一堆裝酒用的透明杯子後面的平底大玻璃杯，大量地喝水。

「他們沒有給韓洽德先生的酒杯斟酒，」她鼓起勇氣向身旁那位老人說。

「噢，不會給他斟酒的；你不知道他是一個著名的名副其實的戒酒者嗎？他不屑喝一切誘人的酒類，一向是滴酒不沾的。噢，是的，他在這一方面很了不起。我聽說他從前對著福音書發過誓，以後一直遵守誓言。所以他們也不勉強他，大家都曉得那樣做是不適宜的，因爲一個人憑著福音書發的誓是很嚴重的事情。」

另一個年長的人，聽到這番議論，也來加入談話。他問道：「所羅門・郎維斯，他的誓還要過多久才滿期？」

「還有兩年，他們說。我不曉得他規定這個期限的原因究竟是什麼，因爲他從來沒對任何人說過。但是還有整整兩年，他們說。他能夠支持這麼長的時間，意志實在堅強！」

「不錯……但是希望可以產生很大的力量。曉得自己再過二十四個月就可以解除束縛，敞開兒喝酒，來補償過去所受的罪——當然啦，這對於他一定有一種鼓舞作用。」

「那是一定的，克里斯托夫．柯尼，那是一定的。他必得有這樣的想法，一個孤單單的鰥夫，」郎維斯說。

「他從什麼時候起沒有了太太？」伊莉莎白問道。

「我沒有見過他的太太。那是他來到嘉德橋以前的事，」郎維斯回答說，帶著一種具有結束作用的強調語氣，彷彿他不知道韓洽德太太，她的故事就不會有什麼趣味了。「但是我知道他是一個發過誓的絕對戒酒者，如果他的手下人稍微喝醉了酒，他就很嚴厲地責罵他們，就像上帝對待那些歡樂的猶太人的態度一樣③。」

「那麼，他的手下有很多人麼？」伊莉莎白說。

「很多人！當然啦，我的好姑娘，他是市議會最有力量的分子，而且是附近四鄉的主要人物。任何在小麥、大麥、燕麥、乾草、根菜等等方面的大交易，沒有他不插手的。這還不算，他還要參與其他的事情；他所犯的錯誤就在這裏。他最初到這個地方來的時候，什麼也沒有，後來漸漸搞起來了，現在已經成爲本市的要人。不過在今年，他因爲供應這種壞小麥，地位稍微有些不穩了。我看著德恩歐弗荒原上的日出日落，已經有六十九年了，雖然自從我替韓洽德先生工作以來，他從來沒有很不公平地責罵過我，而我只是一個不足道的小人物。可是我不能不說，我以前從來沒吃過像最近用韓洽德的

③這個典故出自聖經何章何節，待考。

小麥做出來的那麼難吃的麵包。那些小麥都發霉長芽了，幾乎可以管它叫麥芽，麵包底下有一層很厚的硬殼，像鞋底似的。」

現在樂隊開始演奏另外一個樂曲，這個樂曲奏完的時候，飲宴也告結束，有人開始演說。夜晚很安靜，窗戶仍然開著，因而可以很清晰地聽到那些演說。韓洽德的講話聲音傳來了；他在講述自己做乾草生意的一段故事，說他怎樣跟一個想使他上當的人鬥智，結果反而使那個人上了當。

「哈——哈——哈！」他把故事講完的時候，聽眾發出笑聲；在一片歡悅氣氛之中，忽然有一個新的聲音發出：「這個故事很好，但是關於壞麵包的事情怎麼說呢？」

這個聲音來自下席的一端，在那裏坐著的是一些二、三流的商人，他們雖然也是座上客，在社會地位方面卻比其餘的人們略低一些；他們似乎保持著一種獨立的見解，談話內容與論調和坐在上席的人們不太調諧；正如教堂裏面坐在西端的人們的歌聲，在音調和拍子方面有時總是不能和高壇上的領導分子們一致④。

關於壞麵包的質問，使得站在外邊的閒人大感滿意，他們當中有些人不免懷著幸災樂禍的心情；因此他們很不客氣地回應著：「嘿！關於壞麵包的事情怎麼說呢，市長先生？」而且，他們完全感受不到參加宴會的人們所受的那些拘束，所以能夠毫不在乎地補充一句說：「你倒是應該把這件事情講一講，先生。」

這項打岔的質問迫使市長不得不加以應付。

④高壇（chancel）是祭壇周圍的部分，通常在教堂的東端，爲教士和唱詩班的席位。

「是的，我承認後來發現那些小麥很不好，」他說，「但是我在買那些小麥的時候，是像那些從我手中購買小麥的人一樣地受騙了。」

「而我們這些非吃這種麵包不可的可憐的人們也都受騙了，」窗戶外面那個唱反調的人說。

韓洽德的臉色沉下來了。在溫和的表面之下，他是有脾氣的——那種天生的脾氣在由人為力量加強之後，曾經在差不多二十年前趕走了自己的妻子。

「你們必須原諒一家大商號所可能面臨的一些不測事故，」他說。「你們必須記住，在那些小麥收成的時候，遭遇到多少年來未有的壞天氣。不過，我已經因為發生了這件事情，而在設法改進業務的處理。我覺得我的事業太大了，自己一個人照顧不了，所以我已經登廣告招聘一位極其適當的人來擔任糧食部經理。當我請到這個人的時候，你們就會發現這種錯誤不會再發生了——一切事情都將得到更好的照料。」

「但是對於過去的事情你將怎樣補償呢？」以前發言質問的那個人又追問，他似乎是一個開麵包店或磨坊的人。「你能不能用好小麥來賠償我們那些發霉的麵粉？」

聽到了這些節外生枝的要求，韓洽德的面容變得更嚴酷了，他拿起高玻璃杯喝些水，像是要使自己冷靜一下，或拖延一些時間。他並沒做出直接的答覆，只是死板板地說——

「如果有人能告訴我怎樣把發霉的小麥變成好小麥，我將樂於把發霉的小麥收回。但是那是辦不到的事。」

韓洽德說完了這些話，就坐下了。他決定不再發表任何其他意見。

# 06

在過去幾分鐘之內，站在旅館窗外的人群又增加了一些新分子，其中有幾個人是體面的商店老闆和他們手下的夥計，在店鋪打烊後到外面來透透氣，還有幾個是身分較低的人。現在卻又出現一個和那兩種人顯然有別的陌生人——一個儀表非常俊秀的青年男子——手裏拿著一個絨毛製成的手提包，上面帶有當時頗爲流行的花卉圖案。

這個青年皮膚白皙，面色紅潤，兩眼晶瑩，身材纖瘦。如果在他到達的時候，不是正好趕上討論小麥和麵包的問題，他也許根本不會停留下來，或者至多停留半分鐘，望望裏邊的場面，就馬上離去了，如果那樣的話，本書下文的故事就永遠不會發生了。但是，這問題似乎把他吸引住了，他低聲向其他看熱鬧的人問了幾句話，就站在那裏傾聽著。

當他聽到韓洽德所說的那句結語——「這是辦不到的事」——的時侯，他不禁莞爾而笑，掏出懷中記事冊，藉著窗口的燈光寫了幾行字。他把寫字的那一頁撕下，摺疊起來，寫上收信人的姓名，似乎就要把它從開著的窗口扔到裏面的餐桌上，但是，再想想之後，他便側著身子從看熱鬧的人叢中間穿過，走到旅館門口，一個本來在裏面侍候客人的侍者正在那裏懶洋洋地斜依著門杜。

「馬上把這個交給市長，」他把那個匆匆寫成的字條遞給侍者。

伊莉莎白・珍看到他的動作，也聽到他所說的話。他說話的內容和他的口音，對於她都具有一種吸引作用。那種口音在這些地方是陌生的，一種很奇特的北方口音。

侍者接過字條，那個年輕的異鄉人接著說——

「你能不能爲我介紹一家比這家稍微便宜些的旅館？」

侍者神情淡漠地向大街左右望望。

「聽說在前面不遠的三水手很好。」他無精打采地回答。「但是我自己從來沒在那裏住過。」

這個看起來像是蘇格蘭人的年輕人向侍者道了謝，便朝著三水手的方向緩緩走去，現在他最關心的是旅館問題，而非那個字條的命運，因爲促使他寫出那個字條的一時衝動已經成爲過去了。當他的身影沿著大街慢慢消逝的時候，那個侍者離開門口，伊莉莎白．珍帶著幾分關懷的心情看著他把字條拿進餐廳，交給市長。

韓洽德很不在意地望望字條，用一隻手把它打開，匆匆看了一遍。那個字條對他發生一種出乎意料的作用，使得看見那種情形的人感到奇異。自從出售壞小麥的問題被提出之後一直籠罩在他臉上的那種困惱陰黯的神情，忽然一變而爲一種專心注意的態度。他慢慢地閱讀字條，然後開始陷入一種思索，他的神態並不陰沉，而是一陣一陣地殫思竭慮，像是一個人忽然有一種新意念盤據心頭的那副樣子。

在這個時候，唱歌已經代替了敬酒和演說，小麥的問題已經全被忘掉。人們三三兩兩地聚在一起，講述有趣的故事，縱聲大笑，在一片喧囂之中，只見他們笑歪了臉，卻聽不到笑聲。有些人開始現出一副迷茫的神態，似乎已經不知道自己怎樣到那裏來的，

爲何而來，以及怎樣再回到家裏，他們只是帶著一副茫然的笑容暫時繼續坐在那裏。身軀碩壯的人們表現出一種要變爲駝背的趨勢；氣度高貴的人們已經一反常態，把身體弄成奇奇怪怪的傾斜姿勢，面容零亂，歪向一邊；在用餐時規規矩矩一絲不苟的少數人，現在也把頭向肩膀沉下去了，嘴角和眼角都由於頭部下沉而向上豎起。只有韓洽德沒像旁人那樣歪歪斜斜地變了形，他仍然莊嚴而挺直地坐在那裏，默默地思索心事。

時鐘敲了九點。伊莉莎白．珍轉臉看她的母親。「時間很晚了，媽媽，」她說。「你打算怎麼辦？」

她發現母親已經變爲非常地猶疑不決，不覺吃了一驚。「我們必須找個睡覺的地方，」她喃喃地說。「我已經看到——韓洽德先生；我的目的已經達到了。」

「今天晚上有了這個結果，已經很夠了，」伊莉莎白．珍以安慰的語調回答說。「我們可以明天再考慮該怎麼辦。現在的問題是怎樣找到一個住處，不是嗎？」

母親沒有答話，伊莉莎白．珍想起那個侍者曾經說起三水手是一家價錢便宜的旅館。適用於某個人的建議，也許可以同樣適用於旁人。「我們到那個年輕人去的那家旅館吧，」她說。「他是個很體面的人。你以爲怎樣？」

母親同意了，兩個人便沿著大街往前走去。

在這個期間，由那個字條所引起的市長的深思，一直使他處於出神狀態之中，直到最後，他低聲請鄰座的人代替他，然後找個機會離席。這時他的妻子和伊莉莎白剛剛離去。

在會場的門外，市長看見那個侍者，向他招招手，問他在一刻鐘前遞進去的那個字條是誰交給他的。

「一個年輕人，先生——像是一個旅客。看樣子是蘇格蘭人。」

「他有沒有說他是怎樣得到那個字條的？」

「他自己寫的，先生，就是站在窗戶外面寫的。」

「噢——他自己寫的……那個年輕人住在這個旅館嗎？」

「不，先生。他到三水手去了，我想。」

市長兩手放在上裝的燕尾下面，在旅館門廊來回地踱著，彷彿他之所以走出大廳，只是爲了尋求更爲清涼的空氣。他的心思無疑地仍然完全沉迷在那個新意念之中，不論那個新意念是什麼。最後，他回到餐廳門口，站在那裏，發現雖然他不在場，他們的唱歌、敬酒、和談話照樣很圓滿地在進行著。實際上，在座的市議會同仁、市民、以及大小商人，部在盡情縱飲，他們不僅把市長完全忘記了，就連他們在白天認爲必須保持、並且像鐵柵一般將他們分隔開的一切政治上、宗教上、和社會地位方面的巨大差異，也都忘得乾乾淨淨。市長看到這種情形，便拿起帽子，侍者幫他把那件薄麻布外套穿上，然後他去到外邊，站在柱廊下面。

現在街上的行人很少了；他的眼睛好像被一股力量吸引過去，朝著下頭兒一百碼外的一個地點望著。那就是寫字條的人所去的地方——三水手客棧。從他站著的地方，可以看到那家客棧的兩面很顯眼的山牆、弓形凸窗、和過道的燈光。他向那所房屋注視了一會兒，然後便朝著那個方向走去。

這家供人畜住宿的古老旅店，是用色調柔美的沙岩建成的，裝置著一些用同樣材料做成的豎框窗戶。可惜這所房屋年久失修，由於地基下陷的關係，顯然已經有些歪斜。向大街突出的弓形窗（這家客棧的常客對於窗戶裏面的一切非常熟悉）的護板已經關起，每塊護板有一個心形的洞，其左右心房都比眞實的心臟更爲纖瘦一些。在這些燈光明亮的洞口裏邊，如每一個過路人都知道的，這時正有許多紅光滿面的頭顱，以三寸左右的間隔排列在那裏，其中有玻璃匠威爾斯、皮鞋匠史瑪特、雜貨商人巴茲福、和其他二流的名士，他們的社會等級比那些在王徽旅館進餐的人們稍微低一些，每人手裏拿著一根長煙袋。

客棧入口的上方，是一個都鐸王朝①式樣的四中心的拱門，在拱門的上方，有一幅招牌。招牌上的三位水手，被畫家畫成只有兩度空間的人了——換句話說，只有長度和寬度，而沒有厚度，扁平得像個影子似的——他們正以一種癱瘓的姿勢站成一排。這三個夥伴因爲位於大街朝陽的一邊，已經被曬得彎翹、裂縫、褪色、和皺縮了，在構成招牌的木頭紋理、節疤、和釘子的實體上面，他們已經成爲一片模糊不清的薄膜。實際上，造成這種情形的原因，與其說是老闆史坦尼治的疏忽，不如說是在嘉德橋找不出一位畫家，能把這幾個傳統性人物的面貌照原樣描畫出來。

一條燈光昏暗的狹長過道，通到裏面的客棧，在那條通路上面，向後面馬房走去的

①英國都鐸王朝（Tudor,1485-1603，從亨利七世起，到伊莉莎白一世止）。

馬，和出出進進的客人毫無分別地摩肩接踵，後者的腳頗有被牲畜踐踏的危險。三水手的好馬房和好啤酒，雖然都因爲只有這一條狹窄通路而頗爲難以得到，但是那些熱悉嘉德橋情況的精明老手，卻一直堅持不懈地趨之若鶩。

韓洽德在客棧外面站了一會兒，然後把襯衣外邊的褐色荷蘭麻布外套的扣子扣起來，盡可能地降低自己的高貴氣度，並且在其他方面恢復自己的平常儀態，然後走進客棧的門。

# 07

伊莉莎白．珍和她母親比韓洽德早到約二十分鐘。在三水手客棧的門外，母女二人猶豫了一陣。雖然這家簡陋的客棧被人認爲價格低廉而加以推薦，但是以她們囊中的微薄財力，是否能負擔得起，還是煞費斟酌。但是，她們終於鼓起勇氣走進去了，遇見了老闆史坦尼治，和他接頭。史坦尼治是一個沉默寡言的人，他用一些大杯把起泡沫的啤酒從桶中汲出，分送到各個房間，和他所雇用的女侍們一起侍候客人——不過，在他的動作中，卻表現著一種很有威儀的慢吞吞的態度，顯得他和那些女侍不同，而且也正切合一個自願服務者的身分。不過他的服務不能說是完全出於自願，因爲還有老闆娘在那裏發號施令。老闆娘坐在賣酒的櫃檯裏邊，整個身體一動不動，但是兩眼四處張望，聽覺又極靈敏，所以對於客人的一些急迫的需要，她的丈夫雖然近在咫尺，往往還忽略過去，她卻都能通過開著的門和樓梯口而看到或聽到。老闆對這母女二人投宿，無可無不可地接納了，把她們領到山牆下面的一個小房間裏。她們在房間裏面坐下來。

這家客棧裏面到處鋪著許多潔淨的亞麻布，似乎存心想要藉著這種東西來彌補通道、地板、和窗戶所呈現的古老的不便、彎曲、和昏暗，但是旅客們都覺得有些眩目。

「這個房間太好了——我們出不起這筆房費！」一等到房間裏面只剩下她們兩人的時候，做母親的便懷著憂慮的心情四處望望，對女兒這樣說。

「我也在擔心這件事，」伊莉莎白說，「但是我們必須顯得體面一些呀。」

「我們必須先要有力量付出食宿的費用，才體面得起來，」母親回答說，「我很擔心，韓洽德先生的地位太高了，恐怕我們高攀不上；所以我們唯有靠著自己手頭這一點點錢。」

她們在房間裏等待一段時間，但是當時客棧樓下的業務正忙，似乎完全忘記了照應她們的需要。「我有辦法，」伊莉莎白．珍忽然對母親說。然後她就離開房間，下了樓梯，從人叢中穿過，走到櫃檯前面。

這個心地純眞的少女有一個最大的長處，就是不惜犧牲自己的安適和尊嚴，去謀求共同的福利。這個長處最能代表她的特性。

「你們今天晚上似乎很忙，而媽媽的經濟狀況又不太寬裕，我可不可以幫忙做些事情，來抵補一部分食宿費用？」她向老闆娘問道。

老闆娘一動不動地穩坐在那把扶手椅上，好像她在從前處於液體狀態時，已經同椅子溶爲一體，既經固結之後，便絕對無法脫離了。她兩手放在椅子扶手上，帶著探詢的神情把面前這個少女上下打量一番。像伊莉莎白所提出的這種辦法，在鄉村固然普通得很，但是，嘉德橋雖然是個老式的市鎭，這種習俗在此地卻幾乎已成陳跡。不過，這位老闆娘對陌生人一向很寬厚，她沒有表示反對。於是那位沉默寡言的老闆用點頭和手勢對伊莉莎白加以指點，讓她曉得各種物品放置的處所。然後她便從樓梯跑上跑下，取來她和母親的晚餐用具。

她正在做這件事情的時候，樓上有人拉鈴，使房屋中央的板壁震顫得很厲害。樓下的鈴發出一陣玲玲之聲，微弱得很，還不如拉鈴的鐵絲和把手所發出的聲音來得響。

「這是那位蘇格蘭客人，」眼觀六路耳聽八方的老闆娘說道，同時把眼睛轉向伊莉莎白：「你去一下好不好？看看他的晚飯是否已經放在托盤裏了。如果已經放在托盤裏，你可以給他端上去。就在上邊前面那一間。」

伊莉莎白．珍雖然已經餓了，卻很情願地把自己的晚餐延緩，她到廚房去和廚子接頭，拿出來一托盤晚餐，走向老闆娘所指示的那個房間。三水手所佔的面積雖然不小，但是供人居住的地方並不寬敞。房屋的橫樑、椽子、板壁、過道、樓梯、廢棄的爐竈、高背長椅、和四柱床等，佔去了許多空間，剩下來供人居住的地方當然就比較狹小了。而且，在那個時期，小旅店主人都還沒有放棄自己釀酒的辦法，而這家旅店的老闆對於自己釀造的麥酒，又要經常維持優良的品質。好酒是這家客棧用以吸引顧客的主要東西，所以一切與釀酒有關的器皿和活動，都居於優先地位，任何其他事物都得退讓一步。因此，伊莉莎白發現那位蘇格蘭客人的房間，就在她們母女所住的那一小間的隔壁。

她進去的時候，只有那位青年一個人在屋——就是剛才她在王徽旅館窗外看見的那個人。他正在很悠閒地閱讀一份本地的報紙，幾乎沒有覺察到有人進來，所以她可以十分冷靜地對他觀察一番。她看見他的前額被燈光照到的部分發出亮光，頭髮修剪得很漂亮，後頭的皮膚上滿布著細柔的汗毛，面頰呈現著近似弧形的曲線，好像是圓球的一部分，眼瞼和睫毛清晰如畫，遮掩著他那朝下望的眼睛。

她放下托盤，把晚餐擺在桌上，然後便走出房間，一句話也沒講。到了樓下，那位肥胖慵懶而十分和善的老闆娘看出伊莉莎白．珍雖然因爲一心想幫忙，而把自己的需要暫時擱置，卻已經顯得頗爲疲倦的樣子，於是她以一種體貼的專斷語氣告訴她說，如果她們母女打算在客棧用餐，最好現在就把晚飯吃了。

伊莉莎白像方才領取那位蘇格蘭客人的食物一樣，到廚房取來她們的簡單食物，回到樓上那個小房間，悄悄地用托盤的邊緣把屋門推開。使她很感驚異的是，母親並沒有像她剛才離去時那樣地在床上躺著，而是直挺挺地站在那裏，張著嘴。一看見伊莉莎白走進來，她就把食指舉起。

伊莉莎白馬上明白了她這個舉動的意義。這兩個女人所住的房間，從前本來是那個蘇格蘭人房間的化粧室，中間有一道門通連著，那道門雖然已被釘死，用壁紙糊起，卻還可以看出一些痕跡。但是，這個房間裏客人的談話，在另一個房間可以聽得清清楚楚——這種現象倒不是這家旅社所獨有，許多比三水手更高級的旅館，也常有這種情形。現在就正有談話聲音從隔壁傳來。

伊莉莎白遵從母親手勢的指示，沒有開口講話，把托盤放下。等她走近時，母親低聲告訴她說：「就是他。」

「誰？」女兒問。

「市長。」

蘇珊．韓洽德在講話的時候聲音顫抖，任何人聽了都會猜想到，她和韓洽德之間絕

## 07

對不只是像她所說的只有一點兒單純的親戚關係，但是伊莉莎白因爲毫無懷疑的意念，對於母親當時的情緒激動竟渾然不覺。

隔壁房間裏的確有兩個男人在談話——就是那個年輕的蘇格蘭人和韓洽德。韓洽德是伊莉莎白‧珍在廚房裏面等待晚餐的時候走進客棧的，由老闆史坦尼治親自恭恭敬敬地領到樓上。現在，伊莉莎白悄悄地把簡單的飯食擺在桌子上，招手讓母親過來一起吃飯。母親呆呆地走了過來和她共進晚餐，但是她的注意力卻一直集中在鄰室的談話。

「我只是在回家途中順路進來，向你請教一個問題；因爲這件事情引起了我的好奇心，」市長以一種漫不經心的親切態度說道，「不過我看你還沒有用完晚飯。」

「沒關係，我馬上就吃好了！你不要走，先生。請坐吧。我就要吃完了，一點兒關係也沒有。」

韓洽德似乎坐下了，稍微過了一會兒又說：「首先我想請問你，這個字條是不是你寫的？」接著是展開字條的沙沙聲。

「不錯，是我寫的。」蘇格蘭人回答說。

「那麼，」韓洽德說，「我想我和你本來已經約好明天早晨見面，現在卻在無意中先遇到了，是不是？我叫韓洽德；我登報招請一位管理糧食業務的經理，你是否曾經來信應徵——你是不是到此地來跟我接頭這件事的？」

「不是，」蘇格蘭人說，帶著幾分驚異。

「你一定就是那個約定前來和我會面的人，」韓洽德又固執地說，「約書亞，約書亞，傑普——姚普——他叫什麼名字啦？」

「你搞錯了！」年輕人說，「我的名字叫唐納．范福瑞。我固然也是幹糧食這一行的，但是我沒有應徵什麼廣告，也沒有約定和什麼人見面。我現在是在前往布里斯托的途中——從那裏到世界的另一邊去，到西方那些出產小麥的好地方去碰碰運氣！我有一些發明，對於這個行業很有用處，但是在這裏沒有機會施展。」

「到美國去——噢，噢，」韓洽德說，他的語調中帶著一股強烈的失望，像潮濕空氣一般地使人可以感覺得到。「可是我怎麼想都以為你就是那個人！」

蘇格蘭人又低聲加以否認。雙方都沉默了一陣，然後韓洽德又開口了：「那麼，我對於你在字條上所做的指點，實在衷心感激了。」

「那算不了什麼，先生。」

「可是，那項指點現在對於我非常重要。我可以對天發誓，我本來不知道我的小麥已經發霉，直到人們前來抱怨，我才曉得。大家為這件事情吵吵嚷嚷，弄得我無法招架。這種小麥我手頭還有幾百夸特爾①；如果你的妙策能使那些小麥變好，你可以看得出，你將把我從多麼大的一場困難之中解救出來。我方才很快就知道你說的辦法大概不會假。不過我想最好能證實一下。當然啦，在我還沒有付給你適當的報酬之前，你自然不願意把那個辦法的步驟都告訴我。」

年輕人考慮了一會兒。「我想我並不反對那樣做，」他說，「我現在要到另一個國家去，矯治發霉小麥並不是我在那裡所要從事的行業。我可以把那個辦法完全告訴你－

07

——我到外國之後，那個辦法對於我不見得有多大用處，對於你卻可以有很大幫助。你看一會兒就明白了，先生。我可以從絨氈手提包裏拿出一些樣品做給你看。」

這時傳來了開鎖的喀嗒聲，隨著是一陣篩東西和沙沙的聲音；然後兩個人在討論一蒲式耳②放多少盎斯，以及如何乾燥、冷卻等等。

「用這點兒小麥就足以向你證明了，」傳來年輕人的聲音。隨著是一陣沉默，兩個人似乎都在很關切地注視著一項工作的進行。然後他大聲喊道：「好啦，你嘗嘗看。」

「好得很！——完全恢復了，或者可以說——喔——差不多。」

「用這種小麥磨成很好的粗麵粉是毫無問題的，」蘇格蘭人說，「完全恢復原狀是不可能的；造物主不容許那樣這，不過現在的成績也很可觀了。好啦，先生，我所用的方法就是這樣。我並不覺得這個方法有什麼寶貴，因爲在天氣不像此地這麼多變的國家，它的用處很小；如果這個方法能對你有所幫助，我將非常高興。」

「不過，你聽我說，」韓洽德竭力想說服他，「你知道，我的生意有糧食和乾草兩個項目；我是捆乾草的工人出身，只有乾草方面的事情我最了解。可是我的糧食業務比乾草多。如果你肯接受這個職位，糧食部門就全歸你主持，在薪水之外還可以拿佣金。」

「你很義氣——十分義氣；但是不行——我不能接受！」年輕人還是做了否定的回

①夸特爾(quarter)是一英擔(hundredweight)的四分之一，即二十八磅。

②蒲式耳(bushel)是量穀物的單位，八蒲式耳是一夸特爾。

答，語調帶有幾分傷感。

「好吧，」韓洽德以斷然的語氣結束了這場談話。「現在——我們換一個話題吧——『施惠於人者，應受人之惠』；不必再繼續吃你那簡陋的飯食了。到我家去；我可以找些比冷火腿和麥酒更好的東西給你吃。」

唐納．范福瑞表示感謝——說他不能接受他的盛情——因爲他想第二天早晨很早就動身。

「好吧，」韓洽德很快地接著說，「隨你的意吧。不過我要告訴你，老弟，如果這個方法像對那些樣品一樣有效地適用於全部發霉小麥，你就保全住我的信譽了，雖然我們本來素不相識。我應該怎樣酬謝你呢？」

「這算不了什麼，這算不了什麼。你也未必常常用得著這個方法，我是一點兒也不珍視它。我看見你遇到了麻煩，他們對你那麼不客氣，所以我覺得不妨把這個方法告訴你。」

韓洽德躊躇了一會兒。「我不會很快就忘記這件事情的，」他說。「而且出自一個素不相識的人！……我簡直不能相信你不是我雇用的那個人！我心裏想：『他曉得我是誰，所以用這一手本領來向我表現一番。』結果你原來不是那個應徵的人，而是一個陌生人！」

「是的，是的，是這樣，」年輕人說。

韓洽德又停頓了一會兒。然後傳來了他的親切的聲音。「范福瑞，你的前額長的有

點像我那個可憐的弟弟——他已經去世了；你的鼻子和他的也很像。我想你的身高大概是，噢——五呎九吋吧？我的身高不穿鞋是六呎一吋。唉，說這些做什麼呢？就我這行生意來說，憑著體力充足和奔波勞碌，固然可以創立一個店鋪，但是如果想長久維持下去，就必須有判斷力和知識才成。可惜我沒有學問，范福瑞——我不擅長計算數字——我是那種全靠實際經驗的方法做事的人。你卻剛剛相反——我看得出來。這兩年，我一直在物色像你這樣的一個人，而你又不能來幫我。現在，在我離去之前，我要問你一個問題：雖然你並不是那個應徵的年輕人，又有什麼關係呢？你不是可以照樣留在此地嗎？你眞的已經下了決心，一定要到美國去嗎？我講話向來不吞吞吐吐。我總覺得，你對我會有非常寶貴的幫助——這是不用說的——如果你肯留下擔任我的經理，我一定不會虧待你。」

「我的主意已定，」年輕人用否定的語調說，「我已經訂了一個計畫，所以對於這個問題，我們不必再談了。但是你不能和我一起喝點酒嗎，先生？我發現嘉德橋的麥酒很能暖胃。」

「不行，不行；我倒是很願意和你共飮，但是我不能，」韓洽德很嚴肅地說。接著，母女二人聽到挪動椅子的聲音，知道他已經站起來要走了。「我年輕的時候很好喝酒——太好喝酒了——幾乎因爲喝酒而毀了自己！我曾經在酒後做一件事情，使我在有生之日，永遠引以爲恥。那件事情對我的心理影響非常大，所以我就在當時當地發誓，我那一天多少歲，以後就多少年不喝比茶更強烈的飲料。我一直在遵守自己的誓言。在三伏天，有時我眞非常想喝酒，如果讓我盡情地喝，我可以喝下一桶二十八磅裝的酒，但是，范福瑞，我想到自己的誓言，就滴酒不沾了。」

「我不勉強你，先生——我不勉強你。我尊重你的誓言。」

「當然啦，我總會請到一位經理的，」韓洽德說，語調中帶著強烈的感情。「但是要找到一個像你這樣合適的人，恐怕很難了！」

韓洽德對於這個青年如此推崇，似乎使他深受感動。他沒講話，直至兩人走到門口的時候，他才回答說：「我但願能留在這裏——實在我也很想留下。但是不行——我不能留在這裏！不能！我要去見見世面。」

# 08

那兩個人就這樣地分手了。伊莉莎白．珍和母親一邊繼續吃晚飯，一邊在各想自己的心事。做母親的因為聽到韓洽德宣稱他對於自己過去的一項行為覺得可恥，而在面容上現出一種奇異的光采。不久，板壁顫動起來了，這表示唐納．范福瑞又在拉鈴，一定是在叫人把晚餐托盤取走；他嘴裏哼著歌曲，踱來踱去，似乎被樓下客人的熱鬧的談話和歌唱所吸引著。他從房間出來，踱到樓梯口，走下樓去。

伊莉莎白．珍把蘇格蘭人和她們母女的晚餐托盤拿到樓下，發現下面高朋滿座，正是開晚飯最忙碌的時候。這個少女有些畏縮，避免參與樓下的服務，她悄悄地各處走動，觀察那裏的景象——她剛剛來自一所荒僻的海濱茅屋，覺得一切都非常新奇。大廳裏面靠牆擺著三、四十把後背堅固的椅子，每把椅子上坐著一位神情愉快的客人，地上鋪著細沙；在門裏邊靠牆擺著一張黑色高背長靠椅，成了伊莉莎白的隱身之所，她站在那裏冷眼旁觀，別人卻不會特別注意到她。

那位蘇格蘭青年已經置身在眾賓客之間。那些賓客的品類很不齊，在弓形凸窗口的雅座和附近的座位上，坐著一些體面的小店主；在燈光幽暗的一端，則坐著一批身分較低的人，他們坐的是靠牆擺著的板凳，喝酒用的是陶瓷杯，而不是玻璃杯。在後一種客人當中，她發現幾位曾經站在王徽旅館外邊看熱鬧的人。

他們背後有一扇小窗戶，裝在那扇窗戶的一個方格裏面的輪形通風機，時常忽然開始旋轉起來，發出一陣玎玲的聲音，然後突然停住，過一會兒又忽然開始旋轉。

當伊莉莎白正這樣偷偷觀察時，一首歌曲的開頭的字句從高背長靠椅前邊傳到她的耳邊，那種旋律和口音都具有一種奇特的魔力。在她下來之前，就已經有人在唱歌了；那位蘇格蘭青年和大家一見如故，在幾位小店主的請求之下，他也爲大家唱一首歌。

伊莉莎白·珍很愛好音樂，情不自禁地留在那裏注意傾聽，越聽越著迷。她以前從來沒聽過這麼好聽的歌，聽眾當中大多數人顯然也不是常有這種耳福，因爲他們都比平常更爲聚精會神得多。他們既不耳語，也不喝酒，也不把煙袋桿在麥酒裏蘸一蘸，也不把陶瓷杯往鄰座那邊推。歌唱者的情緒越來越激動，直到後來，她可以想像得到，隨著歌詞的進展，他的眼睛裏已經含著淚水：

「家鄉風光如畫，

遊子魂夢縈懷。

何日飄然渡安河，

斷腸麗人展愁顏。

只待百花含苞枝頭葉綠時，

雲雀高歌導我回故園！」①

聽眾發出一陣掌聲；接著是一片沉寂，比掌聲更能表達他們的讚賞。室內寂靜無聲

①這是英國一首老歌的第一節，首行原文爲It's hame,and it's hame, hame fain would I be.這首歌見於「牛津英國詩歌集」（The Oxford Book of English Verse）中。

，坐在燈光昏暗那一頭的郎維斯的煙袋桿太長了，由於不小心而發出啪嗒的聲音，竟然像是一項粗魯不敬的行爲。然後，窗戶上的通風機又忽然開始旋轉起來，唐納歌聲的哀婉暫時被抹消了。

「不錯——實在不錯！」當時也在座的柯尼喃喃地說。他把煙袋從嘴邊挪開一指寬，然後大聲說：「請你接著唱第二節，年輕的先生。」

「對。再給我們唱，陌生人。」玻璃匠說。這個人身體碩壯，腦袋成桶狀，繫著一條白圍裙，卻把它環繞著腰部捲上去了。「在世界的這一部分，人們沒有那麼高超的情緒。」然後他轉過身去，低聲問道：「這個年輕人是誰？——是蘇格蘭人嗎？」

是的，我想他是一直從蘇格蘭的山地來的。」柯尼回答說。

年輕的范福瑞把最後一節重唱一遍。三水手的座上客，一定很久沒有聽到這麼哀婉動人的歌曲了。他那外地的口音，激動的情緒，濃厚的地方情調，以及逐漸進入高潮的那種嚴肅認眞的態度，都使這班人物感到驚奇，他們平常都非常喜歡用尖苛的言詞來掩飾自己的情緒。

「我們這個地方絕對沒有那麼值得歌詠的！」當蘇格蘭人以悅耳的逐漸結束的下降音調唱出「回故園！」的時候，玻璃匠韋爾斯繼續說道。「如果你從我們當中把那些傻瓜、流氓、蹩腳的人、放蕩輕浮的娘兒們、和邋遢的女人之類去掉，在嘉德橋或附近這一帶地方，實在找不到幾個人可以來裝飾一首歌曲了。」

「對，」雜貨商人巴茲福說，他的眼睛望著桌子的木頭紋理。「嘉德橋實在是一個罪惡的古老地方。根據歷史的記載，在一兩百年前，也就是在羅馬時代，我們曾經反叛國王，許多人被送到絞架山上絞死，然後被大卸八塊。我們的大塊人肉像屠夫的肉一般被運到各地。就我來說，我相信那是眞事。」

「年輕的先生，你既然那麼想念自己的家鄉，爲什麼要離開呢？」柯尼從他那不顯眼的位置問道，他的語氣表示他想使談話回到本題。「你實在不值得爲了我們而流浪他鄉，因爲韋爾斯先生說得不錯，我們這裏沒有靠得住的人——我們當中最好的人有時也會不誠實，一部分因爲冬天生活太苦，一部分因爲家裏人口太多，上帝供給的食物太少了，不夠一家人糊口。我們不會想到花朵和美麗的面貌——除非是菜花和豬頭肉。」

「不會的！」范福瑞說道，同時以誠懇的關切態度向四周注視著他們的面容。「你們當中最好的人有時也會不誠實——不會是這樣吧？我想你們誰也沒有偷盜過不屬於自己的東西吧？」

「天啊！沒有！沒有！」郎維斯說，同時臉上現出嚴酷的笑容。「這只是他在胡說八道而已。他就是這樣一個沒有什麼頭腦的人。」（他轉向柯尼，對他加以責備。）：「你不要跟一位你毫無所知的先生這麼套交情——他幾乎是從北極遠路而來的。」

柯尼不講話了，因爲得不到大家的共鳴，他只好自言自語地咕噥著自己的想法：「如果我愛自己的家鄉有這個年輕人一半多，我寧願替鄰居打掃豬圈爲生，也不肯到別處去！就我來說，我對自己家鄉的喜愛，並不超過植物灣②！」

②植物灣（Bontany Bay）是澳洲東南部的一個海灣，在雪黎附近，爲昔日英國流放罪犯之所。

「喂，」郎維斯說。「讓這位年輕人繼續唱歌吧，否則我們在這裏待一整夜。」

「我已經唱完了，」唱歌的人很抱歉地說。

「那麼，你爲我們唱一首別的歌！」雜貨商人說。

「先生，你能不能爲女士們唱一首歌？」一個肥胖的女人問道。她穿著一件紫色花裙子，腹側的肥肉幾乎把腰帶遮掩起來了。

「讓他喘口氣吧——讓他喘口氣吧，賈克薩姆大媽。他還沒喘第二口氣呢。」玻璃店老闆說。

「好，不過我已經喘第二口氣了！」那個青年大聲說道。於是他馬上唱了一首「南妮啊」，字正腔圓，然後再唱了一兩首類似性質的歌，最後在大家的誠懇請求之下，又唱了一首「過去的好時光」③。

這時候，三水手的客人已經全都對他著迷了，連柯尼也不例外。儘管偶爾出現一陣奇特的嚴肅心情，使得他們暫時有一種滑稽可笑的感覺，但是他的意境似乎在自己的四周建立起一道金色的煙霧，大家都已經開始透過那道煙霧來看他的一切。嘉德橋人有他們的情操——有他們的浪漫氣質，但是這個異鄉人的情操屬於一種不同的性質。或者也可以說，這種差別大致是很膚淺的；他之於那些座上客，就好像一位新派詩人突然震懾了當代人的心靈；實際上他並非眞有什麼新穎之處，只是把所有聽者已經感受到而一直

③「過去的好時光」（Auld Lang Syne）是一首著名的蘇格蘭歌曲，本來是一首老歌，後來由詩人朋斯（Robert Burns）加以潤飾修改。

埋藏心中的意念首先清晰地表達出來而已。

在這位青年唱歌的時候，沉默寡言的老闆也過來了，俯身在高背長靠椅前面，而且連史坦尼治太太也設法把自己的身體從櫃檯裏邊的椅子上面解脫出來，走到門杜旁邊，不過她的行動是藉著搖晃而完成的，就好像工人在搬運一隻圓木桶的時侯，始終讓它保持直立的態勢，只挪動著桶的邊緣前進。

「先生，你要在嘉德橋住下來嗎？」她問道。

「啊——不！」蘇格蘭人回答說，他的聲音裏帶有一種憂鬱的宿命論的意味。「我只是路過此地。我要去布里斯托，從那裏到外國去。」

「聽到這個消息眞使我們覺得遺憾，」郎維斯說。「像你這樣美妙的歌喉，來到我們中間，又要走掉，實在是我們很大的損失。的確，能夠認識像你這樣一個人，來自那麼遙遠的地方，那裏常年下雪，狼、野豬和其他危險小動物像此地的畫眉一樣地普通——當然啦，這並不是我們每天都能遇到的事情。這樣的人一開口，我們這種不大出門的人就能增加見識。」

「不過，你弄錯了我的家鄉，」年輕人說，同時以一種憂愁的穩靜態度看一看周遭的人，然後眼睛發出光輝，面頰上突然現出熱情的紅暈，要來糾正他們的錯誤。「我的家鄉並非常年下雪，而且根本沒有狼！——只有冬天才下雪——噢——有時候夏天也下一點雪；可以看到一兩個『流浪乞丐』邁著大步各處走動，如果你們把他們稱爲危險分子的話。呃，不過你們可以在夏天到愛丁堡、亞瑟座④和那一帶地方旅行，然後去遊覽那

些湖，看看全部高地的風景——在五月和六月，然後你們就絕對不會說那是常年下雪和到處是狼的地方了！」

「當然不會——你說得很有道理，」巴茲福說。「他講的那些話，完全出於愚昧無知。他是單純而粗陋的人，不適於跟上流人交往，你不要介意，先生。」

「你有沒有帶著你的毛絨褥子，你的被，你的瓦罐，你的瓷器？還是光身一個人旅行？」柯尼問道。

「我的行李都託運了——雖然並不太多；因爲海程很遠。」范福瑞眼睛凝視著遠處，又補充說：「但是我心裏想，『除非自己努力爭取，就不會得到寶貴的收穫！』因此我決定前去！」

在座的人普遍地流露出一種遺憾的心情，伊莉莎白．珍也深有同感。她從高背長靠椅後面看著范福瑞，認爲他所說的話顯示出他是一個有思想的人，他的迷人歌曲則顯示出他的誠摯熱情。他以一種嚴肅態度來處理正經事情，使她敬佩。他和那些嘉德橋醉鬼不同，他並不認爲他們那些模稜兩可的言詞和開玩笑有什麼樂趣，這種態度是對的，因爲本來沒有什麼樂趣可言。她不喜歡柯尼和他那一班朋友的粗鄙的幽默，他也不欣賞那些言詞。對於人生和人生的環境，他的看法似乎完全和她一致——人生及其環境都是悲劇性的，而非喜劇性的東西；雖然一個人偶爾可以歡樂，但是歡樂時刻只是插曲，而非實際人生戲劇當中的一部分。他們兩人的見解太相似了，這是很不尋常的事。

④亞瑟座（Arthur's Seat）：愛丁堡的一座山。

雖然時間還早，這位年輕的蘇格蘭人卻說他想回房安歇了，於是老闆娘低聲吩咐伊莉莎白上樓去爲他把床鋪好。她拿起一個燭臺，去執行這項任務，只用幾分鐘就做好了。當她持著蠟燭走到樓梯頂端剛要下來的時候，范福瑞先生正從樓梯底端往上走。她設法退避；兩個人在樓梯轉彎的地方相遇並且對面走過去了。

她當時的風姿一定顯得有些撩人，儘管她的衣著樸素——也許正由於她的衣著樸素，她才顯得撩人，因爲這個少女儀態端莊而安詳，配上簡樸的服飾，更能顯出她的風韻。兩人相遇時，她稍微有些發窘，臉也紅了，眼睛朝著舉在鼻子下面的蠟燭火焰望著，從他的身邊走過去。因此，在和她面對的時候，他露出笑容，然後好像一個心情暫時輕鬆愉快的人，已經開始唱起歌來，無法馬上遏止歌聲的奔放一般，他輕聲唱著一首似乎由她所提示的老歌——

「我從小屋門口走進，
天色已經向晚，
是何人從樓梯快步跑下，
原來是美麗的佩吉，我的心上人。」⑤

伊莉莎白．珍有些心慌意亂，趕快往前走。蘇格蘭人的歌聲逐漸消逝了，他走進自己的房間，關上門，還在裏面哼哼這首歌曲的其餘部分。

這一幕景象和這一場情懷，暫告結束了。不久之後，少女回到自己的房間，發現母

⑤此歌係由朋斯（Robert Burns)的一首歌曲「美麗的佩吉」（Bonnie Peg）的第一節改編而成。

親仍在沉思——她所想的卻不是一個青年男子的歌聲，而完全是另外一件事情。

「我們做錯了一件事，」她低聲說（免得被那個蘇格蘭人聽到）。「你今天晚上不應該到下面去幫忙的。不是爲了我們自己，而是爲了他的緣故。如果他肯接納我們，照顧我們，將來發現你住在這裏的時候所做的事情，以堂堂市長的身分，一定會覺得沒有面子，而感到難過的。」

如果伊莉莎白曉得雙方的眞實關係，她對這事情也許會比她母親更爲緊張，現在她既然不知實情，也就並不怎樣擔憂。她心中的「他」和她可憐的母親心中的「他」不是一個人。「侍侯侍侯他，我一點兒也不介意。他是很令人敬重的，而且受過教育——比客棧裏其他的人高尚多了。他們認爲他太單純，不懂他們有關自己事情的那些粗俗乏味的談論。他當然不懂——他的心地那麼高雅，怎麼會懂那些事情！」她很誠懇地爲他辯護。

在這個期間，她母親心中的「他」並沒有像她們所設想的已經遠離這個地方。離開三水手之後，他就在空蕩蕩的大街上來回漫步，一再地從這家客棧門前經過。蘇格蘭人的歌聲曾經通過板窗的心形洞口傳到他的耳邊，使他在旅店窗外佇立很久。

「的確，的確，那個人怎麼對我有這麼大的吸引力！」他心裏想。「我想這是因爲我太寂寞了。只要他肯留下來，我情願送給他整個店鋪三分之一的股份！」

# 09

第二天早晨，伊莉莎白．珍打開帶鉸鏈的窗戶，清新的空氣很明確地帶來了即將到臨的秋意，彷彿置身在最遙遠的小村一般。嘉德橋是一個補充四周農村生活之不足的地方，而非和它對立的城市。這個市鎮頂端的麥田裏的蜜蜂和蝴蝶，如果想前往底端的草地，不需採取迂曲的路線，可以沿著正街一直飛過去，完全不覺得自己是在經過一個陌生的地區。在秋天，薊花冠毛的輕飄飄的圓球飛到正街，落在店鋪的門面上，被吹到陰溝裏邊；無數茶色和黃色的葉子沿著人行道跳動，從住戶的門口溜進過道，在地面上猶豫逡巡，發出刮擦之聲，像是膽怯女客的裙子似的①。

她聽見有人講話（其中一個人的聲音近在咫尺），便把頭縮回來，從窗簾後面往外看。韓洽德先生（他現在的一身穿著像是一個事業興旺的商人，而不再是一個大人物的打扮了）在沿著大街中央向前行進的途中停住腳步，蘇格蘭人則正在隔壁房間的窗口站著。好像是韓洽德已經從這家旅店門口走過去了，才發現他在前一天晚上新認識的這個人。他往回走幾步，范福瑞也把窗戶開大一些。

「我想你就要走了，是不是？」韓洽德仰著頭問道。

「是的——馬上就要走了，先生，」另一個人回答說。「也許我要步行一段路，等

①在那個時代，英國婦女所穿的裙子是拖地的。

## 09

馬車趕上我的時候就上車。」

「你走哪條路？」

「就是你所走的這條路。」

「那麼我們一起走到市鎮的頂端，好不好？」

「你等我一下，」蘇格蘭人說。

幾分鐘之後，後者出來了，手上提著袋子。韓洽德看著那個袋子，像是面對著仇人一般。看起來這個年輕人眞是要走了。「啊，老弟，」他說，「你應該是個明智的人，留下來幫我做事。」

「是的，是的——那可能是比較明智的辦法，」范福瑞說。他的眼睛在仔細望著最遠處的房屋。「我告訴你說我並沒有確定的打算，那完全是實話。」

這時候，他們已經走出旅社附近的地區，伊莉莎白·珍聽不見他們的聲音了。他看見他們還在繼續談話，韓洽德不時轉過頭去看著另一個人，並且用手勢來強調自己所說的話。他們經過了王徽旅館，市場，聖彼德教堂墓地的牆壁，走上這條長街的上端，最後看起來像是兩顆穀粒，忽然向右轉，走上通往布里斯托的大路，就看不見了。

「他是一個好人——可是他走了，」她心裏想。「我在他的心目中算不了什麼，他當然沒有理由跟我說再見。」

她這種單純的念頭，連同一種潛在的受人怠慢的感覺，是由下面這件小事所引起的：那個蘇格蘭人走到旅社門外的時候，曾經偶然地抬頭朝著她望一眼，然後就又望著別處，既沒有點頭，笑一笑，也沒有說什麼。

「你還在想事情，媽媽。」她把頭轉過來的時候，對母親說。

「是的：我在想韓洽德先生突然對那個年輕人發生好感的情形。他一向都是這樣。既然對非親非故的人都那麼熱情，對自己的親戚一定也會熱誠接納吧？」

當她們正在討論這個問題的時候，五輛大貨車的行列從外面經過。那些貨車上面裝載著乾草，堆得有臥室窗戶那麼高，是從鄉下來的，馬身上冒著熱氣，大概已經走了大半夜。每輛貨車的車轅上掛著一塊小木牌，上面漆著幾個白字：韓洽德，糧食與乾草商人。這幅景象重振了他的妻子的信念：為了女兒的前途，她應該委曲求全，回到他的身邊。

在吃早飯的時候，她們繼續討論，最後韓洽德太太決定，不論結果是好是壞，她要派遣伊莉莎白・珍去給韓洽德送個信，說他的親戚蘇珊，一個水手的遺孀，已經來到本市；究竟他是否認她，任憑他自己決定好了。促使她決定這樣做的，主要是兩件事情。他被別人形容成為一個寂寞的鰥夫；和他對自己過去的一項行為引以為恥。二者都提供了成功的希望。

「如果他不認我們，」當伊莉莎白・珍已經戴好帽子，站在那裏，準備動身的時候，母親囑咐她說：「如果他認為，以他在本市的地位，不宜於承認——不宜於讓我們以遠親的身分去拜訪他，你就對他說：『那麼，先生，我們就不打擾了；我們會像來時一樣悄悄離開嘉德橋，回到我們自己的家鄉。』……我幾乎覺得我倒寧願他這麼說，因

爲我已經這麼多年沒見到他了，而且我們跟他——又沒有什麼深關係！」

「如果他認我們呢？」比較樂觀的女兒問道。

「如果那樣的話，」韓洽德太太很審愼地說：「請他給我寫一封短信，說明他將在何時以及如何會晤我們——或會晤我。」

伊莉莎白．珍朝著樓梯口走了幾步。「還要告訴他，」母親又吩咐她，「說我充分了解，我沒有權利對他提出任何要求——看到他的事業得意，我很高興；我希望他長壽和幸福——好啦，你走吧。」這個可憐的心地寬厚的女人雖然願意這樣做，卻不大熱心，有些不情願，卻被自己壓抑住了，她就在這樣的心情下打發不知情的女兒去執行這項任務。

這天是集日，在十點鐘左右，伊莉莎白沿著正街走去，不慌不忙的，因爲在她看來，自己的身分只是一個窮親戚被派遣去探訪一個闊親戚而已。在這個暖和的秋日，私人住宅的前門多半都開著。那些心情恬靜的市民不必擔心有人溜進來把雨傘偷走。因此，從那些沒有遮掩的又直又長的通道望去，像是通過隧道一般，可以看到後邊的長滿青苔的花園，繁花似錦，有金蓮花、燈籠海棠、深紅天竺葵、桂竹香、金魚草、和大利花，這一片姹紫嫣花的背後，是一座古老的灰色石牆，其年代比我們在嘉德橋大街上所看到的古香古色的建築還要古老。這些後面比老式更爲古老的房屋，它們的老式的正面很突兀地矗立在人行道邊，弓形凸窗像稜堡似的突伸到人行道上，使得時間急促的步行人每隔幾碼遠就得東躲西閃，像是在跳一種法國左右滑步舞。爲了避開門階、鞋刮、地窖口的蓋子、教堂扶壁、和牆壁的突出的稜角（那些稜角本來並沒有突伸出來，由於年久失修，已經東彎西斜），他們的兩腿還必須演變出其他的舞步。

這些固定的障礙，很有趣地表明了個人如何不受界限的約束，除了這些固定障礙之外，可以移動的東西對於人行道和車道的侵佔，也達到了一個令人困惑莫解的程度。先說那些在嘉德橋出出進進的運輸業者的貨車，來自麥斯托克、維瑟勃里、辛托克斯、薛頓·阿巴斯、金斯比、歐佛谷、和四周許多其他的村鎮。貨車車主為數眾多，可以自成一個部落，而且具有十足的特殊性，可以單成一類。他們的貨車剛剛到達，一輛接著一輛地排列在大街的兩邊，因而在人行道和車道之間形成一道牆。而且，每家商店都在邊石上放置一些支架和箱子，把一半貨品擺在那裏，每週都把那些陳列品再向車道伸展一些，儘管那兩名老弱的員警加以勸誡，他們都置若罔聞，到最後，只在馬路中央剩下一條彎彎曲曲的狹路，供馬車行走，倒是使車夫們有了表演駕御技巧的機會。在朝陽那邊的人行道上，家家都掛起遮陽篷，過路人的帽子會突然被刮掉，彷彿是浪漫作品中克蘭斯唐勳爵的著名的小鬼侍從②伸出他那看不見的手，把它拿走了。

出售的馬也一排一排地拴在街頭，它們的前腿在人行道上，後腿在馬路上，有時會咬過路學童的肩膀。屋主很謙遜地在房屋前面界線之內保留下來的任何誘人的凹進部分，都被豬販子加以利用，當作臨時豬圈了。※

②見英國浪漫詩人司考特（Sir Walter Scott）的長篇敘事詩「最後行吟詩人之歌」第二章第三十一節。

※我似乎無須提醒讀者，此處所列舉的這些老式的特徵，其中許多或大部分已被歲月和進步從引發這些描述的那個小城抹消了。

到這些古老街道上從事交易的自耕農、農場主人、牛奶場主人，都用清晰言語以外的方式表達意思。在一般大都市的中心，如果聽不見對方所說的話，就不會明白他的意思。但是在這裏，臉、胳臂、帽子、手杖、以及整個身體都像舌頭一樣地可以講話。嘉德橋市場中人在表示滿意的時候，除了言語之外，還要把面頰拉寬，眼睛瞇成兩條縫兒，肩膀往後聳，你站在大街的另一端，也可以明白他的意思。在感到驚奇的時候，他們會把嘴張開，顯示出深紅色的舌頭，把眼睛瞪得像靶心一般，即使韓洽德所有的二輪運貨馬車和四輪運貨馬車從他身旁嘎嘎地馳過，你也會明白他的心意。用手杖底端敲打鄰近牆壁上的青苔，把帽子從平的形狀弄成比較不平，都表示深思熟慮；兩腿叉開，構成一個菱形的洞口，並且扭曲兩臂，是表示厭煩。在這個民風樸實的市鎮的街道上，欺詐和詭計顯然幾乎已經絕跡；據說在附近的法院裏，律師在提出自己的論點的時候，有時純然由於慷慨大方（實際上當然是由於一時疏忽），竟替對方提出一些有力的辯護。

因此，從各方面看來，嘉德橋只是四周農村生活的磁極、焦點、或神經中樞。它和許多工業市鎮不同，因為那些工業市鎮置身在一片綠野之上，和四周環境格格不入，彼此間完全沒有共同之點，就像散置在平原上的一些大圓石一般。嘉德橋靠農業為生，只是比鄰近村莊距離農業的源頭稍微遠一點點而已。市民對農村狀況的每一波動都很了解，因為那些波動不僅影響勞動者的收益，也同樣影響他們的進項。他們分享四周十哩內那些貴族家庭的憂樂——也是為了同一的理由。甚至在專門職業人士的宴會席上，談話的題材也是小麥、牛瘟、播種和收割、修籬和種植；他們對於政治的見解，也多半站在那些鄉野鄰人的立場，而不大站在本身的享有各種權利和特權的市民的立場。

在這個罕見的古老市鎮裏，所有那些古香古色的機械用具和五花八門的物品，以其古雅精巧和相當的適度合理而使人看起來很悅目，在一向住在海濱小屋、整天編結魚網、沒有見過世面的伊莉莎白．珍的眼中，都成了都市的新奇物品。她一路行來，不大需要向人問路。韓洽德的住宅是本市最好的房屋之一，表面上覆蓋著一層晦暗的紅灰兩色的老磚。前門開著，像其他的住戶一樣，她可以從過道望到花園的盡頭——庭院幽深，差不多遠達四分之一哩。

韓洽德不在屋裏，到那個儲存糧草的院子去了。有人把她領到那座布滿青苔的花園，從牆上的那道門走過去，牆上漫布著一些生銹的釘子，表明有多少代的果樹曾經綁在那裏，藉以調整生長的方向。那道門通到儲存糧草的院子，到了門外，帶路的人就回去了，由她自己去尋找韓洽德。場院的兩側都是乾草倉，正有多少噸成捆的草秣從她早晨看見由旅店門前經過的貨車上面卸下，裝進倉裏。在場院的另外一邊，有一些建在石頭底座上面的木造穀倉，可以從佛蘭德斯梯子③進出，還有一座好幾層高的倉庫。有些倉房的門開著，可以看到其中密密地堆積著許多似乎快要脹破了的小麥袋，像是在等待一場不會來臨的饑荒。

她在場院裏各處尋覓一番，對於即將來臨的會晤感到有些不安，因爲一直沒有找到，就大膽向一個男孩子詢問韓洽德先生在什麼地方。他把她以前不曾看到的一個辦公

③佛蘭德斯梯子（Flemrsh ladder）一種越往上端越窄的梯子。

室指給她看，她走到那裏，敲敲門，裏面有人說「進來」。

伊莉莎白扭轉門的把手，走了進去，她的面前站著一個人，在桌上的幾隻樣品口袋前面俯著身子，那個人不是糧食商人，而是年輕的蘇格蘭人范福瑞——他正把一些小麥粒從一隻手倒在另一隻手裏。他的帽子在身後的一個木釘上掛著，他那個絨氈袋子上的玫瑰從房間的角落發出紅光。

伊莉莎白曾經緩和自己的心情，想好一些和韓洽德見面時要說的話，那些話只適用於韓洽德，現在出現在她面前的卻是另外一個人，使她一時不知所措。

「噢，什麼事啊？」蘇格蘭人說，彷彿他是永久在那裏主持一切的人。

她說她要見韓洽德先生。

「啊，好，請你等一下好不好？他現在正有事，」那個年輕人說，顯然並沒看出她就是客棧裏的那位少女。他遞給她一把椅子，讓她坐下，然後又去做自己的事情去了。趁著伊莉莎白．珍懷著極其驚愕的心情坐著等待的時候，我們可以簡短地說明一下那個年輕人何以會出現在這裏。

當天早晨，那兩個新認識的人朝著通往巴斯和布里斯托的大路行進，走出伊莉莎白的視野之外，他們一路上不大講話，只是偶爾交談幾句泛泛的話。最後他們沿著城牆上一條叫作白堊散步道的林蔭路往前走，那條路通到北陡坡和西陡坡會合處的一個角隅。從這座方形泥土防禦工事的很高的轉角之處，可以看到一片廣大的田野。沿著陡峭的綠坡有一條小徑，從城牆上面那條蔭蔽的散步道通到斜坡底端的一條大路。蘇格蘭人得從這條小徑走下去。

「好啦，我祝你成功，」韓洽德說，他伸出緊綳綳的右手，左手則扶著那個護衛下坡路的小門。這個動作看起來不大高雅，像是一個人在感情受到傷害、願望落空時的那副樣子。「我會常常想到這個時刻，以及你如何在緊要關頭及時出現，幫我解決了困難。」

他停頓一會兒，又繼續說：「我不是那種只爲了少說一句話而使自己不能達到目的的人。在你永遠離去之前，我還要說話。我再說一遍，你能不能留下來？事情明明白白地擺在那裏。你可以看得出，我所以死乞白咧地留你，並非完全由於自私，因爲我的生意還沒那麼科學化，非有一個才華出眾的人不可，別人毫無疑問地也可以擔任這個職位。其中也許有幾分自私的動機，但是還有別的，我現在也不必重覆了。你留下來吧——條件由你自己開。我不會有二句話，很情願地同意，因爲我實在太喜歡你了，范福瑞。」

年輕人的手一動不動地在韓洽德的手裏停留一會兒。他眺望下面的一片沃野，然後又回頭看看那條通往市區頂端的林蔭散步道。他的臉紅起來了。

「我從來沒想到會這樣——沒想到！」他說。「這是天意！人能違背天意嗎？不能；我不去美國了，留下來給你做事！」

他的手本來呆呆地停留在韓洽德的手裏。現在回握了一下。

「就這麼辦了，」韓洽德說。

「就這麼辦了。」唐納．范福瑞說。

韓洽德先生的臉上浮現出滿意的笑容，那種神情蘊含著一種幾乎可以說是兇猛的力

量。「現在你是我的朋友了！」他大聲說道。「一起到我家裏去，我們馬上用明明白白的條件把這件事情確定下來，使大家都可以安心。」

范福瑞拿起他的袋子，和韓洽德一起循著來時的原路由西北林蔭路走回去。韓洽德現在完全放心了。「當我不喜歡一個人的時候，我是世界上最冷淡的人，」他說。「可是，如果一個人被我喜歡上了，我就喜歡得很強烈。我想你現在一定還能再吃一頓早飯吧？就算旅館裏有東西給你吃，那麼早你也吃不了很多，何況他們並沒有東西給你吃。到我家去，我們好好地大吃一頓，如果你願意，我們就白紙黑宇把條件決定下來；雖然我說的話就等於契約。我早飯總是飽餐一頓，家裏有現成的冷鴿肉派，非常好吃。要是你想喝酒，可以喝些家釀的酒。」

「大清早，不能喝酒，」范福瑞微笑著說。

「當然啦，我從前倒是不在乎這些的。現在我因爲發過誓，不喝酒，但是我必得爲工人們釀些酒。」

他們一路這樣談著，回到韓洽德的家，從後門——也就是車門——進去。在吃早飯的時候，他們把事情談妥了，韓洽德把那個年輕蘇格蘭人的盤子裝得滿滿的，食物極爲豐盛。直到范福瑞寫了一封信，要求把他的行李從布里斯托運回，並且馬上把信付郵，韓洽德才算完全放心。這件事辦好之後，這個極端感情用事的人要他的新朋友就住在他的家裏——至少等找到適當的住所再搬走。

然後他領著范福瑞各處轉轉，讓他看看這個地方，也看看那些穀倉和其他存貨，最後走進辦公室，也就是那個年輕人被伊莉莎白發現的地方。

# 10

當伊莉莎白仍然坐在蘇格蘭人眼前等待的時候，一個男人朝著門口走來，韓洽德打開辦公室裏間的門，想讓伊莉莎白進去，這時那個新來的人剛好走到門口，他馬上往前走幾步，就像畢斯達的行動迅速的瘸子一樣①，搶先進去了。她聽見他對韓洽德說：「我是約書亞．姚普，先生——事先約好了要來見你——我是新經理。」

「新經理——他已經上班了，」韓洽德很不客氣地說。

「已經上班了！」那個人說，臉上現出一副受了愚弄的神情。

「我說星期四見面，」韓洽德說。「你既然沒有守約，我已經另請別人了。最初我以為那個人一定就是你。我的業務正出麻煩，你想我還能久等嗎？」

「你說星期四或星期六，先生。」那個人說，同時掏出了一封信。

「好啦，你來得太遲了，」糧食商人說。「我沒有什麼話說了。」

「你等於已經聘請我了。」那個人抱怨說。

「要經過一次面談才能決定，」韓洽德說。「我很遺憾——實在很遺憾。但是這是

①見新約「約翰福音」第五章第二至七節：「在耶路撒冷，靠近羊門有一個池子，希伯萊話叫做畢斯達，旁邊有五個廊子，裏面躺著瞎眼的，瘸腿的，血氣乾枯的，許多病人。在那裏有一個人，病了三十八年，耶穌看見他躺著，知道他病了很久，就問他說，你要痊癒嗎？病人回答說，先生，水動的時候，沒有人把我放在池子裏，我正要去的時候，就有別人比我先下去。」

# 10

沒有辦法的事。」

再沒有什麼話好說了，那個人走出來，從房間裏經過的時候遇見伊莉莎白・珍。她看見他的嘴唇氣得抽動著，滿臉現出一片深切的失望神情。

現在伊莉莎白・珍進去了，站在這所房屋的主人面前。他的黑眼珠——那兩顆黑眼珠似乎總閃耀著一小片紅色的光芒，雖然這大概並不是一項生理的事實——在烏黑的眉毛下面很淡漠地轉動著，最後把目光落在她的身上。

「你找我有什麼事情，小姐？」他很溫和地說。

「先生，我能不能跟你談一談——並不是爲了公事？」她說。

「可以，我想。」他更爲深思地看著她。

「我被差遣來告訴你，先生，」她很天眞地說。「你的一位遠親蘇珊・紐森，一位水手的遺孀，來到本市了，她想知道你是不是願意見她。」

他那濃重的紅裏透黑的面部膚色開始有些變化了。「噢——蘇珊——她還活著？」他很艱澀地問道。

「是的，先生。」

「你是她的女兒嗎？」

「是的，先生——她的獨生女兒。」

「你叫——你叫什麼名字？」

「伊莉莎白・珍，先生。」

「伊莉莎白・珍・紐森。」

這個答覆等於告訴他，他於早期婚姻生活當中在維敦市集所做的那項交易，並沒有在這個家族的歷史上留下記錄。這種情形出乎他的預料。他雖然對他的妻子不仁不義，她卻報之以寬厚的態度，一直不曾對她的女兒和世人宣布自己所受的委屈。

「我對於你帶來的消息很感興趣，」他說。「這既然不是業務上的事，而是閒事，我們到家裏去談吧。」

他帶著一種使伊莉莎白感到驚異的溫和而殷勤的態度，陪她走出辦公室，經過外面的房間，范福瑞還在以一種新官上任的探究態度查驗小麥箱和樣品。韓洽德在前面帶路，領著她走過那座開在牆壁上的門，景象突然改觀，眼前一片花卉，他們從花園走過去，進入房屋。他把她領到餐廳，桌子上仍然陳列著他為范福瑞供應的豐盛早餐的殘餘食品。屋子裏滿是極深的紅褐色的沉重的桃花心木家具。靠牆擺著幾張摺面桌，桌腿和桌腳的形狀像是大象的腿和腳，活動桌葉懸垂得很低，幾乎碰到地面了。在其中的一張桌子上，擺著三部對開本的大書——一部「家庭聖經」②，一部「約西法斯」③，和一部「人的本分」④。在壁爐的角落，爐床有一個帶凹槽的半圓形後背，上面鑄有一些

②「家庭聖經」：一種大本聖經，前面有空白頁，供記載家人出生、婚姻、與先人死亡日期之用。
③約西法斯（Jasephus,37-95）為猶太歷史家，他的著作英文譯本是十八、九世紀英國家庭常備之宗教性書籍。
④人的本分（Whole Duty of Man），作者不詳，是當時甚為流行的宗教性作品。

# 10

古瓶和花彩的浮雕。那些椅子都做得很考究，一直在爲齊本岱和薛瑞頓⑤的盛名增加光彩，雖然實際上那些傢俱的式樣是那兩位大名鼎鼎的木匠所未曾看見過，或未曾聽說過的。

「坐——伊莉莎白・珍，坐，」他說，在叫她的名字的時侯，他的聲音有些顫抖。他自己也坐下了，把兩手懸垂在兩膝之間，眼睛看著地毯。「你母親很好吧？」

「她因爲旅途勞頓，非常疲倦。」

「你說她是一位水手的遺孀——他什麼時候去世的？」

「父親是去年春天不在的。」

韓洽德聽到「父親」兩個字，不禁倒抽一口冷氣。「你和她是不是從海外回來的——美國還是澳洲？」他問。

「不是。我們在英國住好幾年了。我們從加拿大回到這裏的時候，我十二歲。」

「啊，一點不錯。」由這場談話，他才明白當年的情勢，何以他的妻女杳無音信，以致他很久以前就以爲她們已經不在人世了。弄清楚這些事情之後，他又回到現實。

「你母親住在哪裏？」

「三水手。」

「你就是她的女兒伊莉莎白・珍嗎？」他又重覆問道。他站起來，走到她的身邊，看看她的臉。「我想，」他說，同時突然把臉轉過去，因爲他的眼睛裏湧滿了淚水。

⑤齊本岱（Thomas Chippendale, 1718-1779）和薛瑞頓（Thomas Sheraton, 1751-1806）是英國十八世紀著名的製造家具的木匠。

「你可以把一封短信帶給你母親。我願意見她……她丈夫故世之後，境況不大好吧？」他的目光落在伊莉莎白所穿的衣服上面，那雖然是一套很體面的黑衣服，而且是她的最好的衣服，但是即使在嘉德橋的人們看起來，顯然也是老式的。

「不大好，」她說。不必她啓齒，對方就先料到這一點，使她覺得很高興。

他在桌子前面坐下，寫了幾行字，又從皮夾子裏面取出一張五鎊的鈔票，連同那封信一起放在一個信封裏，然後好像又想起了什麼，再加進去五個先令。他很小心地把信封封起來，寫上「三水手客棧紐森太太啓」，然後交給伊莉莎白。

「請你親自交給她本人，」韓洽德說。「我很高興在這裏看見你，伊莉莎白．珍——的確很高興。我們必須在一起長談一次——不過不是現在。」

在分別的時候，他握住她的手，而且很熱情地繼續握著，沒有體驗過什麼友情的她，深受感動，兩隻清澈純潔的灰眼睛裏面充溢著淚水。她一離去，韓洽德的眞實心情就更爲清晰地顯露出來了。他把門關上，直挺挺地坐在餐廳裏面，凝視著對面的牆壁，好像是在閱讀自己的生活史。

「一定的！」他突然跳了起來，大聲喊道。「我沒有想到這一點。也許這些人是騙子——蘇珊和孩子實在已經死了！」

可是，伊莉莎白．珍給他一種印象，使他可以確信，至少就她來說，是沒有什麼可以懷疑的。而且幾小時之後，就可查明她母親的身分了，因爲他已經在那封信裏安排要在當天晚上和她見面。

「不下雨則已，一下就是傾盆大雨！」⑥韓洽德說。這件事情的發生，沖淡了他對於那位蘇格蘭新朋友的強烈興趣。在這一天的其餘時間裏，范福瑞沒大看見韓洽德，使得他對於這位雇主的心情變化莫測感到驚異。

在這個時候，伊莉莎白已經回到客棧。她母親看到那封信的時候深受感動，但是沒有一個可憐的求幫女人所懷著的那種好奇心。她沒有馬上看那封信，卻先叫伊莉莎白敘述韓洽德接待她的情形，以及他說了一些什麼話。在伊莉莎白轉過身去的時候，她母親把信打開了。信的內容如下：

「如無困難，今晚八時到巴德茂斯路圓形競技場和我見面。這個地方很容易找，現在我不能多說什麼，這個消息幾乎使我心緒煩亂，這個女孩子似乎不知實情，在我和你見面之前，先不要告訴她什麼。」

他沒說信裏面附有五基尼。這個數目是含有重大意義的；它可以默默向她表明，他已經把她買回來了。她很焦躁不安地等待日暮的來臨，告訴伊莉莎白．珍說她被邀請去和韓洽德先生晤面，她將獨自前往。但是她完全沒有提到會晤的地點不是他的家，也沒有把那封信給伊莉莎白看。

⑥這是英國的一句俗話，意思是說，事情（指好事壞事均可）不發生則已，一發生就接二連三而來。

# 11

嘉德橋的「圓形競技場」①，是當地人對於一座羅馬圓劇場的稱呼，那座圓劇場是遺留在不列顛的最好的羅馬圓劇場之一，也可能就是其中之最好的。

嘉德橋的每一條街巷和每一個地區都顯示著古羅馬的遺蹟。它看起來很有古羅馬的風味，展示著古羅馬的藝術，埋藏著古羅馬人的屍體。在這個市鎮的田地或花園裏挖掘一兩呎深以上，就必定會發現羅馬帝國的一名身材高大的士兵，他已經在一場靜默而無礙於人的安息之中，在那裏躺臥了一千五百年之久。他多半是側臥著，置身在一個白堊的橢圓形空洞裏，像是蛋殼裏面的一隻小雞；他的兩膝向上蜷曲到胸前；有時胳臂旁邊還放著他的長矛的殘骸；胸部或前額上面有一枚青銅的扣針或胸針；膝前有一隻甕，頸邊有一個大罐子，嘴邊有一個瓶子。嘉德橋大街上的男孩子或大人在路過的時侯，總要轉過頭來對這種司空見慣的景象注視一會兒，他們的目光紛紛對他投以神秘的猜測。

富於想像的居民，如果在自己花園裏發現比較近代的骨骼，可能會有不快之感，對於這些古老的形體卻完全無動於衷。他們生活在那麼久遠以前，他們的時代和現在極爲不同，他們的希望與動機和我們的相距極其遙遠，因此在他們和生者之間似乎隔著一道

①嘉德橋的「圓形競技場」（the Ring），即道柴斯特市外的 Maumbury（亦作Mamebury）Rings，在古羅馬時代爲鬥劍及鬥獸之所，據估計可容納觀眾一萬人。這個場地本來是一座石器時代的廟宇（約在西元前二千年至三千年之間）；在一七〇〇至一七六七年間，絞刑臺設於此地。

非常廣闊的鴻溝，連鬼魂都無法越過。

這座圓劇場是一所由土丘圍繞起來的巨大圓形場所，南北直徑的兩端各有一個V字形缺口。從它的有坡度的內部形狀看起來，我們可以稱它爲幽頓巨人族②的痰盂。它之於嘉德橋，猶如考里西亞姆③之於現代的羅馬，其巨大也相彷彿。黃昏時分置身其間，最能使人對於這個引起思古幽情的地方得到一個正確印象。那時你站在角鬥場的中央，它的廣闊宏大會逐漸顯現出來，而在中午從頂上匆匆促促看一下，反而不易覺察得到。這個歷史性的圓形場所很淒涼、幽寂、與人以深刻印象，但是從市鎭的每一部分都可通達，人們的偷偷摸摸的約會常在這裏舉行。他們在這裏安排密謀，試行消解舊怨，言歸於好。但是有一種約會——也是一種最普通的約會——很少在這座圓劇場舉行，那就是快樂情人的約會。

這片廢墟既然空氣流通，交通方便，而又僻靜，是人們晤談的適當場所，爲什麼那種最愉快的會晤卻從來不光顧這個地方呢，這實在是一個很費索解的問題。也許因爲這個地方所引發的聯想，帶有一些兇惡的性質。它的歷史可以證明這一點。除了最初在這裏舉行的比賽所具有的那種血腥性質之外，過去還曾有過諸如此類的事件：在很多年間，本市的絞刑臺曾經設在這個地方的一角；一七〇五年，一個謀害親夫的婦人在那裏

②幽頓（Jotun）：北歐神話中的巨人族之一員。

③考里西亞姆（Coliseum，亦作Coloseum）是古羅馬最大的一座圓劇場，其遺址是羅馬最壯麗的古蹟之一。Coliseum這個字源於希臘文kolossos（巨大雕像）。

被絞得半死，然後在一萬名觀眾之前被燒死。傳說在焚燒的某一階段，她的心臟從身體裏面蹦出來了，使大家深感駭懼，從那時以後，那一萬人都不喜歡吃烤肉了。除了這些古老的悲劇之外，直到最近以前，一直有人在那個和外間隔絕的角鬥場做殊死的拳鬥，外面的人除非爬到圍牆的頂端，完全看不到，而一般市民在日常的例行工作和生活之中，很少有人會不嫌麻煩爬到那上面去。因此，雖然靠近通衢大道，不肖分子卻可以於中午時分在那裏爲非做歹，而不會被人看到。

近來有些男孩子利用中央的角鬥場做板球場，想爲這片廢墟增添一些歡樂氣氛。但是他們的遊戲總是逐漸變爲無精打采，也是由於上述的原因——土圍牆造成一種陰沉的隱秘，擋住了每一個有欣賞力的過路人的視線，每一個局外人的讚賞的言辭——擋住了一切，除掉頭頂上的天空；在這種情形之下遊戲，無異在空無一人的場地表演。那些男孩子也可能害怕，因爲據一些老人說，在夏日大白天的某些時刻，人們在角鬥場坐著看書或打瞌睡，抬頭一看，會發現斜坡上排列著羅馬皇帝海德里安④的大軍，眼睛都朝前注視著，像是在觀賞鬥劍；還聽見他們的興奮的吼叫之聲。這幕景象像閃電一般，出現片刻，很快就消逝了。

據說南端入口的下面，現在仍然有一些發掘出來的小室，當年用以接待參加比賽的野獸和選手。角鬥場仍然很平滑，呈圓形，好像不久以前還曾用於最初的目的。觀眾去

④注文海德里安（Hadrian）於西元一一七年即位爲羅馬皇帝，統治到他死時（一三八年）爲止。他在西元一二二年訪問布列顛，建造著名的羅馬牆（Roman Wall），以防阻北方兇悍部落的入侵。

到座位時所行經的小徑，仍然保持著本來的面目。但是全部長滿了雜草，現在正值夏末，枯萎的草莖像鬍鬚一般，在風的吹拂之下，形成一道一道的波浪，向注意傾聽的耳朵傳送悠揚的風神樂曲⑤，有時也把飛舞的薊花冠毛球阻留一些時候。

韓洽德選擇這個地方和他失蹤多年的妻子晤面，因爲這是他所想到的一個最穩妥的地方，不會被人看到，而且一個異鄉人在黃昏之後也很容易找到。他身爲市長，要保持自己的聲譽，在沒有決定採取什麼確定的辦法之前，不能請她到自己家裏去。

就在快到八點的時候，他走近那座荒廢的泥土圍牆，從南邊的步道進去，那條步道從往日的獸檻遺址上方向下延伸。過了一會兒，他發現一個女人的身影從北邊的大缺口——也就是公用的入口——緩緩地走進來。他們在角鬥場的中央會面。最初誰也沒說話（也沒有說話的必要），那個可憐的女人靠在韓洽德的身上，他用兩隻胳臂抱住她。

「我不喝酒了，」他用一種低微、猶疑、而含有歉意的聲音說。「你聽見沒有，蘇珊？——我現在不喝酒了。——從那天晚上以後，我一直沒喝過酒。」這是他所說的開頭的幾句話。

他感覺到她點點頭，表示明白他的意思了。過了一兩分鐘，他又開始說：「蘇珊，如果當初我知道你還活著，那該多好！但是我有種種理由認爲你和孩子已經不在人世了。我採取一切可能的步驟去尋找你——各處旅行——登廣告。最後我終於認爲你跟那個人前往一個殖民地，在航行途中淹死了。爲什麼你會那樣毫無音信呢？」

⑤「風神的悠揚樂曲」（Aeolian modulations）：出自雪萊的詩劇「普魯米修被釋放」第四幕第一景。

「噢，麥可！就是因爲他的緣故——還能有什麼別的理由呢？我認爲我應該對他保持忠誠，直到我們兩人之中有一個人結束生命的時候爲止——我很愚蠢地相信那場交易是相當鄭重而有約束力的；我認爲，他曾經很眞誠地爲我花了那麼多錢，甚至在道義上我也不能捨棄他。現在我只是以他的未亡人身分來和你見面——我認爲我的身分是這樣的，我對你沒有權利提出什麼要求。如果他不死，我絕對不會來的——絕對不會！你可以相信。」

「不要講了！你怎麼會這麼死心眼兒？」

「我不知道。可是如果我不那樣想——那是很不道德的！」蘇珊說，幾乎要哭了。

「是的——是的——是那樣。也就是這一點，使我覺得你是一個純眞的女人。但是——卻使我這樣爲難！」

「爲難什麼，麥可？」她問道，顯得很吃驚。

「那還用說，就是有關我們重新生活在一起的困難，還有伊莉莎白．珍的問題。不能把全部事實告訴她。她會非常看不起我們兩個人，因而——我實在受不了！」

「我把她扶養長大，不讓她知道你，也就是爲了這個緣故。我也受不了。」

「好啦——我們必須商量出一個辦法，讓她保持目前的想法，而我們仍能把事情料理得很好。你是否已經聽說，我在此地經營很大的生意——並且擔任市長、教會執事、和許多其他說不清的職務？」

「已經聽說了。」她喃喃地說。

「由於這些情形，再加上恐怕這個女孩子發現我們的可恥行爲，我們的所作所爲，必須極其審愼。因此，我實在想不出一個辦法，能使你們兩人以曾經受我虧待、被我攆走的妻子和女兒的身分，公然回到我的家裏；這就是困難的所在。」

「我們馬上就走。我只是來看看——」

「不，不，蘇珊；你不能走——你誤會了我的意思！」他說，帶著一種親切的嚴厲態度。「我想出了這樣一個辦法：你和伊莉莎白・珍以孀居的紐森太太和女兒的身分，在城裏找一所小房子住下；我去看你，追求你，跟你結婚，伊莉莎白・珍以繼女的身分來到我家。這件事情很自然，而且容易做，一想出來，就等於完成一半了。這樣一來，我年輕時代那一段曖昧、任性而可恥的生活就可以完全不被公開；那只是我們之間的秘密；我的獨生女兒也可以和我的妻子一樣地住在我的家裏，使我享受天倫之樂。」

「我一切都聽你的了，麥可，」她很溫順地說。「我這次來，完全是爲了伊莉莎白；至於我自己，如果你叫我明天早晨就走開，永遠不再來到你的身旁，我也情願照辦。」

「好啦，好啦；不要再說這些話了，」韓洽德很溫和地說。「當然不能讓你再走開了。把我提出的計畫仔細考慮幾個小時；如果你想不出更好的辦法，我們就這麼辦了。很不巧，我有事要出去一兩天；但是在這個期間你可以找房子——在這個市鎭，只有正街瓷器店上面的那些出租的房間，適合你們住——你也可以找一所小房子。」

「如果那些出租的房間在正街，我想一定很貴吧？」

「沒有關係——爲了實現我們的計畫，你一定要開始顯出上流社會的派頭。需要錢到我這裏來拿。你的錢夠不夠用到我回來的時候？」

「足夠了，」她說。

「你在客棧裏住得舒服嗎？」

「很舒服。」

「這個女孩子是否不會知道她自己和我們的身世上的恥辱——這是我最憂心的事情。」

「她根本不會夢想到事情的眞相，這種情形會使你感到驚奇。她怎麼會想到這種事情呢？」

「說的也是！」

「我喜歡重新結婚這個主意，」韓洽德太太在停頓一會兒之後說。「事情到了這個地步，也只好這麼辦了。現在我想我必須回到伊莉莎白·珍那裏去了，告訴她我們的親戚韓洽德先生很親切地表示希望我們在本市住下來。」

「很好——你自己看著辦吧。我陪你走一段路。」

「不，不。不要冒任何危險！」他的妻子很著急地說。「我能找到回去的路——天還不晚。讓我一個人走吧。」

「對。」韓洽德說。「我再問你一句話。你原諒我了嗎，蘇珊？」

她低聲說了些什麼，但是似乎覺得這個問題很難回答。

「沒有關係——一切都還來得及補救，」他說。「根據我將來的行爲來判斷我吧——再見！」

他退回去，站在圓劇場的上邊。他的妻子則從下邊的路走出去，在樹下邊往下朝著市區走去。然後韓洽德也往家裏走去了，他走得非常快，到家門口的時候，幾乎趕上了那個剛剛和他分手的完全沒察覺他跟在後面的女人。他看著她沿著大街往前走，然後他就轉身回家。

# 12

市長在目送妻子的身影消逝之後，就進了家門，從隧道一般的過道走到花園，再從那裏經過後門朝著倉庫和穀倉走去。燈光從辦公室的視窗照耀著，因爲沒有窗簾遮掩室內的景象，他可以看見唐納．范福瑞仍然像他離去時一樣地坐在原來位子上，正在查閱帳簿，使自己對於這家商店的管理工作能夠進入情況。韓洽德走進去，只說了一句話：「如果你想開夜車，我不打擾你。」

他站在范福瑞的椅子後面，看著他以熟練的手法理清帳目上的數字迷霧，那些帳本來是由韓洽德自己記的，已經弄得混亂不堪，連這個聰穎的蘇格蘭人幾乎都被難倒了。糧食商人的神態帶有幾分讚佩，可是也未始沒有一絲惋惜，怎麼會有人把自己的心思用在這種非常瑣屑的細節上面。韓洽德自己在身心方面都不適於做這種在紙上寫滿數字、來探究其中細微差別的工作。從現代的觀點來說，他所受是阿奇里斯①式的教育，認爲書寫是一種可望而不可及的技能。

「你今天晚上不要再做了，」他終於說，同時張開大手把帳頁蓋起來。「明天還有足夠的時間。和我一起到裏面去吃晚飯。你一定要去。我已經打定了這個主意。」他以一種友善的強制態度把帳簿合起。

①阿奇里斯（Achilles）是希臘神話中的英雄，由人首馬身的凱朗（Cheiron）訓練成爲一個勇士。在阿奇里斯的教育中，書本知識不佔重要地位。

唐納本來想回到自己的住處，但是他已經看出這位朋友和雇主是一個對於自己的要求和衝動沒有節制的人，所以只有恭敬不如從命了。他對韓洽德的熱情很有好感，雖然那種熱情也許爲他帶來了不便；兩人性格的大不相同，更增加了他的這種好感。

他們把辦公室鎖起，年輕人隨著他的朋友走過一座通往花園的私用小門，一步就從功利世界跨進一個美的天地。花園很寂靜，露華濃重，洋溢著芳香氣息。這座花園佔地很廣，從房屋向後邊延伸很遠，先是一片草地和一些花壇，然後是果樹園，那裏有一些整飾果樹的棚架，年代久遠，和這所房屋本身同樣古老，果樹和棚架結爲一體，長得非常茁壯，緊緊地箍在一起，盤根錯節，把木樁都從地裏拔出來了，在植物性的痛苦之中扭動翻騰，像是長了葉子的賴奧孔②父子。那些非常芳香的花卉是看不見的；他們從花叢中間走進房屋。

早晨的殷勤招待，又重複了一次；吃完晚飯之後，韓洽德說：「把椅子挪到爐邊去，好朋友，我們把火生起來——我最不喜歡壁爐裏面沒有火，即使是在九月裏。」他把壁爐裏面已經放好的木柴點燃一下，爐火就熊熊地燃燒起來了。

「眞奇怪。」韓洽德說，「我們兩個人本來純粹是爲了工作上的理由而聚會的，在

②在希臘神話中，賴奧孔（Laocoon）是特洛伊城（Troy）的祭司，因爲警告特洛伊人要提防木馬而觸怒海神，海神派遣蟒蛇把他和兩個兒子纏死。羅馬詩人魏吉爾在他的史詩「伊尼德」（Aeneid）中敘述了這個故事。羅馬教廷有一座著名的雕像，刻畫出賴奧孔父子被蟒蛇纏繞時的狀貌。哈代此處所說的賴奧孔父子，當係指梵諦岡那座雕像而言。

剛剛過完頭一天的時候，我卻想跟你談自己的一樁家務事。但是，也管不了這些了，我是一個孤獨的人，范福瑞：我沒有別人可以談，爲什麼我不能把這樁事告訴你呢？」

「我很高興聽，如果我能有所幫助的話，」唐納說，同時舉目瀏覽壁爐架上的繁複木刻：中間是一個用布巾裝飾著的牛腦殼，兩邊是飾有花環的豎琴、盾牌、和箭囊，外部的兩側是用淺浮雕刻成的阿波羅和戴安娜③的頭。

「我過去的境況和今天不一樣，」韓洽德繼續說，他那堅定而低沉的聲音一直是毫不顫動的。他顯然感受到一種奇異的影響力，那種影響力有時會促使人們把不肯告訴老朋友的心事，向新朋友吐露。「我當初是一個捆乾草的工人，在十八歲那年我就靠著這個行業成家了。你會想到我是一個結過婚的人嗎？」

「我在本城聽說你是一位鰥夫。」

「是的——你自然會聽到這種話。說起來，差不多在十九年前我失去了妻子——由於我自己的錯誤……事情是這樣的。在一個夏天的晚上，我正爲尋找工作而奔波，她走在我的身邊，抱著一個嬰兒，那是我們唯一的孩子。我們來到一個鄉間市集的飲食攤，那個時候我喝酒。」

韓洽德停頓一會兒，身子往後挪動一下，把臂肘拄在桌子上，用手遮住前額；可是，當他極其詳細地敘述自己和水手所做的那項交易的經過細節時，映現在他面容上的那些竭力掩抑自己內心感受的跡象，並沒有被他的手遮蓋起來。最初在那個蘇格蘭

③阿波羅（Apollo）是希臘和羅馬神話中的太陽神，戴安娜（Diana）是羅馬神話中的月神。

人臉上可以發現的一絲淡漠神情，現在已經消失了。

韓洽德繼續述說他尋找妻子的種種嘗試，他所發的誓，以及在後來的歲月當中他所過的孤寂生活。「在過去的十九年當中，我一直遵守誓言，」他繼續說，「我一步一步地獲得你現在所看到的成就。」

「噢！」

「是的——我一直沒有得到妻子的消息；因為天生有些憎惡女人，所以我多半和女人保持距離，並不覺得這是一件難事。一直沒有得到妻子的消息，我是說，直到今天為止。現在——她回來了。」

「她回來了，是嗎？」

「今天上午——就在今天上午。現在怎麼辦呢？」

「你不能接受她，和她住在一起，並且做一些補償嗎？」

「我的計畫和向她提出的建議，正是這樣。但是，范福瑞，」韓洽德很憂愁地說，「對得起蘇珊，卻又對不起另外一個無辜的女人了。」

「會有這樣的事嗎？」

「就常理來說，范福瑞，像我這樣的一個人，能有好運氣度過二十年歲月而不犯一次以上的大錯，幾乎是不可能的。在過去許多年間，我經常前往澤西④做生意，特別是在馬鈴薯和根菜類收成的季節。我在這一方面和他們做很大的生意。有一年秋天，我在

④澤西（Jersey）是英國海峽群島中的一個島嶼，在法國海岸外。

那裏停留期間病得很厲害。本來我因爲家庭生活寂寞，心情有時極爲抑鬱，這次在病中我又陷入那種抑鬱心情之中，覺得世界像地獄一般黑暗，而且我會像約伯⑤一樣，咒詛自己誕生的日子。」

「啊，我可從來沒有那樣的感覺，」范福瑞說。

「那麼你要祈求上帝，永遠別有那樣的感覺，年輕人。在這種情形之下，一個女人對我表示憐憫——我應該稱她爲一位年輕的女士，因爲她家世好，很有教養，受過良好的教育——她的父親是一位輕率的軍官，遇到了麻煩，薪餉被扣押了。那時他已去世，她的母親也去世了，她像我一樣地孤單。那位少女住在一個寄宿舍裏，當時我正好也住在那裏。在我病倒的時候，她負起了看護我的責任。從此她就糊里糊塗地喜歡上我了。究竟是什麼原因，只有天曉得，因爲我實在不配。但是兩人住在同一所房子裏，她又很熱情，我們自然就很親密了。我不想細述我們之間的關係究竟如何，只告訴你一句話就夠了：我們眞心打算結婚。旁人開始講閒話了，這對我沒有什麼影響，對她當然會造成傷害。不過，范福瑞，你我都是男子漢，我鄭重地跟你講一句不足爲外人道的話：同女人虛情假意地談戀愛既不是我的惡德，也不是我的美德。她非常不介意在旁人面前出現，我比她更不介意，因爲當時我很落寞；閒話就由此而起。最後我好了，離開那個地方。在我離去之後，她爲了我的緣故而受到很多痛苦，並且接連不斷地寫信向我傾述衷情；

⑤約伯（Job）是一個十分正直的人，他遭受許多痛苦，而不失去對上帝的信心。他曾在極其痛苦的時候咒詛自己誕生的日子，見舊約「約伯記」第三章第一至十六節。

直到最近，我覺得自己對她有所虧欠，並且想到既然蘇珊已經這麼多年沒有消息，我要對這另外一個女人做出我所能做的唯一回報，於是我問她是否願意冒著蘇珊仍然活在世上的危險（我相信這種可能很小）而跟我這個略有問題的人結婚。她高興得跳起來，我們無疑地很快就要結婚了——但是，你瞧，蘇珊在這個時侯出現了！」

唐納對於這種遠超出他那單純人生經驗的複雜事態表示深切的關懷。

「你看看，一個男人會在他周遭引起多麼大的傷害！就算我年輕時曾經在市集做出那件錯事，如果我後來不那麼自私，任憑那個不知天高地厚的少女在澤西對我傾心相愛，以致損害了自己的名聲，現在也不會有什麼問題了。但是，照現在的情形來說，我必須使她們之中的一個傷心失望，而那個失望的人會是第二個女人。我首先要考慮的是對蘇珊所負的責任——這是沒有疑問的。」

「她們兩個的處境都很可悲，那是一定的！」唐納喃喃地說。

「的確是那樣！至於我自己，我倒不在乎——結果都是一樣。但是那兩個人。」韓洽德停頓一會兒，很出神地沉思著。「我覺得自己不僅要對得起第一個，對於第二個，也想以處於這種情況下的一個男子漢所能做到的同樣地善待她。」

「噢，也只好這樣！」另一個人說，帶著一副曠達的愁苦神情。「你可以給那位年輕的女士寫一封信，在信裏你一定要老老實實地明白告訴她，現在她不能做你的妻子了，因爲第一個已經回來了；而且你不能再跟她見面了；還有，你祝她幸福。」

「那不成。不管怎麼樣，我必須再爲她多做一些事情——我必須——雖然她總在自誇，說她有一個有錢的姑父，還是有錢的姑母，以及她可望從他們得到的遺產——我想，我必須送給她一筆可以派上用場的錢——只是做一些補償，可憐的女孩子……現在，你能不能幫忙，替我寫一封信，把我方才所說的意思告訴她，話要盡量說得委婉，我非常不善於寫信。」

「可以。」

「喔，我的話還沒說完。我太太蘇珊把我的女兒也帶來了——就是在市集上她懷裏抱著的那個嬰兒；這個女孩子只知道我和她們有些姻親關係，別的事情完全不知道。她從小到大，一直以為我把她母親轉讓給他、現在已經去世的那個人是她的父親。她母親一直認爲，現在我也和她有同樣的想法——那就是，我們不能把眞相告訴她，讓她知道我們的可恥的醜事。你認爲應該怎麼辦？——我需要你的指教。」

「要是我的話，我會冒這個險，把眞相告訴她。她會原諒你們兩個人。」

「絕對不能！」韓洽德說。「我不能讓她知道眞相。她母親將和我再度結婚；瞞著她不僅可以使我們保持孩子對我們的尊敬，也是更爲適宜的辦法。蘇珊認爲她是水手的遺孀，如果不舉行一次宗教儀式，不肯像從前一樣和我同居——她的想法是對的。」

於是范福瑞不再說什麼了。他很用心地把那封致澤西少女的信稿寫好，兩人的晤談就結束了。在蘇格蘭人臨走的時候，韓洽德說：「范福瑞，我把這件事情告訴了一位朋友，心裏覺得非常舒暢！現在你可以明白，嘉德橋市長雖然荷包很豐滿，他的心情卻沒有像旁人所料想的那麼歡暢。」

「我明白。我爲你難過！」范福瑞說。

他離去之後，韓洽德把信稿抄好，並且附了一張支票，去到郵局把信寄出，然後心事重重地走回來。

「事情是不是就這麼容易地結束了！」他說。「可憐的人——誰曉得！好啦，就對蘇珊加以補償吧！」

# 13

麥可·韓洽德爲了實行他們的計畫，爲妻子蘇珊以紐森太太的名義租下的一所小房子，是在上城，也就是西區，靠近羅馬人遺留下來的城牆和城牆上面的林蔭路。這年秋天，夕陽的光輝在這一帶似乎比在任何其他地方都顯得更加黃澄澄的，光線從大楓樹最低的樹枝下面照射過去，把這所住宅的一樓連同它的綠色窗板都浸潤在下層的光輝之中，房屋的上部則因爲有樹葉遮擋，受不到夕陽的照耀。在那些大楓樹的下方，從起居室望去，可以看到遠處高地上的古塚和泥土堡壘，眼前這片景象很悅目，但是像一切帶有歷史痕跡的景物一樣，不免現出一絲淒涼意味。

等母女二人一安頓停當，有一個穿白圍裙的僕人侍候著，所需要的東西也都齊備了，韓洽德就來探望她們，並且留下來吃下午茶。在款待的期間，他們用一種極其普通的語氣談話，小心翼翼地蒙蔽著伊莉莎白——這個辦法似乎使韓洽德覺得相當有趣，可是他的妻子並不感到特別高興。市長以實事求是的堅定態度一再地重複這種訪問，他似乎已經把自己訓練出來，對這個具有優先權利的女人採取一種嚴格的機械性的作法，怎麼對就怎麼做，完全不顧後來的那個女人，也不理會自己的情緒。

一天下午，韓洽德來的時侯，女兒不在家，他很冷淡地說：「這是個好機會，我可以請你指定我們的好日子，蘇珊。」

這個可憐的女人現出一副微弱的笑容；她之所以進入目前這個處境，完全是爲了女兒的聲譽，所以她並不欣賞韓洽德對於這種處境所說的玩笑話。實在說，她非常不喜歡那種玩笑話，使我們不免發生一種疑問，她爲何還要幫助造成這個騙局，而不勇敢地把自己的過去告訴女兒。但是她心有餘而力不足；到了適當時機，我們將會對於這件事情得到正確的解釋。

「噢，麥可！」她說，「我擔心這一切都太佔用你的時間了，爲你添麻煩——我本來沒指望有這樣的享受！」她看看他，看看他那身闊佬的衣服，再看看他爲這個房間購置的家具——在她看起來那些東西是華麗而奢侈的。

「一點兒也不，」韓洽德說，帶著一種粗獷的親切態度。「這只是一所小房子——花不了什麼錢的。至於佔用我的時間，」——說到這裏，他那紅裏透黑的面容上放射出得意的光輝——「現在我有一個非常能幹的人照看我的生意了——像他那樣的人我以前從來沒有機會得到。不久我就能把一切事情都交給他了，可以比過去二十年間的任何時候有更多屬於自己的時間。」

韓洽德來訪問的次數越來越多，而且非常規律，嘉德橋的人們不久就開始低聲耳語，然後公開談論，都說這位專橫霸道的市長已經拜倒在那個擺出一副上流社會派頭的寡婦紐森太太的石榴裙下了。大家都知道他在和女人交往時一向表現出一種傲慢的冷淡態度，總是默默地避免和她們交談，他平素的這種作風爲這樁本來毫無羅曼蒂克氣息的姻緣平添一番情趣。這樣一個可憐的荏弱女人居然被他選中，實在是不可解的，除非這項婚姻是親上加親，並沒有熱烈愛情的因素在內，因爲大家都知道他們兩人有些親戚關係。韓洽德太太的臉色非常蒼白，男孩子們稱她為「鬼」。有時候，他們兩人一起沿著散步道——這是城牆上面的林蔭路的名稱——行走，韓洽德無意中聽到這個字眼，他的臉色馬上陰沉下來，現出一副像是要對說話的人們逞兇的神情，看起來很可怕，但是他什麼話也沒講。

他以一種固執而毫不畏縮的精神，忙於籌備他同那個蒼白女人的婚事，或者可以說是重圓，那種精神極能證明他是一個本著良心做事的人。從他的表面行為看起來，誰也不會想到，在他那所陰森的大宅裏正在進行的忙碌準備工作，並沒有愛情的火焰或羅曼史的激情在發揮推動作用。實際上，只有三個重大的決心在推動他的行為：第一，對他的受了委屈的蘇珊加以補償；第二，為伊莉莎白．珍提供一個安適的家，使她受到為父者的照看；第三，用隨著這些補救行為以俱來的苦惱來懲罰自己——他因為同這個比較卑微的女人結婚而在大家心目中降低了他的尊嚴，就是其中的一端。

在結婚那天，蘇珊．韓洽德上了那輛停在門口要把她和伊莉莎白送到教堂的樸素的四輪轎式馬車，這是她生平第一次乘坐這樣的馬車。那是一個溫暖而無風的十一月的上午，正在下雨，雨絲像粗麵粉一般飄下來，落在帽子和外衣的絨毛上，呈現粉末的形狀。沒有幾個人聚集在教堂門口，但是裏面的人卻擠得滿滿的。擔任男儐相的是那個蘇格蘭人，除了兩位主角之外，他自然是在場的唯一的知道結婚雙方眞實情形的人。可是他太沒有經驗，太體諒別人，太公正，太強烈地覺察到這件事情的嚴肅的一面，所以不能體會到這個場面的戲劇性意味。那需要有柯尼、郎維斯、巴茲福、和他們那班朋友的

特殊天才。但是他們對於這項秘密毫無所知；不過在新郎新娘快要從教堂出來的時候，他們聚集在鄰近的人行道上，按照自己的看法

「我已經在這個市鎮住了四十五年了，」克里斯托夫．柯尼說，「但是我實在從來沒見過一個男人等待這麼久，所得到的收穫卻這麼少！從今以後，南施．莫克里治，連你這樣的人也能有機會了。」他這個話是對站在他身後的一個女人說的，那個女人就是在伊莉莎白母女剛到嘉德橋時，當眾展示韓洽德的壞麵包的人。

「我才不會嫁給像他那樣的人，也不會嫁給像你這樣的人，」那位女士回答說。「說到你麼，克里斯托夫，我們都知道你是幹什麼的，少說爲妙。至於他——你聽著——（她壓低了聲音）聽說他本來是一個貧苦的教區學徒，最初開始創業的時候是個窮光蛋。」

「現在他卻是每分鐘就有多少進帳，」郎維斯喃喃地說。「如果大家都說某人每分鐘就有多少進帳，我們就不能小看這個人了！」

他轉過身，看見一個布滿網狀皺紋的圓盤，原來是曾經在三水手要求再唱一首歌的那個胖女人的笑臉。「賈克薩姆大媽，」他說，「這是怎麼一回事啊？這位紐森太太，一個瘦得像個骷髏的人，又找到一個丈夫養活她，而像你這樣噸位的一個女人卻還沒找到。」

「我沒找到。也不會又有一個人揍我了。……啊，是的，賈克薩姆死了，有錢的闊佬也得死。」

「是的，闊佬雖然有上帝的恩賜，他也得死。」

「我這麼大年紀了，實在犯不上再去找個丈夫。」賈克薩姆太太繼續說。「可是我可以用性命跟你打賭，我的家世跟她的一樣好。」

「不錯；你母親是個非常好的女人——我還記得她。她不受教區的救濟，就生養了最多的健康子女，另外還做出一些令人驚奇的美好事蹟，所以得到了農會的獎勵。」

「也就是因爲這個緣故，我們的日子很不好過——一大家子人吃不飽飯。」

「是啊。豬一多，豬食就要稀薄了。」

「克里斯托夫，你記不記得我媽總唱歌？」賈克薩姆太太說，她由於回憶往事，臉上現出了光彩。「你記得不記得，我們跟她一起去麥斯托克參加宴會的情形？——在農場主人薛納的姑母賴德洛老夫人的家裏，你記得嗎？我們一向管她叫蛤蟆皮，因爲她的臉非常黃，又有很多皺紋，你記得嗎？」

「我記得，嘻嘻，我記得！」克里斯托夫．柯尼說。

「我記得很清楚，因爲我那時候的個頭兒已經高得可以嫁丈夫了——一半是女孩，一半是成年女人，可以這樣說。你還記得不記得」——她用手指尖戳所羅門的肩膀，她那瞇縫著的眼睛閃耀著光輝——「還記不記得那裏的雪利酒，剪蠟燭心的銀剪刀，在回家的路上瓊安．達麥特病了，傑克．葛瑞格只好背著她從爛泥裏走過去，他把她放在史維特艾普的養牛場裏，我們只好用草把她的衣服揩乾淨——從來沒見過那麼烏七八糟的場面，你記得嗎？」

「是啊——我記得——嘻嘻，從前那個年月這些胡鬧的行爲，當然記得啦！那時候，我一天能走那麼多哩路，現在幾乎連個犁溝都跨不過去了！」

重圓夫婦的出現打斷了他們的回憶——韓洽德用一種曖昧難解的注視眼神望著這些閒人，那種眼神時而似乎表示滿意，時而似乎表示強烈的輕蔑。

「我說——這兩個人不一樣，雖然他自稱是一個絕對戒酒的人，」南施・莫克里治說。「不要過多久，她就會後悔的。他那副神情很像藍鬍子①，將來到適當時機就會發作的。」

「胡說——他夠好了！有些人總想錦上添花。如果我有一片海洋那麼廣闊的選擇機會，我也不會希望找到一個比他更好的男人。像她那麼一個陰陽怪氣的女人——連一套胸衣或睡衣都沒有的人——這簡直是天上掉下來的餡餅。」

那輛樸素的四輪轎式馬車馳走了，閒人也散去了。「噢，這年頭兒的事兒眞沒法說！在離這裏沒有很多哩的地方，昨天有一個人倒下去就死了。一部分因爲這個緣故，再加上天氣陰雨，今天實在不値得再做什麼重要工作了。我在過去一兩星期裏，只喝過九辨士一杯的酒，現在心情這麼不好，所以路過三水手的時候，我要進去喝點酒暖暖身子。」

「說不定我也跟你一起去，所羅門，」克里斯托夫說。「我現在像蝸牛一般地又濕又冷。」

①藍鬍子（Bluebeard）是法國民間故事中一個壞人的綽號，此人曾經連續殺死六個妻子。

# 14

韓治德太太住進她丈夫的大房子，也進入他那高尚的社交圈子之後，就開始享受一種安樂的晚年生活，樣樣事情都稱心如意。做丈夫的唯恐自己所能付給的愛情不足以滿足她的需求，竭力用一些表面行爲來顯示他的深情。除了其他一些措施之外，他把那些在過去八十年間一直晦暗生銹強作笑顏的鐵欄杆塗成鮮豔的綠色，並且把那些帶有粗木條框子，鑲著小塊玻璃的喬治時代①樣式的上下開關的窗戶，塗上三層白油漆，顯得生氣盎然。就一個丈夫、市長和教會執事所能做到的，他對她極盡其親切體貼之能事。這幢房子很大，屋宇高敞，樓梯口很寬廣，這兩個謙遜的女人對於房屋裏面的陳設，幾乎沒有做任何可以覺察得出的添加。

對伊莉莎白．珍來說，這是她的一段最得意的時光。她所體驗到的自由自在，她所受到的縱容，都超過了她的預期。母親的婚姻爲她帶來的那種平靜、安適而富裕的生活，實在是伊莉莎白的一種重大變化的開端。她發覺，凡是她個人想要的美好的東西和裝飾品，只要她開口，就可以得到；如一句中古的諺語所說的，「取得、擁有和保持都是使人愉快的字眼。」心情寧靜使她得到發展，發展爲她帶來了美。知識——這是天賦的明敏洞察力所造成的結果——她並不缺少，至於學問和才藝——可惜啊，在她則尚付

①此處指英王喬治三世時代（在位時期爲1760-1820）。

闕如；但是經過了冬春兩季，她那瘦削的面龐和身材胖起來了，出現了更為豐滿而柔和的曲線；年輕的前額上面的皺紋和顰蹙消失了；本來被她視爲命中注定天生如此的皮膚上面的污濁，也都不見了，化爲許多美好的東西，面頰上出現一片紅潤的色澤。她那灰色的深思的眼睛，有時或許現出一種調皮的歡樂神情，但是這種情形並不常見；從她的眼眸流露出來的智慧和這種輕鬆心情並不稱合。像所有曾經過過苦日子的人們一樣，她覺得輕鬆愉快的心情似乎有悖常情，極不合理，只能偶然不顧一切地稍微享受一下，絕不能經常沉緬其中；因爲她在幼小時期就慣於遇事總要焦慮憂思，現在無法突然改變這種習慣。許多人的心情往往無緣無故地變化莫測，忽而高興，忽而抑鬱，伊莉莎白．珍卻從來沒有那種感覺；借用一位現代詩人的話來說，她對於自己心靈當中的每一陣抑鬱，都深知它的來歷；她目前的愉快心情，也是和她的確實把握相當成比例的。

就一般情形來說，如果一個少女很快地出落得漂亮起來，生活安適，而且有生以來第一次擁有可供支配的現款，她一定會添置很多衣服，在這方面鬧出笑話。但是伊莉莎白．珍不是那樣的人。她對於一切事情都適可而止，這種作風在衣著方面表現得最爲明顯。在盡情享受方面有機會而不去利用，是和在事業方面不放棄任何機會同樣地可貴。這個未經世故的少女憑著天生的明敏做到了這一點，那種明敏幾乎可以說是一種天才。因此，那年春天她並沒有突然間打扮得花枝招展，而只是穿上帶褶襉的衣服，戴些小飾物，嘉德橋大多數處於她的境況中的少女都會這樣做的。她用審愼來節制自己的得意，儘管眼前一片好景，她還是懷著田鼠的憂懼心理，唯恐命運的犁刀不知什麼時候又突然爲她帶來噩運。早年曾經遭受貧困和壓迫的思慮周到的人，往往都有這種想法。

「我絕對不能穿得太漂亮，」她自己心裏想。「那樣會誘使上帝把母親和我甩下去，再像從前一樣地給我們罪受。」

現在我們看見她戴著一頂黑綢帽，穿著深色衣服，絲絨斗篷或綢子短外套，手上拿著一把陽傘。她不肯使用一把帶穗子的傘，她的傘只有很樸素的鑲邊，和一個小象牙環，可以把傘箍起來。說起來，她對那把陽傘的需要也是很奇怪的。隨著臉部膚色的變爲白晳，和粉紅色面頰的出現，她發現自己的皮膚越來越怕太陽曬了。於是她馬上設法保護自己的面頰，把潔白無瑕視爲女人品質的一部分。

韓洽德已經非常喜歡她了，現在她跟他一起出去，比跟她母親一起出去的時候多。有一天，她打扮得非常漂亮，他用一種批判的眼光打量著她。

「我剛巧有這條緞帶，就把它紮上了，」她結結巴巴地說，心想自己第一次戴上這麼鮮麗的裝飾品，也許使他不高興了。

「啊──那當然啦，」他以他那種特有的豪邁態度說。「你喜歡怎樣打扮──或者你母親認爲你怎樣打扮好，你就怎樣打扮。老實說──我對於這類事情沒有意見！」

在家裏，她把頭髮用一道縫分開，那道縫從左耳伸展到右耳，呈弧形，像是一道白色的彩虹。在那道縫的前邊，覆滿了一片濃密的髮鬈，縫後邊的頭髮則梳理得很平整，向後攏成一個馬尾。

有一天，一家三口坐在餐桌前面吃早飯，韓洽德默默地看著伊莉莎白的頭髮（他時常這樣），那一頭秀髮是褐色的——很淡的褐色。「我本來以爲伊莉莎白・珍的頭髮——在她還是個嬰兒的時候，你不是跟我說她的頭髮將來會是黑的嗎？」他問他的妻子。

她顯得很驚愕，急忙踢他的腳，表示警告，然後喃喃地說：「我這樣說過嗎？」

伊莉莎白一回到自己的房間，韓洽德馬上又談這件事情。「糟糕，我方才幾乎忘記自己的身分了！我本來的意思是說，在這個女孩幼小的時候，她頭髮的顏色看起來一定會變得更深。」

「當時是那樣，但是後來變化很大，」蘇珊回答說。

「小孩頭髮顏色會變深，我知道——但是沒聽說過會變淡的啊？」

「會的。」那種不安的神情又出現在她的面容上，其中的奧秘要到將來才能得到解答。後來韓洽德繼續說了下面的話，她的不安就隨之消失了。

「噢，這樣更好。蘇珊，現在我要她改稱韓洽德小姐，——不要再叫紐森小姐了。許多人有時不小心都這樣稱呼她了——這是她的合法的姓——最好也成爲她的通常使用的姓——我極不願意自己的親骨肉使用另外那個姓。我要在嘉德橋報上登個啓事——別人都是這樣做。她不會反對的。」

「不會，不會的。但是——」

「好啦，那麼我就這麼辦了，」他毅然決然地說。「如果她願意的話，你當然一定也像我一樣地願意這麼辦吧？」

「是的——如果她同意，我們就一定這麼辦了，」她回答說。

後來，韓洽德太太的實際行爲，和她所許諾的有些不符，如果不是她的態度充滿感情，而且十分誠懇，像是決心不顧一切怎麼對就怎麼做的話，我們會以爲她很虛僞。她去找伊莉莎白．珍，發現她正在樓上自己的起居室裏做針線活兒。她告訴她韓洽德要她改姓的事。「你能同意嗎——對於已經去世的紐森，那不是一種藐視嗎？」

伊莉莎白思索著。「這個問題讓我考慮一下，媽媽。」她回答說。

在當天稍後的時候，她看見韓洽德，馬上就和他談起這件事，從她的語氣可以知道，她母親所引發的一股情緒，一直在她的心中迴盪著。「你眞的那麼希望我改姓嗎，先生？」她問道。

「希望？哎呀，你們女人總是爲一點小事就緊張的不得了！我提議這樣做——如此而已。伊莉莎白．珍，這件事完全隨你的意。不論你怎麼辦，我都絕不介意。喏，你懂了吧，不要爲了使我高興而同意這麼做。」

這件事情就到此爲止了，大家都沒有再說什麼，也沒有採取什麼行動，伊莉莎白仍然被稱爲紐森小姐，而不用她的合法姓氏。

在這個期間，韓洽德的糧食和乾草的大生意，在唐納．范福瑞管理之下，空前地興隆。在從前，業務的推進總是遭遇一些顚簸動盪，現在則一切都進行得十分順暢。韓洽德以前辦事，全憑口頭所講的話，一切都靠自己的記憶，談生意只憑口頭說定就算數，現在這種作法已經廢棄了。信件和帳簿代替了過去的「我就這麼做了」或「賣給你了」；而且，在所有這些進步之中，老辦法那種粗獷的情趣也隨著它的不便同時消逝

了。

伊莉莎白所住的那個房間位置很高，可以俯瞰花園對面的乾草庫和穀倉，因此她有機會把那邊的情形觀察得很清楚。她看到唐納和韓洽德先生形影不離。他們兩人一起行走時，韓洽德總很親密地把胳臂搭在他的經理的肩膀上，好像范福瑞是個小弟弟，那隻胳臂壓得很重，使得范福瑞的瘦小身軀有些彎下去了。有時她聽到韓洽德發出一陣轟然大笑，是由唐納所說的話引起的，而唐納本人卻顯得若無其事的樣子，一笑也不笑。在韓洽德的相當孤寂的生活之中，他顯然發現這個年輕人不僅可供諮詢，是事業上有用的幫手，也可以成爲他所希求的好朋友。唐納的明敏的智力，使他在這個糧食商人的心中一直保持著初次見面時所贏得的那種敬佩。韓洽德對於纖弱的范福瑞的腰圍、體力和衝勁兒覺得實在不敢恭維，而且有時無意中把這種想法流露出來，但是他對於他的頭腦所懷有的無限敬意，足以抵消在這方面的不佳印象而有餘。

她冷眼旁觀，看出韓洽德對那個年輕人的獷悍的喜愛，經常願意讓范福瑞在他身邊，有時造成一種跋扈的傾向，可是只要范福瑞表示自己受了冒犯，他馬上就收斂了。有一天，她從高處俯視他們，當時兩個人都站在花園和場院之間的門口，她聽見范福瑞說，他身爲副手，應該在主管不在的地方替他照料，現在他們兩人總一起各處走動或駕車外出，會消除了他做副手的功能。「眞討厭，」韓洽德喊道。「我不管這些！我喜歡有人跟我談話。來，我們一起吃晚飯，不要想得太多，否則你會使我發瘋。」

另一方面，當她和母親一起走路時，她時常看見那個蘇格蘭人帶著一種好奇的興趣看她們母女。他曾在三水手遇見過她，這個事實不足以成為引起他那種態度的理由，因為當時她走進他的房間，他始終未曾抬起眼睛。而且，他每次看她們，主要都是以她母親、而不是以她為對象，使她感到一種心地單純、隱隱約約、或許很可原諒的失望。因此她不能用自己的美麗動人來解釋他的那種興趣，她想來想去，終於斷定那顯然是——范福瑞的一種轉移目光的方式。

她對於范福瑞的態度所做的任何推測，都脫不了自負的成分在內，她哪裏知道，眞正的原因乃是，韓洽德已經把自己的隱私——他過去如何對待現在走在她身旁的這位面容蒼白、飽受磨難的母親——告訴范福瑞了。她對於那段往事只能根據偶爾聽到和看到的一些事情，做出一些模糊的猜測——以為韓洽德和她母親在年輕時可能是愛人，後來因為爭吵而分手了。

嘉德橋這個市鎭，如前文已經提示的，是放置在麥田上一個方框裏面的一塊地方。沒有現代的所謂郊區，或城市與原野之間的一個過渡的混合地帶。在一片廣闊的沃野上，這個市鎭的輪廓十分清晰，像是綠檯布上面的一個棋盤。農家的男孩子坐在大麥堆下邊，可以把石頭丟進市公所書記的辦公室窗戶裏面；在小麥捆中間從事收割的人們可以和站在人行道拐角的熟人點頭招呼；身穿紅袍的法官，在把偷羊的竊盜犯判罪的時候，那些未被盜走的羊正在附近吃草，咩咩的叫聲從窗口飄進來，和法官宣判的聲音配合著；在執行死刑②的時候，等待看熱鬧的群眾就站在絞刑臺活動踏板下面的草地上，

②在那個時代的英國，死刑是當眾公開執行的。最後一次當眾公開執行的死刑，是在一八六八年。

本來在那裏吃草的母牛暫時被趕到別處，爲觀眾騰出位置。

在這個市鎮的高地一帶種植的小麥，是由居住在一個叫德恩歐弗的東部地區的農民收割的。在這裏，小麥堆懸垂在古老的羅馬街道之上，把它們的屋簷伸展到教堂的鐘樓旁邊；那些綠草頂的穀倉的門口，像所羅門的神殿③的大門一樣高，正對著那條主要的大街。穀倉爲數實在太多了，沿街每隔五、六戶人家就出現一座。這裏居住著每天在休耕地上行走的市民，和在城裏擠來擠去的牧羊人。這是一條農家的街道——一條由市長和市議會治理的街道，卻迴盪著連枷的砰砰聲、簸穀機的震顫聲，和牛奶流到桶裏的咕嚕聲——一條完全沒有城市風味的街道——嘉德橋的德恩歐弗那一端的情形就是如此。

很自然地，韓洽德和這些近在眼前的小農們的農場有很多生意上的往來。他的貨車時常到那邊去。有一天，正在進行一項安排，要把小麥從那個地區的一所農場運回來，伊莉莎白收到一個由專人送來的字條，要她馬上前往德恩歐弗山的一座穀倉。因爲當時韓洽德正在搬運那座穀倉的小麥，她以爲這項要求必定和他的業務有關，就戴上帽子，馬上到那個地方去了。那座穀倉就在那個農家的場院裏面，一進去就看到了，底部有很高的石座，人們可以從下邊走過去。穀倉的大門都開著，但是裏面沒有人。可是她還是進去了，在那裏等待著。不久她看見一個人影走近大門——來的人是范福瑞。他抬頭看看教堂的鐘，然後就進來了。由於一種不可解的羞怯心理，而且不願意在那個地方單獨和他見面，她很快地從那座通往穀倉內門的梯子爬上去，在他沒看見她之前，走進穀倉

③所羅門爲以色列王，他爲耶和華建造第一座殿宇。見舊約「列王記上」第六章。

裏面。范福瑞繼續往前走，以爲這個地方沒有旁人；這時開始下了幾滴雨，范福瑞就在她剛才站立的地方停住腳步，站在那裏避雨。他靠在一根石柱上，盡量發揮自己的耐心。他顯然也是在等待什麼，會不會就是等她呢？如果是，爲什麼呢？過了幾分鐘，他看看錶，然後掏出一張字條，和她所收到的那張字條一模一樣。

這個局面開始變爲很尷尬了，她等待得越久，局面越尷尬。從他頭頂上的一個門走出來，下了梯子，顯示出她曾經躲在那個地方——這樣做會顯得很愚蠢，所以她還是等下去。在她的旁邊放著一架簸穀機，她爲了緩和自己的緊張心情，就輕輕地觸動一下那部機器的把手，想不到馬上就有一大片小麥殼子飛揚到她的臉上，布滿在她的衣服和帽子上面，鑽進她的皮披肩的軟毛裏邊。他一定是聽見這個小動作的聲音了，因爲他抬頭往上看，然後就爬梯子上來了。

「啊——原來是紐森小姐，」他一能看清穀倉裏面的情形，馬上這樣說。「我不知道你在這裏。我是應約而來，願意爲你效勞。」

「噢，范福瑞先生，」她結結巴巴地說。「我也是應約而來。但是我不知道想要和我會面的人原來是你，不然的話——」

「我想要和你會面？沒有——至少，我是說，這中間大概有什麼差錯。」

「你不是要我到這裏來嗎？這個字條不是你寫的嗎？」伊莉莎白把她的字條拿給他看。「不是。眞的，我絕對不會想到做這樣的事情！可是你——你沒有要我來嗎？這個字條不是你寫的嗎？」他也把他的字條拿出來了。

「絕對不是。」

「這就怪了！那麼一定是有什麼人要和我們兩個人見面。也許我們最好再等一會見。」

因爲有這種想法，他們繼續留在那裏，伊莉莎白・珍的臉上擺出一副異乎尋常的泰然自若的神情，而那個年輕的蘇格蘭人每次聽到外面大街上有腳步聲音，就從穀倉底下往外望，看那個過路人是否要走進來，宣稱他就是寫字條要他們前來的人。他們注視著雨點從對面乾草堆的草頂上往下流──流過一根草又一根草──直至到達底端；但是沒有人來，穀倉的屋頂開始滴水了。

「這個人大概不會來了，」范福瑞說。「也許是有人開玩笑，如果是那樣的話，浪費了我們很多時間，而要做的事情還忙不過來，眞叫人遺憾！」

「眞是太不應該了，」伊莉莎白說。

「你說的對，紐森小姐。將來我們一定會聽到關於這件事情的消息，知道是什麼人幹的。我不會容許這件事情對我有所妨害，但是你，紐森小姐──」

「我不太在乎，」她回答說。

「我也是一樣。」

他們又陷入沉默之中。「范福瑞先生，我想你是很想回蘇格蘭去，是不是？」她問。

「不，紐森小姐。我爲什麼很想回去呢？」

「我只是聽到你在三水手唱的歌，猜想你大概很想回去──那首歌是講蘇格蘭和家鄉的──我是說──你爲了想念家鄉而意氣消沉；因此我們聽了都有同樣的感受。」

「是的──我是在那裏唱過歌──我是唱過──但是，紐森小姐」──唐納的聲音在兩個半音符之間抑揚有致，他在態度轉爲認眞時總會發出這樣的悅耳聲音──「你聽了一首歌曲而感動了幾分鐘，眼淚汪汪的，這當然很好，但是過去就算了，不論你當時多麼感動，以後你很久不會再理會或想到它。噢，我不想回去！可是只要你喜歡聽，我隨時都高興爲你唱那首歌。我現在就可以唱，而且一點也不介意！」

「那眞要謝謝你了。但是我想我必須走了──不論下不下雨。」

「好！那麼，紐森小姐，對於別人開的這個玩笑，你最好完全不要提起，也不要當作一回事。如果那個開玩笑的人跟你說什麼，你要對他或她很有禮貌，好像並不介意的樣子──這樣一來，那個聰明人就笑不成了。」在說話時，他的眼睛盯著她的衣服看，那上面還漫布著小麥殼子。「你身上有麥殼和灰塵。大概你自己還不知道吧？」他用非常殷勤的語調說。「在衣服上面有糠的時候，讓雨水落在上面是很不好的，會滲進去，弄壞了衣服。我來幫幫忙──吹是最好的辦法。」

因爲伊莉莎白未置可否，范福瑞就開始吹，先吹她後邊的頭髮，再吹旁邊的頭髮，再吹她的頸部、帽頂、和披肩的軟毛，他每吹一口，伊莉莎白就說一聲「謝謝你」。最後她終於被吹得相當乾淨了，可是范福瑞在最初對這個局面的關懷心情消逝之後，似乎又不急於走開了。

「啊——現在我去給你取一把雨傘來，」他說。

她婉謝了他的好意，走出穀倉，回家去了。范福瑞緩緩地走在後邊，若有所思地看著她那逐漸變小的身影，同時低聲用口哨吹出「當我經過坎諾貝前來的時候」④

④「當我經過坎諾貝前來的時候」(As I came down through Cannobie)是一首十八世紀的蘇格蘭詩歌，作者不詳。坎諾貝是靠近蘇格蘭南部邊境的一個村莊。

## 15

紐森小姐的含苞待放的美，最初並沒有在嘉德橋引起任何人的特別注意。市長的這位所謂繼女，現在固然引起了范福瑞的注視，但是也只有他一個人而已。實際的情形是，她不大符合先知巴錄所做的那個俏皮的描述：「喜愛華麗衣著的少女」①。

她在外面行走的時候，似乎顯得胸中自有丘壑，總在專心思索自己心中的意念，而無視於外間的景物。她下了很奇特的決心，要在衣著方面扼制自己的興致盎然的喜好，因爲一有了錢，馬上就把自己打扮得花枝招展，這和她過去的生活是不諧調的。但是，單純的喜好演變成願望，願望再進而發展成爲要求，這中間的過程是防不勝防的。在一個春天的日子，韓洽德送給伊莉莎白·珍一副顏色淡雅的手套。她想把手套戴上，藉以表示對他的謝意，但是她沒有一頂可以和那副手套相配的帽子。爲了滿足審美的要求，她覺得自己應該有那樣一頂帽子。有了和那副手套相配的帽子之後，她又發現自己沒有和那頂帽子相配的衣服。再進一步取得自己還缺少的東西，是絕對必須的，於是她訂購一件必需的衣服，卻又發現自己沒有一把和那件衣服相配的陽傘。一不做，二不休，她把陽傘也買來了，終於有了整套的配備。

①這個典故出自巴錄（Baruch）所作的舊約「僞經」（Apocrypha）中的一篇預言書，原文是：「他們拿了金子，像對待喜愛華麗衣著的少女一般，爲眾神的頭製作冠冕。」「僞經」本是舊約的一部分，猶太人認爲作者可疑，在宗教改革時被刪除。

於是大家都注意她了，有人說她過去的樸素打扮是眞人不露相，洛盧佛克②筆下的「巧妙的欺瞞」；她已經造成一種效果，一個對照，她是故意這樣做的。實際的情形並非如此，但是這種說法對她也有好處，因爲嘉德橋的人們一旦認爲她有手腕，就認爲她這個人値得注意了。「有生以來，我還是第一次受到旁人這樣的讚賞，」她心裏想。「雖然那些人的讚賞也許是沒有什麼價値的。」

但是范福瑞也在讚賞她；整個說起來，這是一個使她興奮的時期；她的性別觀察從來沒有像現在這樣強烈出現過，因爲在從前，她只把自己看成一個人，而沒有很清晰地把自己當成一個女性。有一天，她在外面出了空前未有的鋒頭，回到家中，上了樓，臉朝下伏在床上，完全忘記了這個動作可能弄皺或損傷了衣服。「天啊！」她低聲說，「這會是眞的嗎？我快要成爲全市第一美人了！」

經過仔細考慮之後，她平素那種唯恐過分注重外表的心理產生一種深切的憂愁。「這種情形有些不對，」她默然地思索著。「一旦他們知道我是一個多麼沒有才學的女孩子——知道我不會說義大利文，不懂天文地理，他們在寄宿學校學到的才藝，我一樣也不會，他們將會如何瞧不起我！最好把這些華麗的服飾都賣掉，爲自己買幾本文法書

②洛盧佛克（Rochefoucauld,1813-1860），法國道德家和作家，爲著名的「格言集」（Maximes）的作者。這句話的英文原文是It is ture art that conceals art.（眞藝術不露人爲的痕跡。）實際上，此語並非由洛盧佛克創始，在羅馬詩人奧維德（Ovid）和羅馬修辭學家昆提里安（Quintilian）等人的作品中都曾出現過，拉丁文是Ars est celare artem.

、字典和一部所有各種哲學的歷史！」

她從視窗外望，看見韓洽德和范福瑞正在存放乾草的院子裏談話，市長表現出一片急躁的熱忱，那個年輕男子則顯示著溫和的謙遜，現在在他們兩人的交往之中，這兩種對比的態度是顯而易見的。男人與男人之間的友情，其中蘊含著一種多麼粗獷的力量，由這兩個人的情形可以看得出來。可是實際上，一顆將會動搖他們友誼基礎的種子，這時已經在一個縫隙生根了。

在六點鐘左右，工人們一個一個地收工離去了。最後走的是一個彎腰曲背的總好眨眼睛的十九或二十歲的青年，這個人只要稍微受到一點激惹，嘴巴就會張開，好像沒有下巴支撐著那個嘴巴似的。在他走出大門時，韓洽德高聲喊他。「喂──亞伯．惠特爾！」

惠特爾轉過身來，往回跑了幾步。「是，先生，」他氣喘吁吁地說，一副誠惶誠恐的樣子，彷彿他已經知道下一步將要發生什麼事情。

「再告訴你一遍──明天早晨要準時來。你明白應該怎麼做，也聽見我說的話了，你知道要是再跟我吊兒啷噹可不行了。」

「是，先生。」然後亞伯離去了，韓洽德和范福瑞也離去了，伊莉莎白看不見他們了。

韓洽德向亞伯做這樣的吩咐，是有其道理的。因爲可憐的亞伯──大家都這樣稱呼他──有一種無可救藥的習慣，每天早晨都睡過頭，上工總是遲到。他很熱切地立下志願，每天要成爲最早到達的工人之一；他每天晚上在大腳趾上綁一條繩子，把繩子的另一端掛在窗戶外面，請他的同事在早晨拉那條繩子，把他喚醒，如果同事忘記拉繩子，他的志願就落空了，不能按時到達。

因爲亞伯是一個助手，時常要協助稱乾草、照看搬運麻袋的起重機、或跟隨貨車到鄉下去運回買進的乾草，所以他這個毛病引起很大的不便。在這一周裏，他已經有兩天早晨讓別人等待將近一小時之久，因此韓洽德才對他加以恫嚇。現在就看明天的情形如何了。

六點鐘了，惠特爾還沒來。到了六點半，韓洽德走進場院；亞伯要跟隨的那輛貨車已經套上馬了，另一個工人已經等他二十分鐘了。於是韓洽德咒罵了幾句，這時亞伯氣喘吁吁地來到了，糧食商人對他大發脾氣，並且發誓宣稱這是最後一次，如果他再遲到，他就要跑到他家裏，把他從床上拖下來。

「我的身體有點毛病，閣下，」亞伯說，「尤其是內臟裏面，因爲我剛說完幾句禱告的話，我那可憐的呆笨的頭腦就死沉沉的，像是一個凝結的硬塊。是的——在我還是一個小夥子，快要領大人工資的時候，就得了這個毛病，因此我從來享受不到床的樂趣，我一躺下就睡著了，還沒醒就起來了。先生，我爲這件事情煩惱透了，但是我有什麼辦法呢？昨天晚上，我在睡覺之前，只吃了很少的乾酪和——」

「我不要聽這些！」韓洽德吼叫著說。「明天貨車一定要在四點鐘出發，如果你到時候不來，你要小心。我要給你好看！」

「但是，你讓我把我的情況說清楚，閣下——」

韓洽德轉身走開了。

「他問我，審問我，然後又不肯聽我說我的情形！」亞伯向在場的人們說。「這樣一來，我因爲怕他，今天晚上一整夜都要像秒針一樣地抽動難安了！」

第二天早晨那些貨車要前往黑原谷，路途很遠，四點鐘場院裏就有一些燈籠在各處晃動。但是亞伯沒有來。在另外兩個人都還沒來得及跑到亞伯家裏去警告他的時候，韓洽德已經出現在花園的門口。「亞伯．惠特爾在哪裏？我跟他說了那些話，他到底還是沒來嗎？現在我對祖先發誓，一定要去實行我所說的話了——任何其他辦法都不會有什麼效果！我現在就到那邊去。」

韓洽德走開了，進入亞伯的家，那是後街上的一棟小房子，門永遠不鎖，因爲裏面沒有可偷的東西。糧食商人走到亞伯的床邊，以低音很用力地喊叫一聲，使得亞伯馬上驚起，看見韓洽德站在床前，像是受了電擊一般，突然做出一些抽搐動作，而那些動作和他穿衣服並無多少關聯。

「下床來，先生，馬上到穀倉去，否則你從今天起就不要做了！這是給你一個教訓。快走，褲子不用穿了！」

這個倒楣的惠特爾匆匆穿上帶袖的背心，在樓梯底端好不容易地穿上靴子，同時由韓洽德把帽子扣在他的頭上。然後惠特爾快步沿著後街往前走，韓洽德則態度嚴厲地走在後面。

## 15

就在這個時候，到韓洽德家裏去找他的范福瑞從後門出來了，他看見一個白色的東西在晨光的昏暗之中飄動著，不久他就看出那是從亞伯的背心底下露出來的襯衫下部。

「這到底是怎麼一回事？」范福瑞說，他跟著亞伯走進場院，這時韓洽德已經落在後面了。

「你知道，范福瑞先生，」亞伯很急促而不清晰地說，臉上現出一副無可奈何的恐怖的笑容。「他昨天說如果我不早點兒起來，他就要給我好看，現在他正在這樣做呢！你知道這是沒有辦法的事，范福瑞先生；天下的事情有時候就是很奇怪！是的——既然他這樣吩咐了，我只好像這樣半光著身子到黑原谷去了；但是以後我要自殺的；我受不了這種恥辱；因爲在這一路上，那些女人都會從視窗看我所受的這個屈辱，嘲笑我是一個不穿褲子的男人！范福瑞先生，你知道我對於這種事情有怎樣的感受，多麼悲慘的念頭在控制著我。是的——我要傷害我自己——我想要那麼做！」

「回家去，把褲子穿上，再像個男子漢一般來工作！如果你不回去，你就站在這裏等死吧！」

「我恐怕我一定不可以回去！韓洽德先生說——」

「我不管韓洽德先生怎麼說，也不管別人怎麼說！這樣做是很無聊的。馬上回去把衣服穿上，惠特爾。」

「喂，喂！」韓洽德說，這時他已經從後面走過來了。「是誰叫他回去？」

家都朝著范福瑞望去。

「是我，」范福瑞說。「我認爲這個玩笑應該到此爲止了。」

「我認爲不能到此爲止！上車，惠特爾。」

「如果我是經理，就不能這樣，」范福瑞說。「現在要麼叫他回家，要麼我走出這個場院，永遠不再回來。」

韓洽德看著范福瑞，他的神色嚴酷，滿臉發紅。但是他停頓一會兒，兩人的目光相遇了。范福瑞走到韓洽德的身邊，因爲他從後者的神情看出他已經開始後悔了。

「得啦，」范福瑞很安詳地說，「像你這樣身分的人不應該這麼糊塗，先生！這太專橫霸道了，有失你的身分。」

「這不是專橫霸道！」韓洽德喃喃地說，像是一個惱怒的孩子。「這是教他下次要記住！」他馬上又補充說，那種語調像是自己的感情已經受到很大傷害：「范福瑞，你爲什麼當著眾人那樣跟我說話？你可以等我們兩個人單獨在一起的時候再跟我說。啊，我明白了！我把過去的秘密告訴你了——我眞是個傻瓜——現在你就憑著這個來欺負我！」

「我已經忘了那件事，」范福瑞很單純地說。

韓洽德眼睛望著地面，沒再說什麼，然後轉身走開了。在當天，范福瑞後來聽工人們說，在前一個冬天，韓洽德一直供給亞伯的老母所用的煤和鼻煙，這種情形又使他減少對於糧食商人的敵意了。但是韓洽德仍然鬱鬱不樂，一言不發；當一個屬下問他是否應該把某些燕麥吊到上面一層樓去的時候，他很不客氣地回答說：「去問范福瑞先生，

## 15

他是這裏的主人！」

實際上他眞是這裏的主人；這是無可置疑的事。韓洽德在他那個圈子裏本來是最受敬佩的人，現在已經不再是那樣的人了。有一天，德恩歐弗的一位剛剛去世的農場主人的女兒們想知道她們的乾草値多少錢，派人來請范福瑞去估個價。派來的人是個小孩子，他在場院裏沒遇見范福瑞，而遇見了韓洽德。

「很好，」他說。「我會去。」

「不過是否可以請范福瑞先生去？」那個孩子說。

「我正要到那邊去……爲什麼一定要范福瑞先生呢？」韓洽德說，帶著一臉凝神深思的表情。「爲什麼大家總是要找范福瑞先生呢？」

「我想那是因爲他們非常喜歡他——他們都這麼說。」

「噢——是這樣——他們都這麼說——是嗎？他們喜歡他，因爲他比韓洽德聰明；因爲他知道的更多；總而言之，韓洽德先生比他差遠了——對不對？」

「對——就是這樣，先生——這是一部分。」

「噢，還有旁的？一定還有旁的！還有什麼？說吧，這六辨士送給你。」

「『而且他的脾氣好；跟他比起來，韓洽德簡直是個傻瓜，』他們說。還有，幾個女人在回家的路上說：『他是一顆金剛鑽——他性情柔和——他最好——他就是我要下注的馬，』她們說。她們還說：『在這兩個人當中，他比較通情達理得多了。我但願這裏的主人不是韓洽德，而是他，』她們說。」

「他們總是胡說八道，」韓洽德回答說，帶著一臉掩飾起來的憂鬱神情。「好啦，你現在可以走了。我要去給乾草估價，你聽見沒有？——是我。」那個男孩子離去了，韓洽德喃喃地說：「但願他是這裏的主人，眞是這樣嗎？」

他朝著德恩歐弗走去。在路上，他趕上了范福瑞。他們兩個人一起往前走，韓洽德大部分時間是眼睛望著地面。

「你今天不大舒服吧？」范福瑞問道。

「沒有，我很好，」韓洽德說。

「可是你有點不高興——你的確不大高興吧？何必呢，完全沒有什麼令人生氣的事情嘛！我們從黑原谷買來的東西品質非常好。噢，我想起來了，德恩歐弗有人要我們爲她們的乾草估價。」

「我知道。我現在就到那裏去。」

「我和你一起去。」

因爲韓洽德沒有答話，范福瑞就低聲哼著一首歌曲，直至快到那個死了親人的人家門口時，他才停止歌唱，跟韓洽德說：

「啊，她們的父親去世了，我不能再唱下去了。我怎麼就會忘記了？」

「你不是很喜歡傷害別人的感情嗎？」韓洽德以半嘲笑的態度說。「你很喜歡做這種事，我知道——尤其是對我！」

「如果我傷害了你的感情，我很抱歉，先生，」范福瑞回答說，他一動不動地站在

那裏，用一種懊悔神情來表示自己的歉意。「你為什麼要這麼說——要這麼想呢？」

韓洽德眉頭的烏雲消散了；當范福瑞說完的時候，這位糧食商人轉對著他，眼睛望著他的胸部，而沒有看他的臉。

「我聽到一些使我煩惱的事情，」他說。「那些話使我的態度有些鹵莽——使我忽略了你的眞正爲人。現在，我不想進去爲乾草估價了——范福瑞，這件事你會做得比我更好。而且，她們本來是找你的。我還要在十一點到市議會去開會，現在時間也快到了。」

他們兩人就這樣在和好的情緒之中分手了；韓洽德所說的那些話的含義他不大明白，但是他沒有問他。在韓洽德那方面，他的心情恢復平靜了；可是每當他想到范福瑞的時候，心中總有一種隱約的憂慮；他時常後悔自己不該把全部心事吐露給那個年輕人，不該把自己過去的秘密告訴他。

爲了這件事情，韓洽德對范福瑞的態度在不知不覺中變得更爲含蓄了。他很客氣，客氣得過分。范福瑞一向認爲韓洽德這個人雖然熱情而誠懇，卻很沒有修養，現在看見他第一次表現出這麼良好的教養，感到十分驚訝。現在糧食商人很少或永遠不再把胳臂搭在那個年輕人的肩膀上，以致幾乎要用那種形式化友誼的壓力把他的身體壓彎了。他不再去到范福瑞的住所，朝著過道裏面喊道：「喂，范福瑞，小夥子，來跟我們一起吃晚飯！不要一個人悶在家裏！」但是在他們的日常例行事務方面，並沒有什麼改變。

時光流逝，他們的生活就在這種情形下進展著，彼此相安無事。後來爲了紀念新近發生的一件全國性的大事，預定各地要在某一天同時舉行慶祝，才在他們之間引發起新的變化。

嘉德橋的人們做事一向緩慢，最初對這件事情沒有什麼反應。後來有一天，范福瑞和韓洽德談起，說他和另外幾個人打算在那個指定的日子舉辦一場娛樂節目，每人收取門票費若干，現在想跟他借一些遮蓋乾草堆的厚布，因爲他們要搭一座帳篷。

「要多少儘管拿好了。」韓洽德回答說。

當他的經理忙著籌備這件事情的時候，韓洽德也興起了好強爭勝之心。他心裏想，自己身爲市長，沒有在這時以前召開一個會議，商討在這個假日應該做些什麼，實在太疏忽了。但是范福瑞的行動也太迅速了，使得這些老派當權人物沒有機會率先做這件事。可是，現在爲時尚不太遲；經過仔細考慮之後，他決定親自擔負起籌辦一場娛樂節目的責任，如果市議會的其他議員肯把這件事情託付他的話。他們欣然同意了這個辦法，因爲其中大多數人都是老朽的人物，一向抱著多一事不如少一事的態度。

於是韓洽德開始籌備一場眞正精采的遊樂節目——一定不能辱沒了這個古老的市鎭。至於范福瑞那個不足道的計畫，韓洽德幾乎已經忘記了，只是在偶爾想起的時候，他會自言自語地說：「每人收取門票費若干——倒眞是蘇格蘭人的作風！——可是誰肯每人出若干門票錢呢？」市長所要提供的遊樂將完全免費。

在過去，他樣樣事情都仰賴著范福瑞，所以這次開始計畫遊樂節目的時候，他也很想請范福瑞過來商量一下。但是他強制自己不這樣做。他心裏想，不行，如果跟他商量，他一定會以他那種非常聰明的方式提出一些改進意見，使我韓洽德不由自主地成爲第二把手，一切都得聽這位能幹經理的了。

大家都對市長所計畫的遊樂節目加以讚揚，尤其是當他們聽說一切費用都由市長個人負擔的時候，更加稱頌。

靠近市區有一片綠草覆蓋的高地，四周由一座古老的方形泥土防禦工事圍繞著（在這一帶，方形或非方形的泥土工事像黑霉一樣地普通）——嘉德橋人所有各種的歡慶活動、集會、或羊市，如果大街所能提供的場地不敷應用，通常都在這個地方舉行。在這片高地的一邊，有一個斜坡通到富魯姆河岸；置身在高地的任何一個地點，四周多少哩遠的鄉野都在眼底。這片風光幽美的高地，就是韓洽德舉辦精采遊藝的場所。

他在全市各地貼出很長的粉紅色海報，宣稱將在這個地方舉行各種遊戲；他並且親自督導一大批工人從事籌備工作。他們豎起一些滑桿，供人攀爬，頂端放著薰火腿和當地的乾酪。他們擺起一排一排的障礙物，供人跳越；並且在河上橫放著一根滑桿，在桿的另一端綁著一隻本地的活豬，誰能從上面走過去取得那隻豬，牠就歸誰所有。他們還準備了一些供競賽用的獨輪手推車和驢，一個供拳擊、角力和比武用的臺子；還有跳袋。此外，韓洽德也不忘自己的戒酒原則，他準備了數量極爲巨大的茶，邀請所有居住本市的人免費享用。桌子都和壁壘的內部斜坡平行擺著，上面撐起了一些遮陽篷。

市長在往返經過的時候，看見西散步道范福瑞那個場地很不起眼的外貌，大小不一顏色各異的遮蓋乾草堆的厚布已經懸掛在成拱形的樹木上面，完全沒有顧及外表的美觀。他現在放心了，因爲他自己所準備的一切比這些東西強得太多了。

那天上午來臨了。到最近一兩天爲止一直非常晴朗的天空忽然變爲陰暗，天氣像是要轉壞的樣子，風勢明顯地預示著即將下雨。韓洽德後悔自己不該那麼相信晴朗天氣會一直繼續下去。但是現在要想有所改變或者延期，已經來不及了，一切事情都繼續進行。到十二點，開始下雨了，雨很小而持續不斷，在不知不覺中開始降下並且逐漸加大，使人很難確實說出乾爽天氣是在什麼時候結束的，雨水是在什麼時候得勢的。在一小時內，微少的水蒸氣逐漸化爲滂沱大雨，上天就一個勁兒地用這種傾盆豪雨打擊著地面，無法預測何時才會停止。

有一些人已經很英勇地聚集在那個場地上，但是到下午三點鐘，韓洽德看出他的計

畫注定要歸於失敗了。桿子頂端滴流著帶水的煙，成爲一種褐色的液體；豬在風中顫抖著；松木桌子的木頭紋理透過濕黏的桌布而顯示出來，因爲布篷已經失去作用，任憑雨水往下滴流，在這個時候再把四周圍起來，似乎也無濟於事了。河上的景色已經消失；風神在布篷繩索上彈奏出即興樂章；最後風勢轉爲猛烈，使整個篷子傾斜而倒在地上，在裏面躲避風雨的人們只好匍匐著爬出來。

但是快到六點鐘的時候，暴風雨減弱了，一陣比較乾爽的微風抖掉了草莖上的水。遊樂節目似乎又可以舉行了。於是把布篷又搭起來，把樂隊從避雨的地方找來，要他們開始演奏；並且把桌子搬走，清理出一塊空地，供跳舞之用。

「但是人都到哪裏去了？」過了半小時之後，韓洽德說道；在那個期間，只有兩個男人和一個女人站起來跳舞。「所有的店鋪都關門了，他們爲什麼不來呢？」

「他們都在西散步道范福瑞那邊呢，」和市長一起站在草地上的一位市議員回答說。

「有些人在那邊，我想。但是大多數人都到哪裏去了？」

「所有出來的人都在那邊。」

「這麼許多人都這麼糊塗！」

韓洽德悶悶不樂地走開了。一兩個年輕人很勇敢地前來爬上滑桿，免得把那些火腿白糟蹋了；但是因爲沒有觀眾，整個場面又現出一片極其淒涼的景象，韓洽德下令這項活動停止舉行，遊樂節目結束，把食物分送給本市的貧苦居民。過不多久，整個場地上只剩下一些障礙物、帳篷、和桿子了。

韓洽德回到家裏，和妻女一起喝茶，然後又出去了。這時已是薄暮時分。不久他就看出，路上所有散步的人都朝著散步道的一個特殊地點走去，最後他自己也往那裏走去了。由一個絃樂隊演奏的樂曲正從范福瑞所建立的那個圍起的場地——他自己稱之為大帳篷——傳來；市長走到那裏，看見一座不用柱子或繩子而巧妙構製起來的龐大帳篷。所選擇的地點是林蔭路上大楓樹最密集的地方，楓樹的大枝密切交織著，成為一個穹窿，在那些大枝上掛起一些帆布，構成一個圓形屋頂。迎風的一端圍起來了，另一端則是敞開的。韓洽德各處走走，看到裏面的情形。

就形狀來說，這個場所像是拆掉了一面山牆的教堂正廳，但是裏邊的景象卻完全和宗教無關。一種輕快的蘇格蘭舞正在進行，平常很文靜的范福瑞穿著一身野蠻的蘇格蘭高地人的服裝，置身在跳舞的人們中間，正隨著音樂節拍跳來跳去和旋轉著。最初韓洽德不禁發笑。後來他發現女人們的臉上都顯示著對於這個蘇格蘭人的無限仰慕；這項表演之後，又要開始一支新舞，范福瑞到裏面換了服裝，又穿著平常的衣服出現，有無限量的舞伴供他選擇，因為對於像他這樣一個徹底了解詩意動作的人，每個女孩子都巴望著和他共舞。

全市的人成群結隊地前往散步道，因為像這樣一個別開生面的跳舞廳，居民們以前從來沒有想到過。伊莉莎白和她的母親也置身在旁觀者之中——這個少女現出一種沉思的態度，可是顯得興趣很濃，她的眼睛散放出一種渴望的、留連的光輝，彷彿造物主在

創造那兩隻眼睛時曾經接受柯瑞喬①的指點。跳舞在繼續進行著，大家都興致勃勃，韓洽德踱來踱去，等待他太太想回去時一起回家。他不願意一直留在光亮的地方，可是當他走到暗處時，情形更糟糕，因爲他在那裏所聽到的都是這一類的談論：

「韓洽德先生的慶祝節目簡直不能和這個相比，」一個人說。「只有一個頑固的笨蛋才會以爲大家今天會到那個荒涼的地方去。」

另一個人回答說，大家認爲市長不只在這些事情方面差勁。「如果沒有這個年輕小夥子，他的生意不知會弄成什麼樣子？他能有范福瑞幫忙，眞是幸運。范福瑞剛來的時候，韓洽德的帳簿像是一堆亂草。他過去計算麻袋的數目，總是畫出一排粉筆道，看起來像是花園的柵欄；他伸開胳臂來測量乾草堆的大小；他用手舉一舉，來量度乾草捆的重量；他用嘴嚼一嚼，來判斷乾草的品質；他用一聲咒罵，來說定了價格。但是現在這個多才多藝的年輕人完全用數碼和測量術來做這一切事情了。再說小麥——他的小麥過去常有強烈的老鼠味道，做成麵包之後，吃的人還能分辨出老鼠的品種——范福瑞有辦法把小麥淨化，現在任何人都不會想到曾經有最小的四條腿動物在上面爬過了。是的，大家都對他覺得滿意，韓洽德當然要用盡心思把他留住！」這位先生做結語說。

「但是他不會長久留住他的，你要知道，」另一個人說。

「不會！」韓洽德在樹後面自言自語地說。「如果他再留他，過去十八年建立起來的聲望和地位，都將被破壞得乾乾淨淨了！」

①柯瑞喬（Correggio,1494-1534）爲義大利著名畫家，擅長描繪女性臉上的細膩表情。哈代在他的另外三部小說裏也提到柯瑞喬，可以推知他對於這位畫家的濃厚興趣。

他回到那座跳舞的大帳篷。范福瑞正和伊莉莎白．珍在跳一支古雅的小舞——一支老舊的鄉間舞蹈，她只會跳這一種舞；雖然范福瑞很體貼地緩和了自己的動作，來配合她那羞怯的步態，他的靴底上那些閃耀發光的小釘子的花式，仍然是每個旁觀者讚賞的對象。她是受了樂曲的引誘才去跳舞的；那是一支緊湊奔跳的曲子——每隻小提琴的銀弦奏出一些很低的音符，然後在琴身的狹小部分跳動著，像是在一架梯子上跑上跑下似的——據范福瑞說，這個曲子的名稱是「艾爾郡的麥克里奧德小姐」②，在他的家鄉很流行。

這支舞很快就跳完了，這個少女看看韓治德，希望得到他的讚可；但是他並沒有做這種表示。「喂，范福瑞，」他說道，心裏似乎在想旁的事情。「我明天要親自到布雷狄港大市場去。你可以留在家裏，把衣服歸攏到箱子裏，經過這一場異想天開的舉動之後，也要把筋骨休息過來。」他在開始時現出一副笑容，最後卻朝著范福瑞含有敵意地瞪了一眼。

另外幾個市民走過來，范福瑞就退到一邊去了。「怎麼樣，韓治德，」元老議員陶勃說，同時用大拇指摸摸糧食商人，像是個品嘗乾酪的人一般。「這是一場跟你敵對的遊樂節目，對不對？夥計不比老闆差，是不是？他完全勝過你了，不是嗎？」

「你曉得，韓治德先生，」那位律師說，他是韓治德的另一位性情溫厚的朋友，「

②「艾爾郡的麥克里奧德小姐」（Miss M'Leod of Ayr）——哈代幼年就喜歡這個古老的曲子。在他四歲時，他父親用小提琴彈奏這個曲子的時候，就使他感動得流淚。哈代續弦夫人Florence Emily在她所著的「哈代的前半生」第一章裏，提到這件事。

你所犯的錯誤是不該把場地設在曠野荒郊。你應該跟他學，在一個像這樣的遮蔽風雨的地方舉行遊樂節目。但是你沒有想到這一點，是不是，而他想到了，這就是他比你強的地方。」

「在你們兩個人當中，他將是一個更重要的角色，無往不利，」詼諧的陶勃又補充說。

「不會，」韓洽德很憂鬱地說。「他不會那樣，因爲他不久就要離開我了。」他朝著范福瑞望去，這時范福瑞又走近他們了。「范福瑞先生擔任我的經理的時期就要結束了，是不是，范福瑞？」

這個年輕人看看韓洽德那張輪廓分明的臉上的線條和皺摺，彷彿那是一些清晰的言詞，他只有默默地同意了。當旁人對這個事實表示惋惜，並且問他是怎麼一回事的時候，他只回答說韓洽德先生不再需要他幫忙了。

韓洽德回到家裏，顯然覺得很滿意。但是到第二天早晨，他的嫉妒心情消逝了，想到自己昨天所說的話和所做的事，覺得很沮喪。尤其當他發現范福瑞這次決心把他所說的話當眞的時候，他的心緒更加惶亂了。

# 17

從韓洽德的態度上，伊莉莎白·珍覺察出她同意和別人跳舞是犯了某種錯誤，但是她的心地單純，不知道自己所犯的是什麼錯誤，直至一位點頭之交對她加以提示，她才明白過來。原來她身爲市長的繼女，在這座大帳篷裏面的品類不齊的群眾中間跳舞，不大適合自己身分。

她明白自己的趣味和身分不相稱合，並且會使自己丟人現眼，於是她的兩耳、面頰和下頦紅得像一團炭火。

這種情形使她覺得很難堪，她四處張望，尋找她的母親，但是韓洽德太太比伊莉莎白更沒有禮法觀念，她已經先走了，留下女兒在那裏，想回家的時候再自己回去。於是伊莉莎白走上環繞全市邊界的昏暗的枝葉茂密的古老林蔭大道，那也可以說是由樹木構成的一個穹窿。她站在那裏思索著。

幾分鐘後，一個男人從後面走來，因爲她的臉朝著從帳篷射出的光輝，他認出了她。來的人是范福瑞——剛剛同韓洽德談過話，知道自己已經被撤職了。

「是你，紐森小姐？——我在到處找你！」他說，同時在壓抑著由於同糧食商人失和而爲他帶來的哀愁。「我可以和你一起走到你家的街角嗎？」

她覺得這樣做可能不大對，但是沒有表示反對。於是兩個人一起往前走，先是沿著西散步道走，然後走上保齡球散步道，范福瑞終於開口說：「大概我不久就要離開你了。」

她有些遲疑地問：「爲什麼？」

「噢──只是業務方面的問題──沒有旁的。我們不必管它──這也是想朝著最好的地步做。我本來希望再和你跳一支舞。」

她說她不會跳舞──跳得不好。

「不，你跳得很好！一個人要想跳舞跳得好，關鍵不在於學習舞步，而在於他對跳舞的感覺……。我恐怕我因爲籌辦這場遊樂節目，已經得罪了你父親！現在，我大概必須到世界的另一部分去了！」

這句話所提示的遠景似乎很使人傷感，伊莉莎白・珍歎了一口氣──她這口氣是一段一段地歎出來的，免得被他聽見。但是黑暗使人吐露眞情，這個蘇格蘭人很衝動地繼續說（也許他已經聽見她歎氣了）：

「我但願我更富有一些，紐森小姐；但願我不曾得罪你的繼父；那樣的話，我不久就會向你請求一樣事情──是的，我今天晚上就會向你請求。但是現在都談不到了！」

他究竟要向她請求什麼，他沒有說；她一直無能爲力地保持緘默，也沒鼓勵他說出來。就這樣彼此都懷著戒心，兩個人繼續沿著城牆往前走，一直走到保齡球散步道的底端；再走二十步，就到樹木的盡頭了，街角和燈光就要出現了。想到這一點，他們停住了腳步。

「我一直沒查出那天教我們兩個人到德恩歐弗穀倉白跑一趟的人是誰，」范福瑞用他那抑揚有致的聲調說。「你知道不知道是誰，紐森小姐？」

「始終不知道。」她說。

「我不知道他們為什麼那樣做！」

「大概是開玩笑。」

「也許不是開玩笑。可能是他們願意讓我們在那裏等待著，彼此談談話吧？啊，不談這些了！如果我走了，希望你們嘉德橋的人們不要把我忘了。」

「我相信我們一定不會的！」她很誠懇地說。「我——希望你根本不要走。」

他們走進燈光之中了。「這件事情容我考慮一下再說吧，」范福瑞說。「我不要走到你家門口了，在這裏就和你分手吧，否則會使你父親越發生氣了。」

他們分手了，范福瑞回到昏暗的保齡球散步道，伊莉莎白．珍沿著大街往前走。她不自覺地開始竭盡全力跑起來了，一直跑到她父親的家門口。「哎呀——我在做什麼啊？」她氣喘吁吁地停住腳步的時候，心裏這樣想。

到家之後，她開始猜想，范福瑞說他希望對她有所請求而又不敢說出口來，他那些神秘難解的話究竟是什麼意思呢。伊莉莎白——這個沉默寡言而觀察入微的女人——很久以前就注意到范福瑞在市民中間的人望越來越高，她也知道韓洽德的脾氣，早就擔心范福瑞當經理的時間不會很久了，因此這項宣布並不使她感到怎樣驚訝。儘管范福瑞說了那些話，而且她父親已經把他解雇了，他是否還會留在嘉德橋呢？他在這方面所採取的步驟，可以為他對她所做的神秘吐露提供一個解答。

第二天有風——風很大，她在花園行走的時候，撿到范福瑞手寫的一件業務信稿的一部分，是被風從辦公室裏越過牆頭吹過來的。她把那張無用的紙片拿到屋裏，模仿上面的書法，因爲她覺得那些字寫得很好。那封信的開頭是「親愛的先生」，她就在一張紙片上寫出「伊莉莎白．珍」，然後把那張紙片蓋在「先生」上面，就成爲「親愛的伊莉莎白．珍」了。她看見這個結果的時候，臉上馬上現出一陣紅暈，全身發熱，雖然並沒有人當場看見她所做的事情。她很快把那個紙片撕碎，丟掉了。然後她冷靜下來，笑她自己，在房間裏走來走去，又笑了，並不是快樂地笑，而是愁苦地笑。

范福瑞和韓洽德已經決定拆夥的消息，很快地在嘉德橋傳開了。伊莉莎白．珍急於想知道范福瑞是否要離開本市，心緒已經到達煩亂的地步，因爲她不能再對自己掩飾其中的原因了。最後消息傳來，說他不會離開這個地方了。有一個人和韓洽德做同樣性質的生意，不過規模較小，已經把他的店鋪賣給范福瑞了，因此他即將開始自行經營糧食和乾草生意了。

她聽說范福瑞採取這個步驟的時候，心旌搖搖，這證明他是打算留在這裏了，可是，如果一個男人眞對她還有點意思，他會開設一家和韓洽德對抗的店鋪，來危害自己的求婚嗎？當然不會；這樣看來，他那天對她說那些表示情意的話，一定只是出於一時的衝動。

在跳舞的那天晚上，她的容貌是否只能在一見面時引起對方短暫的愛慕呢？爲了解答這個問題，她又完全照原樣把自己打扮起來——穿上那件細棉紗衣服、短外衣、便鞋，拿著陽傘——然後照鏡子。在她看來，鏡中反照出來的影像，正是那種可以引起短暫愛慕的樣子，如此而已——「剛剛足以使他發癡，但是不足以使他長久發癡，」她明明白白地說。她懷著一種更爲陰沉的心情，自己在想：現在他已經發現了，在她那美麗的外殼裏面，是一個多麼平凡而庸俗的心靈。

因此，每當思念他的時侯，她就以一種含有痛苦意味的假裝的玩笑態度對自己說：「不，不，伊莉莎白．珍——你不能作這種好夢！」她設法使自己看不見他，也不去想他，不看他還能做得相當成功，不想他就不那麼容易完全做到了。

韓洽德在發現范福瑞不想再對他的脾氣加以容忍的時侯，心中已經很不高興，現在曉得那個年輕人所作的決定，感到非常憤怒。他第一次聽說范福瑞想在本市自己開店的絕招，是在市公所裏，當時市議會的一次會議剛剛散會，他向其他議員們表示自己的憤激心情，其聲音之大，在公用抽水機那裏都可聽到。從他說話的語調可以知道，雖然在長期的自我控制之下，他做了市長和教堂執事等等，可是麥可．韓洽德的外殼裏面，仍然保持著當年在維敦市集賣太太時那種桀驁不馴的火山一般的性情。

「不錯，他是我的朋友，我是他的朋友——如果我們不是朋友，我們是什麼呢？他媽的，如果我不是他的朋友，還有誰是他的朋友，我倒很想知道？他來到此地的時候，不是腳上連一雙像樣的鞋都沒有嗎？不是我把他留在此地，爲他安置工作解決生活問題嗎？不是我幫他賺到金錢，或他所想要的任何東西嗎？我沒有提出任何條件——我告訴他：『你說多少就是多少。』有一個時期，我情願同他分享我最後的一塊麵包，我太喜

## 17

歡他了。現在他跟我作對了！但是我要和這個混帳東西鬥一鬥——憑著公平的買進賣出，請注意——憑著公平的買進賣出！如果連這樣一個毛頭小夥子我都勝不了，我就一文不値！我要讓大家知道我是很會做生意的！」

他那些市議會的朋友們並沒有什麼特別的反應。韓洽德已經不像將近兩年前他們因爲他精力過人而選他爲市長的時候那麼孚眾望了。雖然他們曾經共同地受到韓洽德這種性質的益處，但是就個人來說，他們每個人都曾不只一次地被迫得只好退縮。因此，最後他獨自走出市公所，沿著大街走去。

到家之後，他似乎以不大開心的滿足心情想起了一件事情。他把伊莉莎白叫來。她走進來的時候，看到他的那副神情，現出很驚惶的樣子。

「我不是要找你的麻煩，」他看到她那種誠惶誠恐的態度，這樣對她說。「我只是要告誡你一件事，親愛的。那個男人，范福瑞——是關於他的事情。我曾經有兩三次看見他和你談話——他在遊樂會裏和你跳舞，還送你回家。好啦，好啦，這些都不能怪你。但是你只告訴我：你是否曾經對他做出任何糊塗的許諾？除了接受他的獻殷勤之外，有沒有許諾過一些什麼？」

「沒有，我沒有對他做過任何許諾。」

「好，凡事只要結局好就一切都好。」

「我特別希望你不要再和他見面。」

「很好，先生。」

「你答應了？」

她遲疑了一會兒，然後說——

「如果你很希望那樣，我就答應你。」

「我很希望那樣。他是我們家的仇敵！」

在她走開之後，他坐下來，用粗重的筆跡給范福瑞寫了這樣的一封短信：

先生：我要求你和我的繼女今後彼此應如陌生人一般。她已經答應我不歡迎你以後再對她獻殷勤，因此我希望你也不要企圖強行向她求愛。

韓洽德 啟

也許有人認爲，韓洽德是一個很精明的人，他也許會看得出來，鼓勵范福瑞做自己的女婿，實在是一個最好的權宜之計。但是以市長那種剛愎自用的性格，他絕不會考慮使用這種收買敵對者的計謀。所有這一類處理家務事的巧妙辦法，都和他的作風大相逕庭。愛一個人或恨一個人，他的手法固執得有如一頭水牛；他的妻子雖然爲了很多理由非常願意結下這門親事，但是她不敢向丈夫提出。

在這個期間，范福瑞的店鋪已經在德恩歐弗山的一個地方開張，展開業務，他使自己的營業場所盡可能遠離韓洽德的店鋪，並且盡量不和這位過去的朋友和東家的顧客打交道。在這個年輕人看來，當地的市場足供他們兩人發展營業而有餘。這個市鎮很小，但是糧食和乾草的營業量卻很大。他憑天生的精明，看出自己可以分到一部分生意。

# 17

他下定決心，不做任何像是在商業方面和市長作對的事情，所以他拒絕了他的第一位顧客——一個名聲很好的大農場主人，因爲在前三個月中韓洽德一直和那個人做生意。

「他曾經是我的朋友，」范福瑞說，「我不能搶走他的生意。使你失望我覺得很抱歉，但是他過去對我那麼好，我不能損害他的生意。」

儘管蘇格蘭人採取這種令人稱讚的辦法，他的生意還是很興隆。不知是他那種北方人的充沛精力在威塞克斯那些懶散成性的人物中間具有一種壓倒群倫的作用，還是他純然是運氣好，實際的情形是，他所做的生意是無往不利的。像在巴頓亞拉姆的雅各一樣①，他剛剛很謙遜地把那些有紋有斑的生意劃歸自己，那些有紋有斑的生意就興隆旺盛，大發利市。

但是運氣多半和這件事情並沒有什麼關係。如諾瓦里斯②所說的，性格決定命運，而范福瑞的性格和韓洽德的性格剛好相反，我們用一位作家形容浮士德的話③來形容韓洽德，也許不能算是不恰當；——一個熱情而憂鬱的人，他已放棄了世俗人的思想和行爲的方式，卻沒有一道光明引導他走上一條更好的道路。

①見舊約「創世紀」第三十章：雅各因爲受哥哥以掃迫害，去投奔舅父拉班，兩人商定，羊群中凡是有紋、有斑、有點的都歸雅各所有，作爲他服務的報酬。雅各用一種法術，使這種羊繁殖很快，數目大爲增加。

②諾瓦里斯（Novalis 是德國浪漫派詩人哈登堡（Friedrich von Hardenberg,1772-1801）的筆名。實際上，「性格決定命運」是文學作品中一種很普遍的說法，遠在希臘悲劇作家索福克里斯的作品中就已有過。許多近代和現代作家的作品都有這種說法。

范福瑞及時地收到了那封要求他不要再追求伊莉莎白．珍的短信。實際上，他所做出的那一類行爲極爲微少，這項要求幾乎是多餘的。可是他曾經對她發生很大的興趣，經過一番考慮之後，他決定在這個時候最好不要扮演羅密歐④的角色——不僅爲了自己，也爲了那個少女。因此他把那份剛剛開始的愛慕之情壓抑下去了。

後來，事情發展到了這樣一個地步，儘管范福瑞竭力避免和這位過去的朋友發生衝突，可是他純然爲了自衛，被迫和韓洽德短兵相接，從事一場商業上的殊死戰鬥。他已經不能用一味逃避來躲開對方的兇猛襲擊了。他們這場價格之戰一開始，所有的人就都深感興趣，有少數人已經猜出結果如何了。這場鬥爭可以說是北方人的明敏對抗南方人的倔強——匕首對抗短棍——韓洽德手中的武器如果頭一兩下子不能置敵人於死地，以後恐怕就只有任憑對方的擺布了。

差不多每星期六，他們都在市場上那些熙來攘往處理商業事務的大群農場主人中間碰面。范福瑞總是很願意，甚至很急切地想和他說幾句友善的話，但是市長卻總是氣勢洶洶凝眸注視著，從他身旁走過，像是曾經爲了他的緣故而忍受困苦，蒙受損失，絕對不能原諒他的過錯。范福瑞那種受了冷落的困惑態度，也不能對他發生安撫作用。那些

③這位作家指的是英國歷史家和哲學家卡賴爾（Thomas Carlyle,1795-1881），他在一篇討論歌德筆下的海倫娜（Helena）的文章裏，對浮士德（Faust）加以描述。浮士德爲中古傳說中的一個人物，他是一位老哲學家，爲了換取知識而把自己的靈魂賣給魔鬼。許多文學作品以這個人物爲主人翁，歌德的詩劇「浮士德」是其中之一。

④羅密歐——莎士比亞的悲劇「羅密歐和茱麗葉」的男主角，他和仇家的女兒茱麗葉戀愛。

大農場主人、糧食商人、磨坊主人、拍賣人等等，每人都在糧食交易廳裏設有一個攤位，用油漆塗上自己的名字；現在在習見的一系列名字如「韓治德」、「艾佛迪」、「薛納」、「達頓」等等之外，又加上一個新的用顯眼的字母寫出的名字「范福瑞」，韓治德一看見那個名字，頓時興起一陣怨恨之情；像貝萊羅芬⑤一樣，他從人群之中走開了，內心極度痛苦。

從那天起，在韓治德家裏很少有人提起范福瑞的名字。如果在吃早飯或晚飯的時候，伊莉莎白・珍的母親不小心提到她所喜愛的那個人的行動，這個少女就會遞一個眼色，請她不要再講下去，她的丈夫則會說：「怎麼——你也要和我爲敵嗎？」

⑤希臘神話：貝萊羅芬（**Bellerophon**）是科林斯的英雄，因爲殺死自己的兄弟而逃亡在外，在飛馬柏嘉索斯（**Pegasus**）的幫助之下，完成許多事蹟。哈代此處所指的是荷馬在「伊利亞特」中的敘述：貝萊羅芬「被所有的天神憎恨」，「他在阿雷亞原野遊蕩，心情非常憂傷，竭力避免和人碰面。」

# 18

韓洽德家中遭遇一場震撼，這場震撼伊莉莎白事先已經預料到了，正像一個坐在車夫旁邊的乘客，看到大路前面有一條溝，就會預知不久即將受到震盪一般。

她的母親病了——病得很厲害，不能走出自己的房間。韓洽德除了生氣的時候，一直對她很好，現在馬上去請最富有、最忙碌的醫生，他認爲那種醫生就是最好的醫生。到晚上睡覺的時候，他們整夜點著蠟燭。過了一兩天，她就好了。

伊莉莎白因爲整夜未睡，第二天早晨沒有出現在早餐桌前面，因此韓洽德獨自一人坐下了。他看到有他的一封從澤西寄來的信，信上的筆跡是他非常熟悉的，但是沒有想到這個人還會給他寫信，不免吃了一驚。他把信拿在手上看看，彷彿那是往事的一幅圖畫，一片幻景，或一串追憶；然後他閱讀那封信，彷彿那是一個無關重要的供人猜想的結局。

寫信的人說，現在他既然已經再度結婚了，她終於深知他們兩人繼續通信將是非常不可能的了。她不能不承認，這樣的一場再度結婚乃是他所能採取的唯一的誠實辦法。

「所以，經過冷靜考慮之後，」她繼續寫道，「雖然你使我陷入這樣一個困難的處境，我卻完全原諒你了，因為在我們那有欠考慮的結識之前，你對過去的事絲毫未加隱瞞，你確實曾經以你那種冷酷的方式向我說明，和你密切交往是冒著一種危險的，儘管

那種危險發生的可能不很大，因為你的太太已經十五、六年沒有消息。所以我認為這整個事情乃是我的不幸，而非你的錯誤。」

「因此，麥可，我必須請求你，不要再理會我在情緒激昂的時候連續寫給你的那些信了。當時我認為你對我做出的行為很殘酷，但是現在我對於你的處境詳情知道得比較多些了，我發現過去所做的責備實在太不體諒你了。」

「現在我相信你會覺得，有一種情況可以確保我未來的任何可能的幸福，那就是把我們過去的關係在這個海島之外保持秘密。我知道你不會說到那些事情，我相信你也不會寫出那些事情。現在我還提出一個穩妥辦法——就是不要由於疏忽或遺忘，而把我所寫的信或屬於我的小東西留在你的手中。為了達到這個目的，我請求你把你手中所有的這些東西都還給我，特別是剛剛陷入情網時所寫的那些信。」

「你為了撫慰我所受的創傷而送給我一筆數目可觀的金錢，我衷心感謝。」

「現在我即將動身前往布里斯托，去看我唯一的親人。她很富有，我希望她能為我做些事情。回來的時候我要路過嘉德橋和巴德茂斯，在那裏搭乘郵船。你能帶著那些信和其他小東西來和我會面嗎？我所搭乘的驛站馬車將於星期三晚上五點半在羚羊旅館換馬；我將披著一件佩茲利披肩①，中心是紅色的，因此會很容易發現。我願意用這個辦法收到那些東西，而不經郵寄。

柳塞塔手啟」

韓洽德很沉重地呼吸著。「可憐的人——你當初不和我相識就好了！說良心話，如果將來有那麼一天，我的情況容許我實行和你結婚的諾言的時候，我應該那樣做——我實在應該那樣做！」

他心中所想到的那種可能的情況，當然是指韓洽德太太去世了。

他按照柳塞塔的要求，把她的那些信封起來，然後把那個包裹放在一個地方，預備在那個約定的日子還給她。那位年輕女士所提出的這個當面交還信件的辦法，顯然是一個小計謀，使兩人可以藉這個機會談幾句過去的事情。他倒是寧願不和她見面，但是他認為同意她這項要求也不會有多大害處，因此他就在那天的黃昏時分前去，站在驛站馬車車站的對面等候。

那天晚上很冷，驛站馬車遲到了。在換馬的時候，韓洽德走了過去，但是在車裏車外都找不到柳塞塔。他推想大概是發生了什麼事情，使她改變了原來的計畫，因此他就丟開這件事情，回到家裏，心裏反倒有輕鬆之感。

在這個期間，韓洽德太太的身體顯而易見地越來越虛弱了。她不能出門了。有一天，經過一陣似乎很使她痛苦的思考之後，她說她要寫一點兒東西。家人把桌子和紙筆放在她的床上，然後應她的請求都走開了，房間裏只剩下她一個人。她沒有多久就寫好了，很小心地把那張紙摺疊起來，叫伊莉莎白．珍拿來一隻小蠟燭和火漆，然後仍然不

①佩茲利披肩（Paisley shawl）：一種用細軟羊毛織成的披肩，上面帶有精巧的彩色花紋，因最初是在蘇格蘭佩茲利製造的，故名。

要旁人協助，自己用火漆把那張紙封起來，寫上收信人的姓名，把它鎖在自己的書桌裏。她在封面上寫下了這些字：「麥可・韓洽德先生。要到伊莉莎白・珍結婚那一天才能打開看。」

伊莉莎白・珍盡體力之所及，一夜接連一夜地通宵不眠，照看母親。一個人要想學會以一種嚴肅態度來體會宇宙，最迅捷的方法就是徹夜照看病人——或者如那些鄉下人所說的作一個「不睡的人」。在最末一個醉漢從街頭走過到第一隻麻雀開始活動的這段時間裏，嘉德橋是萬籟俱寂的（除了很稀少的更夫打更的聲音），只有臥室裏面的時鐘瘋狂一般地滴嗒作響，和樓梯口的鐘聲互相呼應，打破了伊莉莎白耳邊的沉寂；那座時鐘的滴嗒聲越來越響，最後竟像是打鑼一般。在這一段時間裏，這個心思明敏而深沉的少女一直在詢問自己一些問題：她爲何誕生，爲何坐在這個房間裏，對著蠟燭眨眼睛；她四周的東西爲何具有現在的形狀，而非任何其他可能的形狀。那些東西爲什麼這麼無可奈何地瞪著眼睛看著她，彷彿在等待什麼魔杖碰一下，就把它們從現世的拘束之中解放出來；那個叫做意識的混沌東西，此刻正像陀螺一般在她的內心旋轉著，它究竟是由什麼產生出來，又將前往何處。她的眼睛閉起來了；她是醒著，可是她也在睡著。

母親的一句話驚醒了她。韓洽德太太沒頭沒腦地問她，彷彿是接續已在她心中進行相當時間的一個場面：「你記得不記得，你和范福瑞先生都收到一個字條——要你們去德恩歐弗農家場院會晤一個人——你認爲那是旁人要愚弄你們的一個詭計？」

「我記得。」

「那不是要愚弄你們，而是要使你們聚在一起。那件事是我做的。」

「爲什麼？」伊莉莎白嚇了一跳，這樣問道。

「我——要你嫁給范福瑞先生。」

「媽媽！」伊莉莎白·珍低下頭，把頭垂得很低，眼睛在望著自己的膝部。但是母親沒有繼續說什麼，她又問：「什麼理由？」

「噢，我有理由。將來你會明白。我希望這件事情能在我有生之日實現！但是，算啦——任何事情都不能像你所願望的那樣！韓洽德恨他。」

「也許將來他們會和好，」少女喃喃地說。

「我不知道——我不知道。」然後她的母親就沉默了，打起瞌睡了；她以後沒再談起這件事情。

不久之後，在一個星期天早晨，范福瑞從韓洽德的門前經過，發現所有的窗簾都拉下來了。他輕輕地拉了門鈴，使它只發出一大響和一小響；然後裏面出來的人告訴他說，韓洽德太太去世了——剛剛去世——沒有多少時候。

當他從公用抽水機旁邊經過的時候，有幾位年老的居民聚集在那裏，他們每有閒暇時間，就到這裏取水，像現在一樣，因爲直接來自泉源的水要比他們自己井裏的水乾淨得多。賈克薩姆太太已經拿著水罐在那裏站了一些時候了，這時正在講述韓洽德太太去世前後的情形，她是從護士那裏聽說的。

「她的臉像大理石一樣的白，」賈克薩姆太太說。「而且她又是一個那麼思慮周到

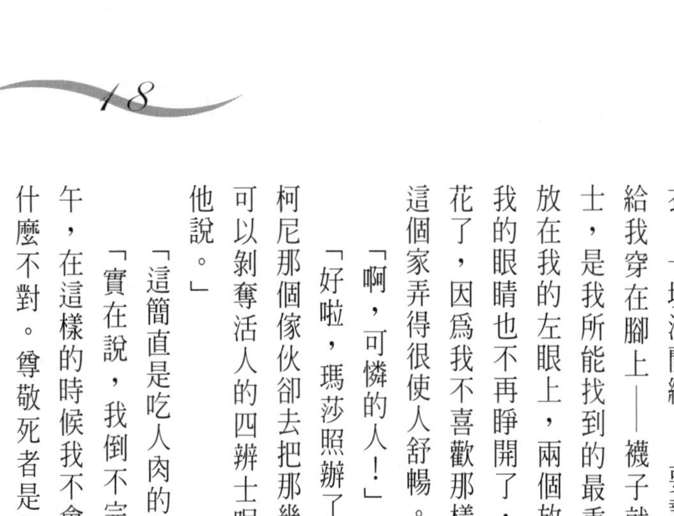


的女人——啊，可憐的人——每一樣需要照看的事情她都關照了。『是的，』她說，『在我走的時候，等我嚥了氣，就到後屋窗戶旁邊那個衣櫃最上面的抽屜裏找出我的全部壽衣；一塊法蘭絨——要墊在我身體下面的，那一小塊是要墊在頭下面的；那雙新襪子要給我穿在腳上——襪子就疊著放在旁邊，還有我所有其他的東西。有四個銅合金的辨士，是我所能找到的最重的錢幣，都用小塊亞麻布包起來了，當作鎮壓物用的——兩個放在我的左眼上，兩個放在我的右眼上，』她說。『等你把那四個辨士都壓上去之後，我的眼睛也不再睜開了，你就把那些辨士埋起來，好心的人們，你們不要把那些錢拿去花了，因爲我不喜歡那樣。把我抬出去之後，馬上打開窗戶，盡可能爲伊莉莎白．珍把這個家弄得很使人舒暢。』」

「啊，可憐的人！」

「好啦，瑪莎照辦了，並且把那些辨士埋在花園裏面。但是說起來你們也許不信，柯尼那個傢伙卻去把那幾個辨士挖出來，到三水手買酒喝。『是啊』他說，『死人怎麼可以剝奪活人的四辨士呢？死並沒有那麼了不起，我們用不著對它尊重到那個程度，』他說。」

「這簡直是吃人肉的行爲！」聽她講話的人們不以爲然地說。

「實在說，我倒不完全這麼想，」郎維斯說。「我今天這麼說，現在是禮拜天上午，在這樣的時候我不會爲了一個六辨士的銀幣而說昧良心的話。我覺得他那樣做沒有什麼不對。尊敬死者是很合乎宗教精神的；我不會出賣屍骨——至少是令人敬重的屍骨，讓人塗上油去解剖，除非我失業了。但是錢太難賺，喉嚨又發乾。死人怎麼可以剝奪活人的四辨士呢？我認為這樣做也不算大逆不道。」

「咳，可憐的人；她現在是沒法來阻止這件事情或任何其他事情了。」賈克薩姆大媽回答說。「她所有的那些發亮的鑰匙都要被別人拿走了，她的櫃櫥也打開了；本來不願意被人看見的一些小東西，現在誰都可以看見了；她的願望和作法都不算一回事了！」

# 19

韓洽德和伊莉莎白坐在壁爐旁邊談話。這時是韓洽德太太下葬的三個星期之後，屋裏沒有點燃蠟燭，煤塊的一道熊熊火焰，像是賣藝人走繩索一般地跳動著，這道火焰把室內各種東西的影子都在昏暗的牆壁上映照出來——古老的穿衣鏡，連同它那金色的柱子和巨大的柱頂楣構；畫框；各種各樣的球形捏手和把手；還有壁爐架兩邊叫人鈴絲帶拉索底端的玫瑰花形黃銅飾物。

「伊莉莎白，你時常回想從前的事情嗎？」韓洽德說。

「是的，先生；我常常回想，」她說。

「你在回想的時候都想到一些什麼人呢？」

「父親和母親——不大想到別人。」

每當伊莉莎白．珍把紐森當作「父親」談起的時候，韓洽德的神情總好像是在抵禦著一種痛苦。「啊！完全不會想到我，是不是？」他說……「紐森是一個慈祥的父親嗎？」

「是的，先生，很慈祥。」

韓洽德的面容現出一副呆鈍的落寞神情，那副神情又逐漸化爲一種柔和的態度。「如果當時我是你生身之父呢？」他說。「你會像喜歡紐森一樣地喜歡我嗎？」

「我不能想這個問題，」她很快地說。「除了我父親之外，我不能把任何旁人想成是我的父親。」

韓洽德的妻子由於死亡而和他分開，他的朋友和助手范福瑞由於交惡而和他分開，伊莉莎白．珍則由於不知實情而和他分開。在他看來，其中只有一個人似乎還可以挽回，就是這個少女。他的心中開始猶豫不決，一方面想向她吐露實情，一方面又覺得最好聽其自然，最後他再也坐不住了。他走來走去，然後過來站在她的椅子後面，低頭看著她的頭頂。他再也抑制不住自己的衝動了。「關於我，我的過去，你母親曾經對你講些什麼？」他問。

「她說你們是親戚。」

「她應該再多告訴你一些——在你認識我之前！那麼我的任務就不會像現在這麼困難了！伊莉莎白，你的生身之父是我，不是理查．紐森。你的可憐的父母，只是因為怕丟臉，才沒有在他們兩人都活在世上的時候向你承認這件事情。」

伊莉莎白的後腦杓子始終一動不動，她的肩膀甚至連呼吸的動作都沒有顯示出來。韓洽德繼續說：「我寧願受你輕蔑，引起你的恐懼，怎樣都可以，就是不要讓你不知實情，我不願意那樣！你母親和我在年輕的時候是夫妻。你所看到的是我們的第二次結婚。你母親太老實了。當年我們都以為對方已經死了——於是——紐森成了她的丈夫。」

韓洽德只能把全部事實眞相說到這個地步。就他本身來說，他可以毫無隱瞞，但是他要尊重這個年輕的少女，不好意思當面把自己那項可恥行為抖摟出來。

他又繼續講述一些細節，可以由她過去生活當中一連串微末而不被注意的事情很奇

19

妙地加以證實；總而言之，她相信他所說的都是眞的，於是她的心情大爲激動，轉過身，把臉撲在桌子上面哭起來了。

「別哭——別哭！」韓洽德說，帶著一種強烈的悲愴心情。「我受不了，我受不了。我是你的父親，你爲什麼要哭？難道在你看起來我是那麼可怕，那麼可恨嗎？不要對我有反感，伊莉莎白·珍！」他喊道，同時握住她那被淚水沾濕的手。

「不要對我有反感——雖然我從前好喝酒，苛待過你母親——將來我對你會比他從前對你更好！我會爲你做任何事情，只要你把我看成是你的父親！」

她想要站起來，以信賴的態度面對他，但是她做不到。她在他面前感到惶恐，正像約瑟的弟兄們聽到他承認自己身分的時候一樣①。

「我不要你突然間回到我的身邊，」韓洽德痙攣著說，他的身體抖動著，有如風中的一棵大樹。「不，伊莉莎白，我不要那樣。我要走開，等明天或以後你願意和我見面的時候，我們再見面，那時候我會給你看一些文件，來證明我所說的話。好啦，我走了，不再煩擾你了。……你的名字還是我給你取的，我的女兒；你母親本來想管你叫蘇珊。好啦，不要忘記是我給你取的名字！」他走出門外，輕輕地把門帶上；她聽見他走進花園去了。但是他並沒有走開。在她還沒有動，或在任何方面從那些宣布的影響之中

①約瑟爲雅各之子，被哥哥們出賣給以實瑪利人，後來做了埃及宰相。若干年後，因爲遭逢荒年，約瑟的弟兄們前往埃及購糧。下節（舊約「創世紀」第四十五章第三節）所述，就是約瑟和弟兄們相見的情形：「約瑟對他的弟兄們說：我是約瑟，我的父親還在嗎？他的弟兄們不能回答，因爲他們在他面前都惶恐。」

恢復過來的時候，他又出現了。

「再跟你說一句話，伊莉莎白，」他說。「現在你可以姓我的姓了——是不是？你母親從前反對，但是這樣做會使我非常高興。按照法律來說，這是你的姓，你知道。但是別人不必知道這種情形。就當作是由於自己的選擇而姓了這個姓。我要同我的律師談談——我不確實知道這件事情所牽涉的法律問題；但是你肯不肯這樣做——讓我在報上登幾行啓事，說你將改姓這個姓？」

「如果這是我的姓，我就必得姓這個姓，不是嗎？」她問。

「好啦，好啦，對於這類事情，最好按照習俗做。」

「我不明白母親爲什麼不願意我姓這個姓？」

「噢，只是這個可憐的人的一個怪念頭而已。現在你拿張紙來，按照我告訴你的話起草一段文字。不過我們要把蠟燭點起來。」

「我藉著壁爐的火光就能看見，」她回答說。「是的——我倒覺得這樣比較好。」

「很好。」

她拿來一張紙，在壁爐圍欄前面俯下身子，按照他所口授的寫下一些字句，那些字句顯然是從報上的啓事背下來的——大意是說，本人原名伊莉莎白·珍·紐森，自即日起改名爲伊莉莎白·珍·韓洽德。她寫完啓事之後，把它封起來，再寫上「嘉德橋記事報」的地址。

「現在，」他說，臉上現出滿意的光彩，每當他達到一項目的時，臉上總會現出這

# 19

種光彩——不過這一次，柔情使這種光彩顯得溫和了——「我要上樓去，尋找一些可以向你證明這一切事情的文件。但是我今天不來煩擾你了，明天再拿給你看。晚安，我的伊莉莎白·珍！」

在這個迷惘的少女還沒弄清楚這一切究竟意味著什麼，或把她的孝心轉移到新的重心之前，他已經走開了。留下她一個人獨自度過這個晚上，她很感謝，在爐火旁坐下。她默默地坐在那裏，哭起來了——不是爲了她的母親，而是爲了那個親切和藹的水手理查·紐森，她似乎做了一件對不起他的事。

在這個期間，韓洽德已經上樓去了。他的家庭文件都放在臥室的一個抽屜裏，現在他用鑰匙把那個抽屜打開。在沒有翻閱那些文件之前，他靠著椅背坐著，享受著平靜的沉思。伊莉莎白終於是他的了，這個女孩子通情達理，心腸又好，一定會喜歡他的。他這種人，幾乎總得有一個人做爲對象，來傾洩自己的激昂情緒——不論是熱烈的感情還是狂暴的怒氣。妻子在世的時候，他曾經非常渴望重新建立起來這種人間最親密的父女關係，現在他已經毫不勉強毫無恐懼地甘心屈從這種親情的支配了。他又俯身在抽屜前面，開始尋覓他所要找的東西。

除了其他文件之外，她太太那個小書桌（小書桌的鑰匙由於她的請求而交給他了）裏面的東西也都被他放在這個抽屜裏面了。韓洽德太太寫給他的，上面註明「要到伊莉莎白·珍結婚那一天才能打開看」的信，也在其中。

韓洽德太太雖然此她丈夫更有耐性，做起事來並不紮實。這封信沒有信封，只是用老式方法摺疊起來，把兩端塞進縫隙裏面，然後把一大塊火漆塗在接頭的地方，就算封起來了，而且並沒有按牢。那塊火漆已經裂開，信等於已經打開了。韓洽德沒有理由認爲那項囑咐有什麼眞正的重要性，同時他對於這位已故的妻子並沒有很深的敬重心理。「我想這只是可憐的蘇珊一時心血來潮，」他說。他並沒存著什麼好奇心，匆匆地閱讀那封信：

親愛的麥可：——為了對我們三個人都有好處，有一件事情我一直對你保守秘密到現在。我希望你會了解我為什麼這樣做；我想你會；雖然你也許不原諒我。但是，親愛的麥可，我的本意是想朝著最好的地步做。當你看這封信時，我已經躺在墳墓裏了，伊莉莎白·珍也有個家了。不要咒罵我，麥可——你要想想我當時的處境。我幾乎寫不下去了，但是事情是這樣的。伊莉莎白·珍不是你的伊莉莎白·珍——不是你把我賣掉時我懷裏抱著的那個孩子。不是，她在三個月後就死了，這個活著的是我另外那個丈夫的孩子。我用我們頭一個孩子的名字做她的名字，她彌補了我失去那個孩子所感受的痛苦。麥可，我快要死了，本可閉口不言，但是我不能那樣。這件事情是否告訴她的丈夫，由你來決定。如果你能夠的話，請原諒這個曾經深深受你虧待的女人，正像她原諒了你一樣。

蘇珊·韓洽德

她的丈夫看著這張紙，彷彿那是一塊窗戶玻璃，一眼望到多少哩遠。他的嘴唇抽動著，他似乎在縮緊自己的身體，以便加強忍受的力量。他通常的習慣是並不考慮命運是否待他太苛，在遭受痛苦的時候，他心中所想到的只是這樣的一句陰沉的話：「我要忍受痛苦，我覺得。」「這樣多的磨難，都要加在我的身上嗎？」但是，現在在他的激昂頭腦之中，卻突然湧現了這個意念——這個摧毀性的揭發在他是罪有應得。

他的妻子爲什麼極其不願把這個女孩的姓從紐森改爲韓洽德，現在得到充分的解答了。這件事情又提供一個例證，表明她在其他方面所顯示的一種特性，就是在不誠實之中還不脫誠實。

他一直坐在那裏，失魂落魄，沒有目的，這種情形繼續了將近兩小時之久，然後他突然說道：「啊——我懷疑這是不是眞的！」

他在衝動之中一躍而起，踢脫了拖鞋，拿著一支蠟燭走到伊莉莎白・珍臥房的門口，把耳朵放在鑰匙洞上傾聽著。她正發出很沉重的呼吸聲音。韓洽德輕輕地扭動把手，走進去，用手遮住蠟燭的光，走近床邊。他逐漸地把蠟燭從帷帳後面移過來，使燭光斜照在她的臉上，而不致照射到她的眼睛。他凝視著她的臉。

她的臉是白皙的，他自己的臉是黝黑的。但是這只是一個不重要的初步印象。隱藏的家系的眞實狀貌、祖先的曲線、和死去的人們的特徵，在白晝的活動中被遮掩或淹沒起來，在睡眠之中卻都會浮現出來。這個少女的面貌，現在正處於塑像一般的平靜狀態，在那上面映現出來的顯然是紐森的面貌。他無法忍受這個景象，趕緊走開了。

痛苦所教給他的，只是以大無畏的態度加以忍受。妻子已經死了，他最初的想要報復的衝動，因爲想到她已置身在他的力量所達不到的地方，而逐漸消逝了。他向外望著黑夜，像是在望著一個惡魔。像所有他那一類的人一樣，韓洽德很迷信，他不禁想到今天晚上所發生的一連串事情，乃是一個邪惡精靈懲罰他的計謀。可是實際上，這些事情都是很自然地發展出來的。如果他不向伊莉莎白吐露過去的事情，他就不會打開抽屜尋找文件，等等。最大的嘲弄是，他剛剛教那個少女回到他爲父的庇護之下，卻馬上發現她不是自己的骨肉。

這些連續發生的令人啼笑皆非的事情，就像旁人故意施展頑皮花招來戲弄他一般，使他憤怒。像祭司約翰②一樣，他的肴饌已經在桌上擺好，卻被一些兇惡的鳥身女怪攫走。他去到戶外，鬱鬱不樂地沿著人行道往前走，一直走到正街盡頭的橋畔。他從那裏轉上環繞市鎮東北部邊緣的河邊小徑。這一帶地方代表著嘉德橋生活的悲慘的一面，正像南邊那些林蔭路映現著它的愉快心情一樣。整個地方都見不到太陽，甚至夏天也是如此；在春天，其他地區都已冰雪融解、地上冒熱氣了，這裏的白霜仍然留連不去；在冬天，它是全年所有各種病痛、關節炎、和折磨人的痙攣的溫床。要不是有東北部這片悽

②祭司約翰（Prester John）是傳說中的一位中世紀基督教教士和衣索匹亞國王。哈代此處提到的故事，見於義大利詩人亞里奧斯托（Ariosto,1474-1533）的「瘋狂的奧蘭多」（Orland Furioso）第三十三卷，其中講到祭司約翰和伊尼亞斯（Aeneas——羅馬詩人魏吉爾的史詩Aeneid的主人翁）有同樣的遭遇，他的肴饌剛在桌子上擺好，就被一些鳥身女怪（harpy）攫走，據說因爲他要把自己的領域擴展到天國，天神派遣那些女怪對他施以懲罰。

慘的風光，嘉德橋的醫生都將由於缺少充分營養而憔悴了。

這條河——緩緩的，靜靜的，暗黑的——是嘉德橋的黑水河③——它從一座低崖下面流過，二者共同構成一個防禦工事，使市鎮這一邊的城牆和人造泥土工事成爲不必要的設施。這裏有一座聖芳濟教派修道院的遺址，和它的一座磨坊，磨坊的水以淒涼音調從後閘門呼嘯著流出。在懸崖的上方，河的後邊，矗立著一堆房屋，房屋的前面有一塊方形的物體聳向空際。那個物體像是一個沒有雕像的底座。缺少的部分（如果沒有那一部分，整個設計就是不完整的）實際是一個人的屍體，因爲那塊方形物體原來是絞刑臺的底座，後面那些廣大的房屋乃是本郡的監獄。在韓洽德行走的那片草地上，從前每次執行死刑的時候，都是群眾聚集的地方，他們在水堰的呼嘯聲中，站在那裏看熱鬧。

黑暗加深了這個地方的陰沉，他的感受也超乎預想地強烈。眼前的慘澹景象和他的家庭境況太相似了，那些感觸、景色、和暗影使他無法忍受。他的一腔怨憤化爲憂鬱；他大聲喊道：「我究竟爲什麼到這裏來！」他繼續往前走，經過本地那位絞刑吏曾經居住並在其中去世的那所小屋，當時那個行業在全英國還沒有被一個人包辦。然後他從後面的一條陡峭的小徑爬上去，進入市區。

他那天夜裏由深切失望而引起的種種痛苦，是很令人憐憫的。他像是一個處於半昏迷狀態中的人，既不能清醒過來，也不能完全昏厥。在口頭上他可以責備他的妻子，但是在內心裏他不能那樣做；如果他遵從她在信的外面所做的明智指示，他在很長時期內

③原文爲Schwarzwasser：字面意義是「黑水」，爲波蘭一條河流的名稱，此處用以襯托韓洽德當時的心情。

都不會受到這種痛苦——也可能永遠不會受到，因為伊莉莎白．珍似乎無意放棄目前這種安全的幽靜的處女生活，而走上有風險的婚姻之路。

在這個不安的夜晚之後，早晨又來臨了，到了早晨總要拿個主意了。他是一個非常執拗的人，絕對不肯從一個立場退卻，如果退卻會使他蒙受屈辱，他更不會那樣做。他既然已經宣稱她是他的女兒，她就要永遠認為自己是他的女兒，不論這樣做隱含著多少虛偽。

但是他對於自己在這個新情勢中所要採取第一個步驟，還沒有準備好。他一走進早餐的房間，伊莉莎白馬上以坦誠的信任態度走到他的面前，抓住他的胳臂。

「我想來想去，想了一整夜，」她很坦白地說。「我知道一切都必定像你所說的那樣。你是我的父親，我就要把你看成自己的父親，不能再稱你為韓洽德先生了。現在在我看來，這件事已經非常明白了。父親，的確非常明白了。你為我做了那麼許多事情，如果我只是你的繼女，你連其中的一半也不會為我做，更不會容許我要怎麼樣就怎麼樣，還給我買禮物！他——紐森先生——我那可憐的母親由於一項那麼奇異的錯誤而嫁給他了」（韓洽德很高興他在這一方面曾經掩飾了事情的眞相），「他很慈祥——啊，那麼慈祥！」（她說話時含著眼淚）；「但是那到底和自己的生身父親不同。好啦，父親，早飯已經準備好了！」她很高興地說。

韓洽德俯下身子，親吻她的面頰。這個時刻和這個動作，他已經懷著使人心頭震顫的快樂預想了好幾星期，可是現在眞的來臨了，帶給他的不過是一種惱人的平淡乏味的

感覺而已。他把她母親再度娶進門來，主要是爲了這個女孩子，現在全部計畫的成果只落得這樣的一場虛空。

## 20

在韓洽德向伊莉莎白宣布他是她的父親之後，伊莉莎白隨著就面臨一個非常難解的謎，一般少女很少有過那麼令人困惑的經驗。他做出那項宣布時所顯示的熱情和激動，已經深深地打動了她的心；可是，你瞧，從第二天早晨起，他卻表現出一種她以前從未見過的勉強而不自然的態度。

他的冷淡不久就變爲公然的責罵。伊莉莎白的嚴重缺點之一，是偶爾很風趣而生動地使用方言的用語——在眞正的上流人士看起來，這乃是要不得的粗魯人的標誌。

當時是晚餐時間（他們只有吃飯時才能見面），她從座位站起，想要把什麼東西拿給他看，偶然對他說了這樣一句話：「父親，你待在這裏等一會兒，我去取來。」

「『待在這裏，』」他態度嚴厲地重複她的話。「我的老天，你說出這樣的話，是不是只配往豬食槽送餿水呢？」

她臉紅了，心中感到羞愧和難過。

「我的意思是說『留在這裏』，父親。」她用低微而謙卑的聲音說。「我以後一定要多加小心。」

他沒回答，走出了房間。

這種嚴厲的責備對她並非沒有效用，過些時候之後，她就不說「密合」，而說「成功」；她不再說「嗡嗡蟲」，而說「大黃蜂」；在談到青年男女的時候，不再說他們

「一起走路」，而說他們「訂婚了」；她漸漸地不說「團團花」，而說「野風信子」；以前她如果夜裏睡不好覺，第二天早晨總是很古怪有趣地對僕人們說她「被惡魔纏身」，現在卻說她「消化不良」了。

可是，這些改進都還是以後的事。韓洽德本身沒有什麼教養，對於這個秀麗少女的過失卻挑剔得極其嚴苛！現在她的過失實在很輕微了，因爲她無書不讀，力求上進。在她的書法方面，她還要受到不必要的磨難。一天晚上，她從餐廳門口經過，臨時想起要進去拿一樣東西。她開了門，才知道市長陪著一位客人在裏面，兩個人在談生意。

「喂，伊莉莎白．珍。」他轉過頭來，對她說，「你來把我對你說的話寫下來——是我和這位先生所要簽訂的一項合約，只有幾句話。我是不善於寫字的。」

「該死，我也是一樣。」那位先生說。

她把吸墨紙、紙、和墨水拿過來，坐下了。

「好——『茲於十月十六日經雙方議定』——先把這句話寫下來。」她以粗重的字跡開始在紙上振筆疾書，那是她的一種獨出心裁的滾圓而粗大的字體，晚近的時代，女孩子如果能寫出那種字體，會被讚譽爲敏諾華①再世。但是，當時人們卻有不同的想法：韓洽德認爲高雅的少女應該寫閨秀體的字——而且，他認爲豎直挺秀的字跡是淑女所不可缺少的一個基本條件。因此，當他看見伊莉莎白並沒有像艾達公主②一樣地揮筆——

①在羅馬神話中，敏諾華（Minerva）爲司智慧、技藝與發明的女神。

②見十九世紀英國詩人丁尼生（Alfred Tennyson）的長詩「公主」（The Princess）第一章第二三三——四行。原詩句所說的是鄰邦王子的筆跡，他在模仿當時婦女那種斜體的草書。

「字跡有如一片麥田，在呼嘯的東風之前

把所有的麥穗都低垂下來，」

她寫出的卻是一行鏈鎖彈和沙包，他為她感到羞愧，氣得臉發紅，然後以強制的語氣對她說：「沒關係——由我來寫完好了」，就這樣當時就把她打發走了。

她那種親切體貼的性情，現在也為她招惹不少麻煩。我們不能不承認，有時她親自動手做些粗重工作，實在並不必要，因而惹得韓洽德不高興。她往往親自到廚房去，而不拉鈴叫人，「免得費碧再上來第二次」。貓把煤箱弄翻了，她就拿起鏟子，跪在地上撿煤；而且，客廳女僕替她做任何事情，她都要說聲謝謝，直到有一天，那個女僕剛剛走出房間，韓洽德就大發脾氣，對伊莉莎白說：「天哪，你為什麼總要向她道謝，好像她是天仙下凡一般！我每年付給她十二鎊錢，不就是要她替你做事嗎？」伊莉莎白聽了他這些大喊大叫的話，很明顯地現出畏縮的樣子，韓洽德在幾分鐘後也有些後悔了，他說他並不是有意對她態度粗暴。

韓洽德的屢次發作，像是一些突出水面的小尖岩，只把隱伏在下面的東西加以提示，而沒有顯露出來。但是對伊莉莎白來說，他的憤怒還沒有他的冷淡來得可怕。後一種心情越來越常常表現出來，等於是告訴她一個可悲的消息：他對她的嫌惡與日俱增。她現在境況優裕，人又聰明，所以在儀容和態度方面都有很大的進步，可是她的儀容和態度變得越美好，他似乎越跟她疏遠。有時她無意中看見他皺著眉頭以一種引起反感的態度望著她，使她幾乎無法忍受。她改用了他的姓，卻首次惹起他的憎恨，對於不知他

心中秘密的伊莉莎白來說，這實在是一種殘酷的捉弄。

但是最可怕的磨難還在後頭呢。南施．莫克里治在場院做捆乾草的工作，伊莉莎白近來每天下午都給她送去一杯蘋果酒或麥酒，和麵包乾酪，已經成了習慣。南施最初還以感謝的態度接受她送來的飲食，後來就當作一件當然的事情了。有一次，韓洽德在店裏，看見他的繼女走進乾草庫，給南施送飲食。因爲沒有空地方放，伊莉莎白就動手用兩捆乾草搭成桌子，莫克里治則兩手叉腰，很悠閒地看著她爲自己忙合。

「伊莉莎白，過來！」韓洽德說。她過來了。

「你怎麼這樣不顧自己的身分？」他壓抑著心中的憤怒說。「我不是已經告訴過你一百次了嗎？是不是？居然給像她這樣一個普通女工服賤役！咳，你簡直給我丟人丟到家了！」

韓洽德說話聲音很大，在乾草庫門裏邊的南施也聽到了，她認爲這些話侮辱了她的人格，馬上發火了。她走到門口，不計後果地喊道：「韓洽德先生，說到這件事，我可以讓你知道，連不如我的人她都侍候過！」

「那她一定是出於慈善心腸，做了不應該做的事。」韓洽德說。

「噢，不是。那不是出於慈善心腸，而是受人雇用，而且是在本市的一家客棧！」

「沒有這樣的事！」韓洽德很憤怒地喊道。

「你問她自己好啦，」南施說。她把兩隻裸露的胳臂抱攏起來，似乎可以舒舒服服地抓搔自己的臂肘。

韓洽德瞥視著伊莉莎白，她的臉色由於壓抑情緒而變爲粉紅和蒼白，幾乎完全失去了原有的紅潤。「這是怎麼一回事？」他問她。「有這麼一回事還是沒有這麼一回事？」

「她說的是眞的，」伊莉莎白．珍說。「不過那只是——」

「你做了這種事，還是沒有做過？在什麼地方？」

「在三水手；有一天晚上，做了很短的時間，當時我們住在那裏。」

南施得意洋洋地瞥視著韓洽德，然後大搖大擺地走進乾草庫去了，因爲她以爲反正自己馬上就要被開除了，所以決定把這次勝利加以最充分的利用。但是韓洽德卻沒有提到要開除她。由於自己過去的那段事情，他在這些方面過分地敏感，他這時的神情，像是遭受了極度屈辱而無可奈何的樣子。伊莉莎白像個罪犯似的跟在他後面回家去了，但是到家之後，她看不見他的人。而且在那一天裏，她一直再也看不到他。

雖然韓洽德以前從來沒聽說過這件事，可是他確信這種事一定會對他在本地的聲譽和地位造成嚴重的損害，所以他以後每次遇見這個並非他親生女兒的少女的時候，對於她的出現總是表示一種明確的嫌惡。他多半是在一兩家大旅館的商業廳裏和農場主人們一起吃飯，讓她一個人孤零零地待在家裏。如果他看見她是在如何利用那些寂靜的時刻，他就會發現一些理由，改變他對於她的資質所做的判斷。她不停地讀書，做筆記，不辭辛苦地使自己通曉各種事實，對於這項自願承擔的工作，從不退縮。她開始學拉丁文，這種興趣是由她所居住的這個市鎭的羅馬遺跡所引起的。許多教育性著作艱深難解，有時會把她難倒了，淚水沿著她的桃紅色面頰流下，她會自言自語地說：「如果我

的學識不豐富，那將不是我自己的錯。」

她就這樣地生活著，一個默不作聲、心思深沉、大眼睛的少女，不爲周圍的任何一個人所了解，以堅忍的心情撲滅了自己對范福瑞的剛剛開始的愛慕，因爲那似乎是單方面的，有失少女身分，而且是不智的。不錯，自從范福瑞離職之後，由於她自己最清楚的原因，她已經把住處從後面那個可以觀覽場院的房間（她曾經懷著極其濃厚的興趣住在那裏），搬到前面的一個可以俯瞰大街的房間，但是那個青年男子，每次從這所房屋前面經過時，卻很少或從來不曾轉過頭來看看。

冬天幾乎已經來臨了，天氣變幻莫測，使得她更加仰賴室內的消遣。但是在嘉德橋的初冬，也有一些日子——在狂烈的西南風颳過之後，天空由於精疲力竭而平靜下來的日子，如果太陽照耀著，空氣像天鵝絨一般地輕柔。她總是利用這樣的日子，到她母親墳墓的所在地做定期的訪視——那片地方從古到今，一直用作墓地，這也是這個富有羅馬風味的英國城市的一個奇異特色。和韓洽德太太一起長眠在那裏的，有戴著玻璃髮夾和琥珀項鏈的女人，和嘴裏含著哈德連、鮑斯休瑪斯、和君士坦丁們③的錢幣的男人。

她前往墓園的時間，通常在上午十點半左右，這時小城的大街上行人絕跡，像是卡奈科④的街道一般。上班的人們老早已經從這些街道走進室內，處理日常事務，休閒的

③哈德連（Hadrian）、鮑斯休瑪斯（Posthumus）、和君士坦丁們(the Constantines)都是羅馬皇帝。鮑斯休瑪是斯僭皇，「君士坦丁」大概指君士坦丁大帝和他的兒子君士坦丁二世。

④卡奈科（Karnac）：哈代所指的，也許是布列坦尼（Brittany）卡奈科（Carnac）的用巨石鋪成的道路，也許是指上埃及（Upper Egypt）卡奈科的底布斯（Thebes）古城。

時間尚未到臨。因此伊莉莎白．珍一邊走路，一邊看書，有時從書的上端往前看，心裏想些事情，不知不覺中到達教堂墓地。

在走近母親墳墓的時候，她看見一個孤獨的人影站在砂礫小路中間，那個人影也在閱讀，但是她所讀的不是書：使她全神貫注的乃是韓洽德太太墓碑上的文字。

那個人和她一樣穿著孝服，年齡和身材也跟她差不多，如非事實上那人是一個衣著比她華美得多的高貴女士，簡直會被當成她的幽靈或顯形陰魂。伊莉莎白．珍除了偶爾興之所至或懷著某種目的而外，對於服裝一向相當漠不關心，可是現在她的目光卻被這位女士的雅致完美的外表所吸引住了。這位少女的步態靈活有致，好像憑著天性很自然地避免了呆板僵硬的動作，而非故意造作。面前這個人使伊莉莎白開了眼界，人的外表的發展竟然能達到這樣的地步——這是她以前未曾想到的事。站在這個陌生人旁邊，她覺得自己的清新和優雅一下子都黯然失色了。事實上，伊莉莎白現在可以稱得上是漂亮了，而那位年輕的女士只是秀麗而已，她卻能發揮那麼大的魔力。

如果伊莉莎白嫉妒的話，她就會憎恨那個女人，但是她沒有那樣——她只是讓自己陶醉在那種著迷的快感之中。她在猜想那位女士是從哪裏來的。本地女人走路，多半是挪動著短粗腿，步態樸拙，完全爲了達到實用的目的；她們的服裝有兩種樣式，一種是簡單的，一種是不合式的；這位女士即使手中沒拿著一本像是旅行指南的書，單從這兩方面也可以看出她不是嘉德橋本地人。

這個陌生人不久就從韓洽德太太的墓碑前面走開，在牆角後面消逝了。伊莉莎白走

到墳墓前面，墓旁的泥土上有兩個清晰的腳印，表明那位女士曾經在那裏站立很久。過一會兒，伊莉莎白就回家了，一路上默想著她剛才看見的那個人，就彷彿是在默想一道彩虹、北極光、一個稀罕的蝴蝶、或一塊浮雕寶石。

那一天她在外面的遭遇雖然很有趣，回家之後卻面臨一個倒楣的日子。韓洽德作市長的兩年任期即將屆滿，他已經得悉自己不會被選出塡補一名元老議員的空缺，而范福瑞則可能成爲一名市議員。因此，他對於自己不幸發現了伊莉莎白曾在他擔任市長的市鎭裏面充當女侍這件事情，更加耿耿於懷，感到格外痛苦。他經過親自查訪，已經知道她當時如此丟人現眼，所侍侯的原來是范福瑞——那個奸詐的暴發戶。雖然老闆娘史坦尼治太太似乎不太重視這件事情，三水手那些快活的座上客很久以前曾經暢談這件事情，談過也就算了，可是韓洽德性情高傲，竟把這項很單純的節儉行爲視爲他社會關係上的一場大災禍。

自從他的太太帶著女兒到達的那天晚上起，冥冥中好像有一種力量改變了他的運氣。王徽旅館的那場晚宴是韓洽德的奧斯特里茨⑤；從那時以後他也有過一些成功，但是他的途程已經不是向上前進了。他將不會像自己預期那樣被列名爲元老議員（等於是市民中間的貴族）；想到這件事情，他的心情很壞。

「噢，你到哪裏去了？」他很唐突而簡潔地問她。

⑤奧斯特里茨（Austerlitz）是捷克斯拉夫中部一城市，拿破崙於一八〇五年在此擊潰俄奧聯軍。這次勝利是拿破崙的幸運的巓峰，以後他就開始走下坡路了。

「我在散步道和教堂墓地溜達溜達，父親，直到我覺得肚子餓扁了。」她趕緊用手捂住嘴，但是已經來不及了。

韓洽德這一整天都是不如意的事，現在一聽她說「肚子餓扁了」，馬上大發雷霆。「我不要你說這種話！」他大聲斥責。「『肚子餓扁了』，可倒好。別人會以爲你是一個在農場做工的人！那一天我聽說你在客棧幫忙，現在你又講鄉巴佬的話。如果這樣下去，我要氣壞了，這個家容不下我們兩個人。」

經過這一幕之後，她想找一個愉快念頭把自己引入睡鄉，唯一的辦法就是躺在床上回想白天看到的那位女士，並且盼望將來能再看到她。

在這同時，韓洽德卻沒有去睡覺，他坐在那仔細考慮，不許范福瑞追求這個並非他親生女兒的人，實在是一種嫉妒性的愚蠢行爲；如果允許他們繼續交往下去，他也許可以藉此擺脫掉這個累贅。最後，他從椅子上跳起來，走到寫字檯前面，同時很得意地心裏在想：「啊！他會以爲我要跟他講和，而且會得到一份妝奩——他哪裏知道，我只是爲了不要她在我的家裏煩擾我，而且我根本不會給什麼妝奩！」他寫了這樣的一封短信：

先生：經過考慮之後，我不想再干涉你追求伊莉莎白・珍了，如果你喜歡她的話。因此我撤銷我的反對，只除掉這一點——你們不能在我家裏談情說愛。

韓洽德啟

致范福瑞先生

第二天，天氣很好，伊莉莎白又來到墓地；她在尋覓那位女士的時候，無意中發現范福瑞的身影從大門外面經過，不禁吃了一驚。他手裏拿著一本小記事冊，似乎一邊走路一邊在計算什麼數字，他抬頭望了一會兒。究竟他看見她沒有，我們不知道，不過至少他沒有理會，然後就不見了。

因爲感到自己在這個世界上是多餘的，心中非常鬱悶，她認爲他大概是瞧不起她；在十分消沉的心情中，她在一個凳子上坐下。她很痛苦地思索著自己目前的處境，最後情不自禁地大聲說道：「啊，還不如和親愛的母親一塊兒死掉好了！」

在凳子後邊，牆下有一個小散步場，人們有時不走砂礫小徑，而從那裏走。凳子似乎被什麼東西碰觸著，她回過頭去，一個人俯身站在那裏，臉對著她，那張臉戴著面紗，但還清晰可見，就是她昨天看見的那個年輕女子。

伊莉莎白．珍最初顯得有些驚惶失措，因爲知道自己說的話被人聽見了，不過在惶亂之中也有一絲高興。「是的，我聽見你說的話了，」那位女士以輕鬆活潑的語調，來回答她的那種神情。「發生了什麼事情？」

「我不——我不能告訴你，」伊莉莎白說，同時把手遮在臉上來掩蓋湧現的紅暈。

在以後的幾秒鐘裏，兩個人都沒有什麼動作，也沒說什麼話，然後伊莉莎白覺得那位年輕女士在她身邊坐下了。

「我猜出是怎麼一回事了，」後者說。「那是你的母親。」她用手指著墓碑。伊莉莎白抬頭看看她，好像在自己問自己，應該不應該把心中的秘密向她吐露。那位女士的態度是那麼渴望著，那麼急切，使這個少女決定向她吐露自己的秘密。「那是我的母親，」她說，「我唯一的朋友。」

「但是你的父親，韓洽德先生，他不是還活著嗎？」

「是的，他還活著。」伊莉莎白・珍說。

「他待你不好嗎？」

「我不想說他的不是。」

「你們兩個人鬧意見了嗎？」

「有一點兒。」

「也許要怪你呢，」那個陌生人試探著說。

「是怪我——在很多方面，」溫順的伊莉莎白歎息著說。「煤箱翻了，本來應該由女僕收拾，我卻把煤掃起來了；我還說我肚子餓扁了——他就生我的氣。」

那位女士似乎由於她的回答而萌生同情之心。「你知道你的話給我一些什麼印象嗎？」她很坦白地說。「我得到的印象是，他是一個性情急躁的人——有點兒傲慢——也許很有雄心，但不是一個壞人。」她站在伊莉莎白的一邊，卻又熱切地希望不要譴責韓洽德，這種用心是很奇特的。

「啊，當然不是壞人，」這個誠實的少女同意她的話。「而且他甚至也沒有對我不好，直到最近爲止——也就是從母親去世以後。但是目前這種情形，實在是很難忍受的。這一切都是由於我的缺點，我可以說；而我的缺點乃是由於我過去的遭遇。」

「你過去的遭遇怎麼樣？」

伊莉莎白．珍以沉思的態度看著問話的人。她發現問話的人正看著她，她把眼睛往下看，然後似乎又被迫回看那個人。「我過去的遭遇不是很快樂或有趣的，」她說。「可是，如果你眞想知道，我可以告訴你。」

那位女士說她眞想知道，於是伊莉莎白．珍按照自己所了解的，把自己過去的故事講給她聽，那個故事大致是眞實的，只是市集售妻那段事情並不包括在內。

和這個少女的預料剛剛相反，她的新朋友並未感到驚駭。這種情形使她很高興，直至想起又要回到她最近在那裏受到那麼粗暴待遇的家，她的心情才又低沉下來。

「我不知道怎麼回去，」她喃喃地說。「我打算離開。但是我能怎麼辦呢？我能到哪裏去呢？」

「也許情形不久就會好轉，」她的朋友很溫和地說。「因此我也就不必多說了。現在你覺得這個辦法怎麼樣：我不久就需要一個人住在我家，一方面做我的管家，一方面爲我作伴，你願意到我這裏來嗎？但是也許——」

「好，」伊莉莎白喊道，眼中含著淚水。「我願意，眞的——只要我能獨立，做什麼我都願意，因爲等到我能獨立的時候，我父親也許就喜歡我了。但是，咳！」

「什麼？」

「我不是一個有才藝的人。而陪伴你的必須是那樣的一個人。」

「噢，那倒不一定。」

「不一定？但是我有時避免不了說出一些鄉下人說的話，而我並非有意那樣。」

「沒有關係，我倒喜歡聽聽那些話。」

「還有──噢，我知道我不行！」她帶著苦惱的笑聲喊道。「我很偶然地學會寫一種滾圓的字體，而不是閨秀體。當然啦，你需要一個能寫閨秀體字的人。」

「噢，不需要。」

「什麼。不需要能寫閨秀體？」伊莉莎白很高興地喊道。

「完全不必。」

「你住在哪裏呢？」

「住在嘉德橋，也可以說今天十二點之後我將住在這裏。」

伊莉莎白表現出驚奇的神情。

「我最近在巴德茂斯住了幾天，等待這邊的房子準備就緒。我要搬進去住的房子，他們稱之爲「高廬」──就是可以俯瞰通往市場那條小路的古老石頭建築物。有兩三個房間適於居住，雖然並不是所有房間都是如此：我將在今天晚上第一次在那裏過夜。你把我的建議考慮一下，在下周第一個好天氣的日子到這裏和我會面，告訴我你的想法是否仍然和現在一樣，好不好？」

自己目前這種不堪忍受的處境有了一個改變的機會，這個展望使伊莉莎白的眼睛閃耀著喜悅的光輝，她對那位女士的話欣然同意。然後她們兩人就在墓園大門口分手了。

# 21

有些格言我們從孩童時代就耳熟能詳，但是實際上並未加以理會，直到成年之後，現實生活的某項經驗才使我們體會到其中的含義。高廬的情形也是如此，這個名字伊莉莎白·珍過去曾經聽到過一百次了，印象都很模糊，現在這所房屋才首次眞地呈現在她的面前。

在這一天的其餘時間裏，她的心中沒有想旁的事情，都在仔細思量那個陌生人，那所房屋，以至自己住在那裏的機緣。下午，她到市區去付幾筆帳，並且買點兒東西，才知道她自己心目中的那項新發現已經成爲街頭巷尾的普通話題了。高廬正在修繕，一位女士不久即將前來，住在那裏。所有店鋪裏面的人們都知道這件事，而且已經在期待那位女士前來照顧。

對伊莉莎白·珍來說，這個消息大體上是非常新的，可是她卻能對它做最後的補充。她說那位女士已經來到本市了。

上燈之後，天色尚未十分黑，煙囪、閣樓和屋頂都還能看見，這時伊莉莎白幾乎是懷著一種愛人的心情，想去看看高廬的外表。於是她沿著大街朝著那個方向走去。

這所高廬，連同它那灰色的正面和陽臺欄杆，是靠近市中心區的唯一的這類住宅。第一，它具有鄉間邸宅的特色——煙囪有鳥窩，潮濕的角落長著一些蕈類，以及由大自然的鏝刀直接造成的凹凸不平的表面。在夜晚，燈光把過路人的體形在灰色牆垣上映照出一些黑影。

這天晚間，地上到處是草屑，還有其他各種跡象，顯示著一所房屋在新住戶搬進時所呈現的那種紊亂狀況。這所房屋完全是用石頭建造的，可以說是那種面積不大卻具有莊嚴氣象的房屋的範例。它完全不貴族化，更不巍峩，但是一個老派陌生人卻會憑著直覺說：「血汗建造，富人享用，」不論他對於那些附屬品的意見是多麼含糊不明。

可是，關於這所房屋的享用，那個陌生人說的並不對，因爲直到今天晚上這位新來的女士到達時爲止，這所房屋已經空了一兩年，而在那段時間之前，也只是斷斷續續地有人住在裏面。這所房屋不受歡迎的理由，大家很快就弄明白了。其中有幾個房間往下面看去就是市場，像這樣的一所房屋而有這樣的視野，當然會被打算住進去的人認爲不合意，或不體面。

伊莉莎白朝著上面的房間望去，看到裏邊有燈光。那位女士顯然已經住進去了。那個舉止態度相當練達的女人在這個勤勉細心的少女心中留下的印象非常深刻，她樂於站在對面的拱廊下面，只是爲了想著那位迷人的女士就在面前的牆壁裏邊，並且猜想她現在在做什麼。她對於這所房屋的讚賞，完全由於裏面所住的人。可是就這一方面來說，房屋的建築本身也是值得讚賞的，至少是值得研究的。這所房屋是帕拉狄奧式①的，像

①帕拉狄奧式建築：由義大利建築師帕拉狄奧（Andrea Palladio,1518-1580）得名，主要是依據羅馬建築物的古典設計，和它所取代的哥德式建築顯然不同。這種建築型式由瓊斯（Inigo Jones）引入英國，於十七世紀後期和十八世紀在英國頗爲流行。哈代的這一段話，使我們想起他是一位建築師出身的作家。

在哥德時代②以後的大多數建築物一樣，並不是獨出心裁的設計，而只是一種雜湊。但是，它在各方面都很適度，予人以深刻的印象。它並不富麗，但是也相當地富麗。大概建造者當年及時覺察到，像人間的其他事物一樣，建築物最後也不免落得一場虛空，所以沒有把它修築得過分豪華。

直到最近以前，人們一直拿著包裹和貨物箱出出進進，使裏面的房門和過道都像是通衢大道一般。伊莉莎白在暮色蒼茫中從開著的門快步走進去，但是她對自己的魯莽感到驚慌，又很快從後院高牆上一座開著的門走出。使她很感驚奇的是，她發現自己置身在本城很少有人經過的一個小巷子裏。她轉回頭看看使她得以出來的那座門，藉著巷子裏的一盞孤單的路燈，她看出那座門是拱形的，很古老——甚至比那所房屋本身還古老。門上釘著一些飾釘，門頂的拱心石上有一個雕刻的人臉。本來那個人臉表現出一種斜著眼睛瞥視的滑稽神態，現在仍然依稀可辨。但是多少年來，嘉德橋一代又一代的男孩子們都朝著那個人臉丟石頭，目標是那個張著的嘴，把嘴唇和上下顎都打掉了，彷彿那些部分是受了疾病的侵蝕而爛掉了。在微弱的燈光下，那個人臉的樣子顯得非常可怕，使她不敢多看——這是她此行第一個不愉快的印象。

這座奇怪的古老的門的位置，和這個斜眼瞥視的人臉的古怪樣子，最能提示和這所邸宅過去歷史有關的一件事情——陰謀。從本城所有各種地方——古老的戲院，古老的牛椿，古老的鬥雞場，私生嬰兒常被丟進去的那個水池——都可以走到這個小巷，而不被

②哥德時代，指哥德式建築（Gothic architecture）流行的時代，也就是十二至十六世紀。

人看見。無疑地，高廬可以誇耀它的交通便利。

她轉過身，朝著最近的方向回家，那就是往小巷的下頭兒走，但是她聽見有腳步聲從那邊傳來，在此時此地她不大希望被人看見，因此她很快地退回去。因爲沒有其他的出路，她就站在磚扶壁後邊，等那個闖入者過去之後再走。

如果她看一看，她會大吃一驚。她會看見那個步行人走過來，一直朝著拱門走去：當他停住腳步用手摸著門閂的時候，燈光照耀著的乃是韓洽德的臉。

但是伊莉莎白．珍緊緊地靠著那個角落，什麼也沒看見。韓洽德進去了，身影消失在黑暗中，他不知道她在那裏，她也不知道他是誰。伊莉莎白走出來，再度沿著巷子往前走，盡快回家去了。

韓洽德的責罵，在她心中產生一種緊張的恐懼，唯恐做出任何可以被視爲有失大家閨秀身分的事情，因而發生一種奇特的作用，使他們兩人在這個重要關頭很奇妙地誰也沒看見對方。如果當時他們都認出了對方，結果可能就不同了——至少雙方都會有同樣的疑問：他或她到這裏來做什麼呢？

不論韓洽德到那位女士家裏做什麼去了，他在伊莉莎白．珍到家幾分鐘之後也回來了。伊莉莎白計畫在今天晚上跟他談搬出去住的問題，白天發生的兩件事情促使她這樣做。但是這個計畫是否能行得通，要看他的心情而定，所以她現在很急切地等待看他對自己的態度如何。她發現他的態度已經變了。他沒有再顯示出發怒的傾向；他所顯示的比發怒更壞。絕對的淡漠已經代替了暴躁易怒；他的冷淡非常使人難堪，比暴躁脾氣更能鼓勵她離開這個家。

「父親，你不會反對我搬出去住吧？」她問。

「搬出去住！不——我完全不反對。你要搬到哪裏去？」

她認爲，現在就把自己的目的地透露給一個那麼不關切她的人，很不合適，也不必要。他不久就會知道的。

「我聽說有個機會，可以增進教養，改善氣質，不像現在這樣整天閒著沒事，」她回答說，態度有些躊躇。「是在一個家庭裏面工作的機會，我在那裏可以讀書，並且見識見識高雅的生活。」

「那就務必盡量利用這個機會——如果你不能在目前居住的地方增進教養。」

「你不反對？」

「反對——我？嗬——不反對！一點也不反對。」稍停一會兒之後，他又說：「但是，如果沒有旁人幫助，你不會有足夠的錢來實行這個愉快的打算，你知道嗎？如果你願意，我想給你一筆津貼，使你不必靠著高雅人士通常付給的那種吃不飽飯的工資過活。」

她爲了他的這份好意而向他道謝。

「這件事要好好處理一下，」稍停一會之後，他補充說。「我想每年給你一小筆年金——這樣你就不必依靠我——我也可以不必依靠你。你覺得這樣好嗎？」

「當然好。」

「那麼今天我就把這件事情辦了。」他藉著這項安排把她打發走，似乎有如釋重負之感；就他們兩個人來說，這件事情算是解決了。她現在只等著和那位女士再見面。

約定見面的日子和時刻來到了，但是外面下著牛毛細雨。伊莉莎白・珍現在已經從養尊處優的生活轉入辛勞的自食其力的生活，因此她認爲，就自己目前這種沒落的境況來說，這種天氣倒也不算太壞，如果她的朋友肯在這種天氣出來的話——這是一個疑問。自從她一步登天之後，她的木鞋就一直掛在放置靴鞋的房間裏，現在她去到那裏，取下木鞋，把發霉的皮條擦上黑油，然後就像從前一樣地穿在腳上。穿好了木鞋，又披上斗篷，拿起雨傘，她就動身前往約會的地點——如果那位女士不在那裏，她打算從那裏到她的家去。

在墓地的一邊——也就是迎風的一邊——有一座古老的草頂土牆遮蔽著，土牆的頂簷突出一兩呎之多。在牆的後面，是一個農家場院，其中有穀倉和一些倉房——就是很多月以前她和范福瑞會面的地方。在草頂突出部分的下面，她看見一個人影。那位年輕的女士已經來了。

那位女士的出現，使她的最高希望非常具體化了，以致她幾乎對自己的好運感到恐懼。連意志最堅強的人有時也會幻想。在這裏，在一個和人類文明同樣古老的墓園裏，在最惡劣的天氣中，出現一位在別處從未見過的具有奇特魅力的陌生女子——她的出現也許有什麼邪惡作用。可是伊莉莎白還是朝著教堂的鐘樓走去，在鐘樓的頂上，旗杆的繩子在風中嘎嘎作響；她就這樣地走到牆壁那裏。

21

在細雨中，那位女士的神情十分愉快，使得伊莉莎白忘掉了自己的幻想。「怎麼樣，」那位女士說，在說話時，她的白牙齒透過保護臉部的黑面紗顯露出來一些。「你決定了嗎？」

「是的，完全決定了。」另一個少女熱切地說。

「你父親願意嗎？」

「願意。」

「那麼你就來吧。」

「什麼時候？」

「這個嘛——隨便你，越快越好。我以爲，颳這麼大風，你大概不會到這裏來了，本來打算派人請你到我家來。但是我喜歡到戶外走走，我想最好先到這裏看看。」

「我也正是這個想法。」

「這表示我們兩個人會合得來。那麼你今天能來嗎？我的家裏非常空蕩蕩的，陰沉得很，希望有個人在一起，可以有些生氣。」

「我想我可以來，」這個少女說，心中在思索著。

這時候，有講話聲音被風和雨點從牆壁的另一邊吹送到她們的耳邊。她們所聽到的是「口袋」、「夸特爾」、「打穀」、「穀渣」、「下星期六的市集」之類字眼，每個句子都被陣風弄得支離破碎，像是一面破裂的鏡子上面映照出來的臉面。這兩個女人都在聽。

「是什麼人？」那位女士說。

「其中一個是我父親。他租下了那所場院和穀倉。」

那位女士在傾聽這些小麥生意術語的時侯，似乎忘記了眼前的事情。最後，她忽然問道：「你告訴他你要到哪裏去沒有？」

「沒有。」

「噢——是怎麼一回事呢？」

「我想先離開再說，這樣比較穩妥些——因爲他的脾氣變化無常。」

「也許你這樣做是對的。……而且，我並沒告訴你我的姓名。我是譚普曼小姐……他們在牆那邊走了沒有？」

「沒有。他們只是到上面的穀倉裏面去了。」

「噢，這裏很潮濕了。今天我等你來——今天晚上，就是六點鐘吧。」

「我從哪邊來，小姐？」

「前邊——從大門進去。我沒有發現有別的路。」

伊莉莎白．珍是想到了小巷子裏的那座門。

「你既然沒有提到要去的地方，也許現在最好不要說起，先離開再說。說不定他又改變心意。」

伊莉莎白．珍搖搖頭。「經過考慮之後，我不怕了，」她很憂愁地說。「他近來對我的態度十分冷淡。」

# 21

「好吧。我們六點鐘見。」

她們出現在空曠的大路上，彼此分手了，每人打著一把被風吹彎的雨傘，十分吃力。可是那位女士在經過場院門口的時候，還是往裏面看看，並且稍微停頓一會兒。但是什麼也看不見，只有那些乾草堆，那座傴僂的倉房，上面長著一層軟綿綿的青苔，還有那座穀倉，在教堂鐘樓的背景之中矗立著，在鐘樓的頂上，繩子仍然在拍打著旗杆。

韓洽德完全沒有想到伊莉莎白‧珍的行動會這麼迅速。因此，快到六點鐘時，韓洽德回到家門口，看到從王徽旅館叫來的一輛輕型出租馬車停在那裏，他的繼女已經帶著所有的小件行李和箱子上車了，他感到非常驚訝。

「可是你說過我可以走，不是嗎，父親？」她從馬車的窗口解釋說。

「說過！——不錯。但是我以爲你是說下個月，或者明年。該死——你倒很能把握機會！我那麼辛辛苦苦地照看你，你竟然這樣對待我嗎？」

「噢，父親，你怎麼說這樣的話？你這樣說是不公平的！」她很勇敢地說。

「好啦，好啦，你要怎麼樣就怎麼樣好了，」他回答說。他走進屋裏，看見她所有的東西還沒完全搬下來，就上樓到她的房間看看。自從她住進這個房間之後，他一直沒有進去過。她的用心和努力求取進步的跡象隨處可見——書籍、雜記、地圖，和一些趣味高雅的小布置。他注視著那些東西，然後突然轉過身來，下樓去到門口。

「喂，」他用一種改變了的聲音說——現在他從來不叫她的名字——「你不要離開我。也許我曾經用粗暴態度和你講話——但是你使我非常傷心——我那種態度是有原因的。」

「我使你傷心？」她極其關切地說。「我做了什麼事情？」

「我現在不能告訴你。但是如果你不走，以我女兒的身分繼續住在這裏，我在適當時機會把一切都告訴你。」

但是這項提議來遲了十分鐘。她坐在車裏，在想像中已經置身在那位舉止態度使她非常著迷的女士家中。

「父親，」她說，盡可能地表現出一種體貼的態度。「我想，對我們兩個人來說，最好我現在還是去。我不必在那裏住很久，我去的地方也不遠；如果你很需要我，我很快就可以回來。」

他非常輕微地點點頭，算是接受了她的決定，如此而已。「你不是去很遠的地方，你說。把地址告訴我，如果我想寫信的時候，也好給你寫信。還是你不想把地址告訴我？」

「噢——當然可以告訴你。就在本市——高廬。」

「哪裏？」韓洽德說，他的面容沉靜下來了。

她把那兩個字重複一遍。他既沒動，也沒說話；她以極其友善的態度向他揮手道別，然後示意車夫沿著大街駛去。

# 22

現在我們再把前一天晚上的事情稍微敘述一下，藉以說明韓洽德的態度。

在伊莉莎白・珍打算前往她所欣賞的那位女士的住所做一次秘密探察的時候，韓洽德收到一封專人送來的信，上面是他所熟悉的柳塞塔的筆跡，不禁使他大吃一驚。以前來信中那種自我抑制和逆來順受的意味，都在她的心情中消失了，她在這封信中所流露出來的，又是她在他們相識初期所表現的那種天生的輕鬆愉快。

親愛的韓洽德先生：不要驚奇。我已經到嘉德橋來居住了，這是為了你好，也為了我好，如我所希望的——住多久我還不敢說。那要看另外一個人的態度如何而定，他是一個男子，一位商人，一位市長，第一個有權利來接受我的感情的人。

老實說，我的朋友，我的心情並不像表面看來那麼輕鬆愉快。我到此地來，是由於聽說你太太去世了——你在那麼多年前就認為她已經不在人間了！可憐的女人，她似乎是一個受苦者，可是並無怨言；雖然智力不高，她卻不是一個愚蠢的人。我很高興你能很公平地對待她。一聽到她的死訊，我的良知就驅使我深切地覺得，我應該竭力消除我過去的輕率使自己名聲蒙上的陰影，要求你履行對我的諾言。我希望你有同樣的想法，並且採取步驟來達到這個目的。可是，我不知道你現在的處境如何，自從我們分別之後都發生了什麼事情，所以我決定先來到這裏，安頓下來之後，再和你連絡。關於這件事情，你也許和我有同感。我在一兩天內就能和你見面。再見！

柳塞塔草於高盧

前幾天路過嘉德椅的時候，我未能如約和你會晤。我的計畫由於一個家庭事件而改變了，那件事情你聽到了會感到驚奇。

又及

韓洽德已經聽說高盧正在修繕，不久即將有新住戶遷入。他帶著困惑的神情向他所遇見的第一個人詢問：「什麼人要來住在高盧？」

「聽說是一位姓譚普曼的女士，先生。」那個人說。

韓洽德仔細想了一想。「柳塞塔大概和她有親戚關係。」他心裏想。「是的，我一定要對得起她，這是沒有疑問的。」

過去他每次想到這件在道義上必須做的事情，內心總不免感到憂悶，現在卻完全沒有那種感覺了；的確，現在和這個念頭同時出現的，乃是興趣，甚或是熱情。他由於發現伊莉莎白．珍不是他的親生女兒以及自己原來是個無兒無女之人而感到的深切失望，爲他留下一片感情上的空虛，他不自覺地渴望能有一種東西來塡補那片空虛。就是在這種心情之下，雖然並沒有懷著強烈的感情，他沿著那條小巷往前走，從伊莉莎白幾乎在那裏和他碰面的後門走進高盧。然後他從那裏走到庭院，向一個正在打開板條箱取出瓷

## 22

器的人詢問賴蘇小姐是否住在那裏。過去他和柳塞塔交往期間，賴蘇是她的姓。

那個人的回答是否定的，他說只有譚普曼小姐搬來了。於是韓洽德就走開了，他推斷柳塞塔尚未遷入。

第二天他目睹伊莉莎白・珍要離去的時候，自己心中對於那次探訪所留下的疑問正深感興趣。一聽到她說出那個位址，他忽然有了一個奇異的念頭，認為柳塞塔和譚普曼小姐是同一個人，因為他想起了，在他們兩人密切交往的期間，她曾經提起她的一個有錢的親戚，就姓譚普曼，當時他認為那個親戚是一個神話中的人物。

雖然他不是一個想藉著娶個有錢太太而發財的人，可是柳塞塔由於這位親戚的慷慨遺囑一躍而為一個富有的女士，這種可能為她的形象平添一種魅力，那種魅力不是她用其他方法所能獲得的。他即將到達中年的平凡單調的人生境界，物質方面的東西越來越使他關懷了。

但是韓洽德的疑問很快就得到了解答。柳塞塔很好寫信，從他們婚姻計畫失敗之後她寫給他的那些源源不斷的信，就可證明；伊莉莎白剛走，就又有一封來自高盧的短函送到市長家裏。

「我已經搬進來了，」她在信中說，「很舒適，雖然來時一路上很累人。你大概已經知道我要告訴你什麼事情，還是不知道？我那位好譚普曼姑媽，一位銀行家的遺孀，你一向懷疑這個人的存在，更懷疑她的財富，她最近去世了，把她的一部分財產遺贈給我。我現在不能細說詳情，只告訴你我已經改用她的姓——藉以逃避我自己的姓，和那個姓所蒙受的委屈。

「現在我凡事都可自己作主，並且已經決定住在嘉德橋——做高廬的住戶，如果你想來看我，至少不會有困難。我本來想不要把我生活上的這些變化告訴你，直到有一天你在街上碰見我的時候再說，但是我已經改變了主意。

「你也許已經知道我和你女兒所做的安排了，你一定會覺得這個使她和我住在一起的——我怎麼說呢？——惡作劇（完全出於愛心）很好笑。但是我和她第一次相見完全出於偶然。麥可，你知道我這樣做的一部分原因是什麼嗎？——當然啦，是給你一個到這裏來的藉口，好像是來看她，然後很自然地同我相識。她是一個可愛的好女孩，她認為你對她過分嚴厲。你也許是在匆忙之中這樣地對待她了，但並非是故意的，我相信。既然結果是把她帶到我這裏來了，我並無意要責備你。——匆匆草此，不盡欲言。

柳塞塔啟」

這些宣布在韓洽德的憂鬱心靈之中所引起的興奮，使他極爲愉快。他心思恍惚地在餐桌前面坐了很久，自從同伊莉莎白和范輻瑞疏遠以來就荒廢著的感情，還沒有枯竭，現在很自然地聚攏在柳塞塔的四周。顯然她此來是極想和他結婚的。但是，一個可憐的女人，從前那麼輕率地付出了自己的時間和感情，以致影響了自己的聲譽，現在她不這樣怎麼辦呢？促使她到這裏來的，也許不僅是她的感情，還有她的良知。大體說來，他

22

並不怪她。

「這個詭計多端的小女人！」他微笑著說（指的是她對伊莉莎白所做的巧妙而使人愉快的安排）。

韓洽德想和柳塞塔見面，以他的性格而言，當然是馬上就動身前往她的住所。他戴上帽子就出門了。到達她家門口的時候是八點多鐘，不到九點。傭人給他的回話是譚普曼小姐那天晚上很忙，但是她願意第二天和他見面。

「她倒神氣起來了！」他心裏想。「不想想我們——」但是歸根結柢，她顯然沒有料到他會來，因此他對於這個閉門羹也就默然受之。可是他決定第二天不去了。「這些可惡的女人——腦子裏淨是些邪魔外道！」他說。

現在讓我們循著韓洽德先生的思路，把它當作一條線索，看一看這天晚上高廬內部的情形。

伊莉莎白・珍到達的時候，一位年長的女人很冷漠地請她上樓把外衣脫下。她以極其誠懇的態度回答說，她不想那麼給人添麻煩，於是馬上在過道把帽子和斗篷脫下。然後那個女人把她領到樓梯口的第一個門口，讓她自己去尋找主人。

呈現在她眼前的是一個陳設華麗的閨房，或者是一個小客廳，在一張放著兩個圓筒狀枕頭的沙發上，躺著一個黑頭髮大眼睛的秀麗女人，顯然在父系或母系方面有法國人的血統。她大概比伊莉莎白大幾歲，眼睛放散出一種閃亮的光輝。沙發前面有一張小桌，一副紙牌散漫地擺在上面，都是面朝上。

她的態度好像正陷於一種出神的緬想之中，一聽見門開了，馬上像彈簧似地一躍而起。

她發現來的人是伊莉莎白，心情就輕鬆下來了，不顧一切連跑帶跳地過來迎接她，只有她那天生的優雅氣質才使得那個動作不致流於喧鬧。

「怎麼，你來晚了，」她說，同時握住伊莉莎白的手。

「有那麼許多零零碎碎的東西要包裝。」

「你看起來無精打采，很疲倦的樣子。現在讓我用我所學會的一些奇妙花招來幫助你恢復精力，消磨時間。」她把那副紙牌歸攏起來，又把桌子拉到自己的前面，然後開始很迅速地發牌，叫伊莉莎白挑選幾張。

「好啦，你選好沒有？」她問道，並且丟下了最後一張牌。

「還沒有，」伊莉莎白結結巴巴地說，同時把自己從冥想之中喚醒。「我完全忘記了，我是在想——你、和我——我現在在這裏，這是多麼奇異的事。」

譚普曼小姐很感興趣地看著伊莉莎白．珍，把手中的紙牌放下了。「啊，沒有關係，」她說。「我躺在這裏，你坐在旁邊，我們談話吧。」

伊莉莎白默默地走近沙發頭，可是她顯然很高興。我們可以看得出，雖然在年歲方面她比主人年輕，但是在態度和整個氣度方面卻似乎更為老成。譚普曼小姐又以從前那種彎彎曲曲的姿態躺在沙發上，把手臂搭在前額的上方（和提善①的一幅名畫上面的姿

①提善（Titian,?1490-1576）為義大利畫家。

22

勢有幾分相似），越過前額和胳臂倒轉著跟伊莉莎白談話。

「有一件事情我必須告訴你，」她說。「不知道你是否已經猜想到了。我在很短的時間以前才成爲一棟大房子和一大筆財富的女主人。」

「噢！很短的時間以前才這樣？」伊莉莎白喃喃地說，她的臉色微微地沉下來了。

「在做女孩子的時代，我和父親一起住在一些駐軍的市鎭和其他地方，終於養成十分輕浮不定的性情。他是一名陸軍軍官。如果不是想到最好讓你知道實情，我就不會跟你說這些。」

「是的，是的。」她以沉思的態度往屋裏各處看看——看看那架帶有黃銅鑲飾的長方形小鋼琴，看看窗簾，看看燈，看看牌桌上那些白皙和黝黑的國王和王后，最後看看譚普曼·柳塞塔那張倒轉過來的臉，她那兩隻發亮的大眼睛在倒轉的情形下，給人一種極爲奇特的印象。

伊莉莎白時常想到才學的問題，幾乎到了一種病態的程度。「你的法語和義大利語一定都說得很流利，」她說。「我只學會很少的一點點拉丁文。」

「噢，就這個問題而言，在我家鄉的海島上，會說法語算不了什麼。而且剛好相反。」

「你家鄉的海島是哪裏？」

譚普曼小姐很不情願地告訴她說：「澤西。在那個海島上，馬路這邊的人說法語，馬路那邊的人說英語，馬路中間的人說一種混合的語言。但是我已經離開那裏很久了。巴斯

②是我眞正的故鄉，雖然我在澤西的祖先並不遜於英國的任何人。他們姓賴蘇，是一個古老的家族，當年曾經做過很偉大的事業。在我父親去世後，我回到那裏去住。但是我並不重視這些過去的事情，現在我在感情和趣味方面都是十足的英國人。」

柳塞塔一時不小心，把本來不想說的事說出來了。她這次是以一位巴斯女士的身分到嘉德橋來，而且她有明顯的理由，要把澤西那段日子從她的生活史上抹掉。但是伊莉莎白誘使她隨便講話，她那愼重的決定被推翻了。

可是，她把自己的秘密吐露給伊莉莎白，實在最穩妥不過了，因爲後者一定守口如瓶。柳塞塔的話沒有再說下去，從那天以後，她一直特別留心提防，不使旁人有機會知道她就是那個澤西少女，在一個患難時期曾經是韓洽德的密友。她所採取的防範措施之中，有一件事情十分有趣，那就是避免說法國話，如果偶然有一個法文字比它的英文同等字更先溜到嘴邊，她就突然避免說出口來，正像那個懦弱的門徒③聽到人家指控他說「你的口音把你的底細洩露出來了」的時候一樣。

第二天早晨，柳塞塔顯然懷著一種期待的心情。她預料韓洽德會來，就打扮起來，很不安地等到中午；他沒來，她又等了一個下午。但是她沒有告訴伊莉莎白，她所等待的人就是這個少女的繼父。

②巴斯（Bath）：英國西南部的一個城市。

③這個門徒就是彼得，見新約「馬太福音」第二十六章第七十三節：「過了不多的時候，旁邊站著的人前來，對彼得說，你眞是他們一黨的。你的口音把你的底細洩露出來了。」

在柳塞塔的石造大邸宅裏，她們在同一房間裏坐在兩個鄰近的窗口，編結刺繡用的網狀底布，同時從視窗外望市場，那裏的景象很熱鬧。伊莉莎白可以在下面的人叢之中看見她繼父的帽頂，卻不知道柳塞塔也在懷著更濃厚的興趣看著同一的目標。他在人叢中走來走去，這個地方人特別多，像是一座蟻丘；其他各處就比較安靜，而且有一些水果攤和青菜攤錯落其間。農場主人們通常喜歡在空曠的十字路口做生意，而不願意關在爲他們預備的陰暗的營業廳裏，儘管這裏很擁擠，而且過往車輛很多，也不安全。在一周中的這一天，他們在這裏像潮水一般地洶湧著，形成一個裏腿套、馬鞭子、和樣品袋的世界；有些人腆著大肚子，像是一座座的山坡；有些人在走路時搖擺著頭，像是十一月強風中的樹木；他們在談話時做出種種不同的姿態，把兩膝向兩邊伸展開，身子低下去，把手伸進最裏邊的上衣口袋裏。他們的臉上放散出強烈的熱情，因爲雖然在家中他們的面色隨著季節而不同，他們的市場面孔卻一年到頭都是一團熾熱的火。

他們所有穿在身上的外衣，都彷彿是使人感到很不方便的東西，一種發生妨礙作用的必需品。有些人衣冠楚楚，但是大多數人在這一方面都馬馬虎虎，他們所穿的衣服都是過去許多年間的所做所爲、風吹日曬、和日常奮鬥的歷史性紀錄。可是許多人的衣服口袋裏都帶著弄縐的支票簿，在附近銀行裏的存款永遠不少於四位數字。事實上，這些肚皮隆起的軀體所特別代表的乃是現款——絕對現成的現款——不是貴族所說的那種要到明年才能拿得出的現款——常常也不是像專門職業人士那種要到銀行去提取的現款，而是握在他們那肥胖的大手掌裏的現款。

今天，在人群中間矗立著兩三棵很高的蘋果樹，好像本來就生長在那裏一般；仔細看看，才知道是人們從出產蘋果酒地區運到這裏來賣的，他們撐著那些樹，靴子上還帶著本郡的泥土。伊莉莎白・珍以前時常看見這種樹，她對柳塞塔說：「我想知道他們是不是每周都把同一的樹運到這裏來？」

「什麼樹？」柳塞塔說，她正專心尋覓韓洽德。

伊莉莎白含含糊糊地回答了她的話，因爲有一件意外事情打斷了她的思緒。她發現范福瑞站在一棵蘋果樹後邊，正在興致勃勃地同一個農場主人談論一個樣品袋裏面的東西。韓洽德走過來了，無意中碰見那個年輕人，後者的面容似乎在詢問：「我們彼此要不要講話？」

她看見她的繼父朝著他的眼睛投射一道閃亮的目光，那個回答是「不要！」伊莉莎白歎了一口氣。

「你是否專對外面的某一個人特別感覺興趣？」柳塞塔說。

「不，」她的友伴說，一陣紅暈湧現在她的臉上。

幸而范瑞福的身影馬上被蘋果樹遮住了。

柳塞塔目不轉睛地看著她。「眞是這樣嗎？」她說。

「是的，」伊莉莎白・珍說。

柳塞塔又往外面看。「我想他們都是農場主人吧？」她說。

「不。那位是巴爾吉先生——他是酒商；那位是布朗萊——一位馬販子；還有吉特

森，養豬的人；姚坡爾，拍賣的人；此外還有麥芽酒場主人，磨坊主人，等等。」現在范福瑞的身影很清晰地出現了，但是她沒提到他。

這個星期六下午就這樣散漫地緩緩過去了。市場已經從看樣品談生意的時刻轉變到動身回家之前的空閒時刻，大家在閒談。韓洽德沒來拜訪柳塞塔，雖然他曾到達距離她那麼近的地方。他一定是太忙了，她心裏想。星期天或星期一他就會來。

到了那兩個日子，他還是沒來，雖然柳塞塔小心翼翼地把自己重複打扮了好幾次。她氣餒了。在他們剛開始交往的那段時期，柳塞塔對韓洽德懷著一種熱情的忠誠，我們可以了解，她現在已經不像從前那樣忠心耿耿了，因爲往事的不幸結局已經冷卻了她的純眞愛情。但是她還懷著一種本諸良心的願望，現在既然已經沒有障礙了，就想實現她和他的婚約，來補救自己所受的委屈，這件事情本身就是令人渴望的幸福。在她這方面既然有堅強的社會道德上的理由，認爲應該和他結婚，在他那方面也不再有任何現實的理由要來延緩這場婚姻，因爲她已經繼承了一筆財產。

星期二是盛大的聖燭節④市集的日子。在吃早飯的時候，她很冷靜地對伊莉莎白說：「我想你父親今天也許會來看你。他大概就在附近的市場上，和那些糧食商人在一起吧？」

伊莉莎白搖搖頭。「他不會來。」

「爲什麼？」

④聖燭節（Candlemas）：紀念聖母瑪利亞聖潔化的節日，二月二日。

「他對我有成見，」她用粗嘎的聲音說。

「你們兩個人鬧的意見，比我所知道的嚴重得多。」

伊莉莎白爲了保護那個她以爲是她父親的人，使他不會被旁人指責，認爲他對自己女兒嫌惡得有悖常情，她就回答說：「是的。」

「那麼你住的地方，一定就是他避免前往的地方了？」

伊莉莎白很憂愁地點點頭。

柳塞塔現出一副茫然的神情，把她那美麗可愛的眉頭和嘴唇向上抽動一下，然後突然歇斯底里地嗚咽著哭起來了。這是一場災難——她的巧計完全落空了！

「噢，親愛的譚普曼小姐——你怎麼了？」她的友伴喊道。

「我很喜歡和你在一起！」柳塞塔一恢復了說話的能力，馬上這樣說。

「是的，是的——我也喜歡和你在一起！」伊莉莎白以撫慰的口氣附和她的話。

「但是——但是——」下面的話她說不出口。她所要說的當然是：如果韓洽德對這個少女眞是懷著那麼根深蒂固的厭惡心情，伊莉莎白．珍就得離開這裏——這是一件使人不愉快但是非做不可的事。

她忽然想起一個臨時的辦法。「韓洽德小姐——吃過早飯之後，你可否替我去辦點事？——啊，眞太麻煩你了。我想請你去訂購——」於是她列舉出要到各種不同店鋪去辦的好幾樣事情，至少要佔用她一兩小時的時間。

「你去博物館參觀過沒有？」

伊莉莎白・珍沒有去過。

「那麼你應該馬上去看看。到博物館去一趟，這一上午就要整個用掉了。那是在一條偏僻街道的一座古老房屋——我忘記是什麼地方了——但是你可以找得到——那裏有許多有趣的東西——骨骼、牙齒、古老的盆罐、古老的靴鞋、鳥蛋——都很有趣，而且可以增長見聞。你可以在那裏多看一些時候，等肚子很餓了再回來。」

伊莉莎白匆匆地穿好衣服，就出門了。「不知道她今天爲什麼要把我打發走！」她一邊走，一邊很憂愁地說。當然伊莉莎白・珍馬上就明白了，柳塞塔所需要的並不是要她增長見聞，而是要把她調開，儘管她看起來心地單純，而對方這項願望的動機何在又很難猜測。

她走後不到十分鐘，柳塞塔的一名僕人就奉派把一封短簡送到韓治德家裏。內容很簡短：

親愛的麥可：今天你在接洽生意的時候，要在我家可以望見的地方站兩三小時，因此請你務必進來坐坐。你一直沒來，使我很難過和失望，因為想到我和你之間不明不白的關係，叫人怎能不憂慮呢？——尤其是，現在我姑母的財產已經使我在社會上露些頭角了。你女兒住在這裏，也許是你不來的原因，因此我已經派她出去，一上午都不在家。就說你有事來找我好了——實際上只有我一個人在家。

柳塞塔

送信的人回來時，女主人吩咐她說，如果有一位先生來訪，馬上請他進來，然後她就坐下等待結果了。

在感情上說，她並不太想見他——他的遲遲不來已經使她厭倦；但是和他見面是必需的；她歎了一口氣，在椅子上爲自己安排出一個優美的姿勢；先這樣，然後又那樣；後來又擺出一副姿勢，使光線可以照在她的頭上。然後她又躺在長沙發椅上，把身體彎成非常適合她的S形曲線⑤，手臂放在前額的上方，眼睛望著門口。她終於決定這是最優美的姿態，於是一直保持這種姿態，直至聽到樓梯上傳來一個男人的腳步聲。這時柳塞塔忘記了自己擺出的曲線（因爲自然的力量還是太強大了，藝術只有甘拜下風），一躍而起，在一種異想天開的膽怯心理之中，跑過去躲在窗簾後面。儘管熱情已經衰微，眼前這個情勢還是令人激動的——自從他和她在澤西做那次（原以爲是）短暫的分別之後，她一直沒有和他見過面。

她聽見女僕把客人讓進房間，關上門，然後就好像走開去尋覓女主人去了。柳塞塔猛然掀開窗簾，很緊張地面對來客。站在她面前的人不是韓洽德。

⑤原文爲cyma-recta，是建築學上的一個術語，這個名詞的比較普通的說法是ogee，意指一種上半部向外彎下半部向裏彎的嵌線，也就是雙彎曲線或S形曲線。

# 23

柳塞塔在就要從窗簾後面突然出現的時候，心中曾閃現一個念頭，猜想來的人也許不是韓洽德，但是爲時已遲，她已經無法退回了。

眼前這個人比嘉德橋市長年輕很多；他的皮膚白皙，生氣勃勃，身材細長，長得很英俊。他穿著時髦的用白紐扣扣起的布裹腿套，帶有無數鞋帶洞孔的發亮的皮靴，黑色棉絨上裝和背心下面是一條淺色燈芯絨馬褲，手上拿著一根銀頭軟鞭。柳塞塔臉紅了，現出一副奇異的複雜神情，一方面板著面孔，一方面又在笑，她對客人說：「哎呀，我弄錯了。」

客人卻一絲笑容也沒有。

「我很抱歉！」他以求恕的口吻說。「我到這裏來，要找韓洽德小姐，她們就把我領到這個房間來了。如果我事先知道，絕不會這麼沒有禮貌地和你相見！」

「沒有禮貌的是我，」她說。

「可是，小姐，是不是我走錯地方了？」范福瑞說，在迷惘之中稍微眨眨眼睛，同時很神經質地用軟鞭輕敲著自己的裹腿套。

「噢，你沒走錯地方，先生——請坐吧。你既然來了，就一定要坐一坐，」柳塞塔很和藹地說，藉以清除他的侷促不安。「韓洽德小姐馬上就會來。」

她這個話並不十分眞實，但是這個年輕人的氣度——那種北方人的乾脆、嚴正、和魅力，像一把繃緊琴弦的樂器似的，曾經使韓洽德、伊莉莎白・珍和三水手那些歡樂的座上客一見面就對他發生好感，現在他的意外出現又把柳塞塔吸引住了。他猶豫著，看了看椅子，認爲那上面並沒有什麼危險（雖然實際上是有危險的），就坐下了。

范福瑞突然來到這裏，乃是由於韓洽德告訴他說，如果他想追求伊莉莎白，他可以和她見面。最初他沒有理會韓洽德那封唐突的信，但是後來他做了一筆非常幸運的生意，心情愉快，對每個人都很友善，他並且覺得，如果他願意的話，毫無疑問地他現在是有能力結婚的。說到結婚，有誰能像伊莉莎白・珍那麼可愛、充滿青春氣息、在各方面都令人滿意呢？除了她本身的長處之外，還可以由這場姻緣自然而然地和他從前的朋友韓洽德和好。因此他原諒了市長的無禮態度，今天早晨在前往市集的途中，他曾到她家去拜訪，在那裏聽說她現在住在譚普曼小姐家中。他發現她並沒有準備好在家裏等著他，受到一些刺激（男人是這樣地富於遐想！），趕緊來到高廬，結果沒遇見伊莉莎白，卻遇見了這所邸宅的女主人。

「今天的市集似乎很盛大，」她說，這時由於一種自然的轉移方向，他們兩人的眼睛都在看外面的熱鬧景象。「你們有這麼多的市集，一直使我很感興趣。當我從這裏往外看的時候，我的心中想到多少事情？」

他似乎不知道怎樣回答才好。他們坐在那裏，外面的嘈雜人聲傳到他們的耳邊——那些人聲像是奔騰澎湃的大海上的小波浪，不時總會有一個小波浪超越其他小波浪之上。「你時常往外面看嗎？」他問。

「是的，常常往外看。」

「你是否在尋找一個你認識的人呢？」

爲什麼她方才竟那樣地回答了他的問話呢？

「我只是把外面的景象當作一幅圖畫看而已。但是，」她繼續說，很愉悅地轉過臉來對著他。「現在我也許可以那樣做了——我可以尋找你。你總在那裏，不是嗎？啊——我不過是跟你說著玩而已。但是，在人群中尋找一個你認識的人，的確很有趣，即使你並不需要他。被一大群人環繞著，而又不能通過某一個人同那個人群建立起一個接合點，總不免使人感到一種難以忍受的煩悶，如果有什麼認識的人可以尋找，就會消除那種煩悶之感。」

「是的！也許你很寂寞吧，小姐？」

「沒有人知道我有多麼寂寞。」

「但是你很富有，聽人說？」

「如果我富有，我也不知道怎樣享受我的財富。我到嘉德橋來，本以爲我會喜歡住在這裏。但是現在我懷疑自己到底會不會喜歡。」

「你從哪裏來的，小姐？」

「巴斯附近。」

「我是從愛丁堡附近來的，」他喃喃地說。「最好留在自己的家鄉，那是眞的；但是一個人在哪裏能賺錢，就得住在哪裏。這是極其令人抱憾的事，但是實際的情形往往如此！可是我今年的事業很順利。是的，」他以一種坦率的熱誠的態度繼續說。「你看見那個穿土褐色開士米上衣的人嗎？秋天小麥價格低落的時候，我從他手裏買了很多小麥，後來價格稍微上升一點，我把我的小麥全部賣掉了！我只賺到一小筆利潤；而別的農場主人們卻留著他們的小麥，期待更高的價格——是的，雖然老鼠都要把穀堆咬空了。我剛剛賣出去，價錢又落了，於是我從那些一直不肯出賣的人們手中盡量買進，價錢此第一次買進時還低。然後，」他很激動地喊道，臉上現出得意的光輝。「幾周之後，價格剛好又上漲，我又賣掉了！就是這樣，因爲滿足於微小的利潤，但是常買常賣，我很快就賺了五百鎊！——是的！」——（他把手放在桌子上，完全忘記了自己現在置身何處）——「而旁人把小麥一直存在手裏，一文錢也沒賺到！」

柳塞塔以一種批判態度很感興趣地看著他。在她看來，他完全是一個新型人物。最後他的眼睛朝著那位女士的眼睛望去，兩人的目光相遇了。

「哎呀，我讓你感到厭煩了！」他大聲說。

她說：「沒有，眞的，」臉上微泛紅暈。

「那麼怎麼樣呢？」

「剛好相反。你非常有趣。」

現在是范福瑞臉上有點發紅了。

「我是說你們所有的蘇格蘭人，」她趕緊修正自己的話。「完全沒有南方人那種走極端的態度。我們普通人都不是這樣就是那樣——不是熱就是冷，不是熱情就是冷淡。

## 23

你們心中卻能同時保持兩種溫度在進行著。」

「可是我不大懂你的意思，你最好解釋清楚，小姐。」

「你興致勃勃——然後就想到事業成功。過一會兒你憂愁了——然後就想到蘇格蘭和朋友們。」

「是的，我有時候想家！」他毫不矯飾地說。

「我也想家——就我所能做到的。但是我出生的地方是一所古老的房屋，他們已經拆掉了改建，因此我可以說是無家可想了。」

柳塞塔並沒有補充說（本來她是可以這樣加以補充的），那所房屋是在聖海里爾①，而不是在巴斯。

「但是那些山，那些霧，和那些岩石，都還在那裏！它們不就像家一樣嗎？」

她搖搖頭。

「對我來說，它們像家一樣——對我來說，它們像家一樣，」他喃喃地說。他的心靈似乎飛往北方了。柳塞塔說的很對，構成范福瑞生命之線的奇異雙股線——一股是商業的，一股是浪漫的——有時很清楚地顯現出來，不論這種情形是出自民族性，還是個人性格使然。正和一根雜色細繩的顏色一樣，那些不同顏色的繩股雖然已經撚在一起，並沒有融合成為一色。

「你現在希望返回家鄉，」她說。

①聖海里爾（St. Helier）：澤西島的主要城市。

「啊，不，小姐，」范福瑞說，突然又回到現實了。

這時窗外市集的交易正盛，眾人麕集，人聲嘈雜。這是一年當中一次主要的雇用勞工的市集，和幾天前的市集大不相同。大體說來，那是一個淡褐色的人群，有許多白色斑點點綴其間——那是一群等待雇用的勞工。女人的像車篷一般的長帽子、棉布長袍、花格披肩，和車夫們的長罩衫混在一起，因為她們也是雇用的對象。在那些人之中，有一個年老的牧羊人站在人行道的拐角，因為他站在那裏一動不動，吸引了柳塞塔和范福瑞的目光。他顯然是一個飽受折磨的人。對他來說，人生是一場劇烈的戰鬥，這種情形我們從許多方面都可以看得出來，首先說，他的身材很瘦小。由於辛勞工作和年歲的關係，他的身體已經彎得很厲害，如果你從後面走近，幾乎看不見他的頭。他把曲柄牧羊杖的桿拄在水溝裏，倚著弓形彎鉤休息，由於長期用手摩擦，那個彎鉤已經亮得像白銀一般。他已經完全忘記自己身在何處，為何而來，兩隻眼睛看著地面。在不遠的地方，一場和他有關的談判正在進行，但是他沒有聽見他們說些什麼，他的心中似乎回想到當年自己年富力強的時侯，在勞工市場的得意情形，那時他憑著自己的高超技能，是各農場爭雇的對象。

那場談判是由一位來自外郡的農場主人和這個老人的兒子在進行著。他們在談判中遭遇了困難。農場主人不肯單買麵包皮而沒有麵包心，換句話說，就是如果雇用老人，必須同時雇用兒子，而兒子在目前工作的農場有個情人，她就站在一旁，嘴唇蒼白，等待著談判的結果。

「離開你我很抱歉，乃麗，」那個年輕人感情激動地說。「但是，你知道，我不能讓父親挨餓，他在報喜節②就要失業了。好在離這裏只有三十五哩。」

女孩子的嘴唇顫抖了。「三十五哩！」她喃喃地說。「啊！夠遠的啦！我以後永遠看不到你了！」這個距離的確太遠了，愛神邱比特的磁石也將無能爲力，因爲年輕人畢竟是年輕人，在嘉德橋像任何其他地方一樣。

「噢！不會了，不會了，我永遠不會看到你了。」她堅持說，這時他緊握著她的手；她轉過臉來，面對著柳塞塔的牆壁，不讓旁人看見她哭。農場主人說那個青年可以在半小時後給他回話，然後就走開了，留下這一小群人在那裏發愁。

柳塞塔熱淚盈眶，她的目光和范福瑞的目光相遇，使她頗感驚異的是，他也被這個場面感動得眼淚汪汪的了。

「這是很殘酷的，」柳塞塔帶著強烈的感情說。「不應該把愛人們這樣地拆散！如果我能隨心所欲的話，我將讓人們按照自己的意願去生活和戀愛！」

「也許我可以想辦法不讓他們分開，」范福瑞說。「我需要一名年輕的車夫；也許我可以把這個老頭子也雇用了——是的；他不會索取太高的工資，而且我這裏一定有他可以做的事情。」

「啊，你太好了！」她喊道，顯得很高興的樣子。「快去告訴他們，你把事情辦成了，來告訴我一聲！」

②報喜節（Lady Day）：三月二十五日，紀念天使加百列告知聖母瑪利亞她將爲耶穌之母。

范福瑞走到外面，她看見他同那一小群人談話。所有的人的眼睛都現出喜色，這項交易很快就談妥了。范福瑞把事情辦好之後，馬上回到屋裏。

「你的心腸太好了，」柳塞塔說。「就我來說，我已經決定，我所有的僕人如果需要愛人，她們就可以有愛人！你務必也做同樣的決定！」

范福瑞顯出更為認眞的樣子，微微搖搖頭。「我必須稍微嚴格一點，」他說。

「爲什麼？」

「你是一個——一個事業成功的女人；而我則是一個正在艱苦奮鬥的乾草糧食商人。」

「我是一個有雄心的女人。」

「啊，好啦，我沒法解釋。我不知道怎樣和女士們談話，不論是有雄心的還是沒有雄心的；這是眞的，」唐納極其遺憾地說。「我總想對所有的人都客客氣氣——如此而已！」

「我看得出你是像你所說的那樣的人，」她回答說，覺得自己在這項感情的交流中已經佔了上風。聽到這個觀察透徹的揭露之後，范福瑞又往窗戶外面朝著市集人多的地方望去。

兩個農場主人見了面，彼此握握手，因爲距離視窗很近，他們所說的話在屋裏都可聽見。

「你今天早晨看見年輕的范福瑞先生沒有？」一個人問。「他答應十二點在這裏和

## 23

我碰面，但是我在市集上走來走去，已經找了五、六遍，根本看不見他的影子；可是他一向多半是很守信的。」

「我完全忘記這個約會了，」范福瑞喃喃地說。

「現在你必須走了，」她說，「不是嗎？」

「是的，」他回答說。但是他還是不走。

「你最好就去吧，」她催促他。「不然你會失去一個顧客。」

「好啦，譚普曼小姐，你要使我生氣了，」范福瑞大聲說道。

「那麼你就不要走，再坐一會兒好不好？」

他很焦急地看著那個正在尋找他的農場主人，那個人剛剛走到韓洽德站立的地方，情形似乎不大對勁。他又看看房間裏面，看看她。「我喜歡留在這裏，但是我想我必須走了！」他說。「正事是不應該疏忽的，不是嗎？」

「一分鐘也不應該疏忽。」

「眞是這樣。以後我再來——如果我可以再來的話，小姐。」

「當然可以，」她說。「今天我們之間所發生的事情很奇特。」

「可供我們一人獨處的時候回想，是不是？」

「啊，我不知道。這畢竟是很平常的事情。」

「不，我不那樣想。不平常！」

「好啦，不論發生了什麼事情，都已經過去了；市場上需要你馬上去。」

「是的，是的。市場——正事！我但願世界上沒有正事。」

柳塞塔幾乎要笑——她本來會大笑的——但是這時她的心中受到一些感動。「你怎麼變得這樣快！」她說。「你不應該這樣善變。」

「我以前從來不願意自己有這種情形，」蘇格蘭人說，爲了自己的弱點而現出一副單純、羞愧、抱歉的神情。「自從來到這裏，看見你之後，我才這樣！」

「如果是那樣的話，你以後最好不要再和我見面了。啊呀，我覺得我對你有了很不好的影響！」

「但是見面也罷，不見面也罷，我會在自己的心思裏面看見你的。好啦，我走了——我要爲了這次訪問所得到的快樂而謝謝你。」

「謝謝你在這裏停留。」

「也許我出去幾分鐘之後，又滿腦子生意經了，」他喃喃地說。「但是我不知道——我不知道！」

在他臨走的時候，她很懇切地說：「在嘉德橋，將來你也許會聽到人們談論我。有些人也許由於我過去生活當中所發生的事情，而告訴你說我是一個賣弄風情的女人，不要相信他們的話，因爲我不是那樣的人。」

「我發誓我不會相信！」他很熱情地說。

兩個人就在這種情形下分手了。她已經點燃起這個青年男子的熱情，使得他的心中感情洋溢；而他呢，最初不過爲她提供一種新穎方式彼此閒聊，後來卻喚起了她的眞摯情懷。何以會如此呢？他們自己也說不出來。

在少女時代，柳塞塔是不大會把一個生意人放在眼裏的。但是她在人世的浮沉，以至最後和韓洽德之間的輕率關係，已經使得她對於社會地位不加挑剔了。在貧困時間，她在她本來隸屬的那個社會曾經遭受排斥，現在她也不太想重新打進那個社會了。她渴望有一隻方舟③可以跳上去，得到休息。有風暴還是風平浪靜，她都不介意，只要它是溫暖的就好。

范福瑞被送到門外，這時他已完全忘記自己本來是來看伊莉莎白的。柳塞塔從視窗看著他在農場主人和工人所構成的迷津中間穿行著。她從他的步態可以看出他知道她在看他，他的謙遜使她對他興起一陣眷戀之情——在心中修正了自己那種認爲他不合適的感覺，容許他以後再來。他走進交易廳裏，她再也看不到他了。

三分鐘後，她已經離開視窗，整個房屋各處都聽見敲門的聲音，敲的次數不多，但是很響，侍女以輕快的步伐走上樓來。

「市長，」她說。

柳塞塔已經躺在沙發椅上，正心不在焉地陷入一種迷迷糊糊的沉思之中。她沒有馬上回答，女僕又重複一次，並且加上這樣的一句話：「他說他恐怕不能停留很久。」

「噢！那麼你告訴他我現在頭痛，今天就不耽擱他的時間了。」

③見舊約「創世紀」第六至八章。希伯來人的族長諾亞（Noah）和家人連同成對的各種生物進入方舟，躲過洪水氾濫的劫難。因此，「方舟」的比喻意義是避難所。

女僕去回覆了，然後她聽見關門的聲音。

柳塞塔前來嘉德橋的目的，就是要激發起韓洽德對她的感情。她已經激發起他的感情，現在卻對於自己的成就不當一回事了。

她早晨還認爲伊莉莎白·珍是一個阻擾的因素，現在這種想法改變了，她不再強烈地認爲爲了伊莉莎白繼父的緣故而必須把她辭退了。那個少女回來了，態度親切，完全不知道情勢已經有了變化，柳塞塔走到她面前，十分誠懇地對她說：

「我很高興你回來了。你會和我在一起住很久，是不是？」

把伊莉莎白當做一隻守門犬，使她的父親不能進門——這是一個多麼新鮮的主意！可是這個新鮮主意也使她覺得很痛快。過去他曾使她陷入一種難以描述的尷尬處境，這些天他又一直對她不加理睬。他既然知道自己已是自由之身，她又繼承了大筆的財富，他至少應該對於她的邀請馬上做出熱烈的反應啊。

她的情緒起伏著，使她心中對於那些情緒的突然出現充滿了胡亂的猜測，柳塞塔就這樣地度過了那一天。

# 24

可憐的伊莉莎白・珍，沒有想到自己的噩運當頭，已經摧毀了她從范福瑞那裏贏得的剛剛萌芽的愛情，現在聽柳塞塔說要她留下，心裏還很高興呢。

因爲除了把柳塞塔的家當作一個安身之所而外，從窗口下望市場一覽無遺的景觀，對她也像對柳塞塔一樣地具有很大的吸引力。像場面壯觀的戲劇裏面通常都有的「空場」一樣，那個十字路口所發生的事情總會對鄰近居民的生活產生影響。農場主人、技工、牛奶場主人、江湖醫生和小販，每周都在那裏出現，到傍晚時分離去。它是所有各種活動的中心。

現在，對這兩個年輕女人來說，從這個星期六到下一個星期六就像從頭一天到第二天一樣。從情感方面來說，她們在中間那些日子裏可以說根本沒有活。不論她們兩人在其他日子一起去什麼地方遊蕩，到了市集那一天，她們一定都待在家裏。兩個人都從窗口偷看范福瑞的肩膀和頭。她們很少看到他的臉，因爲范福瑞也許是不好意思，也許是爲了避免擾亂自己做生意的心情，總是避免朝她們的住處望去。

日子就這樣很平淡地過著，直至在一個市集日的早晨，發生了一件新鮮刺激的事情。當時伊莉莎白和柳塞塔正坐在餐桌前面吃早飯，郵差送來一個從倫敦寄給柳塞塔的包裹，裏面是兩件衣服。柳塞塔把伊莉莎白從早餐桌上叫過去，她走進柳塞塔的臥房，看到兩件長服在床上攤開放著。一件是深櫻桃色的，一件是淡色的——每隻袖子的底端放著一隻手套，領子頂端放著一頂帽子，兩隻手套中間放著一把陽傘，柳塞塔正帶著一副端詳的態度站在那個模擬的人形旁邊。

「要是我，我就不會那麼用心考慮這件事情，」伊莉莎白說，她看到柳塞塔那麼聚精會神地在思索著一個問題：究竟是這件衣服最合適，還是那件最合適？

「但是決定穿哪一件新衣服是非常傷腦筋的事，」柳塞塔說。「在未來的整個春季當中，你會是那個人。」（她用手指著一個擺好的人形），「也會是另外那個完全不同的人」（她用手指著另外一個擺好的人形）「而二者之中的一個，你不知道是哪一個，會是很要不得的。」

譚普曼小姐終於不計後果地決定做那個穿櫻桃色衣服的人。她宣稱那件衣服最適合她，然後就拿著那件衣服走進前屋，伊莉莎白跟在後面。

就那個季節來說，這個早晨算是非常晴朗了。太陽光平射在柳塞塔住宅對面的房屋和人行道上，那些房屋和人行道把它們所承受的光輝傾洩到柳塞塔的房間裏面。突然間，在一陣轆轆的車輪聲音之後，除了這種穩定的光輝之外，又有一連串怪異的迴旋的光亮映照在天花板上，這兩個人都轉身朝著窗口望去，有一輛很奇異的車停在對面，好像擺在那裏展覽似的。

那是一種新式的農具，叫做播種機，這一帶地方的人以前從來沒見過這種現代形狀的播種機，他們在播種的時候，仍然像七國時代①一樣，使用那種古香古色的播種籃。這部機器的出現，在糧食市場上造成的轟動，就像在倫敦查靈十字區②出現一架飛機一

般。農人們擁集在它的四周，女人們走近它，兒童們則爬到它的底下和裏面。這部機器上面塗著鮮豔的綠色、黃色、和紅色，整個看起來像是由大黃蜂、蚱蜢、和蝦所構成的一個混合體，放大成一個龐然大物。也很像一個正面被拿掉了的豎立的樂器，柳塞塔對這個東西的印象就是如此。「不用說，這是一種農業用的鋼琴。」她說。

「這東西和小麥有關係。」伊莉莎白說。

「不知道是誰出主意把它弄到這裏來的?」

在她們兩人的心中，都認爲從事這種革新的人一定是唐納・范福瑞，因爲他雖然不是農人，卻和當地的農業活動關係密切。好像是在回應著她們心中的意念，范福瑞就在這時出現了，他看看機器，環繞著它走了一周，用手摸摸，看來他對這部機器的構造有相當的了解。他的來臨使那兩個旁觀者暗暗吃了一驚，伊莉莎白離開窗口，走到房間的後部，呆呆地站在那裏，好像在聚精會神地觀察牆壁上的嵌板。她對於自己的這項行爲幾乎渾然不覺，直至柳塞塔由於把自己的新裝和范福瑞的出現聯想在一起，不禁興致勃發，大聲說道：「我們去看看那個器具，不管它是什麼。」

伊莉莎白・珍馬上匆匆地戴上帽子，披上披肩，然後兩個人到外面去看。在所有圍

①在盎格魯撒克遜時期，西元四四九年至八二八年間，不列顛有七個王國：Northumbria,Mercia,Essex,East Anglia,Wessex,Sussex,Kent。

②查靈十字（Charing Cross）是倫敦的一區，在市中心。本章故事發生的時間約在一八五〇年左右，當時飛機尚未發明。

聚在那裏對農業感到興趣的人們當中，唯有柳塞塔最像是那部機器的物主，因為只有她在顏色方面可以和它媲美。

她們很好奇地仔細察看那部機器，觀察那一排一排的重疊的喇叭形管子，還有那些旋轉的像是鹽匙的小杓，可以把種子投擲到管子上端，然後播送到地上。她們正在觀察的時候，忽然有人說：「早安，伊莉莎白．珍。」她抬頭看看，原來是她的繼父。

韓洽德的問候很簡慢，而且聲音很大，使伊莉莎白．珍感到侷促不安，她信口結結巴巴地說：「父親，這位就是我和她住在一起的女士──譚普曼小姐。」韓洽德用手脫下帽子，大大地揮動一下，在把手放下的時候帽子碰到了他的膝部，譚普曼小姐鞠躬還禮。「我很高興和你相識，韓洽德先生，」她說。「這是一部很奇妙的機器。」

「是的，」韓洽德回答說，然後他說明機器的情形，並且更強調地加以嘲笑。

「是誰把它弄到這裏來的？」柳塞塔說。

「噢，不要問我，小姐！」韓洽德說。「這個東西──實在是不可能有什麼效用。它是經由一個傲慢專橫的人推薦，由我們的一位機械師弄來的，那個傢伙認為──」他看到伊莉莎白．珍的懇求神情，就不再說下去了，大概他想到范福瑞可能正在追求她。

他轉身要走開了。這時似乎發生一件事情，他的繼女認為那一定是她自己的幻覺。韓洽德的嘴裏顯然喃喃地講出一句話，她聽出那句話是：「你不肯見我！」那是以責備的口吻對柳塞塔說的。她不能相信那句話是出自她繼父的口，除非說話對象是站在他們附近的穿著黃綁腿的農人當中的一位。可是柳塞塔似乎默不作聲，然後有哼哼一支歌曲

的聲音傳來，彷彿是從機器內部發出的，把伊莉莎白心中有關這件事情的思緒完全驅散。這時韓洽德的身影已經消失在交易廳的建築物裏面，兩個女人都朝著那部播種機看。她們看見機器後面有一個男人的彎曲的後背，那個人把頭鑽進機器裏面，探察其中的簡單的秘密。哼哼歌曲的聲音繼續傳來：

「那是一個夏日的午後，
太陽快要下山的時候，
吉蒂穿著漂亮的新裝，
經過小山來到了高瑞。」③

伊莉莎白．珍馬上就知道唱歌的人是誰了，臉上現出一副愧疚的神情，至於究竟爲什麼愧疚，她自己也不知道。然後柳塞塔也認出那個人，她的態度比較鎮靜，很調皮地說：「從播種機裏面傳出『高瑞少女』的聲音，眞是奇事！」

那個青年男子終於察看完畢了，站直身子，越過機器頂上和她們兩人的目光相遇。

「我們在看這部奇妙的新播種機，」譚普曼小姐說。「但是它實在是一種蠢笨的東西，不是嗎？」她又根據韓洽德所提供的消息，發表這樣的意見。

「蠢笨？不！」范福瑞很嚴肅地說。「這部機器將爲這一帶地方的播種工作帶來革命性的變化。播種者不會像以前那樣把種籽撒播出去，有落在路旁的，有落在荊棘裏的，等等情形④。每一粒種籽都會掉落在你要它掉落的地方，不會掉落在任何其他地方！」

「那麼播種者的浪漫情趣也永遠消逝了，」伊莉莎白．珍發表意見說。她覺得至少在閱讀聖經方面，她和范福瑞是有同好的。「傳道者說，『看風的必不撒種，望雲的必不收割，』⑤但是以後他這些話都不適用了。事情的變化眞大！」

「是的……一定是這樣的！」范福瑞同意她的話，他的目光茫然地注視著遠方。「但是在英國東部和北部，這種機器已經很普通了。」他有些歉然地說。

柳塞塔對於聖經的知識很有限，似乎搭不上腔。「這部機器是你的嗎？」她問范福瑞。

「不是我的，小姐，」他回答說。在聽到柳塞塔的聲音的時候，他的神情顯得有些發窘而充滿敬意，雖然他在同伊莉莎白．珍談話的時候，態度很從容自然。「不是我的——我只是建議應該把它買來。」

然後大家都沒再講話，在這段寂靜的時間裏，范福瑞似乎只覺察到柳塞塔的存在，

③這是一首名爲「高瑞少女」（The Lass of Gowrie）的蘇格蘭歌曲的開頭幾行，作者是蘇格蘭詩人納恩夫人（Lady Caroline Nairne,1766-1845）。

④見新約「馬太福音」第十三章，第四至七節：「有一個撒種的出去撒種。撒的時候，有落在路旁的，飛鳥來吃盡了。有落在土淺石頭地上的，土既不深，發苗最快。日頭出來一曬，因爲沒有根，就枯乾了。有落在荊棘裏的。荊棘長起來，把它們擠住了。」

⑤見舊約「傳道書」第十章第四節。

完全忽略了伊莉莎白，而進入一個比她所隸屬的更爲光輝燦爛的生存境界。柳塞塔發覺他這一天的心情非常混雜，一方面想施展商業上的抱負，一方面充滿浪漫的情懷，她於是很快活地對他說：

「好啦，不要爲了我們而丟開你的機器。」說完就和她的同伴進屋了。

伊莉莎白覺得自己似乎妨礙了他們，雖然她並不明白究竟是怎麼一回事。回到起坐間的時候，柳塞塔對這件事情加以解釋說：

「前幾天我有機會和范福瑞先生談過話，所以今天早晨看見的時候還認識他。」

在這一天當中，柳塞塔對伊莉莎白的態度很親切。她們一起從窗口外望，看市場的人群越來越密集，到太陽朝向小城的上端緩緩西斜，陽光向長街從上到下縱射過來的時候，他們又逐漸散去。二輪單馬車和運貨馬車一輛接著一輛地離去了，直到最後；大街上已經看不到任何車輛。馬車世界的時代過去了，現在成了步行人的天下。田野的勞工們帶著妻兒成群結隊地從四鄉來到，做每周一次的採購。來往行人的急速腳步聲代替了以前車輪的轔轔聲和馬蹄的重踏聲。所有的器具都不見了，所有的農場主人都不見了，所有的富有階級的人們都不見了。這個小城的貿易已經從大宗交易變爲零星繁多的買賣。先前的銀錢出入都是以鎊計的，現在則以辨士計了。

柳塞塔和伊莉莎白向窗戶外面看著這片景象。雖然已經入夜，路燈也點燃起來了，她們的百葉窗並未關起。在爐火的微光閃爍之中，她們兩人談起話來更無拘無束。

「你父親對你很冷淡。」柳塞塔說。

「是的。」伊莉莎白把早晨那個一霎那間的神秘事件——韓洽德似乎在和柳塞塔講話——已經忘記了，又繼續說：「那是因為他認為我沒有高雅的教養。你想像不到我曾經如何努力來改善自己，但是沒有用！母親和父親分離，對我是很不幸的事。你不能體會自己生活蒙上那樣的一重陰影是什麼滋味。」

柳塞塔似乎有些畏縮。「我不能體會——和你完全一樣的情形，」她說，「但是一個人在其他情形當中也會感到一種——恥辱——羞辱。」

「你曾經有過那樣的感受嗎？」比較年輕的少女很天眞地問。

「沒有過，」柳塞塔趕快回答說。「我是在想——有時候，女人並非由於本身的錯誤而在世人眼中陷入一種奇特的處境，會發生什麼情形。」

「那一定會使她們以後很不快樂。」

「那會使她們憂慮不安，因為旁的女人不是要瞧不起她們嗎？」

「不完全是瞧不起她們，可是也不是很喜歡或敬重她們。」

柳塞塔又顯得有些畏縮了，她過去的事情完全無法保守秘密，一經調查就會揭穿，即使在嘉德橋也是如此。不說旁的，她在最初的興奮心情中寫給韓洽德的大批信件，他就一直沒有退還給她。也許他已經把那些信毀掉了，但是她還是很後悔，但願當初不曾寫過那些信。

和范福瑞的邂逅，以及他對柳塞塔的態度，已經使得思慮周詳的伊莉莎白對她那位聰穎而和藹可親的友伴更加留心觀察。幾天之後，柳塞塔正要出門的時候，兩人的目光

相遇，她一看就知道譚普曼小姐心中懷著能和那個英俊的蘇格蘭人見面的希望。任何一個能像伊莉莎白・珍現在那樣善於對柳塞塔察言觀色的人，都可以看出這個事實很明顯地映現在她的整個面頰和眼神上面。柳塞塔走出去，把臨街的門關上了。

伊莉莎白一心想做一個未卜先知的人，這種心情促使她在壁爐旁邊坐下，根據自己已經獲得的資料，很確切地預測正在發生的各種事物，有如親見目睹一般。她在想像中跟蹤柳塞塔——看見她在一個地方好像很偶然地邂逅了范福瑞——看見范福瑞流露出在遇見女人時特有的那種神情，不過這一次他的那種神情顯得格外強烈，因爲他所遇見的是柳塞塔。她想像他那熱情的態度；看見兩個人都猶豫不決，既捨不得分手，又恐怕被人看見；她想像他們握手道別，分手的時候大概在整個輪廓和動作方面顯得很冷淡，只有在眉宇之間流露著熱情的火花，除了他們自己之外，別人完全看不到。這個明察秋毫的沉默的女巫還沒把這些情形想完，柳塞塔已經不聲不響地走到她的身後，把她嚇了一跳。

伊莉莎白所料想的果然完全不錯——現在她可以斷定了。柳塞塔兩頰泛出紅暈，眼睛閃耀著特別明亮的光輝。

「你看見范福瑞先生了？」伊莉莎白以端莊的態度說。

「是的，」柳塞塔說。「你怎麼知道的？」

柳塞塔在爐邊跪下來，很興奮地握住她的朋友的兩手。但是她畢竟沒有說出她是在何時或如何看到他的，或他說了些什麼話。

那天夜裏，柳塞塔輾轉反側，沒有睡好，第二天早晨她發燒了，在吃早飯時告訴她的友伴說她心裏有事——那件事是和她極為關懷的一個人有關的。伊莉莎白很誠懇地傾聽著，並且表現同情的態度。

「這個人——一位女士——從前很仰慕一個男人——非常仰慕。」她有些躊躇地說。

「啊。」伊莉莎白．珍說。

「他們兩人很親密——可以說。她對他很深情，他對她卻沒有那麼深情。但是有一次，在一時衝動的情形下，純粹為了補償對方，他提議娶她為妻，她也答應了。但是這件事情遭遇到一個意外的阻礙；不過她因為和他的關係，自己的聲譽已經蒙受很大的損害，她認為自己此生不會嫁給另外一個男人了，這純粹是道義的問題，即使她想和另外一個男人結婚，她也不能那樣做。從那時以後，他們兩人相距很遠，很久不通音訊，她的心情十分悶塞。」

「啊——可憐的女孩子！」

「她為他受了很多苦，不過我應該補充說一句，對於所發生的一切事情，也不能完全歸咎於他。最後，上天把使他們分開的那個障礙消除了，於是他要娶她。」

「那太好了！」

「但是在這個期間，她——我那個可憐的朋友——遇見了一個她更喜歡的男人。現在的問題是：就道義方面來說，她可以丟開第一個男人嗎？」

「她更喜歡的一個另外的男人——這很不好！」

「是的，」柳塞塔說，她顯出很痛苦的樣子，眼睛向外望著一個正在搖擺公用抽水機把手的男孩子。「是很不好！不過你必須記住，她是由一個偶然事件才被迫陷入和第一個男人中間那種曖昧的處境——他不像第二個男人那樣受過良好的教育，也沒有他那麼文雅，而且她已經發現第一個男人的一些特質，使她覺得他不能成爲像她最初所認爲的那樣一個好丈夫。」

「這個問題我回答不了，」伊莉莎白．珍深思地說。「太難了，要一位像教皇那樣的人物才能解答這樣的難題！」

「也許是你不願意回答吧？」柳塞塔的懇求語氣，顯示出她是多麼仰仗伊莉莎白的判斷。

「是的，譚普曼小姐，」伊莉莎白承認了。「我不想表示意見。」

柳塞塔雖然沒得到答覆，可是她吐露一些自己目前的處境，心中似乎感到舒暢，頭痛也慢慢好起來了。「遞給我一面鏡子。我現在的樣子看起來怎麼樣？」她無精打采地說。

「噢——有一點憔悴，」伊莉莎白回答說，她審視著柳塞塔，像是批評家在審視一幅可疑的畫；然後她把鏡子拿來，讓柳塞塔看看自己的容顏，柳塞塔很急切地照辦了。

「不知道我將來能不能禁老？」過了一會兒，柳塞塔說。

「你能禁老——相當地禁老。」

「我的什麼地方最糟糕？」

「眼睛下面——我發現那裏有一小塊褐色。」

「是的，那是我最糟糕的地方，我知道。我還能維持多少年，就要變成很不好看了？」

在這場討論之中，伊莉莎白雖然比較年輕，卻扮演一個有經驗的智者的角色，這種情形是很奇怪的。「大概五年，」她像法官判案一般地說。「如果生活平靜的話，可以維持十年。如果不談戀愛，一定可以維持十年。」

柳塞塔似乎把這些話當作一個無可改變的公正判決來思量著。關於自己過去的戀愛，她已經當作第三者的經驗輕描淡寫地敘述過了，現在沒有再多講什麼。伊莉莎白雖然有她的一套哲學，卻是一個多情善感的人，那天晚上她躺在床上，想到她的漂亮而富有的柳塞塔對她並不十分信任，在自白中沒有說出姓名和日期，她不禁悲歎。因爲柳塞塔在故事中所說的「她」，並沒有使伊莉莎白受到矇騙。

# 25

范福瑞懷著明顯的忐忑心情，又到柳塞塔家中做一次試探性的訪問，使他在她的心中取代韓洽德的過程，進入了下一個階段。就表面看來，他是在同譚普曼小姐和她的友伴兩個人談話，但是實際上，伊莉莎白坐在屋子裏，別人對於她可以說是熟視無睹。范福瑞似乎根本沒看見她，對於她那些簡短明智的言詞，只是敷衍了事地用一些無所謂的單音節字作答。他的神情和感官一直集中在那個神態、心情、意見，以至原則方面都比伊莉莎白更爲變化多端的女人身上。柳塞塔不斷地設法把她拉進圈子裏面來，但是她始終像是一個格格不入的第三點，那個圓圈永遠不肯和她接觸。

蘇珊・韓洽德的女兒忍受著這種待遇的冷冰冰的痛楚，正如她過去在更惡劣處境中逆來順受的情形一樣，她設法在不受注意的情形下，盡快離開這個不和諧的房間。那個蘇格蘭人曾經和她一起跳舞，一起散步，兩個人很微妙地依違於愛情和友誼之間，在一段愛情史上的那個時期，就其本身來講可以說是不攙雜任何痛苦成分的，現在他卻幾乎不是從前的那個范福瑞了。

她懷著堅忍的心情從臥室窗口外望，心中思量著自己的命運，彷彿她的命運就寫在附近教堂鐘樓的頂端。「不錯，」她終於說道，同時把手掌拍落在窗臺上。「他就是她告訴我的那個故事裏面的第二個男人！」

在這個期間，韓洽德對柳塞塔的悶燃心中的感情，已經由客觀情勢搧化成爲越來越強烈的火焰。過去他一度對那個女子懷藏著一種帶有憐憫意味的熱情，那種熱情幾乎已經由於省思而冷卻，現在他卻發現，那個女人變得有點高不可攀，帶有一種更爲成熟的美，已經成了他的理想對象。由於她一直保持緘默，他漸漸明白了，想用一種冷淡態度來促使她回心轉意是行不通的，於是他屈服了，再去拜訪她，伊莉莎白不在家。

他進屋之後，邁著沉重的腳步，走向她的面前，步態有些笨拙，眼睛很熱情地注視著她——同范福瑞的謙遜神情比起來，有如太陽之於月亮——並且表現一種熱絡的態度，這也是很自然的。但是她隨著身分的改變，似乎已經脫胎換骨，只是以一種冷淡友誼的態度伸出手來，使得他的神情變爲恭謹，帶著一種可以覺察得出的洩氣態度坐下了。他對於服裝的時尚所知甚少，但是已經足以使他覺得，置身在這位過去幾乎被他視爲所有物的女人面前，在外表方面自己實在有些相形見絀。她很客氣地對於他的來訪表示謝意。於是他的心情恢復平靜。他以一種奇特的態度正視著她，敬畏的心情已經消失。

「什麼？我以前曾經來看過你，柳塞塔，」他說。「你爲什麼要這樣說？你知道，如果我想要怎樣——就是說，如果我對人有任何善意的話，我總是情不自禁，不能憋在心裏。我曾經來拜訪你，想要告訴你，一旦習俗許可的話，我就要娶你，來報答你對我的深情，以及你由於太爲我著想、太不爲自己著想而蒙受的損失；並且要告訴你，你可以定一個日子，你認爲哪一天合適，就是哪一天，我完全同意，因爲對於這類事情，你知道的比我多。」

「現在還太早，」她推託說。

# 25

「是的，是的，我想也是太早。但是你知道，我那可憐的受過虧待的蘇珊一去世，我還不忍想到再婚，當時我就覺得，我們兩人既然有過那樣一段關係，現在就不能再做不必要的耽擱，趕快彌補過去的缺憾。可是，我還是不願意匆匆忙忙地來拜訪你——怎麼說呢。你可以猜想得到，你現在所擁有的財富使我有怎樣的感覺。」他的聲音慢慢低沉下去；他知道，在這個房間裏，他的語調和態度都顯示出一種在大街上覺察不出的粗魯。他看看房間裏面許多新奇的懸掛物和精巧的家具。

「我實在不知道在嘉德橋還能買到這樣的家具，」他說。

「這裏買不到，」她說，「總要再經過五十年的進步，才能在這個小城買到。這些家具是用四匹馬的貨車運來的。」

「哼。看起來你的生活過得很豪華！」

「不，沒有。」

「那太好了。但是實際的情形是，你現在有錢有地位了，使得我對你的態度很尷尬。」

「爲什麼？」

這個問題實在不需要回答，他也沒回答。「說起來，」他繼續說。「在這個世界上，我最希望他能得到這筆財富的人，就是你，柳塞塔，而且我也相信，最配得到這筆財富的人也是你。」他轉對著她，表現出一種慶賀的讚賞態度，那種態度非常熱烈，使得她有些畏縮，儘管她對他非常熟悉。

「我爲了這一切而非常感激你，」她說。從她的神情可以看出這只是禮貌性的客套。雙方都感到彼此間的氣氛有些僵，韓洽德馬上顯示出心中的懊惱——他比任何人都更急於顯示出這種心情。

「你感激也罷，不感激也罷。我所說的話雖然並沒有你生平第一次剛剛學會期待的那種優雅，可是都是實話，我的柳塞塔小姐。」

「你對我說這樣的話，太沒禮貌了，」她噘著嘴，兩眼充滿怒意。

「完全沒有那個意思！」韓洽德很激昂地說。「但是，算了吧，我不想和你吵嘴。我今天來，是很誠懇地向你求婚，爲的是堵住你在澤西的那些仇敵的嘴，你應該感謝我。」

「你怎麼可以說這種話！」柳塞塔馬上發火了。「我唯一的罪過是傻里傻氣地對你動了眞情，而沒太注意禮法，儘管別人說我不檢點，我還是一直認爲自己是無辜的，這些事情你都知道，你就不該對我說這種尖刻的話！後來你寫信告訴我，你太太回來了，必須和我分手，在那個煩惱的時期我的確受夠了痛苦，如果我現在稍微能獨立了，這也是我應享的權利！」

「不錯，這是你應享的權利。但是，在這個世界上，別人對你的判斷，並非憑著你的實際爲人，而且憑著你的外部表現，因此我認爲你應該接受我——爲了保持你的好名聲。在你的家鄉澤西大家所知道的事，這裏的人也會知道的。」

「你總提澤西做什麼！我是英國人！」

## 25

「是的，是的。那麼，你對我的求婚怎麼說呢？」

自從他們相識以來，柳塞塔第一次採取了主動，不過還是不夠積極。「這件事情暫時擺在那裏好了，」她有些困窘地說。「把我當作一個相識的人看待，我也會把你當作一個相識的人看待。時間會——」她停住了；他一時也沒說什麼話，來塡補這段空檔。如果兩個人都沒有繼續談話的興致，「相識」是完全沒有力量促使他們談下去的。

「女人的心像風一樣地多變，是不是？」他終於很冷酷地說，然後點點頭，表示自己想的不錯。

一片反射過來的黃色陽光湧進屋裏，停留了一會兒。那是由一輛路過的貨車所引起的，上面滿裝著從鄉間運來的新捆好的乾草，車上標著范福瑞的名字。范福瑞本人就騎馬走在車旁。柳塞塔的臉上馬上顯示出——正如一個女人在凝望時忽然看到自己所愛的人如幽靈一般出現眼前，她的臉上所顯示的那種神情。

如果韓洽德轉過眼睛來看看她，再往窗外瞥一眼，柳塞塔何以拒他於千里之外的秘密就會被揭穿了。但是韓洽德在估量她的意向的時候，眼睛一直是朝下看的，所以不曾發現柳塞塔臉上的興奮神情。

「我不該有這種想法——我不該對女人有這種想法！」過了一會兒，他很強調地說，同時站起身來，想要告辭離去。柳塞塔急於轉移他的注意力，不使他猜疑到事情的眞相，就請他不必忙著走。她拿來幾個蘋果，一定要爲他削一個。

韓洽德不肯接受。「不必了，不必了；我不適合接受這種招待。」他很冷淡地說，同時朝著門口走去。在出門之前，他轉過頭來，看著柳塞塔。

「你到嘉德橋來居住，完全是爲了我的緣故，」他說。「可是你來了之後，卻不肯對我的求婚表示任何意見！」

他剛從樓梯往下走，柳塞塔就倒落在沙發上，然後在一陣不顧一切的心情中，又跳了起來。「我要愛他！」她很狂熱地說。「至於『他』——他的脾氣急躁而嚴酷，我既然已經知道這種情形，還對他許諾什麼，豈不是發瘋了。我不能做過去的奴隸——我要愛自己喜歡的人！」

她既然已經決定擺脫韓洽德，旁人也許以爲她能把婚姻的目標懸得高一點，找一個比范福瑞更好的男人。但是柳塞塔對任何事情都不運用理智來思考：她怕過去認識的那些人會對她有不好的批評；她現在沒有什麼親戚了；於是她以天生的輕快心情來接受命運爲她所做的安排。

伊莉莎白．珍注意觀察柳塞塔周旋於兩個愛人之間，她那顆率直的心有如明鏡一般，當然看出她父親（她是這樣稱呼他的）和唐納．范福瑞都非常迷戀她的朋友，而且迷戀的程度一天比一天加深。在范福瑞方面，是年輕人那種自然的熱情。在韓洽德方面，則是更爲成熟的年齡那種由人爲力量刺激起來的貪戀。

那兩個人對於她的存在所表現的那種視若無睹，當然使她感到痛苦，但是有時她覺得他們的態度滑稽可笑，因而把她的痛苦消滅幾分。當柳塞塔刺痛手指的時侯，他們兩

人都非常關切，好像她就要死掉一般；當她本人生病很重或陷入危險的時候，他們聽到消息，只說一句浮浮泛泛的同情的話，然後就馬上完全忘記了。但是，就韓洽德來說，這種情形引起她的一些爲人子女者的憂愁；她不禁反躬自問，父親曾經宣稱關切她，現在她究竟做了什麼錯事，使得他對她這樣不理不睬呢？至於范福瑞，她經過一陣老老實實的思索之後，覺得他對她的態度是十分自然的。跟柳塞塔比起來，她算得了什麼呢？——當明月升空時，她不過是「夜空那些平庸的美人」①當中的一個而已。

她已經學會了逆來順受，對於每天的願望的破滅，已經像日落一般習以爲常。如果她的現實生活沒有教給她什麼書本上的學問，卻已經使她在這一方面受到很好的訓練。可是，她的經驗與其說是一連串純粹的失望，不如說是一連串的替換。她所希望的往往不能得到，她所得到的往往不是她所希望的。因此她以一種近乎平靜的心情，來看待過去范福瑞做她的未經宣布的愛人的那段日子，同時心中在想，在沒有了他之後，不知道上天會再賜給她一些什麼她並不想望的東西。

①出自華敦（Sir Henry Wotton, 1568-1639）的一首很著名的詩「波希米亞女皇」（Queen of Bohemia），該詩見於「金庫」（Golden Treasury）。

# 26

在一個晴朗的春天的早晨，韓洽德和范福瑞在南城牆的栗樹散步道上碰巧相遇。兩人都是很早吃過早飯之後，剛從家裏出來，這時附近沒有旁人。韓洽德正在閱讀柳塞塔寫給他的一封信，那是對於他的一封短簡的答覆，她在信中解釋她爲什麼不能如他所希望的，和他作第二次的會晤。

因爲目前兩人之間的關係很尷尬，范福瑞不想和這位舊日的朋友談話，但是也不願意寒著臉一聲不響地從他身邊走過去。於是他點點頭，韓洽德也對他點點頭。彼此都走過去好幾步之後，有一個聲音大聲喊道：「范福瑞！」那是韓洽德發出的聲音，他正站在那裏看著范福瑞。

「你記不記得，」韓洽德說，彷彿促使他說話的乃是心中想到的一件事情，而非面前的這個人。「你記不記得，我跟你講過的我那第二個女人的故事——她爲了很輕率地和我密切交往而遭受痛苦？」

「我記得，」范福瑞說。

「你還記得我告訴過你那整個故事是怎樣開始，怎樣結束的嗎？」

「我記得，」范福瑞說。

「我告訴你，現在我可以娶她了，所以曾經向她提出結婚的要求，但是她不肯嫁給我。現在你對於她有怎樣的想法呢——我想聽聽你的高見。」

「這樣嘛，你現在對她就不虧欠什麼了，」范福瑞很誠懇地說。

「的確是這樣。」韓洽德說，然後就繼續往前走了。

韓洽德本來正在看信，抬頭向他詢問這個問題，這種情形使范福瑞完全沒有想到他所說的那個女人會是柳塞塔。實在說，她目前的身分和韓洽德故事中的少女迥然不同，單憑這一點就足以使他絕對不會猜想到她會是那個少女。在韓洽德方面，范福瑞的態度和所說的話使他覺得放心，消除了心中的疑團。一個明知自己是情敵的人不會有那樣的態度，說出那樣的話。

可是他確實相信，他一定有個情敵。在柳塞塔四周的空氣裏，在她來信的字裏行間，他都感受到那個情敵的存在。有一股敵對的力量在發揮作用，當他想盤桓在柳塞塔附近的時候，他似乎站在一股逆流之中。他越來越可以斷定，那不是出自他心中的奇想。她的窗戶玻璃閃耀著一種光輝，彷彿表示不要他待在那裏，她的窗簾顯得詭譎難測，彷彿掩蔽著一個要把他攆走的人。爲了要發現那個人到底是誰——究竟眞是范福瑞，還是另外一個人，他盡最大的努力要再去看她一次，這個目的終於達到了。

在兩人會晤的時候，她奉了茶，他就開始很審愼地探詢她是否認識范福瑞先生。

她告訴他說，她認識范福瑞；住在這樣一個俯瞰本城活動中心的角樓裏面，她幾乎免不了會認識全城的每一個人。

「一個很討人喜歡的小夥子，」韓洽德說。

「是的，」柳塞塔說。

「我們兩個人都認識他，」心地善良的伊莉莎白說，想把她的友伴的已被識破的困窘心情緩和一下。

有人敲門。先是滿宮滿調地敲了三聲，最後是很小的一聲。

「這樣敲門的人一定是個半吊子——他的身分介於高貴和卑微之間，」糧食商人心裏這樣想。「因此如果來的是他，我不會感到驚異。」過了一會兒，走進來的果然是范福瑞。

柳塞塔心神不寧，韓洽德看在眼裏，更加疑心，雖然他並沒有特殊的證據。想到自己在和這個女人的關係上所陷入的古怪處境，他的心中就起了一股無名火。她在遭受流言蜚語中傷的時候，曾經責備他不該把她遺棄，也曾經極力要求他設法解決這個問題，她一直在等他，剛一得到大筆遺產，馬上就來找他，要求他迎娶她，藉以補救她爲了他的緣故而蒙受的委屈；本來她是這樣的一個人。現在他卻坐在她的茶桌前面，渴望博得她的垂青，在一陣由情愛引起的憤怒之中，他覺得在座的另一個男人是個惡棍，正像任何一個愚癡的年輕愛人在同樣情況下可能有的感受一樣。

他們兩人很呆板地並排坐在那張逐漸昏暗的桌子前面，很像塔斯卡尼畫家①的一幅兩門徒在以馬忤斯共進晚餐圖②柳塞塔是受尊崇的第三個角色，坐在他們的對面；伊莉

①塔斯卡尼（Tuscany）是義大利中西部一地區，昔時爲一大公國，首府是佛羅倫斯。塔斯卡尼派畫家繪畫以聖經故事爲題材的象徵畫。

②耶穌復活後在以馬忤斯和兩個門徒共進晚餐，見新約「路加福音」第二十章第三十節：「到了坐席的時候，耶穌拿起餅來，祝謝了，擘開，遞給他們。」

莎白是局外人，可以從遠處冷眼旁觀，就像必須把全部情景記錄下來的福音書作者一樣。往往有很長的一段時間，大家都不說話，室內一片沉寂，耳邊所聽到的只是湯匙碰觸瓷器，窗下行人鞋後跟踏在人行道上，手推車和運貨馬車從路上經過，車夫吹口哨，馬路對面公用抽水機的水湧入居民的桶裏，鄰人互相問候，以及他們晚間挑水的扁擔所發出的嘎嘎聲。

「再來點塗黃油的麵包吧？」柳塞塔對韓洽德和范福瑞兩個人說，把一盤子長條麵包舉在他們兩個人的中間。韓洽德抓住一片麵包的一端，范福瑞抓住另一端，每個人都認爲柳塞塔的話是對他說的，誰也不肯放手，那片麵包被裂成兩半。

「噢——我很抱歉！」柳塞塔說，同時神經質地嗤嗤笑著。范福瑞想笑，但是笑不出來，因爲他深陷情網，只能以悲劇的眼光來看這件事情。

「這三個人多麼可笑！」伊莉莎白心裏想。

韓洽德懷著滿腹猜疑離開柳塞塔的家，他猜測那股對抗的引力就是范福瑞，但是沒有一絲證據，因此不能做出定論。可是，在伊莉莎白·珍看來，范福瑞和柳塞塔是初戀的情人，這個事實像馬路對面的公用抽水機一樣地明顯。柳塞塔雖然注意提防，不露形跡，卻曾經好幾次情不自禁地把流動的目光朝著范福瑞的眼睛望去，那副神態就如雀鳥歸巢一般。但是韓洽德是一個粗枝大葉的人，在黃昏的微光中看不出這些細微的事情，對他來說，這些細微的事情就像人類聽覺所達不到的一些昆蟲鳴聲一樣。

但是他的心中很煩惱。現在在他們的具體的商業競爭之外，又加上了婚姻方面的神秘的敵對。在粗俗的物質方面的得失之外，又加上了一顆燃燒著的心靈。

這種越來越深的敵對心理，由於韓洽德派人去把那個當初被范福瑞取代的姚普找來，而轉化成為行動了。韓洽德時常在街上遇見這個人，從他的衣著可以看出他很貧困，聽說他住在糞堆巷。糞堆巷是本城的一個偏僻的貧民窟，人到了窮困不堪的時候才會搬到那裏去住，單憑這個住處就可以知道他已經淪落到無所不爲的地步。

姚普在天黑之後來了，從穀倉庭院的門進來，摸索著從乾草和麥稭中間走過去，來到韓洽德的辦公室，韓洽德正一個人在那裏等他。

「我現在又需要一位工頭了，」糧食商人說。「你現在有工作嗎？」

「沒有，簡直已經變成叫花子了。先生。」

「你要多少薪水？」

姚普說出一個數目，那個數目不大。

「你什麼時候可以來？」

「此時此刻，我就等於開始上班了，先生，」姚普說。他整天兩手插在衣服口袋裏面站在街角，外衣的肩部已被太陽曬褪成稻草人一般的綠色，經常注視著在市場走動的韓洽德，打量他，了解他的情況。一個處於靜止狀態的人，冷眼旁觀來觀察一個忙人，對於他的情況往往會比他本人了解更深。此外，姚普還有一項有用的經歷：在嘉德橋，除了韓洽德和守口如瓶的伊莉莎白之外，只有他知道柳塞塔實際是來自澤西，來自巴斯只是一種牽強的說法。「澤西的情形我也知道，先生，」他說。「你經常到那邊做生意

的時侯，我正住在那裏。在那裏常常看到你。」

「是嗎！那很好。事情就這麼決定了。你第一次跟我接頭時提出的那些證件就夠了。」

韓洽德可能沒有想到，人到貧困時品格是會變壞的。姚普說：「謝謝你。」他站得更穩定些，因爲覺得自己終於屬於這塊地方了。

「有件事情要跟你談談，」韓洽德說，同時用他那灼灼的目光注視著姚普的臉。「我身爲這一帶地方最大的糧食和乾草商人，有一件事是非做不可的。那個蘇格蘭人目中無人，要把本城的生意都抓到他手裏了，這個人必須剷除。你聽見了嗎？我和他勢不兩立——這是很明白而確定無疑的。」

「我已經看出這一切情形了，」姚普說。

「當然啦，我的意思是說，要憑著公平競爭，」韓洽德繼續說。「但是不但要公平，還要厲害、機敏、不退縮——而且寧可在這些方面所做的要超過公平。我們要不顧一切提出和他對抗的價格，來爭取農場主人們的生意，把他打得一敗塗地——叫他沒有飯吃。你要知道，我有本錢，做得到這件事。」

「我的想法完全和你一樣，」這位新工頭說。姚普憎恨范福瑞，因爲他篡奪了他的位置，這種心情使他甘心情願做爪牙，但是從商業的立場來說，也使他成爲韓洽德所能選用的一個最有危險性的同事。

「我有時候想，」他又說，「他一定有一種寶鏡，能看出明年的事情。他有竅門，每做一筆生意就賺錢。」

「他心思深沉，詭計多端，超過了一切誠實人所能理解的，但是我們一定要使他變爲淺薄。我們要以比他低的價錢賣出，以比他高的價錢買進，把他打垮。」

然後他們開始討論完成這項計畫的一些特殊細節，到深夜才分手。

伊莉莎白．珍在一個偶然的機會中聽說姚普已經爲他的繼父所雇用了。她深信這個人不是擔任那個職位的適當人選，所以她在和繼父碰面時，冒著觸怒他的危險，向他表達自己的憂慮。但是沒有用。韓洽德很嚴厲地加以拒斥，不許她說下去。

這個季節的天氣對於他們的計謀似乎很有利。在那個年月，就在國外競爭快要革新國內穀物交易之前③，當時還像古時候一樣，小麥每月的行情完全取決於收成。一場歉收，或預料中的歉收，可以使小麥價格在幾星期內上漲一倍；預期中的豐收則會使價格急劇下跌。小麥價格和那個時代的道路一樣，坡度陡峭，它們的狀態也和當地的情況相似，沒有有計畫的施工，沒有整平，也沒有平均標準。

農民的收入是由他自己視野範圍之內的小麥收成決定的，小麥收成則是由天氣決定。因此，他本人成了一種肉身的晴雨表，總把觸鬚伸向天空和四周的風。本地的氣象是他的一切，其他地方的氣象則和他漠不相干。農人以外的其他居民，那些鄉村的大

③英國在西元一千四百多年實施穀物法（Corn Laws），規定國外輸入的穀物（主要是小麥）都要徵稅，使國內的出產可以維持善價。地主在國會中有勢力，他們爲了本身利益，一直支持這項法令。直到一八四六年，英國才廢止穀物法，外國穀物輸入免稅，促使英國農業的結構和方法發生徹底的改變。

眾，當時也比現代人更為重視氣象之神。的確，農民在這一方面的強烈感受，不是處於目前這個平穩時代的人所能體會得到的。他們幾乎情不自禁地懷著悲傷心情，俯伏在狂風暴雨之前，那些狂風暴雨像復仇之神似的降臨那些家庭，他們所犯的罪就是貧窮。

過了仲夏，他們就經常注視著風信雞，正如在接待室等待謁見大人物的人注視著僕人一般。太陽出現使他們興高采烈，恬靜的微風使他們冷靜下來；一連幾星期的雨量很多的暴風雨使他們驚愕發呆。現在大家認為使人不快的天空景象，在那個時候被他們視為災禍之源。

這時是六月，天氣非常不好。反映著所有鄰近大小村莊情況的嘉德橋，很明確地呈現一片蕭條景象。商店櫥窗沒有新貨品，去年夏天賣不出去的東西又都擺出來了；沒人要的鐮刀，形狀不佳的耙子，陳舊的裏褪套，以及由於放置太久而僵硬了的防水靴，都被盡可能地整飾和新的差不多，再度應市了。

在姚普的支持之下，韓洽德判斷今年的收成將非常糟糕，並且根據這個判斷來制定對付范福瑞的策略。但是在採取行動之前，他希望——許多人都存著這種心理——把現在自己認為極其可能的事情來確定一下。他很迷信（這種剛愎自用的人多半都是迷信的），並且在心中已經對這件事有了一個打算，他連對姚普都不願吐露。

在距離市區數哩之遙的一個荒涼小村莊裏（那個小村莊非常荒涼，我們現在所謂的荒涼村莊，如果和它比起來，可以算得上人口眾多了），住著一位聲名奇特的氣象預言家。通往他家的道路彎曲而泥濘，在目前這個風雨淒淒的季節，甚至是很難走的。一天晚上，雨正下得很大，淅瀝的雨聲在常春藤和月桂樹上發出迴響，像是遠處傳來的槍聲，出門的人往往得把全身包裹起來，只露出眼睛和耳朵，現在就有這樣一個包蔽全身的步行的人影，朝著位於預言家的茅屋上方那個濕淋淋的榛樹叢走去。從陽關大道走上小路，從小路走上馬車道，從馬車道走上馬道，從馬道走上步行小徑，步行小徑上長滿了蔓草。這個孤寂的步行人有時滑了一跤，有時被荊棘構成的天然羅網拌倒，最後終於到了氣象預言家的住所，有一道很高的濃密樹籬圍繞著房屋和花園。這所小茅屋比較起來算是很大的了，是由居住者自己動手用泥土建造的，屋頂也是由他親自用草鋪蓋的。他過去一直住在這裏，而且大家認爲他要在這裏住一輩子。

他靠著無形的供應品維持生活。說起來，這種情形是有悖常理的：對於這個人所下的斷語，幾乎沒有一個人不假裝嘲笑，他們總是說，「實在沒有什麼道理，」同時臉上現出一副充滿自信的神情，但是很少有人在內心深處不相信他的話。每次向他請教的時候，他們總說是爲了「好玩」。他們給他錢的時候，總是說：「聖誕節（或聖燭節，視季節而定）快到了，這是一點小意思。」

他寧願那些前來向他請教的人多表示一些誠實的態度，少做一些虛假的嘲弄；但是，他雖然表面上被人諷刺，基本上卻受到信服，所以他還是感到安慰的。如前面所說的，他的日子可以過得下去；人們以拒斥的態度供養著他。有時他感到很驚愕，何以人們在他家裏表示那麼不相信，實際卻那麼相信，而在教堂裏面，他們表示那麼相信，實際上卻那麼不相信。

由於他的名聲，大家背後叫他「言不中」，當面則稱他富爾「先生」。

他家花園的樹籬在入口處形成一個拱頂，下邊嵌著一座門，就像嵌在牆壁裏邊似的。那個身材高大的行路人在門外停住腳步，臉上綁著一條圍巾，像是正患牙痛，他沿著小徑走過來。窗板沒關，他看到預言家在屋裏，正在做晚飯。

富爾聽見敲門聲，就走來開門，手裏拿著蠟燭。來客後退兩步，避開蠟燭的光亮，然後以意味深長的語調說：「我可以和你談幾句話嗎？」主人請他到裏邊坐，他用鄉間慣用的客套話說：「這樣就很好，謝謝。」於是屋主只好出來。他把蠟燭放在餐具櫥的一角，從牆壁釘子上取下帽子，走到門廊和這個陌生人會晤，順手把房門關上。

「我很久就聽說你能——做一種事情？」來客開始說，盡量掩飾自己的眞實身分。

「也許是這樣——韓洽德先生，」氣象預言家說。

「啊——你爲什麼這樣稱呼我？」來客嚇了一跳，這樣問道。

「因爲那是你的名字。我覺得你要來，一直在等候你；我想到你走這麼遠的路，一定餓了，所以擺出兩份晚餐——你往裏邊看看。」他推開門，展示出晚餐桌，果然如他所說的，桌前擺著兩把椅子，桌上擺著兩副刀叉，兩個盤子，兩個帶把兒的陶瓷杯。

韓洽德的心情，像掃羅接受撒母耳的款待④時一樣：他沉默了一會兒，然後脫去了他一直保持著的冷淡的僞裝。他說：「那麼我沒有白來……現在，比方說，你能用魔法

④見舊約「撒母耳記上」第九章：掃羅奉父命去尋找丟失的驢，遍尋不得，他去訪晤先知撒母耳請求指點，撒母耳奉耶和華的指示，用祭肉款待他，後來並封他爲以色列之王。

去除腫瘤嗎？

「沒有困難。」

「能治好瘰癧嗎？」

「我治好過——不過要有個條件——他們的脖子上必須白天晚上都戴一個癩蛤蟆袋。」

「預測天氣呢？」

「要花費一些勞力和時間。」

「那麼，你收下這個，」韓洽德說。「這是一個五先令的銀幣。我要知道，收穫季節的兩星期當中天氣如何？你什麼時候能告訴我？」

「我已經算出來了，馬上就可以告訴你（實際上，已經有五個農人從不同地區到這裏來向他請教這個問題了）。」「根據太陽、月亮、星辰，根據雲、風、樹、和草，蠟燭的火苗和燕子，藥草的氣味；也根據貓眼睛、烏鴉、水蛭、蜘蛛、以及糞堆來判斷，八月的最後兩星期將會——有大雨暴風。」

「當然，你不能確定吧？」

「在這個萬事難測的世界裏，這是一個人所能做出的最確定的判斷。今年秋天，我們更像是生活在啓示錄⑤的世界，而不像是生活在英國。要不要我給你寫出一份概要？」

⑤見新約「啓示錄」第八章第七至十二節，第十六章第十八節、二十一節等處。第十六章十八節說：「又有閃電、聲音、雷轟、大地震……」二十一節說：「又有大雹子從天上落在人身上，每一個約重一他連得（一他連得約有九十斤）。

「不必，不必，」韓洽德說。「再仔細想一想，我完全不相信氣象預言。但是我──」

「你不信──你不信──這是完全可以了解的，」言不中說，並不含有輕蔑的意味。「你給我一個五先令的銀幣，是因爲你錢太多了。可是你和我一起吃晚飯好不好？一切都準備好了等著呢。」

韓洽德很願意和他共進晚餐，因爲燉菜的香味從小屋飄浮到門廊裏邊，令人垂涎，肉、洋蔥、胡椒和蔬菜的味道都能被他的鼻子一一分辨出來。但是如果坐在那裏和他同餐共飲，似乎就表示他是那位氣象預言家的信徒，所以他婉辭離去了。

到下星期六，韓洽德買進小麥，數量非常巨大，使得他的鄰人、律師、酒商和醫生議論紛紛；再下一個星期六，以及所有可以做生意的日子，他繼續大量買進。到他的穀倉都塞得滿滿的時侯，嘉德橋所有的風信雞都吱吱嘎嘎地響，轉臉朝著另一個方向，好像對於西南方已經感到厭煩。天氣變了，好幾星期以來一直灰暗的天空，現在呈現出黃玉的色彩。天空的氣質從陰沉變爲紅潤，一場大豐收似乎已成定局。因此小麥價格急劇下跌。

所有這些轉變，在局外人看來是可喜的，對這個剛愎自用的糧食商人來說卻是非常糟糕的。他想起以前已經很熟悉的一句話：一個人用一方塊一方塊的綠色田地來賭博，是像在橋牌室用紙牌賭博同樣地便當。

韓洽德把賭注押在壞天氣上，他顯然是輸定了。他把漲潮錯當成了退潮。他的交易量過於巨大，不能拖延很久，必須趕快結清。爲了結清這些交易，他不得不把在幾星期前剛剛以每夸特爾此現在高出很多先令的價格買進的小麥廉價賣出。那些小麥他多半沒有見過，甚至還沒有從很多哩外的禾穀堆積場運回來。因此他損失慘重。

在八月初的一個炎陽高照的日子，他在市場遇見范福瑞。范福瑞已經知道他的交易情形（不過沒有猜想到那些交易的目的是要對付他自己的），對他表示同情，因爲他們兩人自從上次在南散步道交談之後，就一直保持著見面時勉強講一兩句話的關係。韓洽德最初似乎對於他的同情感到憤恨，但是他突然改變態度，顯出很不在乎的樣子。

「呵，沒什麼，沒什麼！——毫不嚴重，沒問題！」他帶著兇猛的歡悅神情大聲說。「這些事情是免不了的，不是嗎？我知道，有人說我最近頭寸很緊，可是這又有什麼稀奇？情形也許不像大家所想的那麼壞。——一個人要是那麼在意商業上的普通風險，豈不成了傻瓜！」

但是那天他必須到銀行去，以前他從來不曾爲了這些理由而去銀行——必須態度很不自然地在股東室裏坐很久。不久之後，就謠傳在本市和鄰近地區儲存的韓洽德名下的大量農產品，以及他的大部分不動產，實際都已歸銀行所有了。

他從銀行臺階走下時，遇見了姚普。這天早晨范福瑞的同情已經使他感到刺痛，因爲他認爲那大概是僞裝的譏諷，剛剛在銀行裏面完成的這場令人沮喪的手續，更是火上加油，因此姚普所受到的，絕對不會是溫和的對待。後者正摘下帽子擦拭前額，並且對一個熟人說：「一個美好的熱天。」

「你就會擦，擦，並且說『一個美好的熱天』！」韓洽德壓低聲音很兇暴地喊道，

同時把姚普逼在他和銀行牆壁的中間。「要不是你提出那個該詛咒的建議，今天倒眞是一個十分美好的日子！你爲什麼讓我繼續買下去，你說？——當時你或者任何其他的人如果說一句表示懷疑的話，就可以使我三思而行！因爲天氣到底怎麼樣，在沒有成爲事實之前，誰也不能說準！」

「先生，我的建議是，你認爲怎麼做最好，就怎麼做。」

「眞是有用的傢伙！你趕快去這樣幫別人做事去吧！」韓洽德用類似的辭句繼續和他講了一些話，結局是把姚普當場解雇，然後韓洽德就轉身走開了。

「你將會後悔的，先生；你會要多後悔有多後悔！」姚普說，他站在那裏，臉色蒼白，目送著糧食商人消失在附近市場的人群之中。

現在是小麥收割的前夕。因爲價格很低，范福瑞在買進。像往常一樣，當地的農人在過分相信天氣將會十分惡劣之後，現在又一下子轉向另外一個極端，正在（在范福瑞看來）過於輕率地廉價出售——他們有點過分確信一定會豐收了。於是范福瑞以相當荒謬的價格繼續買進陳穀，因爲上一年的產品雖然數量不多，品質卻很優良。

韓洽德很悲慘地理清了他的事務，把他所購進的那些成爲沉重負荷的小麥也都脫手了，當然損失慘重，這時收割期開始了。最初三天天氣非常好，然後——「如果那個該死的邪術師畢竟說對了，會怎麼樣呢？」韓洽德心裏想。

實際的情形是，鐮刀剛一開始活動，天氣就突然潮濕起來，給人的感覺彷彿水芹沒有其他滋養品就能在空氣中生長下去。人們外出的時候，空氣像濕法蘭絨一般拂在臉上。強烈的暖風一陣陣地吹來，孤立的雨點星星滴滴地落在遠處的窗戶玻璃上；陽光有時像迅速打開的扇子一般飄動出來，用一片乳白的無色光輝把窗戶的形狀映現在房間的地板上，然後又像來時一樣突然退回。

從那一天和那一刻起，事情已經很明顯，畢竟不會有那麼美滿的一場豐收了。只要韓洽德多等一些時候，他即使不賺錢，至少可以避免損失。但是他天生沒有耐性。在情勢轉變之後，他一直默默無言。他想來想去，似乎認爲冥冥之中有一種力量在跟他作對。

# 27

「我懷疑，」他懷著一種怪誕的不安心情詢問自己。「我懷疑是不是有人在烤我的蠟像，或者熬魔湯①，讓我倒楣！我不相信這類事情，可是——如果他們眞在這樣做，會怎麼樣呢？」即使眞有那樣一個作惡的人，他也不能認爲那個人就是范福瑞。在心情抑鬱消沉的時候，他獨自思索這種迷信的念頭，一連好幾小時，這時他平素在現實生活中那種寬大的胸懷已經消失殆盡了。

在這同時，范福瑞的事業很得意。他在市況非常蕭條的時候，買進很多小麥，現在價格適度地堅挺一些，已經足以使他大賺一筆了。

「不用說，不久他就要當市長了。」韓洽德說。偏偏是這個說話的人，要眼睜睜地看著他登上市長的寶座。

老闆互相敵對，雙方的夥計也跟著發生紛爭。

九月間的一個晚上，嘉德橋已經夜幕低垂，時鐘剛剛敲過八點半，月亮已經升起。當時還不算很晚，街上卻出奇地寂靜，一陣不大悅耳的馬鈴聲和沉重的車輪聲從街上經過。隨著有憤怒的語聲從柳塞塔的戶外傳來，促使她和伊莉莎白・珍跑到窗前，把百葉窗拉開。

鄰近的市場營業廳和市公所同它們隔壁的教堂毗連著，只是在底層隔著一個拱頂通

①烤蠟像和熬魔湯都是很古老的詛咒人的巫術。塑製成某人的小蠟像，先用針刺戳，然後在火上烤化，以爲這樣就可以爲蠟像所代表的人帶來災難。哈代在「還鄉」第五卷第七章中敘述了這種古老的作法。至於熬魔湯，莎士比亞劇本「馬克白」（Macbeth）第四幕第一景中提供了一個例子。

道，通往一個叫作「牛椿」的大廣場。一根石柱兀立在廣場的中央，從前人們總把牛拴在那個柱子上，讓牠們和狗在一起小作休憩，吃些東西，性情變得溫和一些，然後才送到鄰近的屠宰場殺死。在廣場的一角，還擺著足枷示眾臺。

通往這個地方的道路，現在被兩輛四匹馬拉的貨車堵住了，其中一輛車上滿載著乾草捆，領頭的馬已經彼此相對著走過去，卻從頭到尾糾纏在一起了。如果兩輛車都是空的，還都可以走得過去，但是有一輛車上堆著高達樓上臥房窗口的乾草，就都不可能通過了。

「你一定是故意搗亂！」范福瑞的車夫說。「在這麼安靜的夜裏，你在半哩以外就能聽見我的馬鈴！」

「如果你注意自己該做的事，不這麼傻呼呼大搖大擺地往前走，你就會看見我了！」韓洽德的一名憤怒的手下反唇相譏。

可是，按照嚴格的交通規則來說，似乎一大半是韓洽德的手下不對，因此他設法倒退到正街上。在倒車的時候，左後輪撞在教堂墓地的牆上而豎立起來，整車堆積如山的乾草捆傾覆在地上了，四個輪子當中的兩個和轅馬的腿都懸空了。

兩名車夫不考慮如何把乾草捆撿拾起來，卻掄起拳頭打起來了。在第一回合尚未完全結束之前，韓洽德來到現場，因爲有人跑去通知他了。

韓洽德用兩手分別抓住兩個人的衣領，用力往兩邊一甩，使他們朝著相反的方向踉踉蹌蹌地倒退回去，他再轉向那匹倒下去的馬，好不容易地把牠解脫出來。然後他查問經過情形。他看到自己的馬車和所載貨物的情形，就開始很憤怒地責罵范瑞福瑞的屬下。

這時柳塞塔和伊莉莎白・珍已經跑下來，站在街角，看著那堆新乾草在月光之下閃耀發亮，韓洽德和兩名車夫的身影在旁邊走來走去。這兩個女人曾經親眼看見任何旁人都沒看見的事情——這次不幸事件的起因，因此柳塞塔說話了。

「我看見了全部情形，韓洽德先生，」她大聲說道。「主要是你的屬下不對！」

韓洽德停住了他的高聲斥責，轉過身來。「噢，我沒看見你，譚普曼小姐，」他說。「我的屬下不對嗎？當然，當然。但是，對不起，我不能不指出，對方的貨車是空車，他還往前撞，一定要負大部分的責任。」

「不是那樣，我也看到了，」伊莉莎白・珍說。「我可以確實告訴你，他當時是沒有辦法避開的。」

「你不能信任她們的感覺，」韓洽德的屬下低聲說。

「爲什麼？」韓洽德很嚴厲地問。

「這還用說，先生，你知道，所有的女人都袒護范福瑞——因爲他是個非常漂亮的小夥子——像他這種人——能像使羊暈眩的蟲子鑽進羊腦一般地鑽進少女的心裏——使她們把彎的看成直的！」

「但是你可知道，你以這種態度談論的那位女士是誰嗎？你可知道，我在追求她，而且已經追求了一些時候？說話要小心！」

「我不知道。先生，除了一星期八先令之外，我什麼都不知道。」

「范福瑞先生完全知道這件事嗎？他做生意很精明，但是不會做出像你所暗示的那種卑鄙行為。」

不知道是否由於柳塞塔已經聽到這場低聲的談話，她的白色身影從門口走進去了，在韓洽德還沒來得及走過去和她做進一步交談的時候，門已經關上了。他很失望，因為他的屬下那番話使他十分煩惱，很想和柳塞塔更仔細地談一談。他正在沉吟的時候，那位年老的警察來了。

「你要注意照料，不讓任何人在今夜駕車撞上那些乾草和貨車，史圖伯，」糧食商人說。「這輛車和這些草必須在這裏停留到明天早晨，因為現在所有的人手都在田裏。如果有任何馬車或貨車想要從這裏經過，告訴他們必須從後街繞過去，這些該死的傢伙……市公所明天有什麼案子要審理嗎？」

「有，先生。總共只有一件，先生。」

「噢，是什麼案子？」

「先生，是一個目無法紀的老婆子，用一種非常褻瀆神聖的態度，在教堂牆邊便溺，還罵人，彷彿那裏只是一家酒館似的！就是這麼一回事，先生。」

「噢。市長不在城裏，是不是？」

「他不在城裏，先生。」

「很好，明天我會去。不要忘記照看那些乾草。再見。」

在這個時侯，韓洽德已經拿定主意，要繼續訪察柳塞塔，儘管她一直躲躲閃閃。他去敲門求見。

他所得到的答覆是，譚普曼小姐很抱歉，今天晚上不能再和他見面，因爲她有個約會，要出去。

韓洽德離開門口，走到街道對面，站在乾草旁邊，獨自在想心事，那位警察已經溜達到別處去了，馬也已經牽走了。雖然月光還不明亮，街燈卻都沒有點燃起來，他走到牛椿通道口一根側柱的陰影裏面，從那裏注視著柳塞塔的房門。

蠟燭的光亮在柳塞塔的臥室進進出出，顯然她正在穿衣打扮，準備赴約，不論在這麼晚的時刻那會是一個什麼性質的約會。燭光沒有了，鐘鳴九響，差不多就在這時候，范福瑞從對面的街角走過來，前去敲門。她一定正在裏面等待他，因爲她馬上親自把門打開了。他們一起從後面一條小巷往西走，避免走前面的大街。韓洽德猜到他們要到哪裏去了，決定跟在後面。

由於天氣變化無常，收割已經耽擱很久，所以每周到好天氣，就動員一切的人手，來把已經受損的收成盡量加以保全。因爲白晝越來越短，收割的人們仍然在月光下工作。因此，毗連嘉德橋這個方形市區的兩邊的麥田，到處都是收割的人，熱鬧得很。站在市場前面等待著的韓洽德，聽到了那些收割者的叫聲和笑聲，他從范福瑞和柳塞塔轉彎的方向，斷定他們是往麥田去了。

幾乎全城的人都在麥田。嘉德橋仍然保持著古風，一旦有事，大家都互相幫助；因此，雖然那些小麥為這個小社區的農民——也就是居住在德恩歐弗那一區的人——所有，其他的人們也同樣熱心地幫忙搬運。

韓洽德沿著小路走到頂端，穿過城牆上面的林蔭路，從覆滿綠草的壁壘滑行下去，站在殘株中間。穀捆堆像帳篷似的漫布在這片黃色的田野上，至於遠處的穀捆堆，則消失在朦朧的月色中了。

韓洽德是在一個距離收割現場很遠的地點進入麥田的，另外兩個人則是在收割現場進去的，他可以看見他們在穀捆堆之間迂曲行進。他們信步而行，漫無目標蜿蜒地往前走，不久就朝著韓洽德的方向走來了。在這種情形之下，大家碰頭一定很尷尬，因此韓洽德走進最近的一個穀捆堆的凹洞裏面，在那裏坐下。

「我准許你，」柳塞塔很高興地說。「你想說什麼就說什麼吧。」

「那麼，我就要說了，」范福瑞回答說，帶著很明顯的純粹情人的聲調，韓洽德以前從來不曾聽到過他用這種聲調朗朗而言。「你有這樣的身分、財富、才華，和美，追求的人一定很多。但是你能抗拒那種被許多人拜倒石榴裙下的誘惑，而甘於接受一個很不起眼的人嗎？」

「那個人就是現在在跟我說話的人嗎？」她說，同時在笑。「很好，先生，還有什麼？」

「啊！我擔心我現在的感受會使我忘卻了禮貌！」

「那麼我希望你永遠沒有禮貌，如果你只是為了那個原因而缺少禮貌。」在說出韓

洽德沒聽清楚的一些斷斷續續的字句之後，她又補充說：「你眞的不會嫉妒嗎？」

范福瑞似乎握住她的手，向她保證，說他不會嫉妒。

「唐納，你可以確實相信我不愛任何其他的人，」過了一會，她又說，「但是對於某些事情，我希望我要怎麼樣就怎麼樣。」

「對於一切事情都可以如此！你是指著什麼特殊的事情而言嗎？」

「例如，如果我不喜歡一直住在嘉德橋，當我發現自己住在這裏不會快樂的時候？」

韓洽德沒有聽見范福瑞的答覆；他本來可以設法聽見，並且聽到更多的話，但是他不願做一個偷聽的人。他們朝著工作的現場走去。在那裏，人們正在把穀捆傳遞到二輪貨車和四輪貨車上面（每分鐘傳遞十幾捆），再由貨車運走。

在走近工人們的時候，柳塞塔堅持要和范福瑞分手。范福瑞有事要向他們交代，雖然他懇求她等他幾分鐘，她卻不爲所動，獨自以輕快的步伐走上回家的路了。

於是韓洽德離開麥田，跟在她的後面。他的心情非常急躁，在到達柳塞塔的門口時，他竟沒有敲門，把門推開，一直走到她的起居室，以爲在那裏可以看到她。但是那個房間裏面沒有人，這時他才發覺，一路上過於匆忙，不曉得在什麼時候已經超過了她。可是，他無須等待很久，她的衣服的窸窣之聲不久就從門廳傳來了，然後是輕輕地把門關上。過了一會兒，她出現了。

燈光很低，她最初沒有發現他。她一看到他，馬上發出一個輕微的叫聲，那幾乎是恐怖的叫聲。

「你怎麼可以這樣驚嚇我？」她喊道，臉孔漲紅。「現在已經十點多了，你沒有權利這麼晚到這裏來使我大吃一驚。」

「我不知道我沒有這種權利。無論如何，我是有理由的。難道我還非得停下來想一想禮貌和習俗不可嗎？」

「你這麼晚到我家來是不禮貌的，而且可能傷害到我。」

「我一小時以前來拜訪你，你不肯見我，現在我來了，本以爲你在家。柳塞塔，做錯事的是你。你不應該這樣把我甩了。我有一件小事要提醒你，你似乎已經把那件事忘了。」

她沉坐在椅子上，臉色轉爲蒼白。

「我不要聽——我不要聽！」當他靠近她的長服邊緣站著，開始暗示澤西時代的時候，她用手勢做這樣的表示。

「但是你應該聽，」他說。

「澤西時代的事情落得一場空，其咎在你。我經過那麼多憂愁苦惱才獲得的自由，你爲什麼不讓我享受？如果我發現你純粹是爲了愛情才建議娶我，我會覺得自己跟你還有些情分。但是不久我就知道，你計畫那樣做，只是出於慈善心腸——幾乎是當成一種不愉快的責任——因爲我曾在你生病的時候侍候你，損害了我的名聲，你認爲你必須報答我。從那時以後，我就不像從前那麼對你有好感了。」

「那麼你爲什麼到這裏來找我呢？」

「我當時認爲，你既然已經自由了，我爲了對得住自己的良心，應該嫁給你，縱然我——已經不像從前那麼喜歡你了。」

「你現在爲什麼又不這麼想了呢？」

柳塞塔默然不語。事情非常明顯，她本來是受良心支配的，後來新的愛情介入，就取良心而代之了。她想到這種情形，一時也忘了自己那種勉強可以自圓其說的論點——她已經發現韓洽德性情上的缺點，既然已經脫離他的掌握，就有理由不去把終生幸福做孤注一擲。她只說了這樣的話：「當時我還是一個可憐的少女，現在我的境況改變了，因此我現在幾乎已經是另外一個人了。」

「這是眞的。這種情形使我的處境很尷尬。但是我不要碰你的錢。我十分願意讓你的財產中的每一辨士都留做你個人之用。此外，你的這種論調並沒有什麼道理。你心目中的那個男人並不比我好。」

「如果你跟他一樣好，你就會離開我！」她很激昂地喊道。

這句話不幸把韓洽德惹火了。「從道義上說，你不能拒絕我，」他說。「除非你就在今天晚上，當著一位證人的面，答應做我的老婆，我就要把我們的親密關係宣布出去——這樣對其他的男人才算公平！」

一副無可奈何的神情籠罩在她的臉上。韓洽德看出了那副神情所包含的痛苦。如果她所傾心的人不是范福瑞，而是世界上任何一個其他的人，他大概會憐憫她。但是這個取而代之人卻是那個踩著他的肩膀發達起來的暴發戶（如韓洽德所稱呼他的），他完全無法使自己對她表示憐恤。

柳塞塔沒有再說什麼，她拉鈴，叫女僕到伊莉莎白·珍的臥室把她找來。伊莉莎白·珍正在夜讀，在驚愕中出現了。她一看見韓洽德，就很孝順地走到他的面前。

「伊莉莎白·珍，」他握住她的手說，「我要你聽著。」然後轉向柳塞塔：「你要嫁給我，還是不要嫁給我？」

「如果你——希望那樣，我只好同意！」

「你答應了？」

「我答應了。」

她一許下這個諾言，就昏暈過去，朝後倒下了。

「父親，是什麼可怕的事情，驅使她在那麼痛苦的情形之下，說出這個話？」伊莉莎白說，同時跪在柳塞塔的身旁。「不要逼她做任何她不願意做的事情！我和她生活在一起，知道她不能忍受太多的痛苦。」

「不要做大傻瓜！」韓洽德冷冰冰地說。「她許下這個諾言，你就可以自由了。如果你想要他的話，是不是？」

聽到了這些話，柳塞塔似乎從昏暈之中一驚而醒。

「他？你們在講誰？」她很狂暴地說。

「就我來說，沒有任何人，」伊莉莎白很堅定地說。

「噢——好。那麼算是我弄錯了，」韓洽德說。「但是這是我和譚普曼小姐之間的事

情。她答應嫁給我了。」

「但是現在不要多談這件事情了，」伊莉莎白說，同時握著柳塞塔的手。

「只要她答應了，我並不想多談，」韓洽德說。

「我已經答應了，我已經答應了，」柳塞塔說，由於痛苦和昏暈的關係，她的四肢像打穀的連枷一般懸在那裏。「麥可，請你不要再爭論了。」

「好吧，」他說。然後他拿起帽子就走了。

伊莉莎白．珍仍然跪在柳塞塔的身旁。「這是怎麼一回事？」她說。「你稱我父親爲『麥可』，好像你跟他很熟似的？他怎麼會有這種控制你的力量，使你違背本意，答應嫁給他呢？啊——你有很多很多的秘密不肯對我講！」

「或許你也有一些秘密不肯對我講，」柳塞塔喃喃地說，閉著兩眼，可是她毫不猜疑旁人，所以並沒有想到，伊莉莎白心中的秘密竟然和那個使她的心靈受到這種創傷的年輕人有關。

「我不會——做出任何對你不利的事！」伊莉莎白結結巴巴地說，她竭力抑制自己的情緒，不使它顯露出來，最後她幾乎要爆裂了。「我不能了解，我父親何以能這樣控制著你；關於這件事情我一點都不同情他。我要去找他，請求他把你放開。」

「不要，不要，」柳塞塔說。「就隨他去吧。」

## 28

第二天早晨，韓洽德前往位於柳塞塔住所下方的市公所，出席即決法庭，因為他以前任市長的身分，本年仍然擔任法官。在路過的時候，他仰頭朝她的視窗望一望，但是完全沒看到她的蹤影。

由韓洽德擔任治安推事，最初看起來似乎比沙婁和塞倫斯之類法官①更為格格不入，但是他那粗疏而靈敏的洞察力，他那大刀闊斧的明快作風，在審理這個法庭上那種簡單案件的時候，往往比精細的法律知識更為有效。本年的市長喬克斐醫生今天缺席，由這位糧食商人擔任主審。他就位之後，眼睛還茫然地從窗口望著高廬的方石砌成的正面。

只有一個案子，犯罪者正站在他的面前。那是一個面容斑駁的老太婆，披著一件說不出是什麼顏色的披肩，那種顏色可以出現，但不是人所能製造出來的——既不是黃褐、赤褐、淡褐，也不是灰色；頭上戴一頂黏糊糊的黑帽子，好像是「詩篇」作者大衛王的天降脂油的國度②的遺物；她還穿著一條裙子，不久以前大概是白色的，因為現在還看得出它同身上的其他衣服形成一個對照。這個女人整個看起來那種醺醺然的神態，表明她不是這一帶鄉村地方的人，甚至也不是一個鄉間市鎮的人。

①沙婁（Shallow——這個名字的字面意義是淺薄）和塞倫斯（Silence）——這個名字的字面意義是「沉默」）是莎士比亞劇本「亨利四世」中的道貌岸然而愚昧無知的鄉村法官。沙婁也出現在「溫莎的風流婦人」中。

她匆匆地朝著韓洽德和第二法官看了一眼，韓洽德也看了看她，暫時躊躇一下，彷彿她使他隱隱約約地想到一個人或一件事，但是那個人或那件事卻像來時一樣地倏忽消逝了。「噢，她做了什麼事情？」他說，同時低頭看犯罪紀錄。

「先生，她被指控妨害治安和隨地便溺，」史圖伯低聲說。

「她在什麼地方做出那種行為？」另一位法官問。

「先生，在教堂旁邊，偏偏在這種最不應該的地方！──我當場看到的，閣下。」

「那麼你往後站一站，」韓洽德說。「讓我們聽聽你的報告。」

史圖伯宣誓了，法庭的書記把鋼筆蘸上墨水，因為韓洽德自己不能做筆錄。於是那位警察開始陳述：

「在耶穌紀元本月十五號夜裏，晚上十一點二十五分，我沿著大街走，聽到一種不法的聲音。當我──」

「別說的那麼快，史圖伯，」書記說。

警察等待著，兩眼看著書記的鋼筆，直到後者停止他的潦草書寫，並且說，「好了。」史圖伯繼續說：「當我走到那個地點的時候，我看見被告在另外一個地點，那就

②大衛（David）在西元前一千年左右是以色列的第二任國王，相傳為舊約「詩篇」的作者。此處的典故可能指「詩篇」第六十五章第九至十三節：「你眷顧地，降下透雨……你澆透地的犁溝，潤平犁脊，降甘霖，使地軟和，其中發長的，蒙你賜福。你以恩典為年歲的冠冕，你的路徑都滴下脂油，滴在曠野的草場上。小山以歡樂束腰，草場以羊群為衣，谷中也長滿了五穀。這一切都歡呼歌唱。」

是，陰溝。」他停頓下來，又注視著書記的筆尖。

「陰溝，好了，史圖伯。」

「大約有十二呎九吋，距離我——」史圖伯仍然很小心地不使自己說話速度超過書記的書寫進度，他又停頓下來。因爲他已經把證詞牢記在心裏，在什麼地方停一頓都沒有關係。

「我反對這種說法，」老太婆大聲說。「『距離我大約有十二呎九吋』，這不是適當的證據！」

兩位法官磋商一番，然後第二位法官宣稱庭上認爲，一位宣誓作證的人所提出的十二呎九吋的距離，是可以接受的。」

史圖伯壓抑著自己那種得意洋洋的正直神情，注視著老太婆，繼續說道：「我本人站在那裏。她搖搖擺擺地各處走動，很可能對於那條通道有所危害，當我走近的時候，她在那裏小便，並且侮辱我。」

「『侮辱我，』……好了，她說了些什麼？」

「她說，『把那個該死的燈籠拿開。』她說。」

「好了。」

「她說，『聽見沒有，老笨蛋？把那個該死的燈籠拿開。比像你這樣該死的傻瓜更漂亮得多的傢伙們，都曾經被我打倒過，你這個王八蛋，我不騙你。』她說。」

「我反對這些談話！」老太婆插嘴說。「當時我聽不見自己所說的話，在我聽力範圍以外所說的話不能算是證據。」

又停頓一些時候，兩位法官互相磋商，並且查閱了一本書，最後史圖伯又被准許繼續陳述了。實際的情形是，這個老太婆在法庭出現的次數比兩位法官還多得多，所以在程序方面不能不格外謹愼，免得被她抓住把柄。可是，當史圖伯的報告有點離題的時候，韓洽德很不耐煩地突然說道：「得啦——我們不要再聽你這些囉里囉唆的話了！要像個男子漢一般把話說得乾乾脆脆，用不著那麼謙虛，史圖伯；否則就算了吧！」他轉向那個老太婆說：「喂，你有什麼問題要問他嗎，還是有什麼別的話要說？」

「有，」她回答說，同時閃現出一種異樣的眼神。於是那位書記把鋼筆蘸上墨水。

「大約在二十年前，我在維敦市集的一所帳篷裏面賣牛奶粥——」

「『二十年前』——那倒眞是開頭的時候；你索性從上帝創造世界講起好了！」書記帶著幾分嘲諷的意味說。

但是韓洽德張大眼睛望著，已經完全忘記了什麼是證據什麼不是證據的問題。

「一個男人和一個女人帶著一個小孩走進我的帳篷，」老太婆繼續說。「他們坐下之後，每人叫了一碗粥。啊，說起來你們也許不信，我那時候在社會上的身分，比現在體面得多，我賣私酒，生意很興隆，客人如果要求我，我總在粥裏爲他們攙些蔗汁酒。我當時就爲那個男的這樣做了。他一連喝了好幾碗攙酒的粥，直到最後，他和他老婆吵起來了，當眾提出要把她賣給出價最高的人。一個水手走進來，出價五基尼，如數付了錢，就把她帶走了。那個這樣子把老婆賣掉的男子就是現在坐在主審位子的人。」她朝著韓洽德點點頭，結束了她的話，然後把兩隻胳臂交叉起來。

大家都看著韓洽德。他的臉色似乎很奇怪，彷彿剛剛撒上了一層灰。「我們不要聽你的經歷和奇遇。」第二法官很嚴厲地說，他的話塡補了那段短暫的空檔。「方才主審官是問你有沒有和本案有關的話要講。」

「這些話和本案有關。這件事情證明他並不比我好，沒有權利坐在那裏審判我。」

「這是一個捏造的故事，」書記說。「不許你再講了。」

「不——這是眞的。」這句話是韓洽德說的。「她所說的絕對眞實，」他緩緩地說。「的確，這件事情證明我並不比她好！爲了避免因爲她報復我我會爲難她起見，我現在退席，這個案子交給你們處理。」

這些話在法庭上引起的激動，簡直無法形容。韓洽德離開主審的席位，走出門外，從臺階上和外面的人叢中間走過去，今天來看熱鬧的人格外多，因爲那個賣粥老婦似乎曾經向她同巷子的居民們（她自從到達嘉德橋以來就住在那條巷子）很神秘地做出暗示，說她知道一些有關本地大人物韓洽德的怪事，如果她高興的話，她也許要宣布出去。因此大家都到市公所門口來看熱鬧。

「今天市公所附近怎麼會有這麼多閒人？」柳塞塔問她的僕人，這時那個案子已經審理完畢。她今天起來晚了，剛剛從窗口往外看一看。

「噢，眞奇怪，這是一場有關韓洽德先生的熱鬧。一個女人證明他在成爲上流人之前，曾經在一個市集的棚子以五基尼的代價賣掉自己的老婆。」

韓洽德曾經向柳塞塔講述他和他太太蘇珊分離了那麼許多年，以及他相信她已不在人世，等等，但是在講述的時候，他從來不曾清楚地說明他們分離的直接原因。這個故事現在她還是第一次聽到。

她仔細想一想前一天晚上被迫做出的諾言，臉上逐漸現出一副痛苦的神情。韓洽德原來是這樣的一個人。一個女人竟然委身於他，這是一件多麼可怕的事情。

在白天，她出去了，前往圓形競技場和另外一些地方，直到天快黑的時候才回來。她走進家門之後，一看見伊莉莎白．珍，就告訴她說，她決定到海濱去住幾天——去布雷狄港；嘉德橋的天氣太陰沉了。

伊莉莎白看她面容蒼白而煩惱，就鼓勵她這樣做，認爲她變換一下環境，心情就會好起來，她在內心裏面不禁猜疑，柳塞塔心目中所謂的嘉德橋天氣陰沉，一部分大概是由於范福瑞不在本地所引起的。

伊莉莎白送走她的朋友動身前往布雷狄港，並且負責照看高廬，直到她回來爲止。她一人獨居，天又不斷地下雨，這樣地過了兩三天之後，韓洽德來訪了。他聽說柳塞塔不在家，似乎很失望，雖然他表面上顯得很不在乎地點點頭，在離去的時候卻帶著惱火的神情撫弄著自己的鬍鬚。

第二天他又來了。「她回來了嗎？」他問。

「回來了。她今天上午回來的。」他的繼女回答說。「但是她現在不在家。她到通往布雷狄港的大道散步去了，黃昏以前會回來。」

他又講了幾句話，那些話只有顯示出他的煩躁不安，然後就又離去了。

## 29

正如伊莉莎白所說的，柳塞塔這時正以輕快的步伐，沿著通往布雷狄港的大路行走。她剛剛在三小時前乘坐馬車從這條路回到嘉德橋，現在又選這條路作爲午後散步的路線，實在很奇怪——如果在每個現象都有其起因的一連串現象之中，還有任何事情可以稱爲奇怪的話。這是個主要市集的日子——星期六，范福瑞破例沒有出現在交易廳裏他的那個糧食攤位。可是，聽說他將在那天夜裏回來——「過星期天」，按照嘉德橋人的習慣說法。在嘉德橋城外通往不同方向的大路上，旁邊都有兩行樹木，現在柳塞塔已經走到那些樹木的盡頭。這個盡頭有距離市區一哩的標示，她在這裏停住了。

這個地點是兩個緩和斜坡之間的一個谷，這條道路仍然沿襲著古羅馬的路基，像測量員的繩子一般筆直地向前延伸著，直至在最遠的山崗上消逝不見。眼前這片景物，既沒有樹籬，也沒有樹，大路緊貼著一片布滿殘株的麥田，像是飄動起伏的衣服上面的一道鑲邊。附近有一座穀倉——那是她視野之內唯一的建築物。

她睜大眼睛朝著遠處越來越小的道路望去，但是什麼也看不見，連一星星點點的東西都沒有。她歎息著說——「唐納！」然後就轉過身，朝著市區的方向走回。

這邊的情形卻不同了。一個人影正走近她——原來是伊莉莎白．珍。

柳塞塔雖然只是一個人站在那裏，卻顯得有些煩惱的樣子。伊莉莎白一認出她的朋友，還沒到可以說話的距離之內，就在臉上做出親切的表情。「我忽然想到要來和你碰

面，」她微笑著說。

柳塞塔的答話剛到嘴邊，就被一件意外的使她分心的事情打斷了。在她的右邊，有一條小路從麥田往下通到大路上她站立的地方，這時正有一頭公牛從那條小路朝著她和伊莉莎白遊蕩過來。伊莉莎白的臉朝著相反的方向，所以沒看見牠。

在嘉德橋和附近地區，養牛事業非常發達，可以和亞伯拉罕①的成就媲美。在每年的這一季，牛不僅是許多家庭的經濟支柱，也是恐怖之因。在這個季節，牛隻被趕進趕出市區，由本地拍賣人出售的，為數很多。那些帶犄角的牲畜走來走去，最能把婦女兒童嚇得必須找個地方避難。大致說來，牛都很安靜地向前行走，但是按照嘉德橋的傳統習俗，在趕牛的時候一定要大聲吆喝，配合著鴉呼②的滑稽動作和姿態，還要揮舞大棍子，並且把遊蕩的狗都召喚進去，他們做出種種行為，往往會激怒那些性情兇暴的牛，嚇壞那些性情溫和的牛。有一種極為常見的現象：一位屋主從客廳走出，看到門廳或走廊滿是小孩、保姆、上了年紀的女人、和一些女士，那些人向他道歉說：「一頭從拍賣場回來的公牛正從街上經過。」

柳塞塔和伊莉莎白懷著疑慮心情注視著那頭牛，牛則茫然地朝著她們走來。那是一種身材高大的牛，毛皮呈現濃豔的暗褐色，不過這時牠的下體濺上許多泥點，損壞了外

①見舊約「創世紀」第十三章第二節：「亞伯蘭的金、銀、牲畜極多。」創世紀第十七章說到，神將亞伯蘭易名為亞伯拉罕。」

②鴉呼（Yahoo）是英國作家史維夫特（Jonathan Swift,1667-1745）所著「格里佛遊記」中智馬國的一種動物，這種動物具有人形和人類的一切劣根性，他們受智馬的統治。

貌的美觀。牠的兩隻犄角很粗，尖端包著銅箍，兩個鼻孔像是在舊時西洋景裏看到的泰晤士河隧道③。在兩個鼻孔之間，有一個堅固的銅環穿過鼻子的軟骨，那個銅環是焊接上去的，像葛斯的銅領④一般地無法移動。銅環上面繫著一根梣木棍，隨著牛頭的動作，那根棍子就像打穀的連枷似地跳來跳去。

直到這兩個年輕女人看見那根搖擺的木棍，她們才眞正感到恐慌，因爲那項裝置表示這頭公牛是一頭老牛，性情非常野，不聽驅趕，曾經逃跑過，那根棍子就是趕牛人用以控制他的工具，並且使自己和牠的兩角保持距離。

她們四處望望，想找一個避難或躲藏的地方。她們想到附近那座穀倉，只要她們用眼睛盯著那頭公牛，牠在向前走近的態度方面還顯示幾分尊敬的意味；但是她們一轉過身去，朝著穀倉走去的時候，牠馬上揚起頭來，決心要徹底嚇唬她們一下。於是這兩個無助的少女不顧一切地往前跑，公牛看到這種情形，朝著她們跑來，存心要對她們加以襲擊。

穀倉座落在一個綠色的黏糊糊的池塘後邊，四周都封閉著，只有面朝她們的兩扇門之中的一扇開著，那扇門是由一根柵欄木樁支撐著。她們朝著那扇門跑去。由於最近打過一次穀，穀倉內部已經清理得空空的，只在一端有一堆乾苜蓿。伊莉莎白．珍一眼就

③泰晤士河隧道（Thames Tunnel）全長六一一七呎，其中一一三一呎在泰晤士河之下。

④葛斯（Gurth）是司考特的小說「艾文霍」（Ivanhoe）裏面一個忠誠的牧豬奴，頸上焊著一個銅環，不致妨礙呼吸，但是不用銼刀卸不下來。

看清了整個情勢。「我們必得爬到那個苜蓿堆上面去，」她說。

但是她們還沒走近苜蓿堆，就聽見公牛從池塘裏面跑過來，頃刻之間就衝進穀倉，在經過的時候把那根柵欄木樁撞倒，那扇厚重的門在牠身後砰的一聲關上了。於是她們三個一起被關在穀倉裏面了。那個發生誤會的動物高視闊步，看到她們正往穀倉一端逃，牠就跟著追上去。兩個少女非常靈巧地轉過身來，追逐者撞到牆上，這時逃亡者卻已朝著相反的方向跑了一半路。到牛的整個身長好不容易地轉過來，跟著她們往這邊追來的時候，她們已經到達了另一端。一場追逐就這樣地繼續下去，牛鼻孔的熱氣像從撒哈拉沙漠吹到義大利地中海沿岸的熱風一般噴到她們的身上。伊莉莎白或柳塞塔都得不到片刻的時間，可以去把門打開。如果她們的處境這樣繼續下去，會發生什麼事情，是很難說的。但是過了一會兒，門上的嘎嘎之聲轉移了她們的對手的注意力，一個人出現了。這個人朝著牛鼻子上的牽引棍走去，用手抓住那根棍子，然後猛扭牛頭，好像要把它扭掉一般。這一扭實在非常猛烈，牛的粗頸似乎已經不能保持硬挺，而陷入半癱瘓狀態，同時鼻子在滴血。人類設想出的這種用鼻環的辦法實在太巧妙了，使衝動的蠻力不得施展，於是這頭牛畏縮了。

在半明半暗之中，看得出那個人身軀高大，做事毫不猶豫。他把牛牽到門口，亮光顯示出他原來是韓洽德。他在外面把牛拴牢，又進入穀倉，援救柳塞塔；他沒看到伊莉莎白，因為她已經爬到苜蓿堆頂上。柳塞塔已經陷入歇斯底里狀態，韓洽德把她抱起來，抱到門口。

「你——救了我！」她一能開口講話，就這樣喊道。

「我報答了你的恩情，」他很溫柔地回答。「你從前救過我。」

「怎麼——會是你——你呢？」她問道，沒有理會他的答話。

「我到這邊來找你。最近這兩三天，我一直想跟你談一件事情，但是你不在家，我找不到你。也許現在你還不能談話吧？」

「不能！伊莉莎白在哪裏？」

「我在這裏！」那個行蹤不明的人高興地喊道，她不等人給她搬梯子，就從苜蓿堆頂上滑到地面來了。

韓洽德一隻手攙扶著柳塞塔，另一隻手攙扶著伊莉莎白，三個人緩緩地沿著上坡路往前走。他們已經走到頂端，正要往下坡走，這時柳塞塔的神志已經大致恢復，她想起她的皮手筒掉在穀倉裏面了。

「我跑回去取，」伊莉莎白說。「我一點也不在乎，我沒有你那麼疲倦。」於是她趕快回頭往下朝著穀倉走去，另外兩個人繼續往前走。

伊莉莎白很快就找到了皮手筒，因爲在那個時代，皮手筒不是一件小東西。出來之後，她停住腳步，看看那隻公牛，現在牠鼻子流血，倒是很可憐的，也許牠本來只是惡作劇，並沒有存心傷人。韓洽德已經把它拴牢，他把那根梣木棍塞在穀倉門樞軸的縫隙，再用一根木樁把它楔在那裏。她思索一會兒之後，轉過身趕快往前走，這時她看見一輛綠黑相間的二輪馬車從相反的方向駛近，駕車的人是范福瑞。

## 29

他在此地出現，似乎可以說明柳塞塔爲什麼要到這邊來散步了。唐納看見伊莉莎白，把車停住，聽她匆匆講述剛才發生的事情。在她說到柳塞塔曾經遭遇多麼重大的危險時，他所表現出的那種異樣的強烈激動，是她從來不曾在他身上看到的。他全神貫注於經過的情形，在想要把她扶上馬車坐在自己身旁的時候，他幾乎不大知道自己在做什麼事情。

「她和韓洽德先生一起先走了，你是說？」他終於問道。

「是的。他送她回家。他們這時候已經快到了。」

「你確信她一定能到家嗎？」

伊莉莎白說沒有問題。

「你的繼父救了她？」

「完全是他救的。」

范福瑞使馬的腳步放慢；她可以猜想得到其中的緣故。他心裏在想，最好現在不要去打擾那兩個人。韓洽德救了柳塞塔，如果他在這時出現，很可能激惹她對自己顯示出深摯的愛情，那樣做實在既不明智，也有欠厚道。

眼前的話題都已經談完了，她覺得自己這樣坐在過去的愛人身旁，更加尷尬；但是不久就看到另外兩個人的身影出現在市鎮的入口了。那個女的常常回頭看，但是范福瑞並未揮鞭使馬疾駛。他們到達城牆的時侯，韓洽德和他的同伴已經在大街上消失不見了。由於伊莉莎白・珍的要求，范福瑞讓她在那裏下了車，然後繼續前進，把車趕到自己住所後面的馬棚。

因此他從花園走進房屋，上樓回到自己的房間，發現裏面特別零亂，他的箱子都已被拖出來放在樓梯口，書櫃拆成三件擺在那裏。可是，這些現象似乎絲毫不使他感到驚異。「所有的東西什麼時候才能都搬過去？」他問房東太太，房東太太正在照看搬家的事情。

「恐怕要到八點鐘才能搬完，先生，」她說。「你曉得，我們今天早晨才知道你要搬家，否則可以早些搬好。

「啊──好啦，沒關係，沒關係！」范福瑞很高興地說。「八點還可以，只求別再晚了。那麼，你別站在這裏講話了，否則說不定要拖到十二點。」他說完這些話，就從前門出去，沿著大街走去。

在這段時間當中，韓洽德和柳塞塔卻有了不同的遭遇。在伊莉莎白離開他們去取皮手筒之後，糧食商人很坦白地向她吐露自己的心事，他用胳臂挽著她的手，雖然她很想把手抽回來。「親愛的柳塞塔，自從上次和你見面以後，我在這兩三天裏非常急切地想見到你！」他說。「我曾經把那天晚上取得你的許諾的方式仔細考慮一番。你對我說：『如果我是一個男子漢大丈夫，我就不會堅持。』這句話使我非常難過，我覺得你的話有些道理。我不要使你難堪，而現在就嫁給我最能使你難堪──這是非常明顯的。因此我同意我們做一個無限期的訂婚──把一切結婚的念頭拖一兩年再說。」

「但是──但是──能不能讓我爲你做一些其他種類的事情呢？」柳塞塔說。

「我對你充滿了感激之情──你救了我的命。你對我的照顧就像是把炭火堆在我的頭上！⑤我現在是一個有錢的人了。我一定可以做些事情來報答你的恩惠──一些切合實際需要的事情？」

韓洽德在思索著。他顯然沒有料到她會說出這樣的話。「有一件你可以爲我做的事情，柳塞塔，」他說。「但是和你所說的那種事情不完全一樣。」

「那麼是哪一種事情呢？」她問道，心中又有了疑慮。

「在向你提出請求之前，我要先告訴你一個秘密──你大概已經聽說過我今年很倒楣吧？我做了以前從來沒做過的事──很魯莽地做投機生意；我失敗了，因此遭遇了困難。」

「你是要我墊付一些錢嗎？」

「不，不！」韓洽德說，他幾乎發怒了。「我不是那種吃軟飯的男人，即使像你這樣一個已經和我論婚嫁的人，我也不會用你的錢。不，柳塞塔，現在讓我說明你能爲我做的事情，你做了這件事就能救了我。我的大債主是葛洛爾，如果我要栽跟頭，就是栽在他的手裏。要是他能寬限我兩個星期，我就足可度過難關。有一個辦法，可以取得他的寬限──那就是，你讓他知道你是我的未婚妻──我們將在兩星期內悄悄地結婚──別插嘴，聽我把話說完！讓他知道這種情形，當然這對我們長期訂婚的事實並無任何影

⑤「把炭火堆在我的頭上，」這個典故出自舊約「箴言」第二十五章第二十二節，意思是以德報怨，使人羞愧難當。

響。無須讓任何旁人知道：你可以和我一起到葛洛爾先生那裏，我當著他的面和你談話的情形，彷彿我們之間存在著那樣的關係，就行了。我們可以要求他代爲守秘。他一定願意等待。到屆滿兩星期的時候，我就有能力應付他了，那時我可以很冷靜地告訴他說，我們的婚事要拖延一兩年再辦。你這樣幫了我的大忙，無須讓本城的任何一個人知道。你既然想幫忙，就用這個辦法。」

這時正是人們所謂的「夕陽西下」，也就是黃昏前的一刻鐘，所以他最初沒有看出自己這些話所發生的影響。

「如果是任何旁的事情，」她開始說，她的嘴唇的乾澀在聲音裏面表現出來了。

「但是我所要求的只是這麼一件小事！」他說，帶著深切的責備意味。「比你已經提供的還少——只是你最近已經答應的事情的一個開頭而已！本來我自己可以跟他講這些話，但是他不會相信我。」

「並不是因爲我不願意這樣做，而是因爲我絕對不能這樣做，」她說，帶著一種越來越加深的痛苦神情。

「你是在惹我發火！」他咆哮著說。「這足以逼使我強迫你馬上履行你的諾言。」

「我做不到！」她不顧一切地堅持說。

「爲什麼？我在幾分鐘前才解除你答應馬上和我結婚的義務。」

「因爲——他是證人！」

「證人？什麼證人？」

# 29

「如果我非告訴你不可的話——。不要，不要責備我！」

「好啦！你說吧。」

「我結婚的證人——就是葛洛爾先生！」

「結婚？」

「是的。和范福瑞先生。啊，麥可！我已經是他的妻子了，我們已經在本星期裏在布雷狄港結婚了。有一些理由，使我們不能在這裏結婚。葛洛爾先生那時剛巧在布雷狄港，就爲我們做了證人。」

韓洽德傻愣愣地站在那裏。他一語不發，使她非常惶恐，於是她低聲跟他說，可以借給他足夠的金錢，使他度過兩星期的難關。

「和他結婚了？」韓洽德終於說道。「我的老天——怎麼，和我已有婚約，卻和他結了婚？」

「事情是這樣的，」柳塞塔含著眼淚用顫抖的聲音解釋說。「你不要——不要對我那麼殘酷！我非常愛他，因爲想到你可能把我們過去的事情告訴他——我很發愁！後來，在我已經許諾和你結婚之後，我聽大家謠傳說你曾經——在一個市集把你的第一個妻子像牛馬一般地賣掉了！聽到這件事情之後，我如何還能信守那個諾言呢？我不能冒險把終身託付給你；在聽到這個醜聞之後還嫁給你，我未免太自貶身價了。但是我知道，如果我不馬上抓住范福瑞，我就會失去他——因爲你會實行你以前威脅我的話，把我們過去的關係告訴他，只要那樣做能取得一個機會把我留給你自己，你就會那樣做的。但是現在你不會那樣做了，是不是，麥可，因爲現在再想把我們拆散，已經太遲了。」

在她講話的時候，聖彼德教堂的響亮鐘聲已經飄送到他們的耳邊；現在，以無限制地使用鼓槌聞名的市樂隊所發出的親切的敲擊之聲，也從大街上咚咚地傳來了。

「那麼，我猜想他們這些喧噪的聲音就是爲這件事而做出的了？」他說。

「是的——我想他已經告訴他們了，不然就是葛洛爾先生已經告訴他們了……現在我可以離開你嗎？我的——他今天有事在布雷狄港耽擱一些時候，叫我早幾個鐘頭先回來了。」

「這麼說，我今天下午所救的是他的妻子的命了。」

「是的——他將永遠感激你的。」

「我得特別謝謝他了……啊，你這個言而無信的女人！」韓洽德憤怒地說。「你答應過我！」

「是的，是的！但是那是在強迫之下答應的，當時我並不知道你過去的一切事情——」

「現在我要讓你受到應受的懲罰！我只要向這個新郎講一句話，告訴你曾經怎樣追求我，你的寶貴的幸福就要化爲煙塵！」

「麥可——可憐可憐我，希望你寬宏大量！」

「你不值得憐憫！從前值得，但是現在不值得了。」

「我將幫你還清債務。」

「受范福瑞的老婆的周濟——我不幹！不要再和我在一起待下去了——我會說出更難

聽的話。回家去吧！」

她的身影在南散步道的樹木下面消失了，這時市樂隊轉過街角走來，使一木一石都發出了慶祝她的幸福的迴響。柳塞塔沒有理會這些，而是在無人覺察之下沿著後街跑回自己的家。

范福瑞在和房東太太的談話中，曾經詢問把他的箱子和其他物品從他的住處搬到柳塞塔家裏的情形。這項工作並不繁重，但是這個善良的婦人在幾小時前才接到范福瑞的簡短書面通知，這件事情來得太突然了，她在驚異之餘，時常感歎幾聲，每次都不得不停頓一會兒，因而使她的工作大受妨礙。

在快要離開布雷狄港的最後一刻，范福瑞像約翰．吉爾頻①一樣，被一些重要顧客阻留不得脫身，即使在這種非常情勢之中，他也不能怠慢那些人。而且，柳塞塔先回到自己家中，也有好處。對於已經發生的事情，她家裏的人還都不知道，由她來把這個消息透露給她們，最爲適當，她並且可以吩咐她們爲她丈夫搬來之後的各種需要，預作安排。因此他讓他新婚兩天的新娘一個人乘坐雇來的轎式馬車先回去，告訴她他在當天晚上幾點鐘可以到家，他自己則去到鄉間幾哩之外的一批小麥堆和大麥堆那裏。她之所以在他們分手四小時之後，又跑來迎接他，就是這麼一回事。

在離開韓洽德之後，她竭力使自己冷靜下來，準備在范福瑞從他的住處來到高廬的時候，加以接待。有一個最重要的事實，使得她能夠做到這一點，那就是，她覺得不論再發生什麼事情，范福瑞已經爲她所有了。在她到家半小時之後，范福瑞走進來了，她

①吉爾頻是英國詩人庫泊（William Cowper,1731-1800）的歌謠體敘事詩「約翰．吉爾頻的趣史」（The Diverting History of John Gilpin）裏面的主人翁。此詩曾由辜鴻銘譯成中文，題名改爲「瘋漢騎馬歌」。

# 30

以一種寬慰的高興心情迎接他，即使他是在歷經危險久別一月之後才歸來的，她也不會比現在更加高興。

「有一件事情我還沒有做，而這件事情是很重要的，」當她把路上遇牛的驚險事故講完之後，很誠懇地對范福瑞說。「那就是，把我們結婚的消息透露給我的親愛的伊莉莎白・珍。」

「啊，你還沒告訴她？」他深思地說。「我讓她搭我便車從穀倉那裏回家，但是我也沒告訴她，因爲我以爲她已經在城裏聽到這個消息，由於含羞什麼的才沒有向我道喜。」

「她多半還沒聽到這個消息。但是我要弄清楚，現在我就去找她。還有，你不會介意讓她像從前一樣和我們住在一起吧？她是那麼安詳而謙虛。」

「不，我的確不介意，」范福瑞回答說，也許略微有些尷尬。「但是我不知道她願意不願意？」

「她願意！」柳塞塔很熱切地說。「我確信她會願意。而且，這個可憐的人，她是無家可歸的。」

范福瑞看看她，發現她並沒有猜疑到她那位更爲含蓄的朋友的秘密。她的渾然不覺，使他更加喜歡她。「就完全按照你的意思和她商量吧，」他說。「是我來住在你的家裏，不是你去住在我的家裏。」

「我現在就跑去跟她談。」柳塞塔說。

她上樓來到伊莉莎白・珍的房間，這時後者已經脫下外出的衣服，正在看書休息。

柳塞塔很快就發現她還不知道這個消息。

「我沒有下樓去看你，譚普曼小姐，」她很單純地說。「我本來要去問問你受驚之後是否恢復過來了，但是我發現你有客人。不知道教堂爲什麼敲鐘啊？還有樂隊也在演奏。一定是有人結婚了，否則就是他們在爲耶誕節而練習。」

柳塞塔含含糊糊地回答了一聲「是的」，然後坐在那位少女的身旁，若有所思地看著她。「你是一個多麼孤單寂寞的人，」她馬上說道。「從來不知道外面正在發生的事情，或大家都在極感興趣地談論的事情。你應該出去走動走動，像其他女人一樣地各處閒聊，那麼你就不必對我提出這樣的問題了。好啦，現在我要告訴你一件事情。」

伊莉莎白．珍說她很高興聽，並且做出洗耳恭聽的樣子。

「這件事我必須從頭說起，」柳塞塔說。把自己的心事向身旁這位沉思的少女解釋清楚，是一件難事，這種困難隨著她說出的每個音節而變爲更加明顯。「你大概記得，前些時候，我跟你講過那個折磨人的良心問題——關於第一個愛人和第二個愛人的事情？」她用結結巴巴的詞句點出她從前講過的那個故事的主題。

「是的，我記得；**你的朋友**的故事，」伊莉莎白淡然地說，她注視著柳塞塔眼球的虹膜，彷彿要看清楚那些虹膜的確實色彩。「兩個愛人——一個新的，一個舊的；她想要嫁給第二個，但是覺得應該嫁給第一個；因此她無視於較好的做法，而奉行罪惡，就像我剛剛譯解的詩人奧維德所說的②：我看見更美好的行爲，衷心贊成，但是我卻奉行

②見於羅馬詩人奧維德（Ovid, 43 B.C.-17?A.D.）的神話式敘事詩集「轉變」（Metamorphoses）第七篇。

更惡劣的行為。」

「不，她並沒有奉行罪惡！」柳塞塔趕緊說。

「但是你當時說她——或者我不妨說你——」伊莉莎白回答說，同時揭開了假面具，「從道義和良心來說應該嫁給第一個愛人？」

柳塞塔的心事被看穿了，臉上紅一陣白一陣的。然後才急切地回答說：「你永遠不會說出這件事，是不是，伊莉莎白．珍？」

「如果你不叫我說，我一定不會說。」

「那麼我要告訴你，現在這件事情比我在那個故事裏面所說的情形更爲複雜——實際上，是更爲糟糕。我和第一個男人以一種很奇特的方式聚合在一起，因爲已經引起大家說閒話，我覺得我們應該結婚。按照他自己的想法，他是一個鰥夫。他的第一個妻子已經很多年沒有消息。但是後來他的妻子回來了，我們就分手了。現在她已經去世了，那個丈夫又來追求我，他說：『現在我們可以完成我們的目的了。』但是，伊莉莎白．珍，這一切情形等於是他重新向我求婚，我以前的一切誓言都已經由於另一個女人的歸來而解除了。」

「你最近不是又重新提出諾言了嗎？」比較年輕的女子以安詳的臆測態度說，她已經知道那第一個男人是誰了。

「那是我在遭受威脅之下被迫做出的。」

「不錯，是被迫做出的。但是我認爲，任何一個女人既然像你那樣很不幸地在過去和一個男人有了密切關係，如果她能做得到，就應該成爲他的妻子，縱然罪不在她。」

柳塞塔的面容失去了光輝。「他原來是一個我不敢嫁的男人，」她爲自己辯解。「眞的不敢！直到我重新提出諾言之後，我才知道。」

「那麼，爲了維護自己的誠信，只有一個辦法，你必須終身不嫁。」

「但是你再想一想！你要考慮——」

「是毫無疑問的，」她的友伴很大膽地打斷了她的話。「我已經猜著了那個男人是誰。就是我父親；我說你得嫁給他，否則就不要嫁人。」

伊莉莎白·珍看到任何稍微違犯禮法的行爲，就如同牛看見紅布一般。她做人處世一絲不苟，幾乎到了嫉惡如仇的地步。由於早年和母親一直過著困苦生活，任何稍微有違背常規的情形都會引起她的恐怖之感，這種感受是那些養尊處優的人們所完全體會不到的。「你應該嫁給韓洽德先生，否則就不要嫁人——當然不能嫁給另一個男人！」她繼續說，嘴唇顫抖著，其中交織著兩種熱烈的情緒。

「我不承認這些話！」柳塞塔很激昂地說。

「承認也罷，不承認也罷，這是實話！」

柳塞塔用右手遮起眼睛，彷彿不能再辯解了，同時把左手伸給伊莉莎白看。

「什麼，你已經和他結婚了！」後者喊道，她把柳塞塔的手指瞄了一眼之後，高興得跳起來。「你什麼時候和他結的婚？爲什麼不告訴我，反而這樣逗弄我？你眞夠朋友啊！他從前的確做過對不起我母親的事，好像是在一次喝醉酒的時候。他有時很嚴峻，

固然也是事實。但是我可以斷定，以你的美貌、財富、和才華，你一定能完全把他管住。你是他會敬愛的女人，我們一家三口在一起都會過得很快樂！」

「噢，我的伊莉莎白．珍！」柳塞塔很愁苦地喊道。「我是和另外一個人結了婚！我是走投無路了——非常害怕被迫落入其他的結局——非常害怕一旦揭露了過去的那一段，他就不會再愛我了，因此我拿定主意，不管將來發生什麼事情，馬上和他結婚，不計任何代價來換取一星期的幸福！」

「你——已經——和范福瑞先生結婚了！」伊莉莎白．珍以拿單③的口吻喊道。

柳塞塔點點頭。她的心情已經平靜下來。

「教堂是爲了這件事情而鳴鐘的，」她說。「我丈夫在樓下，他將住在這裏，直到我們找一棟更合適的房子；我已經告訴他，我要你像以前一樣地和我住在一起。」

「讓我一個人想一想，」這個少女很快地回答，她運用極大的控制力，來壓抑自己情緒的騷動。

「好吧。我確信我們在一起一定會很快樂。」

柳塞塔離開伊莉莎白．珍，下樓去和范福瑞相聚。她發現他心情十分舒暢地待在那裏，感到很高興，但是她的高興卻籠罩著一陣迷茫的不安。她所感到的不安，不是爲了她的朋友伊莉莎白，因爲她對伊莉莎白的情感趨向毫不懷疑，她所擔心的只是韓洽德。

現在蘇珊．韓洽德的女兒馬上做了決定，不能再在這所房屋住下去了。姑且不說柳

③見舊約「撒母耳記下」第十二章第一至二十五節，特別是第七節：「拿單對大街說：你就是那個人。」

塞塔的行爲使她不滿，單憑范福瑞曾經差一點就成了她的公開宣布的愛人這一點，她就覺得自己不能再住在這裏了。

於是她匆匆穿好衣服出去，這時剛剛入夜。她因爲熟悉當地情況，在幾分鐘內就找到一個適當的住處，並且和房東說好當晚就搬進去。她回來之後，悄悄走進自己的房間，把漂亮衣服脫掉，換上一身樸素的服裝。她把漂亮衣服裝在箱子裏，當作最好的衣服收藏起來，因爲現在她必須非常節儉了。她寫了一張條子留給柳塞塔，這時柳塞塔正和范福瑞關著門坐在客廳裏。伊莉莎白·珍叫來一輛獨輪手推車，看著車夫把幾個箱子放在車上，然後就以快速的步伐沿著大街走到她的新住處。她的房間和韓洽德的住所在同一條街上，差不多正對著他的門口。

她在新居裏面坐下來，考慮自己將來的生活問題。靠著繼父給她的小筆年金，可以勉強維持生活。她幼年時代在紐森家裏編過魚網，因而養成一種編結各種網子的好本領，這種本領會對她很有幫助；她孜孜不倦求得的學識，可能對她有更大的幫助。

這時候，范福瑞和柳塞塔結婚的消息已經傳遍全城。在街邊石上，大家曾經議論紛紛，在櫃檯裏邊，人們曾經機密交談，在三水手，那些座上客曾經興高采烈地高談闊論，所談的都是這件事情。究竟范福瑞是要把生意賣掉，靠太太的錢做一名紳士呢，還是不顧這場輝煌的聯姻，仍然自食其力，繼續他的營業呢，這是大家最關切的問題。

# 31

賣粥婦人在法官前面的反唇相譏已經傳開了；不出二十四小時，韓治德很多年前在維敦．普萊斯市集做出的那項異想天開的瘋狂行為，在嘉德橋已經無人不知。當初的那項行為非常富於戲劇性，給與大家強烈的印象，使得人們對於他後來所做的種種彌補，完全不加理會。如果那件事情老早並且一直為大家所熟知，到這時候可能已經不予重視，只把它當作一個年輕人的，而且幾乎是他的僅有的一項荒唐行為，那個年輕人和今天這位穩健而成熟（縱或有些剛愎）的市民幾乎沒有什麼共同之點。但是，那項行為自從做出以後一直被埋藏起來，中間的那段漫長歲月無人覺察，因此那個青年時代的污點看起來像是一件新近的罪行。

這次違警法庭的事情，就其本身來說雖然是一樁小事，它卻形成韓治德的命運走下坡路的開端。在那一天——幾乎就在那一刻——他越過了得意和榮譽的巔峰，開始從另一邊迅速下降。他的身價低落的快速，是很奇怪的。在社會地位方面，他受到驚人的一擊，把他從高處推下去，而在商業方面，由於輕率的投機交易，他已經站不住腳，因此他在這兩方面下降的速度，每小時都在增加。

現在他各處走動的時候，眼睛多半凝視著人行道，而不大凝視著房屋的正面；多半凝視著人們的腳和裹腿套，而不大像從前那樣用炯炯目光注視著旁人的瞳仁，逼得他們不得不眨眼睛。

一些新事件共同促成他的垮臺。這一年，除了他自己之外，對於旁人也是很不景氣的一年，他曾經慷慨信任的一位債務人遭受慘重的失敗，使得他那搖搖欲墜的信譽完全崩潰了。他在岌岌可危的情況中，未能保持貨物和樣品的完全相符，而這一點是穀物交易的最重要原則。這個錯誤主要歸咎於他的一名屬下，那位老兄非常失策地把韓洽德手中一批數量很大的次等小麥的樣品加以揀選，他把許多癟的、枯萎的、和害黑穗病的麥粒都撿出了。那批小麥，如果老老實實地拿出去，也不會引起物議，但是在這個節骨眼上，他竟犯了大錯，用不實的樣品矇混，結果使得韓洽德名譽掃地了。

關於他的失敗的細節，情形是很普通的。有一天，伊莉莎白．珍從王徽旅館門前經過，看到很多人匆匆忙忙地出出進進，沒有市集的平常日子都不會這麼熱鬧。她向一位旁觀者打聽，那個人對於她竟然不知道這件事情感到驚訝，就告訴她說，韓洽德先生破產了，財產管理人正在裏面開會。伊莉莎白．珍難過得幾乎要哭。她聽說韓洽德也在旅館裏面，想進去看看他，但是那個人勸她在這一天最好不要去打攪。

債務人和債權人的集會場所是前面的一個房間。韓洽德從視窗外望，通過視窗鐵絲網看見了伊莉莎白．珍。對於他的查詢已經完畢，債權人正要離去。伊莉莎白的出現使他陷入一陣冥想之中，直到後來，他從視窗轉過臉來，高大身軀聳立在眾人之上，他要求大家多停留一會兒，他還有點兒事情。他過去得意時代的紅潤面色已經有些改變；黑色的頭髮和鬍鬚仍然和從前一樣，但是臉上的其餘部分則蒙上薄薄的一層灰。

「各位先生，」他說，「在我們方才已經談過的，和資產負債對照表上面所列的那

些資產之外，還有這些。這些東西像我所有的其他東西一樣，都是你們的，我不願意留下不給你們，我不能那麼做。」他一邊說一邊從衣服口袋裏把金錶拿出來，放在桌子上，然後又拿出錢包（就是所有農人和商人攜帶的那種黃帆布錢袋），解開了，把錢抖在桌子上錶的旁邊。那隻錶他又很迅速地拿回去一下，把柳塞塔親手用頭髮做成並且送給他的錶鍊取下來。「好啦，現在我在這個世界上所有的一切東西都給你們了，」他說。「為了你們的緣故，我但願能再多有一些東西。」

那些債權人幾乎清一色地都是農人，他們看看那隻錶，看看那些錢，看看大街。這時維瑟勃里的農人艾佛丁說話了：

「不，不，韓治德，」他很熱情地說。「我們不要這些東西。你這樣做很令人敬佩，但是你自己留下吧。各位鄰居，你們以為如何——你們同意嗎？」

「同意，當然同意，我們完全不想要這些東西。」另一位債權人葛洛爾說。

「當然，讓他留下吧。」後面的一個人低聲說，這個人是沉默寡言的年輕人包伍德；其他的人也一致贊成。

「各位，」首席破產財產管理人對韓治德說。「雖然整個事情是無可挽回的，但是我不能不承認，我從來沒遇見過一個比你更公平待人的債務人。我已經證明你的資產負債對照表做得誠實到無以復加的地步；我們毫無麻煩，因為其中完全沒有規避，沒有隱匿。十分明顯地，這個不幸的局面是由輕率交易造成的，但是就我所能見到的來說，你已經盡了一切努力避免虧待任何人。」

韓洽德聽了這些話很感動，但是不願意讓他們覺察自己的心情，於是又轉過臉面對著窗口。在首席財產管理人說完話之後，大家發出一陣表示贊同的低微聲音，然後就散會了。大家都走開的時候，韓洽德注視著他們退還給他的那隻錶。「這個東西不應該為我所有，」他口對心說。「他們究竟為什麼不拿去呢？——不屬於我的東西，我不要！」由於想起了一件事情，他拿著那隻錶去到對面的錶店，按照老闆所出的價錢把它賣了，然後拿著那筆錢前往一個欠款較少的債權人家裏，那個人住在德恩歐弗的一所小茅屋裏，家境很貧困，他把那筆錢給了他。

韓洽德所擁有的每件東西都加上標籤了，拍賣正在進行，這時候市民們對他有了一種頗為同情的反應，而在那時以前的一段時間，大家對於他只有譴責。現在他的全部經歷都清晰地呈現在市民們的眼前了，他們可以看得出，他是如何很令人敬佩地運用自己的精力充沛的才幹，赤手空拳創造一個富裕的地位——當年他以打零工的乾草工人身分，筐子裏面帶著捆乾草的擰繩器和刀，來到嘉德橋的時候，的確是一無所有，現在大家對於他的垮臺感到驚異和惋惜。

儘管伊莉莎白多方設法，卻一直見不到她的繼父。雖然旁人都不相信他了，她卻仍然對他懷有信心。她希望他能容許她寬恕他以前對她的粗暴態度，並且在他的患難中幫助他。

她給他寫信，他不答覆。然後她去他的家——就是她曾在那裏度過一段愉快生活的大房子——淡褐色的磚砌成的正面，配上一些琉璃，還有粗大的窗框格條——但是在那裏

已經找不到韓洽德。這位前任市長已經離開他那所得意時代的宅第，搬進聖芳濟修道院磨坊旁邊姚普那所小房子裏面了——那塊地方，就是他發現伊莉莎白不是他親生女兒的那天晚上，曾經遊蕩到那裏去的一個景象慘澹的郊區。

伊莉莎白覺得很奇怪，韓洽德何以竟選這個地方做爲隱退之所，但是他認爲這是人到窮途末路時，已經沒有選擇的餘地。一些古老的樹木，大概是當年由修道士栽植的，現在仍然環繞在四周，從前那座磨坊的後水閘仍然形成一道小瀑布，那道小瀑布在過去幾百年間一直發出可怕的吼聲。那座小房子是用久已拆除的修道院的舊石頭建造起來的，片斷的花飾窗格、帶有裝飾線條的窗戶側壁、拱形門楣和牆壁的石塊混雜在一起。

在這所小房子裏面，韓洽德佔用兩個房間，房主就是他曾經先後雇用、辱罵、哄弄和解雇的姚普。但是即使在這個地方，還是見不到她的繼父。

「連他的女兒也不見嗎？」伊莉莎白懇求說。

「任何人都不能見——在目前；這是他的吩咐。」她得到這樣的回答。

後來，她從他那些糧倉和乾草庫旁邊經過，那裏曾經是他的事業的大本營。她知道他已經不是那裏的主人了，但是她注視著她所熟悉的大門口，卻不能不感到驚愕。韓洽德的名字已經被人用一層明確的鉛灰色油漆塗蓋起來，不過那些字母仍然像霧中的船隻一般隱約可見，上面出現了用鮮白色油漆寫出的范福瑞的名字。

惠特爾正要把他那骨瘦如柴的身軀從小門擠進去，她問他說：「范福瑞先生是這裏的主人了？」

「是的，韓洽德小姐，」他說，「范福瑞先生已經把這個生意和我們全體工人都買下來了；我們現在可比從前好了——雖然你是繼女，我不該跟你說這個話。我們的工作比以前辛苦，但是不用擔驚受怕。我這幾根可憐的頭髮變得這麼稀，都是害怕造成的！現在沒有人突然大發脾氣了，沒有人摔門了，沒有人擾亂你的永恆的靈魂了，這一類事情都沒有了；雖然現在每星期比從前少賺一先令，我還覺得比以前更富有了；因爲如果你的心靈總是不得安寧，其他一切又算得了什麼呢，韓洽德小姐，你說是不是？」

這個消息大致是眞實的；韓洽德的那些倉庫，在清理破產期間，本已陷於癱瘓狀態，經新業主接管之後，又活躍起來了。從那時起，用閃閃發光的鍊子箍起來的裝得滿滿的口袋，在起重機下面迅速地上上下下，毛茸茸的胳臂從各個窗口伸出，把小麥拖進去；一捆捆的乾草又被人從乾草庫扔出扔進，擰繩器發出嘎嘎的響聲；同時天平和桿稱也開始忙個不停，代替了以前那種約略估計的辦法。

# 32

靠近嘉德橋市的較低地區有兩座橋。第一座橋是磚造的，已經由於風雨的侵蝕而褪了色，位於正街的盡頭，一條支路從那裏分岔出去，繞到低窪的德恩歐弗的一些巷道，因此這座橋的附近地區形成了體面和貧困的匯合點。第二座橋是石造的，位於公路上較遠的地方——實際上，已經是在草原上面了，不過仍然在市區範圍之內。

這兩座橋的面貌說明了它們的遭遇。兩座橋的每一個稜角，都已經磨鈍了，一部分是由於風雨的侵蝕，大部分是由世世代代的閒蕩者的磨擦所造成的，年復一年地，他們站在那裏想心事，不停地用腳尖和腳跟踢踏那些欄杜。至於那些比較不結實的磚和石頭，連它們那平坦的表面都已經被這雙重的侵襲磨損得凹進去了。橋欄頂端的石工，在接縫之處都用鐵箍箍起來了，因爲過去常有一些走投無路的人，完全無視於法官的權威，把橋欄頂上的石頭扭下來扔到河裏。

因爲本城所有失意的人都被吸引到這兩座橋上來了；在商場、愛情、和罪行方面遭遇失敗的人，莫不到這裏來排遣愁懷。至於那些不幸的人爲什麼要到這兩座橋上來沉思默想，而不去到其他的欄杆、大門口、或圍欄梯磴，我們就不清楚了。

常去近處那座橋的人和常去遠處那座橋的人，在身分上有顯著的不同。身分低微的人喜歡去毗鄰市鎮的前一座橋，他們雖然在眾目睽睽之下，也不以爲意。他們在得意的時候，比較沒有什麼重要性，在失意的時候雖然也許覺得氣餒，並不對自己的失敗特別感到羞恥。他們多半把手插在衣服口袋裏，腰部或膝部繫著一條皮護套，穿著一雙長統靴，上面需要大量的鞋帶，卻似乎根本沒有鞋帶。他們對於自己的逆境並不歎惋，而只是吐口水，他們不說心中非常懊惱，而說自己倒楣。姚普在遭遇困苦的時候時常站在這裏；賈克薩姆大媽，克里斯多夫．柯尼，和可憐的惠特爾也是一樣。

佇立在較遠那座橋上的不幸的人，則是比較上流的一類人。其中包括破產者、憂鬱症患者，由於犯了錯或時運不濟而「失業」的人、專門職業人士當中的不稱職份子——都是些家道中落而窮要面子的人，他們無法打發從早飯到晚飯之間的無聊時光，和晚飯到天黑之間的更爲無聊的時光。這一類人的眼睛大都越過橋欄望著下面的流水。被人看到這樣站在那裏盯視著河流的人，必定是一個爲了某種原因而未受到世人善待的人。雖然站在靠近市區那座橋上的落難人不怕被人看見，並且後背靠著橋欄觀看過路的人，可是這座橋上的落難人卻從來不面朝道路，從來不聽見腳步聲就轉頭看，而是對於自己的情況很敏感，每有陌生人走近，他總是注視著河流，彷彿有一條奇異的魚引起他的興趣，雖然這條河裏所有帶鰭的生物在多年前就已經被盜捕光了。

他們總是在那裏這樣地沉思默想，如果他們的憂愁是由於受到壓迫，他們希望自己做了帝王；如果他們的憂愁是由於貧困，他們希望自己成爲百萬富翁；如果是由於犯了罪惡，他們希望自己成爲聖徒和天使；如果是在愛情方面受到輕蔑，他們希望自己是全郡聞名受許多女人追求的美男子。聽說有些人站在那裏思索，眼睛呆呆地望著下面的流水，爲時非常長久，以致他們那可憐的軀體終於也隨著自己凝注的視線跳下去了，到第

## 32

二天早晨在這裏或上游不遠處一個叫做「黑水」的深潭裏面被人發現的時候，已經完全擺脫了自己的煩惱。

像以前的那些不幸的人一樣，韓洽德來到了這座橋，他是從本城的陰冷邊緣地區那條河邊小徑走來的。這是一個颳風的下午，他站在這裏，德恩歐弗教堂的鐘在敲五點鐘。當陣陣強風正把鐘聲越過潮濕的河邊低地傳送到他耳邊的時候，有一個人從他身後經過，喊他的名字跟他打招呼。韓洽德微微轉過身來，看到來的人是姚普，他從前的工頭，現在在別處做事，他雖然憎恨這個人，卻已經搬到他的家裏寄住，因爲在嘉德橋市，這個人的看法和意見，是這個窮途末路的糧食商人所最瞧不起的。

韓洽德向他極其輕微地，幾乎令人覺察不出地點點頭，姚普停住了腳步。

「他和她今天搬進新房子去了，」姚普說。

「噢，」韓洽德很不在意地說。「哪一棟房子？」

「就是你從前住的房子。」

「搬進我的房子？」

韓洽德彷彿嚇了一跳，又補充說，「偏偏要搬進我的房子！」

「這個嘛，那棟房子總要有人住的，你既然不能住了，住進去的人是他對你也不會有什麼損害。」

這話說得很對：他覺得這件事不會對他有什麼損害。范福瑞已經取得了那些場院和倉庫，顯然是爲了近便的緣故又把這棟房子買下來。可是，現在他住進那些寬敞的房間，而原來的屋主卻蝸居在一所小茅屋裏，這件事情在韓洽德心中所引起的惱怒，是無法形容的。

姚普接著又說：「你聽說在拍賣時把你所有最好的家具都買去的那個傢伙嗎？原來他一直是替范福瑞買的！那些傢俱始終沒有從房屋裏面搬出去，因爲他已經取得了使用權。」

「我的家具也歸他了！將來他一定要把我的身體和靈魂也買去了！」

「他不見得不買，如果你肯賣的話。」姚普在他過去的專橫的老闆心中栽植下這些創痛之後，就走開了；韓洽德則在張大眼睛凝視著疾速流動的河水，直到這座橋似乎和他一起在倒退了。

這片低地更加昏暗了，天空變成更深的灰色。眼前的景物看起來像是一幅被墨水弄污的圖畫，這時又有一個過路人走近這座大石橋。這個人駕著一輛二輪單馬車，也是朝著市區的方向行進。在橋拱中央的隆起的地方，馬車停住了。「是韓洽德先生嗎？」馬車上傳來范福瑞的聲音。韓洽德轉過臉來。

范福瑞發現自己猜對了，就吩咐隨行的人趕車先回去；他自己下了車，走到他從前的朋友面前。

「我聽說你打算移居到國外去，韓洽德先生。」他說。「是眞的嗎？我因爲有話要和你談，所以向你問這件事情。」

韓洽德耽擱了一會兒，沒有回答，然後才說：「是的；是眞的。我要去你幾年前想

要去的地方，當時我勸阻你，把你留在這裏。世事輪流轉，不是嗎！你記不記得，當時我們像現在這樣地站在白堊散步道上，勸你留下的情形？那時你一身之外無長物，我是糧食街那棟房屋的主人。但是現在我成了窮光蛋，而你是那棟房屋的主人了。」

「是的，是的；是這樣！人世間的事情就是這樣。」范福瑞說。

「哈哈，一點不錯！」韓洽德喊道，把自己投入一陣詼諧的心情之中。「盛盛衰衰！我已經習慣了。這究竟有什麼關係呢！」

「現在你聽我說，如果不太耽擱你時間的話。」范福瑞說。「正如當年我聽你說一樣。你不要走。留在國內。」

「但是我沒有旁的辦法了，你要知道！」韓洽德以輕蔑的態度說。「我所有的一點兒錢，只夠維持幾星期的生活、以後就沒法活了。我不想再去做零工；但是我不能乾閒著，我最好的機會是在別處。」

「不；我的建議是這樣的——如果你肯聽的話。回來住在你從前的房子裏。我們勻出幾個房間是毫無問題的——我確信我太太完全不會反對這件事情，等將來你有辦法的時候再搬走。」

韓洽德吃了一驚。毫不猜疑的唐納所做的讓他和柳塞塔住在同一屋簷下的構想，實在太驚人，使他聽到之後無法保持心情的平靜。「不行，不行。」他很粗暴地說。「我們會吵架的。」

「你可以獨自佔用一部分房屋，」范福瑞說。「沒有人會來打擾你。那要比你現在住在河邊的房子裏衛生得多了。」

韓洽德仍然拒絕。「你不明白你所要做的事情，」他說。「可是，我還是很感謝你。」

他們一起並肩走進市區，就和當年韓洽德勸服這位年輕蘇格蘭人停留下來時的情形一樣。當他們走到市中心，兩個人的路線就要岔開的時候，范福瑞說：「進來一塊兒吃晚飯好不好？」

「不，不。」

「還有一件事，我差點兒忘了。我買下了你的很多家具。」

「我聽說了。」

「並不是因爲我自己很想要那些東西，我是希望你能把自己願意保留的東西都挑選出來——由於聯想而使你感到親切的東西，或特別適合你使用的東西。把那些東西搬到你自己的家裏——這對我不會有什麼影響，我們少幾件家具也沒有關係，而且我將來有的是機會，可以再買。」

「什麼——把那些家具白送給我？」韓洽德說。「但是你是從債權人那裏花錢買來的啊！」

「是的，但是那些東西對你的價值也許比對我的價值要大些。」

韓洽德有些感動了。「我——有時候以爲我是錯怪了你！」他說，他的語調顯露出他臉上的被夜幕掩蓋起來的不安。然後他握一握范福瑞的手，趕緊走開，好像不願意再

## 32

進一步洩露自己的心情了。范福瑞看著他從通道轉進牛椿，朝著修道院磨坊走去，身影消失在夜色之中。

在這同時，伊莉莎白・珍住在一個樓上的房間裏，那個房間不比先知的小室①大，她把過去得意時代的華服都收藏在箱子裏面了，孜孜不倦地研讀她所能取得的一些書籍，其餘的時間則在極其辛勞地編織網子。

她的住所差不多正在她繼父從前的住宅對面，那所住宅現在已歸范福瑞所有，她每天可以看見唐納和柳塞塔以快速的腳步從門口進進出出，顯示出如意境況中的活躍的熱情。她盡可能不往那個方向看，但是當房門砰然一聲關起的時候，如果一定強制自己把目光轉向別處，也未免有悖常情。

她就這樣地過著平靜的生活，有一天，她聽說韓洽德受了風寒，臥病在家——這大概是由於在潮濕天氣中時常站在草原上面所造成的結果。她馬上前往他的住所。這一次她拿定主意，一定要進去見他。她上了樓。他正在床上坐著，身上披著一件大衣，起初對於她的闖入很憤恨。「走開——走開。」他說。「我不願意看到你！」

「但是，父親——」

「我不願意看到你，」他又說一遍。

①指先知以利沙（Elisha）在書念（Shunem）小室，見舊約「列王紀下」第四章第八至十一節，其中說到：「婦人對丈夫說，我看出那常從我們這裏經過的，是聖潔的神人，我們可以爲他在牆上蓋一間小室，在其中安放床榻、桌子、椅子、燈臺。他來到我們這裏，就可以住在其間。」

可是，矜持的態度終於消解了，她留下來了。她把房間整理得更舒適些，並且向樓下的人關照一些事情，到她離去時，她的繼父答應她可以常去看望他。

也許由於她的服侍，也許只是由於她常去看望他，他康復得很快。不久他就能出門了，現在他對於各種事情有了新的看法。他不再考慮移居國外了，卻常常想到伊莉莎白。無事可做比任何其他情況更使他感到無聊。有一天，因爲對范福瑞的觀感比過去那段時間好些了，而且覺得老老實實地工作並不是可恥的事，於是他以堅忍的態度去到范福瑞的場院，申請做一名捆乾草的散工。他馬上被雇用了，雇用的手續是通過一名工頭辦理的，因爲范福瑞覺得除非絕對必要，他最好不要和這位以前的糧食商人直接接頭。范福瑞雖然非常想幫助他，但是這時已經深知他的性情變幻難測，所以認爲最好和他保持疏淡的關係。爲了同一的理由，他指派韓洽德前往某個鄉間從事普通的捆乾草工作的命令，都是通過第三者下達的。

有一段時間，這個辦法實行得很順利，因爲按照當時的習慣，在附近地區各個農場把乾草買下之後，就在原來堆積的場地把乾草捆起，然後運走，所以韓洽德時常整個星期都在外面做這種工作。到這種工作全部做完之後，韓洽德已經相當地習慣於工人生涯，就和其他工人一樣地每天在店裏工作。於是這個曾爲富商和市長等等的人，就在他從前擁有的草庫和糧倉裏面充任日工了。

「我從前做過散工，不是嗎？」他會毫不在乎地說。「爲什麼我現在不能再做呢？」但是現在這個散工，看起來和早年那個做工的他大不相同了。從前他穿著整潔合身的衣

服，顏色是淺淡而悅目的；裏腿套黃得像金盞花，燈芯絨上裝潔淨得像嶄新的亞麻布，圍巾有如一座萬紫千紅的花園。現在穿的是從前紳士時代的、現已殘舊不堪的一套藍色衣服，戴一頂已經褪色的大禮帽，圍著一條本來是黑色的領巾，已經骯髒而破舊。他就這樣的一身打扮，各處走動，仍然是一個相當活躍的人（因爲他剛剛四十出頭），並且和其他工人一起看著范福瑞從通往花園的那座綠門進進出出，還有那所大房子，和柳塞塔。

在冬季開始的時候，嘉德橋盛傳已經擔任市議員的范福瑞先生，將在一兩年內被提名出任市長。

「是的，她很明智，在她那一輩人當中她是很明智的！」有一天，韓洽德在前往范福瑞的乾草庫途中聽到前面這個消息的時候，他這樣自言自語地說。在捆乾草的時候，他心中在仔細思量這件事情，這個消息使他從前對於范福瑞的想法又死灰復燃了——范福瑞是他的洋洋得意的對頭，騎在他的頭上作威作福。

「像他這樣年紀的人就要當市長了，不像話！」他帶著一副撇起嘴角的笑容嘟嘟嚷嚷地說。「不過，使得他能夠青雲直上的，乃是她的金錢。哈哈——眞他媽的奇怪！我是他從前的老闆，現在在這裏給他當夥計，他是老闆，我的房子，我的家具，以及那個可以稱之爲我的老婆的人，都成了他的了。」

他每天把這些話重複一百次。在他和柳塞塔相識的全部時期當中，他從來未曾不顧一切地想要把她據爲己有，現在失去了她，卻感到無以復加的憾恨。他之所以動心，並非由於垂涎她的財富，雖然那筆財富爲她添加一種獨立和豪邁的氣度，對於他那種性格的男人具有吸引作用，因而成爲更加令人想望的對象。財富使她有了僕人、房屋、和華美的衣服——在曾經看到她過窮苦日子的韓洽德的眼中，這種背景賦給她一種令人驚異的新奇。

於是他的心情陷入抑鬱之中，每聽到有人提起范福瑞可能即將被選出任市長的時候，他對那個蘇格蘭人的舊恨就又重新燃燒起來。在這同時，他也在經歷一種道德方面的轉變。那種轉變使得他時常以不顧一切的語調說出這樣意味深長的話：「只有兩星期了！」——「只有十二天了！」等等，他的數字逐日減少。

「你爲什麼說只有十二天了？」所羅門．郎維斯問他，當時兩個人都在糧倉裏面，郎維斯正在他身旁稱燕麥的重量。

「因爲再過十二天，我發的誓就解除了。」

「什麼誓？」

「不喝酒的誓，再過十二天，我發的誓就滿二十一年了，到那時候，如果上帝許可的話，我就要痛快痛快了！」

在一個星期日，伊莉莎白．珍正坐在視窗，聽到下面大街上兩個人在談話中提到韓洽德的名字。她心中在想不知道發生了什麼事情，這時有一個過路的第三者提出了她心中的問題。

「麥可．韓洽德在戒酒二十一年之後，忽然喝起酒來了！」

伊莉莎白．珍一躍而起，穿上衣服，就出去了。

## 33

在這個時期，嘉德橋市飲酒之風很盛，雖然大家幾乎並不承認，實際上卻已經成爲一種確定的習俗。在每星期天的午後，大批做散工的人——都是經常去教堂做禮拜的性情穩靜的人——在禮拜完畢的時候，就排成縱隊從教堂魚貫走出，穿過馬路，去到對面的三水手客棧。這個隊伍通常由唱詩班殿後，他們腋下還挾著大提琴、小提琴和笛子。

在這些神聖的時會，最重要的一點，也是榮譽攸關的一點，就是每個人都嚴格地約束自己，以半品脫①烈酒爲度。老闆對於大家這種小心謹愼的態度十分了解，所以對全體客人一律用半品脫的杯子供應酒類。那些杯子都一模一樣，側面是直統的，上面畫著兩棵鱔褐色的無葉菩提樹，一棵對著飲者的嘴唇，另一棵面朝他的酒友。計算老闆總共有多少這樣的杯子，是好奇的兒童們最喜歡做的一項習題。在這些時候，這個大廳裏至少可以看到四十個這樣的杯子，在那張十六條腿大橡木桌的邊緣構成一個圓圈，就像古時候石柱群②的獨石圓圈一般。在那四十隻杯子外邊的上方，有四十個陶製煙袋噴出的煙霧，構成一個圓圈；在煙袋的外邊，有四十個經常到教堂做禮拜的人的面孔，他們的後背靠在擺成一個圓圈的四十把椅子的背上。

①品脫（pint）——液體容量單位，等於八分之一加侖。

②Stonehe nge ——英國索爾斯勃里平原（Salisbury Plain）的史前期石柱群，據說曾有宗教方面和天文學方面的用途。哈代的小說「德伯家的黛絲」倒數第二章即以這個石柱群爲現場。

他們的談話和平日不同，所談的事情在旨趣方面更爲優雅，在格調方面更爲高超。他們總是討論牧師當天的布道，把那篇布道加以分析，加以衡量，評定它是高於一般水準，或低於一般水準——一般的趨向是把布道視爲一種學術上的業績或表現，除了批評者和批評對象之間的關係外，和他們的生活沒有任何關係。那位奏大提琴的人和教堂執事的發言比較有權威，因爲他們和牧師有職務上的關聯。

三水手客棧是韓洽德選作結束他長期戒酒的地方。他事先把時間估計好，一個人先走進客棧，到那四十名從教堂出來的人進入大廳做例行的飲酒的時候，他老早已經安安穩穩地坐在那裏。他臉上的紅潮宣告二十一年的誓約已經消失，無所顧忌的時代開始了。他坐在一張小桌前面，那張小桌擺在爲教友們保留的大橡木桌旁邊，有些教友在就座時跟他點頭，並且說：「你好嗎，韓洽德先生？你是這裏的稀客啊。」

韓洽德沒有回答他們，眼睛望著自己伸出去的腳和靴子。過了一會兒，他終於說道：「是的，眞是這樣。在過去幾星期裏，我的心情很不好，你們當中有些人知道是爲了什麼緣故。我現在好些了，但是心情還不十分平靜。我要你們這些唱詩班的人爲我彈奏一個曲子，藉著你們的樂曲和史坦尼治老闆的酒，我希望自己的陰沉心情能完全消除。」

「我非常願意，」第一提琴手說。「我們已經把琴弦鬆開了，但是我們可以馬上把它拉緊。鄰居們，A調，我們爲這個人彈奏一段。」

「唱什麼歌詞我都無所謂，」韓洽德說。「不論是讚美詩，歌謠，還是胡謅八扯的

曲子；流氓進行曲，還是小天使之歌——對我都是一樣的，只要是好的音律，演奏得又好，就可以了。」

「嘿，嘿，也許我們做得了這件事，我們當中沒有一個人不是已經在教堂的高臺上面坐了至少有二十年了，」樂隊的領導者說。「鄰居們，今天是禮拜天，我們演奏詩篇第四篇，按照由我修改的韋克萊的曲調，好不好？」

「由你修改的韋克萊的曲調要不得！」韓洽德說。「不要打你們的那首讚美詩的主意了——只有威爾特郡的老曲子才值得歌唱——在我還是一個穩重可靠的小夥子的時候，這種讚美詩的曲調使我的血液像海水一般地漲退。我將找一些配合這個曲調的歌詞。」他拿起一本譜成樂曲的讚美詩，開始翻閱。

這時他偶然從視窗外望，正好看到一群人從外面經過，他發現那些人是上邊那座教堂剛剛散場的會眾，那邊的布道比下邊這座教堂時間久些。在一些首要的居民中間，有市議員范福瑞，柳塞塔挽著他的胳臂，她是所有小商人女眷注意和模仿的對象。韓洽德的嘴形稍稍有些改變，他繼續翻閱書頁。

「好啦，」他說。「詩篇第一百零九篇，按照威爾特郡的曲調：第十至十五節。現在我把詞句念給你們聽：

「願他的兒女為孤兒，
他的妻子為陷於憂傷的寡婦；

他的孩子流浪討飯，
　無人加以周濟。
願他的不義之財
　為放高利貸者所攫取；
他的辛勞成果
　都被陌生人奪走。
願無人為了他的貧困
　而向他施恩；
無人對他的無依孤兒
　給與一點點的援助。
願他那個倒楣的家族
　不久就迅速地毀滅；
到了下一代，他那令人憎恨的姓氏
　將被全然抹消。」

「我曉得這篇讚美詩——我曉得這篇讚美詩！」領導者趕緊說。「但是我不想唱，這篇詩不是爲了給人唱而作出的。有一次，吉卜賽人偷了牧師的母馬，我們唱這篇詩，以爲牧師聽了會高興，可是他卻大爲生氣。僕人大衛③寫了一篇任何人唱了就會使自己丟臉的讚美詩，不知當時他心中怎麼想，我眞猜不透！好啦，現在唱詩篇第四篇，按照由我修改的韋克萊的曲調。」

「別他媽的胡出主意——我叫你們唱第一百零九篇，按照威爾特郡的曲調，你們就得給我唱，」韓洽德大聲吼道。「所有你們這些唱歌的人，不唱完這篇讚美詩，一個也不許走出這個房間。」他從桌邊溜過去，抓起一根撥火棍，走到門口，後背靠在門上。「好啦，唱吧，如果你們不想要我把你們的可惡的腦袋敲破！」

「你不要，你不要發這麼大的火嘛！——今天是安息日，而且這篇詩是僕人大衛寫的，又不是我們寫的，我們唱一次大概也沒什麼關係，怎麼樣？」唱詩班裏一個被嚇怕了的人說，同時向四周看看其他的人們。於是大家調好琴弦，唱出了這些詛咒的詩句。

「謝謝你們，謝謝你們，」韓洽德用和緩的語氣說，他的眼睛在朝下看，他的態度像是被這首歌曲深深地感動了。「你們不要責怪大衛，」他低聲繼續說，同時搖搖頭，沒有抬起眼睛。「當他寫那篇詩的時候，他知道自己在做什麼……如果我負擔得起，我一定自己出錢維持一個教堂唱詩班，讓他們在我目前這樣消沉黯淡的時期爲我彈奏和歌唱。但是可悲的是，在我從前有錢的時候，我不需要自己有能力得到的東西，現在窮

③：參看第二十八章注解②。

了，我卻得不到自己所需要的東西！」

在他們的談話停頓的時候，柳塞塔和范福瑞又從外面經過，這一次是回家，因爲他們和旁人一樣有個習慣，在做禮拜和下午茶之間要出去到公路上做一次短時間的散步。

「我們唱的就是那個人，」韓洽德說。

彈奏的人和歌唱的人都轉過頭去，看到他所指的是誰。「上帝不許！」彈奏大提琴的人說。

「就是這個人，」韓洽德很倔強地重複說。

「如果我知道那是爲一個活人而唱的，我絕對不容許自己的氣管呼出氣來吹奏那篇讚美詩，我可以對上帝發誓。」吹奏豎笛的人很莊重地說。

「我也絕對不會唱。」首席歌手說。「不過，我本來以爲，這篇讚美詩是在那麼久以前寫出的，內容也許沒有多大關係，既然一位鄰居讓我唱，我就唱唱也沒什麼，因爲歌曲本身是沒話說的。」

「啊，小夥子們，你們已經唱了，」韓洽德洋洋得意地說。「至於那個人，他最初博得我的歡心，後來把我趕走，有一部分就是靠著他的歌聲……我可以像這樣把他揍得直不起腰——但是我不那麼做。」他把那根撥火鐵棍橫在膝蓋上，像是一根小樹枝似地把它弄彎了，丟在地上，然後從門邊走開。

就在這個時候，伊莉莎白．珍已經聽說她父親在什麼地方，帶著一副蒼白而痛苦的面容走進這個大廳。唱詩班和在座的其他的人遵守他們的半品脫的規定，都離去了。伊

莉莎白．珍走到韓洽德面前，請求他陪她回家。

到這時候，他的火爆脾氣已經發作完了，而且他還沒喝很多酒，就有意對她的建議加以默許。她挽著他的胳臂，兩個人一起走了。韓洽德像個瞎子似地茫然地走著，自言自語地重複著歌手們所唱的最後的字句——

「到了下一代，他那令人憎恨的姓氏
將被全然抹消！」

最後他對她說：「我是一個說話算話的人。在過去二十一年當中，我一直遵守自己的誓言；現在我可以問心無愧地喝酒了。……如果我不毀了他——哼，當我決定那樣做的時候，我是一個很可怕的惡作劇的人！他把我的一切都奪走了；老天在上，如果遇見他，我不能對自己的行爲負責！」

這些沒有完全道明的言語使伊莉莎白感到驚駭——尤其是他那種沉穩的堅定態度，更加使她驚駭。

「你要做什麼？」她小心翼翼地問，同時由於心中憂慮不安而戰慄著，她太能猜想得出韓洽德話裏的含義了。

韓洽德沒有回答，他們繼續往前走，直至走到他寄住的那所小房子。「我可以進去嗎？」她問道。

「不，不，今天不要進來了，」韓洽德說。於是她走開了，心中覺得對范福瑞加以警告幾乎是她的責任，而且這也的確是她的強烈願望。

像在星期天一樣，在平常日子也可以看到范福瑞和柳塞塔像兩隻蝴蝶似的在市區各處飛來飛去——或者毋寧說像是締結鴛盟的一隻蜜蜂和一隻蝴蝶。除了在丈夫陪伴之下，她似乎不願意到任何地方去；因此如果他的業務繁忙，一下午都沒有時間陪她的話，她就待在家裏，消磨時間，等他回來，伊莉莎白·珍從高處的窗口可以看到她的面容。可是，伊莉莎白·珍並沒有想到范福瑞應該為了她這樣的深摯愛情而衷心感謝，卻由於飽讀詩書的關係，而引述了羅薩蘭的感歎句：「小姐，你要有自知之明；有一個好人愛你，你跪下去齋戒感謝上天吧。」④

她也在密切留意韓洽德的情形。有一天，她問候他的健康，他卻回答說，他和惠特爾一起在場院工作，實在受不了他對他那種憐憫的目光。「他是個大笨蛋，」韓洽德說，「永遠忘不了我在那裏做老闆時代的情形。」

「如果你答應的話，我可以來代替他，幫你撚草繩，」她說。她想前往那個場院的動機，是因為她的繼父在那裏做工，她希望得到一個機會，把那裏的一般情況觀察一下。韓洽德的威嚇言詞曾經使她深感驚駭，她也想看一看他們兩人面對面的時候，他是怎樣的一種舉止態度。

在她前去協助繼父做工之後，頭兩三天唐納一直沒有露面。然後在一天下午，那扇綠門開了，范福瑞先出來，柳塞塔緊跟在後面。范福瑞毫不躊躇地帶著他的太太一起

④見莎士比亞「如願」（As You Like It）第三幕第五景。

來，顯然他完全沒有猜疑到她和現在那位捆乾草工人之間曾經有過什麼舊情。

韓洽德沒有轉過臉去看這對夫婦當中的任何一個人，始終注視著他正在搓撚的草繩，彷彿全神貫注在那個東西上面。范福瑞一直顧慮得很周到，避免做出任何可能被視爲對這位失敗的對手誇耀勝利的行爲，就是由於這種體諒的心情，他避開了韓洽德父女正在那裏工作的乾草庫，而走向糧倉那邊去了。在這同時，柳塞塔因爲從未聽說韓洽德在爲她丈夫做工，就一直朝著乾草庫信步而行，在那裏忽然碰到韓洽德，不由得微微地叫了一聲：「啊！」愉快而忙碌的范福瑞離得很遠，當然沒聽見。韓洽德帶著一種畏縮的謙卑態度，像惠特爾和其他人一樣，朝著她用手碰碰帽沿，她有氣無力回報了一聲「下午好」。

「對不起，你說什麼，太太？」韓洽德說，彷彿他不曾聽見。

「我說下午好，」她支支吾吾地說。

「噢，是的，下午好，太太，」他回答說，同時又用手碰觸帽沿。「我很高興看到你，太太。」柳塞塔顯得很窘的樣子，韓洽德又繼續說：「因爲一位貴婦人肯過來看看並且關懷我們，我們這些卑微的工人覺得是一種很大的榮幸。」

她帶著懇求的神情瞥了他一眼；這種譏諷實在太苛薄，太令人難於忍受了。

「你能告訴我現在是幾點鐘嗎，太太？」

「好，」她匆忙地說，「四點半。」

「謝謝你。還有一個半鐘頭，我們才能下工。我們這些下等階級的人完全享受不到你們那種快樂的閒暇！」

柳塞塔一能脫身，馬上就離開他，跟伊莉莎白・珍點點頭，笑一笑，到場院的另一頭和她丈夫會合，她領著他從外面的大門出去，免得再遇到韓洽德。這次相遇顯然完全出乎她的意料。由於有這次偶然的邂逅，郵差在第二天早晨爲韓洽德送來一封短簡。

柳塞塔的短簡裏面充滿了哀怨，她說：「如果我再從場院走過，可否請你不要像今天那樣用尖酸刻薄的口氣跟我講話？我對你並不懷有惡意，你在我親愛的丈夫的店裏做事，我非常高興；但是爲了對大家都公平起見，請你把我當作他的太太對待，不要暗含嘲諷使我難堪。我不曾犯過罪，也不曾傷害過你。」

「可憐的傻瓜！」韓洽德用手舉著信，以一種憐愛而兇暴的態度說。「眞是糊塗，居然給我寫這樣的信！不用說，如果我把這封信拿給她那親愛的丈夫看看——啐！」他把那封信丟到火爐裏面。

以後柳塞塔就特別當心，不再到乾草庫和糧倉去。她寧肯死掉，也不願意冒著再度和韓洽德在這樣近距離碰見的危險。他們之間的鴻溝一天比一天寬了。范福瑞對於這位失敗的熟人一向都顧慮得很周到。但是時間一久，他也不可能不把這位從前的糧食商人和其他工人一樣看待。韓洽德看到這種情形，用淡漠來掩飾自己的心情，每天晚上到三水手開懷暢飲，借酒澆愁。

伊莉莎白・珍爲了防止她的繼父喝酒，時常在下午五點鐘用一個小籃子給他送茶。有一天，她去送茶，到達的時候發現她的繼父正在糧倉頂層估計苜蓿籽和油菜籽的數

量，她就上去找他。每一層有一扇門，通到外面的空中，門的上方有一架起重機，上面懸著一條吊糧袋用的鍊子。

伊莉莎白把頭從地板上的活門探伸出去，看到上面的那扇門開著，她的繼父和范福瑞站在門邊談話。范福瑞靠近那使人暈眩的邊緣，韓洽德站在裏邊一點。爲了不打擾他們談話，伊莉莎白停留在樓梯上，沒再把頭抬高些。就在這樣等待的時候，她看見——也許是她幻想自己看見，因爲她畏懼眞發生這種事情——她的繼父緩緩地舉起手，達到范福瑞肩膀後部的高度，他的臉上現出一種奇怪的表情。那個年輕人完全沒察覺到這個動作，而這個動作又完全是迂迴的，如果范福瑞看見了，他可能以爲那只是韓洽德隨便伸伸胳臂而已。但是只要輕輕一碰，就可能使范福瑞的身體失去平衡，頭朝下從門口摔下去。

伊莉莎白想到這個動作的可能的用意，心中十分憂悶。他們一轉過身來，她就機械式地把茶送到韓洽德那裏，放下就走開了。在回想這件事情的時候，她竭力使自己相信這個動作只是一個無所謂的怪誕舉動，並沒有什麼意義。可是，從另一方面來說，他從前是這家商號的老闆，現在卻做了別人的下屬，這種處境可能像一種刺激性的毒素一般影響著他的心情；她終於決定對范福瑞加以警告。

## 34

於是在第二天早晨，她五點鐘就起來了，去到大街上。天還沒亮，濃霧瀰漫，全城是昏暗而寂靜的，只有從環繞市區的長方形林蔭路上傳來一陣低微的滴滴答答的合唱曲，那是由凝聚在樹枝上的水珠掉落時所發出的聲音。這個合唱曲有時從西散步道飄送過來，有時從東散步道飄送過來，有時從兩處同時傳來。她走到糧食街的盡頭；因爲她很清楚范福瑞出門的時間，只等了幾分鐘，就聽見她所熟悉的關門聲音。在那條環城林蔭路最後一棵樹聳立在那條大街最後一所房屋前面的地方，她和他碰面了。

他幾乎沒有認出她，後來以探詢的態度看了她一眼，才說：「怎麼——韓洽德小姐——你這麼早就起來了？」

她請求他原諒自己在這樣不適宜的時間在路邊等他。「但是我急於要告訴你一件事，」她說。「我又不願意到你家裏去拜訪，使范福瑞太太受驚。」

「哦？」他帶著一副優越者的愉快神情說。「是什麼事？我相信這是你一片好意。」

她覺得把自己心中認爲可能發生的確切情況傳達到他的心中，是一件很困難的事。但是她還是開始了，並且提到韓洽德的名字。「我有時擔心，」她很吃力地說。「他可能不知不覺地企圖——侮辱你，先生。」

「但是我們是最好的朋友啊？」

「或者對你做出某種惡作劇，先生。不要忘記，他曾經受到苛刻的待遇。」

「但是我們是十分友好的啊？」

「或者做些什麼事情——來傷害你——損害你——使你受到創傷。」每個字都使她費了加倍的力氣和時間，才說出口來。她可以看得出，范福瑞還是不輕易相信。在范福瑞的心目中，今天的韓洽德，一個被他雇用的可憐人，已經不是從前那個高高在上支配他的韓洽德了。可是實際上，他不但還是那個人，而且他從前的一些潛伏的邪惡性質，現在已經由於接連遭受打擊而活躍起來。

范福瑞心情愉快，不往壞的方面想，對於她所擔心的事情仍然不加重視。他們就這樣地分手了，她往家裏走去，這時做散工的人已經出現街頭，貨車車夫到馬具店取回送去修理的物件，農場的馬到蹄鐵匠那裏去釘掌，勞動份子們也各處走動了。伊莉莎白快快地走進自己的住所，心中想到自己的一番苦心落得毫無效益，由於警告語氣的虛弱無力，反而使別人覺得她的想法很愚蠢。

但是唐納．范福瑞這種人，對於任何一件事情都不會完全馬馬虎虎的。他根據後來的觀點來修正自己的印象，當時的衝動的判斷未必就是永久不變的。在這一天裏，伊莉莎白在霜霧籠罩的拂曉中的誠摯面容，在他的心中出現了好幾次。他知道伊莉莎白的性格誠篤可靠，所以並沒有把她的暗示完全當作耳邊風。

但是他並未停止他正在從事的一項幫助韓洽德的計畫，當天他遇見市公所秘書喬伊思律師的時候，仍然跟他商談這個計畫，彷彿並不曾發生任何事情使他灰心。

「關於那個種子商人的小店鋪，」他說，「就是俯瞰教堂墓地的那家店鋪，正在招租的。我並不是自己想要這個店，而是替我們那位運氣不佳的市民韓洽德接頭。這將是他的一個新的開始，雖然規模很小。我已經告訴市議會，我將在他們中間發動一項私人募捐，幫助他用這個店鋪重新建立一個事業——我願意出五十鎊，如果他們能湊足另外五十鎊的話。」

「是的，是的，我聽說了，這件事情是沒有話說的。」市公所秘書以他那率直坦白的態度回答說。「但是，范福瑞，別人看到了一些你沒有看到的情形。韓洽德恨你——是的，他恨你，這一點你應該知道。據我所知，他昨天晚上在三水手，當眾講了你一些話，任何人都不應該講旁人那種話的。」

「是這樣嗎——啊，是這樣嗎？」范福瑞說，他的眼睛在朝下看。「他爲什麼要這樣做呢？」這個青年人很沉痛地補充說，「我做了什麼對不起他的事，使得他這樣跟我作對？」

「只有上帝曉得，」喬伊思說，同時揚一揚眉毛。「你容忍他，並且雇用他，也眞受了不少罪。」

「但是，他從前是我的好朋友，我不能把他解雇啊？我怎麼能忘記，我剛來此地的時候，是他使得我能有一個立足之地？只要我有零工給人做，他要願意做，他就可以做，我不能連這一點小小的幫助都不給他。但是我要中止幫助他開店的計畫，等我好好考慮一下再說。」

放棄了這項計畫，范福瑞心中覺得非常難過。但是，這個人所說的話和外面流傳的一些閒話既然已經給他澆了冷水，他就去撤銷原議。范福瑞來到那個種子店的時候，原來的店主正在店裏，他覺得自己停止商談，總要提出一些解釋，於是他提到韓洽德，並且說市議會已經改變主意了。

那位店主非常失望，他一看到韓洽德，馬上就告訴他說，市議會幫助他開設店鋪的計畫已經被范福瑞打消了。於是韓洽德由於誤聽傳言而生出仇恨之心。

那天晚上，范福瑞回到家的時候，茶壺正在半卵形爐格的高支架上發出悅耳的鳴聲。輕盈得像空中仙子一般的柳塞塔跑過來握住他的兩隻手，於是范福瑞適時地吻了她。

「噢！」她戲謔地喊道，同時轉身面向視窗。「你看——百葉窗還沒拉下來，給人看見了，多不好意思！」

蠟燭點起了，百葉窗拉下了，夫妻二人坐下喝茶，這時候她發現他的神情很嚴肅。她並未直接問他是怎麼一回事，只是以關切的態度用眼睛望著他的臉。

「有誰來過了？」他心不在焉地問。「有人來找我嗎？」

「沒有，」柳塞塔說。「你怎麼啦，唐納？」

「沒有什麼——沒有什麼值得一談的事情，」他很憂愁地回答。

「那麼，就不要管它好了。你會安然度過的。蘇格蘭人總是幸運的。」

「不——那也未必！」他說，同時很憂鬱地搖搖頭，眼睛注視著桌上的一粒麵包屑。「我知道有很多蘇格蘭人都不是幸運的！有一個麥克法蘭動身前往美國，結果淹死了；還有里斯，被人殺害了！可憐的鄧布利茲和麥克弗里茲——他們也倒了楣，像那些人一樣地送了命！」

「怎麼——你這個大笨瓜——我只是隨便說說而已！你卻總那麼當真。等我們喝完了茶，你給我唱那首關於高跟鞋和銀箍，以及四十一個求婚者的滑稽歌曲。」

「不行，不行。我今天晚上不能唱！都是為了韓洽德——他恨我；即使我想跟他做朋友，大概也辦不到了。我很想明白他為什麼會對我有一點妒恨；但是對於他那種憤懣的情緒，我實在想不出一個理由來。你能想得出是為什麼嗎，柳塞塔？那不僅僅是為了商業上的一點競爭，而更像是舊式戀愛中的情敵。」

柳塞塔的臉色有些蒼白了。「我想不出，」她回答說。

「我給他工作——我不能不這樣做。但是我也不能昧於這個事實：像他那樣火爆脾氣的人，什麼事情都做得出來。」

「你聽到什麼了——啊，唐納，最親愛的？」柳塞塔很驚惶地說。「和我有關嗎？」這幾個字已經到了嘴邊——但是她沒有說出口來。可是她無法壓制自己的激動情緒，兩眼已經湧滿淚水。

「沒有，沒有——事情並不像你想像的那麼嚴重，」范福瑞以撫慰的語氣告訴她；可是實際上，他並不像她那麼深知這件事情的嚴重性。

「我但願你能實行我們談過的辦法，」柳塞塔很憂傷地說。「生意不要做了，離開這個地方。我們有的是錢，為什麼要留在這裏？」

范福瑞似乎很認真地願意把這個主意商談一下，於是他們就談這個問題，直到僕人告訴他們有客人來了。走進來的是他們的鄰居元老市議員瓦特。

「我想你已經聽說可憐的喬克斐醫生去世的消息吧？是的——他今天下午五點鐘去世了，」瓦特先生說。喬克斐是在去年十一月繼任市長的議員。

范福瑞聽到這個消息很難過，瓦特先生繼續說：「我們知道，他病況危殆已經有些日子了，而且他的家屬經濟狀況也很寬裕，我們沒有什麼特別需要料理的。現在我來找你，是要問你一件事——完全是私下地。如果我提名你繼任市長，而且沒有什麼人特別反對的話，你能不能接受這個職位？」

「但是有些人比我資深，應該先輪到他們；我太年輕了，別人會認爲我強出頭！」范福瑞想了一會之後，這樣說。

「完全不是那樣，這不只是我一個人的意思，還有好幾個人都認爲你合適。你不會拒絕吧？」

「我們想移居到別的地方去，」柳塞塔插嘴說，很急切地用眼睛望著范福瑞。

「那只是一種空想而已，」范福瑞喃喃地說。「如果這是市議會相當多數人的意見，我不會拒絕。」

「很好，那麼你就當作自己已經當選好了。年紀大的人做市長已經夠久了，應該換一個比較年輕的人了。」

在他走後，范福瑞沉思著說：「你看看，萬事都由天定，自己簡直作不了主！我們計畫這樣做，實際上卻要那樣做。如果他們要選我當市長，我就留下來，韓洽德要怎樣胡說八道，也只好由他去了。」

從那天晚上起，柳塞塔心中一直覺得很不安。如果她不是輕率到了極點，她在一兩天後偶然碰到韓洽德的時候，就不會做出那樣的事情。當時正是市場上熙熙攘攘的時候，誰也不會留意他們的交談。

「麥可，」她說，「幾個月前我要求你的事情，現在必須再度向你要求——把存在你手裏的我的信或其他文件都還給我——除非你已經把那些東西都燒毀了！你一定要明白，爲了對所有各方面都好，最好把澤西時代的事情完全抹消，不留任何痕跡。」

「哎呀，跟你們女人辦事眞麻煩！——那一次，我把你所寫的片紙隻字都包紮好了，預備在驛站馬車到來的時候交給你——但是你根本沒來。」

她解釋說，由於她的姑母去世，使得她取消了那天的旅行。「那個包裹哪裏去了呢？」

他說不出來——他要想一想。在她離去之後，他想起自己把一堆無用的文件遺留在從前的餐廳保險箱裏——那個保險箱是建造在他舊居的牆壁上的——而那所房屋現在已由范福瑞住用了。那批舊信可能就在那些文件中間。

韓洽德的臉上現出一副怪誕的笑容。那個保險箱是否已經被打開了呢？

就在那一天晚上，嘉德橋各教堂鐘聲悠揚，銅樂隊、木樂隊、和絃樂隊在全城各地聯合演奏，敲擊之聲格外喧囂。范福瑞出任市長了——在從查理一世①時代開始的選舉

①查理一世（Charles I），英國國王，在位時期是1625-1649。

朝代之中，他是第二百零幾任的市長，美麗的柳塞塔也成了全城人巴結的對象……但是，可惜她有一個心腹之患，那就是韓洽德，他會講些什麼呢？

在這同時，韓洽德由於聽到錯誤的傳言，以爲范福瑞反對幫助他開設一家小種子店的計畫，心中正氣憤，現在又聽到這項市長選舉的消息（范福瑞很年輕，又是蘇格蘭人，這樣的人能當選市長，是史無前例的事，所以大家的反應格外熱烈）。鳴鐘和樂隊演奏像帖木兒②的號角一般地響，對於韓洽德的心情產生了無法形容的刺激，在他看來，他被取而代之的作業現在似乎全部完成了。

第二天早晨，韓洽德照常去到穀倉場院，在十一點左右，唐納從綠門走進來，一點也沒有大人物那種神氣的樣子。這次選舉的結果，使得他和韓洽德之間主客易位的情勢更爲加甚，因此這個謙遜的年輕人又顯得有些侷促不安；但是韓洽德的神態卻顯得根本沒把這件事情放在心上，范福瑞也馬上很自然地迎合他的和藹態度。

「我正有點事情想要問你，」韓洽德說，「我有一包東西，可能是遺留在餐廳裏我從前那個保險箱裏面了。」然後他說明了細節。

「如果是這樣的話，那包東西現在還在那裏放著。我根本沒有打開過那個保險箱；因爲我的文件都存放在銀行，夜裏可以安心睡大覺。」

「那也不是什麼很重要的東西——對我來說，」韓洽德說。「不過今天晚上我要到府

②帖木兒（Tamerlane,?1336-1405），蒙古征服者，曾征服亞洲西半部。德國作曲家韓德爾的歌劇Tamerlano，就是以帖木兒爲題材，由Piovene作詞。這部歌劇於一七二四年十月在倫敦演出。

上把它取來，如果你不介意的話。」

韓洽德如約前往的時候，已經很晚了。像最近常有的情形一樣，他已經喝足了酒，在走近那所房屋時，他抿著嘴，現出一副嘲弄的神情，彷彿是在考慮從事一種可怕的消遣。不論那種消遣是什麼，它的氣勢並沒有因爲進入那所房屋而減弱，自從失去屋主身分而搬離之後，這是他第一次來訪。門鈴的響聲，在他聽起來，像是一個已被收買而捨棄他的奴僕的熟悉聲音，門的開關使他回想起那些已成陳跡的日子。

范福瑞把他請到餐廳，然後馬上用鑰匙把那個建造在牆壁裏面的鐵保險箱打開，那是他韓洽德的保險箱，由一位手藝精巧的鎖匠在他的指示之下做成的。范福瑞把那包東西和其他文件從裏面取出來，並且爲了未能早些歸還這些東西而道歉。

「沒有關係，」韓洽德很冷淡地說。「實際的情形是，這些東西大部分是信件……是的，」他繼續說，同時坐下來，把柳塞塔那捆熱情的信打開，「就是這些東西。眞想不到，我還能看到這些信！范福瑞太太昨天勞累了一天，我希望她的身體還好吧？」

「她覺得有點兒疲倦，所以今晚提早安歇了。」

韓洽德又拿起那些信，興致勃勃地加以整理，范福瑞則坐在餐桌的另一端。「你一定還記得吧，」韓洽德又拾起那個話題，「我生命史上的很奇異的那一章，我曾經跟你談過，你也給了我一些幫助？實際上，這些信就是和那件不幸的事情有關的。不過，謝謝上帝，現在這件事情已經完全成爲過去了。」

「那個可憐的女人後來怎麼樣了？」范福瑞問。

## 34

「幸而她已經結婚了，而且婚姻很美滿，」韓洽德說。「因此，她向我傾述的這些責備的話，已經不會引起我的內疚了，否則的話，我眞會感到良心不安。……你聽聽，一個憤怒的女人會講出一些什麼話！」

范福瑞雖然完全不感興趣，而且接連打呵欠，爲了遷就韓洽德，還是很有禮貌地注意聆聽著。

「『對我來說，』」韓洽德念道，「『可以說是沒有將來的。一個人完全違反世俗地對你一片癡心──她覺得自己不可能再做另外一個男人的妻子了，而你對她卻好像是在大街上遇到的第一個女人──我現在的情形就是如此。我完全不認爲你有意對不起我，但是我所受的委屈卻是由你而起。倘若你現在的太太死了，你將娶我，說起來這算是一種安慰──但是何年何月才能實現呢？我就這樣待在這裏，被我的少數相識者所拋棄，也爲你所拋棄！』」

「她就是這樣不斷地給我寫信，」韓洽德說，「滿篇都是這樣的話，而我當時對於曾經發生的事情卻是無能爲力的。」

「是的，」范福瑞心不在焉地說，「女人都是這個樣子。」但是實際上，他對於女性所知甚少；可是他發現，他所戀慕的那個女人也是熱情洋溢地吐露衷曲，作風和這個被認爲是陌生人的女人頗有幾分相似，因此他就斷定，任何一個在戀愛中的女人，說起話來都是這個樣子。

韓洽德又展開一封信，從頭到尾讀一遍，像以前一樣，在讀到署名的時候就停住了。「我不念出她的名字，」他很溫和地說。「因為我沒有娶她，另外一個男人娶了她，為了對她公平起見，我不能那樣做。」

「對，對，」范福瑞說。「可是，在你太太蘇珊去世之後，你為什麼不娶她呢？」范福瑞提出這個問題，另外還問了幾個問題，語調是輕鬆而淡漠的，因為這件事情和他完全漠不相干。

「啊——你這個問題問得好！」韓洽德說，那副新月形的嘲弄笑容又淡淡地呈現在他的嘴上。「儘管她曾不斷地對我提出抗議，可是當我義不容辭地要求和她結婚的時候，她卻不能嫁給我了。」

「她已經嫁給另外一個人了——或許？」

韓洽德似乎覺得，如果再進一步地敘述詳情，可能就把事情拆穿了，所以他只回答說：「是的」。

「這位少女一定是個很容易變心的女人啦！」

「她是那樣的女人，她是那樣的女人，」韓洽德強調地說。

他打開了第三封信和第四封信，念出來。這一次，他念到最後，好像就要把簽名隨著內容一起念出來了。但是他又突然停住了。實際的情形是，如我們所預想得到的，他本來是打算念出名字，為這幕戲造成一個大悲劇的結局；他前來這所房屋的時候，就打的這個主意。但是當他坐在那裏，心情冷靜下來的時候，他又做不出這種事情了。這種恩斷義絕的做法，就連他也為之膽寒。以他的本性，在激烈的行動中，他可以把他們兩個人都消滅掉，但是用惡毒的言詞來達成這個目的，即使滿懷仇恨，也是他所不肯做的。

# 35

如唐納所說的，柳塞塔因爲身體疲倦，很早就回到自己房間了。可是她並沒有就寢，而是坐在床邊的椅子上看書，並且思索白天的種種事情。在韓洽德按門鈴的時候，她心裏在想，不知什麼人在這樣晚的時刻還來拜訪。餐廳差不多就在她的臥房下面；她可以聽到有人被請到那裏，不久又傳來一個人在念什麼東西的不大清晰的低微聲音。

唐納通常上樓的時間到了，已經過了，可是下面念東西和談話的聲音仍在繼續。這種情形很少見。她只能想到，大概是發生了什麼不尋常的犯罪案件，客人——不管他是什麼人——在念嘉德橋記事報特別版上面的一項報導。最後她離開臥室，往樓下走去。餐廳的門半開著，在全家都已安歇的寂靜中，她還沒走到下段樓梯，就聽得出說話的聲音和字句了。她大吃一驚，呆呆地站在那裏。傳到她耳中的是她自己的字句，由韓洽德的聲音說出，像是從墳墓裏面出來的幽靈一般。

柳塞塔倚著欄杆，面頰貼在光滑的樓梯把手上，好像在患難中把它當作自己的朋友。她以這種姿勢僵直地站在那裏，越來越多的詞句連續不斷傳到她的耳中。但是，最使她感到驚愕的，是她丈夫的口氣。他說話的聲調，只是像陪朋友聊天一般。

「我想說一句話，」他在說，這時紙張的響聲表示韓洽德正在展開另一張信。

「這些信本來是寫給你一個人看的，你卻這麼詳細地念給一個陌生人聽，對於這位已經離開你的少女能算是十分公平嗎？」

「這個嘛，公平，」韓洽德說。「因爲我沒有念出她的名字，我只是把它當作天下所有女人的一個例子，而不是醜詆某一個女人。」

「如果我是你，我就要把這些信毀掉，」范福瑞說，他對於那些信件比方才更多加一番考慮了。「這個女人身爲另外一個人的妻子，如果被人知道了，她會受到傷害的。」

「不，我不毀掉這些信，」韓洽德低聲說，同時把信收起來了。然後他站起來，柳塞塔沒再聽到什麼。

她在半癱瘓狀態中回到臥室。由於心裏害怕，她連脫衣服的力量都沒有了，只是坐在床邊，等待著。韓洽德會不會在臨別的時候說穿秘密呢？她非常懸慮難安。如果在她和唐納認識不久的時侯，就把一切情形老老實實告訴他，他很可能加以曲諒，照樣跟她結婚——雖然她本來以爲不大會有這種情形；但是到了現在，再由她或任何旁人來把這件事情告訴他，都會造成無可挽回的嚴重後果。

門砰的一聲關上了；她聽見她丈夫把門閂拉起的聲音。他像往常一樣各處看看之後，就很悠閒地上樓來了。當他在臥室門口出現的時候，她眼中的亮光幾乎熄滅了。她以懷疑的心情凝視一會兒，然後看到他帶著一副快慰的笑容看著她，那種神態是一個人在剛剛擺脫一個厭煩的場面才會現出的，這時她眞是又驚又喜。她再也支持不下去了，歇斯底里地啜泣起來。

范福瑞把她撫慰好了之後，自然而然地談到了韓洽德。「在所有的人當中，他是一

個最不叫人喜歡的客人，」他說，「但是我認爲，他只是有一點顛狂罷了。他一直在給我念出好多和他過去生活有關的信；我爲了敷衍他，也只好聽他念。」

這就夠了。那麼，韓洽德並沒有說穿秘密了。簡單地說，韓洽德站在門階上，對范福瑞所說的最後幾句話是：「你聽我念信，我很感謝。將來有一天，我也許再把她的事情多告訴你一些了」

柳塞塔曉得這個情形之後，對於韓洽德揭露這件事情的動機何在，感到非常困惑；因爲在這種事例之中，我們總認爲敵人具有一種採取一貫行動的能力，那種能力是我們本身和朋友所絕對不具備的；我們忘記了，復仇也像寬宏大度一樣地可能由於缺乏勇氣而中途失敗。

第二天早晨，柳塞塔躺在床上不起來，考慮怎樣抵擋這項初步的攻擊。她模模糊糊地想到，可以採取一個大膽的步驟——把實情告訴唐納，但是這個辦法未免過於大膽了；因爲如果把實情告訴他，他會像世間其他人一樣，認爲那件事情是她的過錯，而不是她的不幸。最後她決定使用說服的辦法——不是說服唐納，而是說服那個敵人。做爲一個女人，這似乎是唯一的可行的辦法了。她打定主意之後，就起身下床給那個使她懸慮不安的人寫了一封信：

「我無意中聽到你和我丈夫晤談，並且發現你有復仇的意向。一想到這種情形，我就崩潰了！可憐可憐一個憂苦的女人吧！如果你看見我，你會動惻隱之心的。你不知道憂慮把我折磨成什麼樣子了。在你下工時，也就是太陽快落的時候，我在圓形競技場等你。請你到那裏來一趟。在沒有和你見面，並且聽你親口告訴我你不會再繼續做這項惡作劇之前，我是不會安心的。」

寫完這封求情信之後，她口對心說：「如果眼淚和懇求曾經幫助弱者對抗強者，現在就讓它們這樣做吧！」

心中存著這樣的想法，她做了一次和以前完全不同的梳妝打扮。在她的成年生活之中，她每次梳妝打扮，總是竭力設法增加自己天生的魅力，而且她在這方面並不缺少經驗。但是現在她不那樣做了，她甚至要減損自己的天生美姿。除了使她的容顏稍微衰減的天然原因之外，她前一天晚上通宵未眠，因此她那雖然略微有些憔悴卻很秀麗的面貌，顯出由於過分憂愁而未老先衰的樣子。她選穿了——一方面是由於故意，一方面是由於沒有心情——自己的最不好的、最樸素的、棄置最久的衣服。

爲了避免被人認出，她戴上面紗，很快地從家中溜出去了。在她走上圓劇場對面的道路時，太陽正像眼瞼上的一滴血似的停留在小山上面。她很快地走進圓劇場，內部很昏暗，並且強調地顯示裏面闃然無人。

她懷著一種怯懼的希望等待著他，結果並未失望。韓洽德從頂端來了，往下走，柳塞塔屏息靜氣地等待著。但是，在他到達角鬥場的時候，她發現他的舉止態度有了改變。他一動不動地站住了，在離她不遠的地方；她想不出這是什麼緣故。

任何旁人也不會知道。實際的情形是，柳塞塔選定此地此時來和這個喜怒無常、憂鬱而迷信的人會晤，她已經不期而然地造成一種言語以外的最強有力的論點，來支持她

的懇求。出現在這座巨大場地中央的柳塞塔的身影，她那異乎尋常的樸素裝束，她那希望和懇求的態度，使另一個受虧待的女人的記憶很強烈地湧現在他的心靈之中，那個女人在往日也曾站在那個地方，現在已經長眠地下了，於是他洩氣了，他的俠義心腸譴責自己，不應該嘗試著對這樣一個柔弱的女性從事報復。在他走近她，她還沒開口講話的時候，她的目的已經達到了一半。

他走下來的時候，本來是一派玩世不恭滿不在乎的態度，現在卻收斂起流露在臉上的淺淺的冷酷笑容，用很親切的低沉聲音說：「晚安。如果你想和我見面，我當然很高興來。」

「噢，謝謝你，」她很擔心地說。

「看到你滿面病容，我很難過，」他結結巴巴地說，帶著不加掩飾的悔恨意味。她搖搖頭。「你存心把我弄成這樣，」她問道，「怎麼還會難過呢？」

「什麼？」韓洽德很不安地說。「是我做了什麼事情，使得你這樣消瘦憔悴？」

「都完全是你一手造成的，我沒有其他的憂傷。要是沒有你的威脅，我的幸福是十分牢靠的。麥可啊！不要這樣地把我毀了！你要想一想，你已經做得很夠了！我來到此地的時候，是一個少女；現在我很快就要變成老太婆了。不論是我的丈夫，還是任何其他男人，都不會對我長久感覺興趣了。」

韓洽德被解除武裝了。他本來就對女人持著一種傲慢的憐憫態度，現在這個作爲第一個女人之化身的懇求者，更加強了他的這種心情。而且，可憐的柳塞塔因爲輕率而缺乏遠見，曾經吃盡了苦頭，現在這種作風依然未改；她不顧自己的身分到這裏來和他會晤，竟然沒有覺察到自己所冒的危險。像這樣不足道的女人，勝之不武；他覺得很慚愧，所有的想在此時此地屈辱她的強烈興趣和欲望都消失了，他不再爲了范福瑞撿到的便宜而羨慕他。他娶到一個有錢的女人，但是沒有其他的收穫。韓洽德急於想就此罷手，不再和她鬥了。

「那麼，你要我做些什麼呢？」他溫和地說。「我相信我一定很願意做。我念那些信，不過是一場惡作劇而已，我並沒有洩露任何事情。」

「把那些信和其他文件，凡是講到婚事或更不能公開的事情的，都還給我。」

「好吧。所有的片紙隻字都會還給你。……但是，柳塞塔，有一句話我只對你一個人講，他早晚一定會曉得這件事情的。」

「啊！」她用很急切的顫抖聲音說；「但是要等到我已經證明自己是一個忠誠而值得愛的妻子之後，再讓他知道，那時候，他一切都會原諒的！」

韓洽德默默地看著她；即使在這時候，他幾乎爲了范福瑞能得到這樣的愛情而羨慕他了。「哼——我希望如此，」他說。「但是我一定會把那些信還給你的。而且我不會揭露你的秘密。我發誓。」

「太感謝你啦！——我怎樣拿到那些信呢？」

他想了一下，說第二天早晨給她送去。「你不要懷疑我，」他又補充說。「我會履行諾言的。」

# 36

柳塞塔赴約回來的時候，看見一個人站在靠近她家門口的路燈下面，好像在等待什麼人。在她停住腳步要進門的時候，他走過來跟她講話。那個人是姚普。

他首先爲了跟她講話而請她原諒。他聽說附近的一位糧食商人曾經託范福瑞先生推薦一位出勞力的合夥人；如果眞有此事的話，他願意自薦。他可以提供很好的保證人，並且已經在信裏向范福瑞先生說明這種情形；如果柳塞塔能在她丈夫面前爲他講幾句好話，他將深爲感激。

「關於這件事情，我一點也不知道，」柳塞塔冷冷地說。

「但是你比任何人都更能證明我的忠實可靠，太太，」姚普說。「我曾在澤西住了好幾年，在那裏時常看到你。」

「眞的嗎，」她回答說。「但是我對你毫無所知。」

「太太，我想如果你能爲我講幾句話，我就準能得到那份我非常想望的工作，」他死乞白咧地說。

她很堅定地拒絕過問這件事情，而且因爲急於想在丈夫要找她之前回到家裏，所以就打斷了他的話，走進家門，留下他一個人站在人行道上。

他看著她，直到她的身影消逝了，才走回家去。他到家之後，坐在沒有生火的壁爐旁邊，望著那個鐵架，上面已經擺好木柴，預備第二天早晨燒水用的。樓上的走動聲音擾亂了他的心思，然後韓洽德從他的臥室走來了，他似乎曾經在那裏翻箱倒篋。

韓洽德說：「姚普，我想請你替我做一件事情，現在——就是今天晚上，我的意思是說，如果可以的話。把這個東西給范福瑞太太送去。當然，本來應該我自己送去，但是我不願意出現在那個地方。」

他交給他一包用牛皮紙包著的東西，已經封起了。原來韓洽德是說話算數的。他一回到家裏，馬上在自己已經所餘不多的東西裏面翻尋；他所保有的柳塞塔所寫的每一片紙都在這裏了。姚普無所謂地表示願意做這件事。

「怎麼樣，你今天的情況如何？」在他家寄住的人問道。「有沒有什麼工作的機會？」

「恐怕沒有，」姚普說，他不曾把請託范福瑞介紹工作的事情告訴韓洽德。

「嘉德橋永遠不會有機會，」韓洽德斷然地說。「你一定要到遠一點的地方去。」

他向姚普道了晚安，就回到自己房間去了。

姚普一直坐在那裏，直到他的目光被燭花投射在牆上的暗影吸引過去，他看看那個暗影的來源，發現燭花已經凝聚成一個頭，像是一棵熾熱的花椰菜。然後韓洽德的那包東西映入他的眼簾。他知道韓洽德和現在的范福瑞太太好像曾經談過婚嫁，他對於這件事情的一些模糊觀念逐漸減縮成為這樣的一個結論：韓洽德有一包屬於柳塞塔的東西，他有理由不能親自送還給她。這個紙包裏面會是些什麼東西呢？他繼續不斷地想下去，認為柳塞塔態度傲慢，令人憤恨，同時他又存著一種好奇心，想知道她和韓洽德的往還

是否有什麼不可告人的事情，因此他查看一下那包東西。在使用鋼筆和其他有關工具的時候，韓洽德都很笨拙，他用火漆把這包東西封起，並沒有蓋印，他從來沒有想到，爲了封緘得嚴密有效，是必須蓋印的。姚普在這方面則比較有經驗，他用小刀把一塊火漆撬開，從開啓的一端往裏面窺視，發現裏面是信件；他對於這個初步的發現覺得滿意，把火漆在蠟燭上烤軟，重新封起，然後就按照韓洽德的託付，拿著那包東西出門去了。

他走的是小城底部沿著河邊的一條小路。到達位於正街盡頭的那座橋的時候，有了燈光，他看到賈克薩姆大媽和南施・莫克里治在橋上閒蕩。

「我們現在要去糞堆巷，在爬上床睡覺之前，先到『彼德的手指』去看看，」賈克薩姆太太說。「有人正在那裏彈奏小提琴，打手鼓。老天，不知道有了什麼大事——和我們一道去吧，姚普——耽擱不了你五分鐘。」

姚普本來不大跟這些人混在一起，但是現在的情況使得他比平常更加無所顧忌，因此他沒有多說話，就決定從那條路前往自己的目的地。

雖然德恩歐弗的較高地區主要是由看起來很奇特的一大堆穀倉和農莊組成的，可是這個教區也有其很不幽美的一面。那就是糞堆巷，這裏的房屋大部分都已頹圮不堪了。

糞堆巷是所有鄰近各村莊的亞杜蘭洞①。這個地方是那些受窘迫、欠債、和遭遇所

①亞杜蘭洞（The cave of Adullam）——見舊約「撒母耳記上」第二十二章第一至二節，大衛爲了躲避掃羅的迫害而藏匿在亞杜蘭洞：「大街就離開那裏，逃到亞杜蘭洞。……凡受窘迫的，欠債的，心裏苦惱的，都聚集到大街那裏。」

有各種麻煩的人們的藏匿之所。農場工人和其他農夫，在農事之餘，做了一點盜獵的勾當，在盜獵之餘，又吵吵架，喝喝酒，這種人遲早都住到糞堆巷來了。懶得做事的鄉間技工，桀驁不馴不肯服事人的鄉間僕人，都漂蕩到或被迫遷到糞堆巷了。

這條巷子和它周圍的一大片小茅屋，像一個海岬似的伸展在那片潮濕多霧的低地上面。在糞堆巷，可以看到很多悲慘的景象，卑劣的行徑，和一些有害的事情。罪惡從這個地區的某些房門任意跑進跑出，魯莽輕率卜居在帶有歪斜煙囪的屋頂下面，寡廉鮮恥存在於弓形窗戶之內，盜竊（在貧困的時候）棲息在闊葉柳樹旁邊的那些草頂土牆的房屋裏面。甚至兇殺在此地也並非完全沒有。在一條胡同的一片小茅屋裏，多年前可能曾經建造一座病神的祭壇。在韓洽德和范福瑞當市長的時代，糞堆巷的情形就是如此。

可是，這棵叫作嘉德橋的茁壯而繁茂的植物的這個發霉的葉子，是靠近曠野的；不到一百碼之外就有一排宏偉的榆樹，隔著一片荒野可以遙望一些空氣流暢的高地、麥田、和高貴人士的宅第。一條小河隔在荒野和這些低級住宅之間，從表面看起來，中間是無路可通的——只有從大路繞過去，才能到達那些房屋。但是在每個戶主的樓梯下面，都有一塊九吋寬的神秘木板，那塊木板是一道秘橋。

如果你是那裏的一位避難的戶主，在天黑（黑天是這種人的作業時間）之後做完事情回家，偷偷地穿過那片荒野，走近前面講過的那條小河，在自己房屋的對岸吹起口哨。於是一個人影在小河的另一邊出現了，在天空背景的襯托下豎著拿來那座橋；他把橋放下；你過了河，有一隻手扶著你攜帶著從鄰近莊園弄來的野雞野兔上岸。第二天早

晨，你偷偷把牠們賣掉了；第三天，你站在法官面前，所有那些滿懷同情的鄰居們的目光都集中在你的後背。你失蹤了一段時間；然後大家又看到你不聲不響地住在糞堆巷了。

一個外鄉人在薄暮時分沿著這條巷子行走，會看到兩三個奇異的特色，留下深刻的印象。一個特色是從半路上那家客棧的後院傳來斷斷續續的隆隆之聲；這表示那裏有一個九柱戲場地。另一個特色是各個住宅裏到處都是吹口哨的聲音——差不多從每一扇開著的房門都傳來某種尖銳的音調。還有一個特色，就是時常有些女人站在門口，她們在骯髒的長服外面罩著一條白圍裙。在一個難於保持潔淨無垢的環境中，白圍裙是一種令人生疑的衣服；而且，那些穿白圍裙的女人的姿勢和步態，也和白圍裙所代表的勤勞和清潔不相符合——她們多半用兩手的手指關節叉著腰（這個姿勢使她們看起來像是一個有兩個把手的陶瓷杯），肩膀靠著門柱；每逢有男人腳步聲音從巷子傳來的時侯，每個正派的女人都很奇特而敏捷地把頸子上的頭轉過去，她那正派的眼睛也滴溜溜地轉動。

可是，在這個充滿邪惡的環境之中，也有一些貧困而令人敬重的人士來安家落戶。在若干屋頂下面，居住著一些純潔而有品德的人，他們之所以來到這個地方，完全出於現實生活的逼迫，沒有其他原因。一些來自衰敗的鄉村的人家——在鄉村社會中，有一個人數頗多現在幾已滅絕的階層，被稱爲「終身享有產權者」、或終身享有土地使用權者等等，這些人家由於某種原因而家業凋零，被迫離開已經居住多少代的鄉村，來到這個地方，否則便只好睡在路旁的樹籬下面。

叫作「彼德的手指」的客棧，是糞堆巷的教堂。像這類地方一般的情形一樣，這家客棧地點適中；就出入人士的社會地位來說，它同三水手客棧之間的距離，正像三水手和王徽旅館之間的距離一樣。乍看起來，這家客棧極其體面，幾乎到了令人困惑的程度。前門一直開著，臺階非常乾淨，顯然只有很少的人從它那撒著沙子的地面走過。但是這家客棧的拐角有個小胡同，實際上只是一個夾道而已，把它同鄰接的建築物隔開。在小胡同的半道上有一個窄門，由於被無數的手和肩摩擦過，那個窄門的油漆剝落淨盡，溜明嶄亮。那才是這家客棧的實際入口。

人們時常可以看到，一個步行人神情茫然地沿著糞堆巷往前走，然後一下子就不見了，使得注視者像阿施頓發現雷汶斯伍德②突然不見的時候一樣，驚異得直眨眼睛。那個神情茫然的步行人已經很靈巧地斜著身子轉進那個夾道，然後又以同樣靈巧的動作從夾道走進那家客棧。

三水手的座上客，如果和聚集在這家客棧的客人比較起來，都算是身分高貴的人了，不過我們必須承認，三水手的最高級賓客和王徽旅館的最下級賓客是無分軒輊的。形形色色的流浪漢和無家可歸者都流連在這家客棧。老闆娘是一位有品德的女人，若干年前曾以一項罪案的從犯身分被官家很不公平地關在獄中，她服了一年的徒刑，從那時

②這個典故出自司考特的小說「拉摩穆的新娘」（The Bride of Lammermoor, 1819），見該書第三十五章。雷汶斯伍德（Ravenswood）騎馬去和阿希頓（Ashton）決鬥，陷入流沙而慘遭沒頂。阿希頓不知道發生了什麼事情，他「揉揉眼睛，彷彿剛才看見鬼了。」

以後，她一直擺出一副烈士的神情，只有在偶而遇見那位逮捕她的員警時是例外，那時她總是眨眼睛。

姚普和他的熟人已經到達這家客棧。他們坐的高背長靠椅很薄很高，靠椅的上端已經用一條條的麻繩繫在天花板的鉤子上，因爲如果不做這種安全的措施，客人在喧囂吵鬧的時候，那些高背長靠椅就會搖盪而翻覆。滾球的轟隆迴聲從後院傳來，打麻器③掛在煙囪風箱的後邊；從前的盜獵者和無緣無故地受到大地主迫害的從前的漁獵場看守人，臂肘碰臂肘地坐在一起——這些人從前曾經在月光之下打過架，直到一方服刑期滿，另一方因失去主人歡心而被撤職，使得他們雙方以平等地位在此相聚，坐在那裏心平氣和地談論往事。

「查爾，還記得不記得，你能用一枝荊棘把鱒魚拉到岸上，而河面不皺起一絲波紋？」已被革職的漁獵場看守人說。「有一次就被我捉到了，你還記得嗎？」

「我記得。但是，我最糟糕的一次麻煩事，是在雅爾伯里森林捉野雞的那碼子事。喬，那一次你老婆發了假誓——啊，一點不錯，她是發了假誓——這是不容否認的。」

「那是怎麼一回事呢？」姚普問。

「還用說——喬和我兩個人搏鬥，我們一起滾倒在地上，靠近他家花園的樹籬。他老婆聽見吵鬧的聲音，就拿著一根從烤爐裏面取麵包用的長柄鏟跑出來了，當時樹下很黑，看不見誰在上頭。『喬，你在哪兒，下邊還是上邊？』她尖聲喊道。『啊——在下

③打麻器（swingel）——一種木製的打麻器具，大概被盜獵者用作武器。

邊，不會錯！』他說。於是她開始用那根長柄鏟揍我的腦殼、後背和肋骨，直到我們兩人又翻了一個箇兒。『親愛的喬，現在你在哪兒，下邊還是上邊？』她又尖聲喊道。老天在上。那次實在因爲她在旁邊動手，我才打敗了！後來我們到了屋裏，她發誓說那隻雄野雞是她養的，其實根本不是你們的，喬——那隻野雞是大地主布朗的——的確是他的——是一個鐘頭以前，我們從他的樹林經過時打到的。這樣受人冤枉，我當時實在很難過！……算了吧，這件事情已經過去了。」

「在發生那件事情的很多天以前，我本來就可能把你捉到了，」獵場看守人說。「有幾十次，我和你相距不到幾碼遠，你當時所盜獵的不只是那樣一隻不起眼的野雞，而是許多隻禽鳥。」

「是的——世人聽到風聲的，往往並不是我們的最了不起的作爲，」賣牛奶粥的女人說，她最近定居在這個貧民窟裏，現在也在座。她當年曾經走過很多地方，說起話來顯得見多識廣。也就是她，隨著就問姚普，他胳臂下面很隱密地挾著的那包東西是什麼。

「啊，其中是一個大秘密，」姚普說。「那是一份熱情如火的愛。想想看，一個女人竟會那麼熱烈地愛一個男人，而又那麼冷酷無情地恨另外一個男人。」

「你心中所想到的那個人是誰，先生？」

「一個在本城地位很高的人。我很想羞辱她一番！我向你保證，看她寫的情書一定非常好玩，那個身穿綾羅綢緞而又漂亮的傲慢女人，因爲我這個包裹就是她的情書。」

「情書？念給我們聽聽吧，好人，」賈克薩姆大媽說。「我的老天，你記得不記得，理查，我們年輕時候多麼傻？找一個學童爲我們寫情書；你記得不記得，給他一便士，讓他不要把信裏的話告訴別人，你記得不記得？」

這時候，姚普已經用手指撬起封口的火漆，打開那包東西，亂翻了一陣，隨便揀出幾封信，高聲朗讀出來。他所念出的那些段落，很快就揭開了柳塞塔那麼誠懇地希望隱藏的秘密，雖然那些信在字裏行間說得隱隱約約的，並沒有把那個秘密交代得很明白。

「這些信是范福瑞太太寫的！」南施．莫克里治說。「對我們這些品格高尚的女人來說，同性之中居然有人寫出這種信，眞是丟人。現在她又嫁給另外一個男人啦！」

「這下子她可好了，」上了年紀的賣牛奶粥的女人說。「啊，是我把她從一場糟糕的婚姻裏面救出來了，而她卻一直不領情。」

「我說，這是舉辦司奇密提遊行④的絕妙材料。」南施說。

「眞的，」賈克薩姆太太說，同時心中在思索著。「是舉辦司奇密提遊行的一項非常好的材料，一定要加以利用。嘉德橋的上一次司奇密提遊行，距離現在總有十年了。」

這時候，外面傳來一陣尖銳的口哨聲，老闆娘對那個被稱爲查爾的人說：「吉姆回

④司奇密提遊行（skimmity-ride，或skimmington-ride）：昔時常見於英國鄉間的一種滑稽可笑的遊行，用以嘲笑或責難一個不忠於、或虧待自己配偶的妻子或丈夫。skimmity這個字的來源，可能是由於在遊行中扮演女人的人，往往用一隻撇奶油的長柄木杓（skimming ladle）打她的丈夫。故事中的夫妻，有時用眞人扮演，有時紮成形貌和他們相似的假人（如本章中的情形）。這種遊行通常都由嘈雜的音樂配合著。

來了，你替我去把橋放下去，好不好？」

查爾沒有答話，就和他的夥伴喬站起來，從老闆娘手裏接過一盞提燈，出了後門，沿著花園小徑往前走，那條小徑在前面已經提到的小河邊上，突然到了終點。河對岸是一片空曠的荒野，在他們往前走的時候，來自荒野的一陣濕冷的微風撲在他們的臉上。兩人之中的一個拿起擺在河邊備用的木板，放下去，木板的另一端一碰到對岸的地面，馬上就有腳步踏上去，然後從蒼茫之中出現一個高大強壯的漢子，膝蓋上面綁著皮護套，胳臂下面挾著一杆雙筒槍，肩後背著幾隻禽鳥。他們問他這次出去運氣好不好。

「不太好。」他很冷淡地回答說。「裏面都沒事吧？」

他得到肯定的答覆，就往裏面走去，另外兩個人把橋撤回來，跟在他後面往回走。可是，他們還沒走進客棧，就從荒野傳來一聲「喂！」使他們停住腳步。

喊聲又重複一次。他們把提燈放在耳房裏，又回到河邊。

「喂——這是去嘉德橋的路嗎？」有人從河對岸問。

「這不能算是路，」查爾說。「你前面有一條河。」

「我不管——我要從這裏過去！」荒原上的人說。「我今天走的路已經夠多了。」

「那麼，你等一下，」查爾說，他看得出這個人不是敵人。「喬，把木板和提燈拿來；有人迷路了。你應該順著大路走，朋友，不應該走到這裏來。」

「我應該——現在我明白了。但是我看見這裏有燈光，我心裏想，那一定是城邊的一所房屋。」

木板放下去了，那個陌生人的形體從黑暗中顯現出來。他是一個中年男子，頭髮和連鬢鬍子都過早地灰白了，長著一副寬大而和藹的面孔。他已經毫不躊躇地站在木板上過了河，對於這種通行的方式似乎完全不以爲奇。他向他們道了謝，就夾在兩個人中間沿著花園往前走。「這是個什麼地方？」他問道，這時已經到了門口。

「一家客棧。」

「啊。也許我可以住在這裏。好啦，進來吧，我請個小客，給你們潤潤喉嚨，來報答你們搭橋讓我過河的盛情。」

他們跟著他走進客棧。在室內的燈光之下，看得出這個人的身分比單憑聽他的聲音來判斷的要高一些。他的穿著顯得有些笨拙而華貴——外衣是毛皮的，頭上戴著一頂海豹皮帽子，雖然夜寒料峭，這身穿戴還可以，但是在白天一定會覺得燠熱，因爲現在已是仲春了。他的手上提著一個桃花心木箱子，上面圍著皮帶，黃銅扣子扣得緊緊的。

他從廚房看到裏面的那一夥人，顯然有些吃驚，他馬上放棄在這家客棧住宿的念頭；但是他還以一種輕鬆態度應付這個局面，就在過道叫了幾杯最好的酒，付了錢。然後轉身想從前門出去，繼續他的行程。前門已經上了閂，在老闆娘開門的時候，客廳裏面正在進行的有關「司奇密提遊行」的談話，傳到他的耳邊。

「他們說『司奇密提遊行』，是什麼意思？」

「噢，先生！」老闆娘搖擺著她的長耳環，以一種不以爲然的謙遜有禮的態度回答，「在這一帶地方，當一個男人的老婆——我怎麼說呢，不太守婦道的時候，他們就要按照往例做出這種愚蠢的事情。作爲一個有身分的屋主，我並不鼓勵他們這樣做。」

「可是，他們不久還是要做這件事吧？我想一定很好看吧？」

「這個嘛，先生！」她吃吃地笑起來了。然後突然停住傻笑，恢復本來的神態，從眼角瞄著他說：「那是天底下最可笑的事情！而且要花些錢。」

「啊！我記得我聽說過這樣的事情。現在我要在嘉德橋住兩三星期，倒不妨看看這場表演。等一等。」他轉過身去，走進客廳，對大家說：「喂，朋友們，我很想看看你們正在談論的這種古老的習俗，我也可以對這件事情盡一點心力——你們把這個錢收下吧。」他把一枚一鎊的金幣扔在桌子上，然後走回到門口，向老闆娘詢問到市區去的走法，就告辭離去了。

「拿出這枚金鎊的人，一定還有更多的金鎊，」查爾說，這時那枚金鎊已經被人拿走，交給老闆娘保管了。說眞的！方才趁他在這兒的時候，我們應該從他手裏再多弄幾個。」

「不行，不行，」老闆娘回答說。「這是一家很體面的客棧，謝謝上帝！我不許你們在這兒做任何不正當的事情。」

「好啦。」姚普說，「現在我們就認爲這件事情已經開始了，不久就可以籌備就緒了。」

「就這麼辦！」南施說。「痛痛快快笑一場比喝甘露酒還提神，這個道理一點不假。」

姚普把信收拾起來，因爲已經很晚了，他當夜沒有到范福瑞家去。他回到家裏，把那些信像本來一樣地封起來，第二天早晨把那包東西按照上面所寫的地址送到。在一小時之內，柳塞塔就把那些信燒成灰燼了，這個可憐的人，她很想跪下來感謝上帝，她和韓洽德之間那段不幸的往事終於沒有任何痕跡留下了。因爲雖然她過去的疏失主要是由於自己粗心大意，而非故意，可是如果那段往事被人知道了，也同樣會在她和丈夫之間造成致命的損害。

# 37

嘉德橋當時的情況大致如此，在這個時候，發生一件非常重大的事情，打斷了一切現行的事務，那件事情的影響達到了最低的社會階層，和司奇密提遊行的準備工作同時攪動了社會的深處。那是一件非常令人興奮的大事，這種事情在一個鄉間小城發生的時候，就會在它的紀錄上留下一個永久的痕跡，正如一個溫暖的夏季會在樹幹上面永久地標出和年分相符的年輪一樣。

一位皇室大人物在前往更西邊的某地主持一項巨大工程落成典禮的途中，將要經過這個小城。他同意在嘉德橋停留半小時左右，接受市政當局的致敬，因爲這位皇室大人物曾經熱心推動一些計畫，把農業技藝置於更科學化的基礎之上，而嘉德橋是一個具有代表性的農業中心，所以市政當局想藉此機會，爲了他對於農業和經濟方面的重大貢獻，而向他表示敬意。

自從喬治三世①的時代之後，皇室人員從來沒有到過嘉德橋。那一次，喬治三世在夜行途中，在王徽旅館小停換馬，居民在燭光之下看到國王，前後也不過幾分鐘。因此市民決定對這難得一見的盛事大事慶祝一番。停留半小時固然不算長，但是如果做一番明智的安排，最重要的是，如果天氣良好，也可以做不少事情。

①喬治三世（一七三八—一八二〇）：英國國王，在位期間爲一七六〇—一八二〇。

## 37

致敬詞已經由一位善於書寫藝術字的畫家在羊皮紙上製備好了，這位招牌畫家使用了他店中最好的金箔和顏料。市議會在預定日期之前的星期二開了一次會，安排整個程序的細節。正在開會時，因爲會議室的門沒有關，他們聽到一陣沉重的腳步聲從樓梯走上來。腳步聲沿著通道前進，韓洽德走進會議室了，他穿著一身破舊衣服，也就是當初他在這裏和大家一起開會時總穿的那身衣服。

「我覺得，」他說，同時走到會議桌前面，把手放在桌布上。「我很願意和諸位一起歡迎那位顯赫的貴賓。我想我可以和大家走在一起吧？」

市議員們面面相覷，互相交換著困窘的眼神。在一片沉寂當中，葛洛爾在咬他手中的鵝毛筆，幾乎把筆的底端咬掉了。年輕的市長范福瑞因爲職位的關係，坐在主席的位置，他憑著直覺體會到在座諸公的想法，做爲一名代言人，他不能不把大家的意見說出來，雖然他心中很希望這個任務能落在另外一個人的頭上。

「我想這樣做是不大適當的，韓洽德先生，」他說。「市議會就是市議會，你既然已經不是這個議會的一份子，這樣做就是不合規定的。如果你參加了，別人爲什麼不能參加呢？」

「我希望在這個儀式中幫幫忙，是有特殊理由的。」

范福瑞向四處看看大家。「我想我已經表達了市議會的意見。」他說。

「是的，是的，」巴斯醫生，郎律師，元老議員陶勃，和另外幾位都這樣說。

「那麼，是完全不許我正式參加這件事情了？」

「恐怕是這樣的；這實在是絕對辦不到的事。但是，你當然可以像其他觀眾一樣，詳詳細細地觀看全部實況。」

這個辦法用不著他說，所以韓洽德並未回答他的話，一轉身就走開了。

他這個念頭，本來只是一時的心血來潮，但是在遭受反對之後，卻化爲堅定的決心了。「我要去歡迎殿下，否則誰也別想去！」他到處跟人這樣說。「我不能讓范福瑞或那班不値一提的傢伙當中的任何一個人騎在我的頭上！你們等著瞧吧。」

到了那個辦大事情的日子，清晨天氣晴朗，早起從窗口朝著東方觀望的人們看到一個圓圓的太陽，大家都認爲（因爲他們對於氣象都很有經驗）燦爛的陽光會一直繼續下去。不久，看熱鬧的人開始從本郡世家的鄉間別墅、村莊、邊遠的小樹林，和偏僻的高地紛紛到達（最後一種人穿著塗油的靴子，戴著遮陽帽），來看這場歡迎儀式，如果看不到，無論如何也要站在很近的地方。城裏的工人，沒有一個人沒穿上一件乾淨的襯衫。所羅門．郎維斯，克里斯托夫．柯尼，巴茲福，和他們那班同道朋友，爲了配合這件盛事，特別把他們例行的十一點半的小飲，提前到十點半了；在以後的好幾天，他們都很難改回到原來的時間。

韓洽德已經決定這天不做工。他早晨暢飲了一玻璃杯蔗汁酒，在沿著大街行走的時候遇見了伊莉莎白．珍，他已經有一星期沒見到她了。「我很幸運，」他告訴她說，「在這件大事發生之前，我的二十一年誓約已經滿期了，否則我絕對沒有勇氣來做出這件事。」

37

「做出什麼事?」她問道，現出很驚訝的樣子。

「我要對我們的皇家貴賓表示歡迎。」

她感到困惑不解。「我們一起去看看好不好?」她說。

「去看看!我還有別的重要事情要辦。你去看吧。這個場面必定很値得一看!」

她沒有辦法弄清楚是怎麼一回事，懷著沉重的心情把自己打扮起來。預定的時間快到了，她又看到她的繼父。她以爲他要到三水手去，但是她想的不對，他從歡樂的人叢中擠過去，走進伍弗雷的布店。她在外面的人群當中等待著。

過了幾分鐘，他出來了，使她很感驚異的是，他戴上了一個玫瑰花形緞帶結，更使她感到驚異的是，他手上還拿著一面旗，那面旗做得相當粗陋，是把一幅今天在市內到處可見的小國旗釘在一根松木棍(也許就是一疋白棉布的捲軸)上面而成的。韓洽德在臺階上把國旗捲起來，沿著大街往前走。

突然間，人群中的高個子們轉過頭去，矮個子們則翹起腳尖。據說皇家的雇從人員快要到了。在這個時期，鐵路已經有一條支線，朝著嘉德橋延伸過來，但是還差好幾哩沒有通到這個小城，因此中間這段距離和其餘的旅程，都要按照古老的方式，走公路過來。大家在等待著——世家望族坐在馬車上，一般民眾站在那裏——在悠揚的鐘樂和喋喋的人聲中注視著那條通往倫敦的漫長公路。

伊莉莎白·珍從後面觀看這個場面。前邊放置幾個座位，供有身分的婦女們坐著觀覽這場勝景。市長夫人柳塞塔坐在前面的座位上。就在她的眼前，韓洽德在大路上站著。她顯得非常鮮豔秀麗，因此他似乎懷著一種瞬息間的癡想，希望她能看他一眼。但是女人的眼睛，多半只注意事物的外觀，在她的眼中，他是一點吸引力也沒有的。他只是一名散工，不能打扮得和從前一樣地衣冠楚楚，而且他也不屑於盡量把自己打扮得很漂亮。所有其他的人們，從市長以至洗衣婦，都就自己財力之所及穿上鮮麗的新衣，但是韓洽德卻很固執地仍然穿著往日那身破舊褪色的衣服。

唉，可歎哪，終於發生了這樣的情形：柳塞塔朝著韓洽德的方向東張西望，但是目光並不停留在他的臉上——在這種場合中，衣著華麗的婦女們的眼睛往往是這樣的。她的態度十分明白地表示，她不想在公眾面前承認和他認識。

但是，她卻永不厭煩地時時注視著唐納，當時他正站在幾碼之外，很高興地和朋友們談話，他那年輕的頸子上戴著一條表示官位的由大方環節構成的金鍊，很像皇室紋章上面的獨角獸所戴的頸環。她丈夫談話時的每一個細微的表情都反映在她的臉和唇上，她的臉和唇具體而微地重複著他的臉和唇的動作。在那一天，她已經不是她自己，而把自己的生命併入他的生命之中了，她所關心的只是范福瑞的情況，對於旁人都不加理會。

最後，一個被安置在公路上最遠轉彎處——也就是前面已經提到的第二座橋那裏——的人發出了信號，穿著禮服的市議會全體人員從市公所前邊朝著設置在市區入口的那座牌樓走去。在塵土飛揚之中，載著皇家貴賓及其隨員的幾輛馬車到達那個地點。於是共同形成一個行列，人和馬車一起緩步朝著市公所走來。

這個地方是大家注目的焦點。在皇家貴賓馬車的前邊，有幾碼的空地，上面撒著沙子；一個人在任何旁人都來不及阻止他之前，走進那片空地。那個人就是韓治德。他已經把那面私下準備的旗幟展開，脫下帽子，蹣跚地走到那輛緩緩行進的馬車旁邊，用左手揮舞國旗，同時彬彬有禮地向那位顯赫人物伸出右手。

所有那些有身分的婦女都壓低聲音說：「啊，瞧！」柳塞塔則快要暈過去了。伊莉莎白・珍從站在她前面的人們的肩膀空隙窺視，看到這種情形，嚇了一跳，但是那個奇異景象所引起的強烈興趣，很快地克服了她的恐懼。

范福瑞身爲市長，馬上出來處理這件事情。他抓住韓治德的肩膀，把他往回拉，並且很粗魯地叫他走開。韓治德的目光和他的目光相遇，即使在興奮和惱怒之中，他也覺察到韓治德眼中的兇猛可怕的光芒。韓治德最初很堅決地站在那裏不肯動，過了一下，不知由於一種什麼無法理解的動機，終於讓步而退回了。范福瑞朝著婦女席瞄一眼，看見他的卡波尼亞②面色慘白。

「奇怪——那個人是你先生的舊日恩人！」布洛巴狄太太說，她也是本地一位有身分的婦女，當時坐在柳塞塔旁邊。

「恩人！」唐納的太太馬上很氣憤地說。

「你說那個人是范福瑞先生的熟人嗎？」巴斯醫生的太太說，她由於嫁給那位醫生

②卡波尼亞（Calphurnia）：羅馬將軍凱撒之妻，見莎士比亞「凱撒」第一幕第二景布魯塔斯的臺詞：「卡波尼亞的面色慘白」。

才在不久前遷到本城居住。

「他在我丈夫手下做工，」柳塞塔說。

「噢——就是這樣嗎？他們告訴我說，你先生最初是靠著他的幫忙，才能在嘉德橋立足。人們眞會說瞎話！」

「人們的確會說瞎話。實際完全不是那麼一回事。憑唐納的天才，到哪裏都可以立足，用不著任何人的幫忙！如果這個世界上根本沒有韓洽德，他還是一樣。」

柳塞塔之所以這樣說，一部分是由於她不知道范福瑞初來時的情況，一部分是由於她覺得，在她這個得意的時刻，每個人似乎都想冷落她。這個意外事件從頭到尾不過是一會兒的工夫，但是皇家貴賓必然都看到了，可是他很老練圓通地假裝並未看見任何不尋常的事情。他下了車，市長走上前去，宣讀了致敬詞，貴賓致答詞，然後和范福瑞講了幾句話，並且和市長夫人柳塞塔握手。這個儀式幾分鐘就完成了，然後那些馬車像法老的車輛③一樣很沉重地嘎拉嘎拉地沿著糧食街向前行進，走上巴德茂斯大道，朝著沿海地區繼續他們的行程。

柯尼、巴茲福、和郎維斯也站在人群之中。「這個人現在和他在三水手唱歌的時候不大一樣了，」第一個人說。「他這麼快就能娶到一位像她那樣高貴的女士，和他一起過日子，眞透著有點兒奇怪。」

③見舊約「出埃及記」第十四章第二十五節：「[耶和華]又使他們（埃及人）的車輪脫落，車輛走起來沉重而困難。」

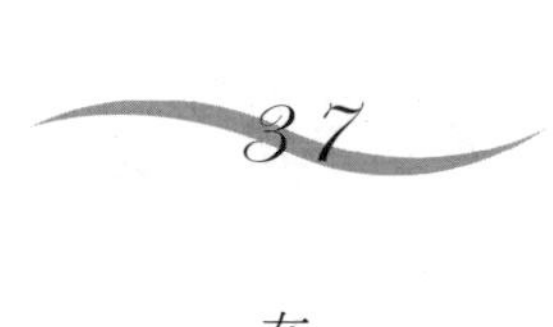

「一點不錯。可是一般人多麼崇拜漂亮的衣服！現在有一個比她長得更標緻的女人，卻完全沒人理，因爲她是那個傲慢的傢伙韓洽德的親屬。」

「巴茲福，你說出這樣的話，我很佩服，」南施・莫克里治說。「對於這種被人錦上添花的人，我倒希望有人來挫挫她的傲氣。我自己沒有本事出頭做惡人，也許我可以把我所有的一點點錢捐出來，也好看看那個貴婦人栽跟頭。……也許我不久就能看到了，」她意味深長地補充說。

「一個女人對這種事情那麼熱心，動機不算高尙，」郎維斯說。

南施沒答話，但是每個人都知道她所指的是什麼事。姚普在彼德的手指宣讀柳塞塔信件所散播出來的內容，已經濃縮成爲一項醜聞，那項醜聞像瘴癘的霧氣一般在糞堆巷擴散開，然後又從那裏沿著嘉德橋的僻街小巷散布著。

這一群彼此都認識的閒雜人，不久就經過自然選擇的程序而分成兩夥，那些彼德手指的常客朝著糞堆巷走去，柯尼、巴茲福、郎維斯和他們那一夥人仍然站在大街上。

「我想你總知道他們在那裏搞些什麼鬼吧？」巴茲福神秘兮兮地對其餘的人說。

柯尼看看他。「不是司奇密提遊行嗎？」

巴茲福點點頭。「我不能確定這件事情是否就要實現，」郎維斯說。「如果他們正在籌備，也是極其保密的。」

「不管怎麼樣，我聽說他們在兩星期以前就在計畫這件事。」

「如果我確實知道他們要這樣做了，我要去洩露風聲，」郎維斯很強調地說。

「這個玩笑開得太過分了，很容易在市內引起騷亂。我們都知道，那個蘇格蘭人是個十足的正派人，他的太太自從來到此地之後，也是個十分正派的女人，如果她以前有什麼不妥當的行爲，那是他們自己的事情，和我們無關。」

柯尼在思索這個問題。在這個社會裏，范福瑞仍然爲大家所喜愛；但是他現在身爲市長和有錢的人，專心於自己的事務和抱負，在較爲貧苦的居民心中，從前那個輕鬆愉快、一文不名、像樹上小鳥一般隨時開口唱小曲的年輕人所具有的神奇魔力，已經消失幾分。因此，大家希望他不要受到煩擾的心情，也不像從前如果處於同樣情形下那麼熱烈。

「克里斯托夫，我們可以去探聽一下，」郎維斯繼續說，「如果我們查明他們眞要那麼做，就寫封信給最有關係的人們送去，教他們避一避，你看怎麼樣？」

他們就決定這麼辦了，於是這一夥人散去；巴茲福對柯尼說：「喂，老朋友，我們走吧。這裏沒有什麼可看的了。」

這些好心腸的人如果知道那項開玩笑的密謀實際上已經成熟到什麼程度，他們會大吃一驚。「是的，就在今天晚上，」姚普在糞堆巷的轉角對彼德手指的那班人說。「他們今天正在興高采烈，用這個打擊作爲皇室訪問的收場，會更加切合時機。」

至少對他來說，這不是一場玩笑，而是報復。

對於完全陶醉在榮華富貴欲望之中的柳塞塔來說，歡迎儀式的過程很短促。實在太短促了，但是經過情形還是使她感到非常得意。被皇室貴賓一握的感覺，仍然停留在她的手指上；她也曾在無意中聽到別人閒聊，說他丈夫可能榮獲爵士的封號，這種話雖然沒有什麼根據，卻也並非完全不著邊際的幻想；像她的蘇格蘭丈夫那樣優秀而風采迷人的人，比這更奇異的遭遇也不乏前例。

和市長發生衝突之後，韓治德退到女賓席的後邊。他站在那裏，帶著一副茫然神情注視著自己上衣翻領被范福瑞抓過的地方。他用自己的手摸摸那裏，彷彿有些不能相信，這種凌辱行爲竟然出自一個他過去曾經以慷慨熱忱相待的人。當他正在這種失神狀態中站在那裏沉吟的時候，柳塞塔和其他幾位女士的談話傳到他的耳邊；他清清楚楚地聽到她否認他——否認他曾經幫助唐納，說他不過是一名普通的散工而已。

他往回家的路上走，在通往牛椿的拱門下面遇見姚普。「你碰了一鼻子灰啦，」姚普說。

「那又怎麼樣呢？」韓治德正顏厲色地回答說。

「沒什麼，我也曾經碰了一鼻子灰，所以我們兩個人是同病相憐。」他把自己請求柳塞塔爲他說項的經過情形說了一遍。

韓治德聽他講，但是沒有怎樣往心裏去，因爲他自己和柳塞塔的關係使得他把所有其他類似的事情都不當作一回事了。他一直斷斷續續地口對心說：「她當初哀求我，現在她的嘴不肯承認我，眼睛不肯看我！……而他呢，他顯得多麼憤怒啊。他把我趕回來，彷彿我是一頭衝出圍欄的公牛。……我像一隻羔羊一般忍受了，因爲我知道這個問題當場是解決不了的。他可以在新創傷上擦鹽水！……但是他得爲這件事情付出代價，她也得後悔。我跟他一定要格鬥一場——兩個人面對面比個高下；到那時就可以知道花花公子能不能敵得過男子漢大丈夫！」

這個沒落的商人沒有再多加思索，決定要做出一項極狂妄的舉動，他匆匆吃了晚飯，就出去找范福瑞去了。做爲一個競爭的對手，曾經受到他的傷害，做爲一個散工，曾經受到他的申斥，想不到今天還要受到這種無以復加的屈辱——當著全城人的面把他當做流氓一般抓住衣領搖撼著。

人群都已經散了。除了綠色的牌樓仍然在那裏豎立著之外，嘉德橋的生活已經恢復原狀。韓治德沿著糧食街走到范福瑞的家，敲敲門，留話說他希望和他的雇主在穀倉晤面，如果他方便的話，請盡快到那裏去。然後他就繞到房屋後邊，走進場院。

那裏沒有人，因爲（如他事先已經知道的）工人和車夫們都在爲了上午所發生的大事而放半天假——不過車夫們過些時候還要回來一下，餵馬並且給馬鋪好乾草。他走到穀倉的臺階前面，正要走上去的時候，大聲自言自語地說：「我比他強壯有力。」

韓治德走回到一個棚子裏面，那裏散置著幾根繩子，他選出一條短繩。他把那條繩子的一頭繫在一個釘子上，用右手拿著繩子的另一頭，另一隻胳臂緊貼著左脇，身子轉

了幾轉，用這個方法把那隻胳臂很有效地綁住了。然後他爬上梯子，去到穀倉的頂層。

穀倉頂層是空的，只有幾個口袋，在裏邊的一頭就是前面時常講到的那扇門，開在用以把麻袋吊上來的起重機和鍊子下面。他把門打開，固定住，越過門檻往下看。下邊離地面有三、四十呎。就是在這個地方，有一次他和范福瑞站在一起，當時伊莉莎白・珍看見他舉起胳臂，爲了他這個動作的企圖而深感疑慮。

他退回幾步，走進頂樓裏面等待著。從這個高處，他的眼睛可以掃視四周的屋頂、那些剛剛長出一星期的嫩葉的茂盛栗樹的上部、和菩提樹的低垂的樹枝，還有范福瑞的花園，和從花園通到這邊的那扇綠門。過了一段時間（他不能確定究竟有多久），那扇綠門開了，范福瑞走出來。他的一身穿著，像是要出門的樣子。當他從牆壁的暗影中出現的時候，將近黃昏的微弱日光照射在他的頭部和臉上，使他的面色呈現一片火紅。韓洽德緊閉著嘴注視著范福瑞，他那方形的下巴和垂直的側影非常顯著。

范福瑞走過來，一隻手插在衣袋裏，嘴裏哼哼著一首歌曲，那副樣子表明那首歌曲的詞句時常縈繞在他的心頭。那些詞句出自幾年前他剛到這個市鎮時在三水手所唱的那首歌曲①，當時他是一個貧窮的青年，出來闖天下，不知到那裏去好：

「『握手，我的好朋友，

伸出你的手。』」

①：即他在三水手唱過的「過去的好時光」。

最能使韓洽德感動的，莫過於古老的歌曲。他有些洩氣了。「不，我不能那樣做！」他喘著氣說。「這個可惡的笨蛋爲什麼在這個時候開始唱那個呢？」

范福瑞終於不唱了，韓洽德從頂樓的門口往外看。「你上來好嗎？」他說。

「好啊，」范福瑞說。「我剛才看不見你。出了什麼問題？」

一分鐘後，韓洽德聽見他的腳步從最底下的一段梯子往上走。他聽見他到達了第二層，然後又走上梯子，到達第三層，開始往第四層爬。然後他的頭從活板門探伸出來了。

「你這個時候在這上邊做什麼？」他問道，同時往前走過來。「你爲什麼不和旁人一樣去休假？」他說話的語調相當嚴厲，足以表明他還記著上午那場不幸事件，而且他相信他當時是喝多了酒。

韓洽德沒說話，但是往後走幾步，把樓梯頂端的板門關上，並且用腳跺了幾下，使板門很嚴密地和框子合攏起來。然後他轉過身來，面對著那個感到驚異的年輕人，這時那個年輕人才看到韓洽德的一隻胳臂和脇部綁在一起了。

「現在，」韓洽德很安詳地說，「我們面對面站著——一個男子漢對一個男子漢。你的金錢和漂亮老婆不能再像過去一樣把你舉得高高在我之上，我的貧窮也不能把我壓低。」

「你這些話都是什麼意思？」范福瑞很憨直地問。

「等一等，小夥子。你應該事先好好考慮一下，再對一個已經一無所有的人當面橫

加侮辱。我曾經忍受你的敵對和競爭，結果使我破產；我曾經忍受你的斥責，結果使我受到貶抑；但是你當眾把我推開，使我丟臉，我不能忍受！」

范福瑞聽到這些話，有點兒激動了。「你沒有權利在那裏，」他說。

「和你們當中任何一個人都同樣地有權利！怎麼，你這個不知天高地厚的毛頭小孩子，居然敢對一個像我這樣年紀的人說他沒有權利在那裏！」他說話的時候，氣得額頭青筋暴露。

「韓洽德，你侮辱了皇室大員，我身爲地方行政首長，出來阻止你乃是我的職責。」

「別他媽的拿皇室來壓我，」韓洽德說。「說到皇室，我和你一樣地忠心耿耿！」

「我不是來和你爭辯的。等你冷靜下來，等你冷靜一些，你就會和我有相同的想法。」

「應該先冷靜下來的也許是你，」韓洽德很嚴酷地說。「現在的情形是這樣的。我們兩個在這個四方形的頂樓裏，要把今天上午開始的那場扭打弄出個結果。那裏有個門，離地面四十呎高。我們兩個人當中的一個要把另一個從這個門口推出去——勝者留在裏面。如果他願意，他可以在事後走到下面，向大家告警，說另一個人不愼失足掉落——否則他也可以說出眞相——這是他的事。因爲我是個身強力大的人，我已經把自己的一隻胳臂綁起來，免得佔你的便宜。你懂了嗎？那麼我就要動手了！」

范福瑞沒有時間做旁的事情，只有和韓洽德交手，因爲後者已經開始襲擊了。這是一場角力比賽，每個人的目的是使對方向後倒下去。就韓洽德而言，毫無疑問地是要使對方從門口掉下去。

在剛開始的時候，韓洽德用他那唯一可以自由運用的手，也就是右手，抓住范福瑞衣領的左邊，他牢牢地抓著，後者則用左手抓住韓洽德的衣領。他試圖用右手抓住韓洽德的左臂，可是做不到，韓洽德很靈巧地使他的左臂藏在後邊，同時注視他那個俊美而纖弱的對手的皺著眉頭的眼睛。

韓洽德把一隻腳向前伸出去，范福瑞也把他的腳橫過來；到現在為止，這場爭鬥和那一帶地方普通角力的情形差不多。他們以這種姿勢過了好幾分鐘，兩個人像狂風中的樹木一般搖晃著，扭動著，都一聲不吭。在這個時候，他們的喘氣聲可以聽到了。然後范福瑞設法抓住韓洽德衣領的另一邊，那個身材較為高大的對手用出所有的力氣扭轉身子，來抗拒他，然後完全靠著他的一隻強壯有力的胳臂的壓力，迫使范福瑞跪在地上，結束了這場爭鬥的一個階段。可是，他因為左臂不能動彈，無法使對方一直跪在地上，范福瑞又站起來了，於是爭鬥又像以前一樣地繼續進行。

韓洽德旋轉一下身子，就把范福瑞帶到那個懸崖一般的窗口附近；蘇格蘭人看到自己處境危殆，第一次纏住對手不放，那個被激怒的撒旦——從他這時的外貌看來，我們是可以這樣稱呼他的——不論怎樣用力，一時都無法把他舉起或鬆開。最後他又作一次異乎尋常的努力，終於成功了，不過這時他們已經退到裏邊，離開那個致命的窗口很遠了。在這樣做的時候，韓洽德設法使范福瑞翻了一個筋斗。如果韓洽德的另一隻胳臂可以自由活動的話，那時范福瑞就完了。但是他又站起來了，用力扭韓洽德的胳臂，從後

者面容上的抽搐可以看出，他已感受到劇烈的疼痛。韓洽德馬上用左胯骨（按照當時一般人的說法）向那個年輕人做出毀滅性的一擊，使他轉過身去，然後利用這個優勢把他往門口推，始終不放鬆掌握，直到范福瑞那個漂亮的頭已經懸垂在窗檻上面，兩隻胳臂在牆外向下擺盪著。

「現在，」韓洽德氣喘吁吁地說，「這就是你今天上午開始做的那件事情的結局。你的性命現在握在我的手裏。」

「那麼你就把我摔死好了，把我摔死好了！」范福瑞說。「你老早就想要我的命了！」

韓洽德默默地低頭看他，兩人的目光相遇。「啊，范福瑞！沒有那回事！」他很痛切地說。「上帝可以做見證，世界上從來沒有任何人像我從前喜歡你那樣地喜歡另外一個人。而現在——雖然我來到這裏的目的是要你的命，現在我卻不能傷害你！去報告警方把我捉起來吧——隨便你怎麼辦都可以——我對自己的下場如何，完全不在乎！」

他退回到頂樓的後部，把胳臂解開，在極度愧悔之中急匆匆地跑到一個角落，倒在一些口袋上面。范福瑞默默地看著他，然後走到板門口，從那裏下去了。韓洽德很想把他叫回來，但是這個話說不出口，那個年輕人的腳步聲逐漸在他的耳邊消失了。

韓洽德感到無限的羞愧和自責。初次相識時的情景，湧現在他的心頭——那個年輕人的兼具浪漫和純樸的性格使得他由衷地欽慕，范福瑞簡直可以像彈奏樂器一般撥動他的心弦。他完全洩氣了，一直在那些口袋上面蹲伏著，對於一個男人來說，尤其是對於像他這樣一個男人來說，這種姿勢是很不尋常的。一個有大丈夫氣概的堅強人物，現在竟慘兮兮地現出了一派女人氣。他聽到下面有人談話，打開車房門，把馬套在車上，但是他對這些並未加以注意。

他一直留在那裏，直到薄暮的幽暗逐漸濃密，化爲一片晦暗的朦朧，頂樓的門變成一片長方形的灰光——這是周遭唯一的可以看得出的形狀。最後他站起來，百無聊賴地抖抖衣服上的灰塵，摸索著走到板門口，然後從梯子走下去，最後站在場院裏。

「他從前很敬重我，」他喃喃地說。「現在他要永遠恨我，瞧不起我了！」

一個強烈願望盤踞在他的心頭，他想在當晚和范福瑞再見一面，試著不顧一切地懇求他，來達成一項不可能的任務——請范福瑞原諒他剛才做出的瘋狂攻擊行爲。但是，在他朝著范福瑞的門口走去時，他回想起，當他處於心神恍惚的狀態在上面躺著的時候，場院中所發生的而當時他未曾注意的一些事情。他記得范福瑞走到馬房，把馬套在二輪單馬車上；在他套車的時候，惠特爾給他送來一封信。然後范福瑞就說，他不按照預定計畫往巴德茂斯那個方向去了——臨時有人要他去維瑟勃里，他現在打算在前往維瑟勃里的途中去麥斯托克一趟，因爲只繞一兩哩路就可以到那個地方。

范福瑞最初去到場院時，必定是準備好要出門的，沒料到有人跟他尋釁；他駕車離去（雖然改變了路線）之前，一定沒有把他們兩人之間發生的事情，向任何人透露。

因此，要到范福瑞的家去找他，必須在夜裏很晚的時候才能見到，現在去也是白去。

現在沒有旁的辦法，只有等他回來再說了，雖然對於他那煩躁不安充滿自責的心靈來說，等待簡直是一種折磨。他在市街和郊區走來走去，有時在什麼地方逗留一會兒，最後走到前文曾經提到的那座石橋，這是他最近時常流連的地方。他在這裏待了很久，水壩的潺潺流水聲傳到他的耳邊，嘉德橋的燈火在不太遠的地方閃爍發光。

他正憑著欄杆站在橋上的時候，從市區傳來一種不尋常的聲音，喚醒了他那無精打采的注意力。那是一陣雜亂而有韻律的喧噪之聲；街道上發出的迴響，使得那些聲音更加雜亂。他最初覺得不足爲奇，以爲那些玎璫之聲是市樂隊發出的，他們想在夜間演奏一番，使這個值得紀念的日子有一個圓滿的結束，但是那些迴盪響聲的奇異性質否決了他的這種想法。不過，這件事情雖然不可解，卻沒有使他多加注意，因爲他的墮落感太強烈了，不容其他觀念進入他的心中，他還是像以前一樣地倚著橋欄。

## 39

范福瑞和韓洽德交手完畢之後，氣喘吁吁地從頂樓走下來，他在底下停留一會兒，使自己心情平靜下來，恢復正常。他到場院來，本來是想親自把馬套在那輛雙輪單馬車上（因爲所有的工人都放假了），然後駕車前往麥斯托克大路上的一個村莊。現在雖然經歷了一場可怕的搏鬥，他仍然決定按照原來的計畫，駕車到那個村莊去，爲的是自己可以恢復正常的神態，然後再走進家門和柳塞塔相見。他也打算好好考慮一下，面對著這麼嚴重的一種情勢，自己應該怎麼辦。

在他正要駕車離去的時候，惠特爾來了，交給他一封信，收信人的姓名地址寫得很潦草，外面並且寫著「急件」二字。他打開之後，發現這封短信並未署名，很感驚異。信裏只有短短的幾句話，要他當天晚上前往維瑟勃里，去處理當時他正在經手的一件事情。范福瑞想不出那邊會有什麼緊急的事情，但是他既然本來就打算出去，就屈從了這封匿名信的要求，而且他本來還想去麥斯托克，現在正好順路前往。於是他告訴惠特爾說他決定改變行程，這些話被韓洽德無意中聽到，然後范福瑞就出發了。范福瑞並沒有吩咐惠特爾到裏面去說一聲，惠特爾大概也沒有自動地這樣做。寫這封匿名信，原來是郎維斯和范福瑞其他一些屬下的一個善意而笨拙的辦法，促使他那天晚上置身事外，如果那場諷刺性的化裝遊行眞的實現了，就會撲了個空，得不到預期的效果。如果公開通知范福瑞，他們那班熱中於這場喧鬧的古老遊戲的朋友，會對他們施以報復；寫匿名信

提出警告，因爲自己不必出頭，就被他們認爲是一個可取的辦法了。

對於可憐的柳塞塔，他們並未採取任何保護性的措施，因爲他們和大多數人一樣，相信這項醜聞是有幾分眞實性的，她必須盡自己所能做到的承當後果。

這時是八點左右，柳塞塔獨自坐在客廳。天已經黑了半個多小時，但是她沒有點起蠟燭，因爲范福瑞不在家的時候，她總喜歡坐在壁爐的火光中等他，如果天氣不太冷，總把窗戶開著一個縫兒，爲的是可以早些聽到他的車輪聲音。現在她正靠著椅背坐著，心情比婚後任何時候都更充滿希望。這一天是一個非常成功的日子，韓洽德的魯莽行爲在她心中所引起的短暫不安，已經隨著韓洽德在他丈夫的叱責之下悄然離去而消逝了。她過去對他有過一段荒謬的熱情，那段熱情的流傳在外的證據及其可能產生的後果，都已經被消滅了。她現在實在似乎沒有任何擔憂的理由了。

由這些情形和另外一些事情交織而成的一場幻想，被遠處傳來的一陣越來越大的吵鬧聲攪亂了。那陣聲音並未使她大感驚異，因爲自從皇家的馬車和扈從經過之後，大多數市民下午一直在從事各種娛樂活動。但是隔壁女僕的說話聲音，馬上吸引住她對這件事情的注意，那個女僕正從樓上窗口和馬路對面更高處的一個女僕說話。

「現在他們在往哪邊走？」第一個女僕很感興趣地問。

「我一時還不能確定，」第二個女僕說。「因爲給麥芽酒廠的煙囱擋住了。噢——看見了。我現在看見了。啊，眞看見了！」

「什麼，什麼？」第一個女僕更爲熱心地問。

「他們到底到糧食街來了！兩個人背對背坐著！」

「什麼——兩個人——有兩個人形嗎？」

「對。兩個人像騎著一條驢，背對著背，他們的胳臂綁在一起！女的面朝驢頭，男的面朝驢尾。」

「是不是特別代表什麼人呢？」

「這個？——大概是吧。男的穿著一件藍外衣和開士米裏腿套，長著黑鬍子，臉孔微微發紅。是個填塞起來的人形，戴著個假臉。」

現在喧噪的聲音大起來了——然後又變爲低微一些。

「哎呀——我們到底看不見了！」第一個女僕失望地說。

「他們走到一條小街去了——沒有了。」另一個女僕從閣樓上面那個令人豔羨的位置答話。「又出來了——現在我把他們從上到下都很清楚地看到了。」

「那個女的是什麼樣子？只要你一說，我馬上就能知道是不是我心裏所料想到的那個女人。」

「我的老天——那還用說——這個人像的打扮，和那些戲劇演員來到市公所前面的時候，坐在前座那個女人的穿著完全一樣！」

柳塞塔悚然一驚，站起來了。差不多就在這同時，房門很快地輕輕開啓了。伊莉莎白·珍走進火光之中。

「我來看看你，」她上氣不接下氣地說。「我沒有停住腳步敲敲門——原諒我！我看

見百葉窗沒關，而且窗戶還開著。」

她不等柳塞塔回答，就很快地走到窗口，關上一扇百葉窗。柳塞塔悄悄地走到她的身旁。「不要動它了——噓！」她很果斷地說，聲音很乾澀，同時抓住伊莉莎白·珍的手，並且把食指舉到嘴邊。她們兩人交談的聲音很小，很急促，所以外面的談話還是聽得清清楚楚，一個字也沒漏掉，那些話的內容是這樣的：

「她光著脖子，頭髮上紮著帶子，腦後插著一把裝飾性的髮梳，穿著深褐色的衣服，白襪子，彩色皮鞋。」

伊莉莎白·珍想去關上窗戶，但是柳塞塔用力拉住她。

「那就是我！」她說，面色像死人一般地蒼白。「一場遊行——揭發醜聞——我的模擬像，還有他！」

伊莉莎白的神情顯示她已經知道這件事。

「我們關上窗戶，不看它，」伊莉莎白·珍哄勸她，同時發現柳塞塔面容上的僵硬和狂暴的神態，隨著喧鬧和笑聲的移近，而更加僵硬和狂暴了。「我們關上窗戶，不看它！」

「這是沒有用的！」柳塞塔尖聲叫道。「他會看見，不是嗎？唐納會看見！他就要回家來了——這會使他傷心的——他永遠不會再愛我了——唉，這件事件會要了我的命——要了我的命！」

伊莉莎白·珍急得心緒狂亂。「啊，不能想個辦法來阻止這件事情嗎？」她喊道。

「沒有人能出來阻止嗎？——一個人都沒有嗎？」

她放下柳塞塔的手，跑到房門那裏。柳塞塔本人卻不顧一切地說：「我要看！」然後轉過身，拉開窗戶，走到陽臺上面。伊莉莎白馬上跟過來，用胳臂摟著她，把她往屋裏拉。柳塞塔直盯盯地看著那場怪誕的歡樂景象，正在迅速地向前行進。那兩個模擬人像的四周有很多燈光，把他們照耀得亮堂堂的，十分清楚；大家一看就知道他們所代表的一對嘲諷目標是誰，絕不會弄錯。

「進來，進來，」伊莉莎白懇求她，「我來把窗戶關上！」

「那個女人就是我——就是我——連那把陽傘都一樣——我的那把綠陽傘！」柳塞塔喊道，她走進屋來，同時發出一陣狂笑。她一動不動地在那裏站立片刻，然後就很沉重地倒在地上了。

差不多就在她倒下去的同時，司奇密提遊行的粗俗音樂停止了。諷刺性的嘩笑之聲化爲一片片蕩漾的漣漪而逐漸遠去了，腳步的踐踏聲像一陣疲竭的風在沙沙聲中消逝了。伊莉莎白只是間接地覺察到這種情形；她曾經拉過鈴，現在正俯身在柳塞塔的前面，柳塞塔由於癲癇病突然發作，一直躺在地毯上抽搐著。她一再地拉鈴，但是沒有用，大概所有的僕人都跑到屋外去了，以便把這場魔鬼的慶典看得更清楚。

范福瑞的一名男傭人，本來站在門口臺階上張口呆望著，現在終於進來了；然後廚子也進來了。方才被伊莉莎白匆匆關上的百葉窗現在牢牢地關閉著，有人拿來一盞燈，柳塞塔被送到自己的房間，那名男傭人被派遣去請醫生。在伊莉莎白爲她脫衣服的時

候，她甦醒過來了，但是一回想起剛才發生的事情，病又發作了。

醫生來得出乎意料地迅速，原來他也和旁人一樣站在自己家門口，看看這場喧鬧究竟是怎麼一回事。他一看見這個不幸的病人，就對帶著一臉默默懇求神情的伊莉莎白說：「情形很嚴重。」

「這是一場突然的發作，」伊莉莎白說。

「是的。但是在她目前這種健康情況下，一場突然的發作會出大亂子。你必須馬上派人去把范福瑞先生找回來。他到哪裏去了？」

「他駕車到鄉下去了，先生，」負責照料客廳的女僕說，「是去巴德茂斯大路的什麼地方，大概就要回來了。」

「不管怎樣，一定要派人去找他，因爲他也許不忙著回來。」醫生又回到床邊。那名男傭人被派遣去做這件事情，他們不久就聽到他駕著馬車卡嗒卡嗒地從場院後門出去了。

在這個期間，前面已經提到的本城聞人葛洛爾先生，正坐在正街的家中，因爲聽到大砍刀、火鉗、鈴鼓、舞蹈教師用的小型小提琴、小提琴、絞弦琴、蛇狀管、羊角、和其他各種歷史性樂器的嘈雜聲音，就戴上帽子，出去看看是怎麼一回事。他走到范福瑞家上頭兒的轉角，馬上就猜想出這項行動的性質了，因爲他是土生土長的人，曾經看見過這種粗暴的戲謔行爲。他所採取的第一項行動，是到各處去找警察。本城有兩名警察，兩個乾乾癟癟的漢子，他終於發現他們躲在一條巷子裏，顯得比往常更乾癟，他們唯恐被人看見，會受到粗暴的對待，這種擔心不是沒有根據的。

「他們人那麼多，我們這兩個可憐的蹩腳的人能怎麼樣！」在受到葛洛爾叱責的時候，史圖伯這樣抗辯。「如果我們出面干涉，等於引誘他們對我們做出自殺行爲，行兇者將因此賠上了性命，我們不願意造成一個同胞的死亡，我們不能那樣做！」

「那麼，找些人來協助你們！現在我和你們一起去。我們可以看一看，從治安當局的立場講幾句話，會有怎樣的效果。趕快，你們帶著警棍沒有？」

「我們人手這麼少，就不想讓他們看出我們是執法的官員，所以就把警棍藏在這個排水管裏面了。」

「取出來，趕快走，看在老天的份上！啊！布洛巴狄先生來了，我們的運氣不錯。」

（布洛巴狄是三名法官中的第三名。）

「他們吵吵嚷嚷的是怎麼一回事啊？」布洛巴狄說。「有沒有把他們的名字記下來？」

「沒有。現在，」葛洛爾對一名警察說。「你和布洛巴狄先生從老散步道繞過去，然後沿著正街走過來；我和史圖伯從這裏一直往前走。這樣一來，我們就可以把他們夾在中間。只把他們的名字記下來，不要攻擊或阻止他們。」

於是他們分成兩路出發了。但是，當史圖伯和葛洛爾走到糧食街（聲音就是從這裏發出的）的時候，已經看不見遊行的行列了，他們很感驚異。他們經過范福瑞的住所，朝著大街的盡頭望去。路燈的火焰搖曳著，散步道的樹木發出颯颯之聲，有幾個閒人在

# 39

各處站著，手插在衣服口袋裏面。一切都和平常一樣。

「你有沒有看到一批雜亂的群眾在鬧事？」葛洛爾以很有權威的態度對一個身穿斜紋呢短外衣的人說，那個人正在抽一根短煙袋，膝蓋上繫著皮護套。

「對不起，先生，你說什麼？」對方很溫和地說，他不是別人，原來是彼德的手指的查爾。葛洛爾把他的話重複一遍。

查爾搖搖頭，表示根本不知道有這麼一回事。「我們什麼也沒看見，喬，你說是不是？你比我來得還早。」

喬塞夫的回答表示他和查爾一樣地茫然不知。

「哼——這就怪了，」葛洛爾先生說。「啊——現在有一位很有身分的人從那邊走過來了，我看他很面熟。你有沒有，」他朝著逐漸走近的姚普說。「你有沒有看見一夥人吵吵嚷嚷得很凶——在做司奇密提遊行，還是什麼的？」

「沒有——完全沒看見，先生，」姚普回答說，他那副神態彷彿是聽到一項極奇特的新聞。「但是今夜我並沒離開這個地方很遠，那也許是——」

「噢，是在這裏——就在這裏，」那位法官說。

「那麼，我想起來了，我曾經聽見散步道的樹今天晚上發出一種很奇特的沙沙聲，先生；跟平常不一樣；也許就是那種聲音吧？」姚普提出這樣的意見，同時把放在大衣口袋裏面的手變換一下位置（他的手在那裏很巧妙地支撐著曾經被他匆匆塞進背心裏面的一副廚房用的鐵鉗和一隻母牛角製成的號角）。

「不是，不是，不是——你以為我是傻瓜嗎？警察，往這邊走。他們一定是走到那條後街去了。」

可是，不論在後街還是前街，都看不到那些鬧事的人了。布洛巴狄和另一名警察這時也到達了，他們帶來了同樣的消息。模擬人像、驢、燈籠和樂隊，都像科摩斯①的黨羽一般行蹤杳然了。

「現在，」葛洛爾先生說。「我們只有一件事情可做了。你去找五、六個幫手，大家一起去糞堆巷，走進彼德的手指。如果你們在那裏找不出做惡者的線索，那就是我判斷得大錯特錯了。」

這兩名關節已經生銹的執法人員，盡快地找到幾位助手，然後一夥人朝著那個聲名狼藉的巷子走去。在夜間前往那個地方不會很快到達，因為除了偶然從某一家的窗簾、或某一家因為室內煙囪冒煙而不能關門的門縫洩漏出來的暗淡光輝之外，沒有一盞燈或任何種類的光亮來照亮他們的道路。最後他們到達那家客棧，敲門敲了很久，其聲音之響亮和他們身分之重要很相稱合，然後很勇敢地從那個本來一直上閂的前門走進去。

在大廳裏那些像往常一樣為了穩固而用繩索繫在天花板上的高背長靠椅上，坐著一批普通的客人，他們在喝酒抽煙，神態像雕像一般地安靜。老闆娘和藹地看著這些闖入者，用很老實的語調說：「各位先生，晚安；空座位很多。我希望沒出什麼差錯吧？」

他們往大廳四處望望。「沒錯，」史圖伯對一名男子說，「剛才我在糧食街看見你

①見於密爾頓（John Milton,1608-74）的假面劇或歌劇科摩斯（Comus）。

了。──葛洛爾先生還跟你談過話？」

那個人就是查爾，他神情茫然地搖搖頭。「我已經在這裏待了一個鐘頭了，你說是不是，南施？」他對身旁的一個正在帶著沉思神態啜飲麥酒的女人說。

「不錯，你是在這裏待了一個鐘頭了。我走進來，想安安靜靜地喝下晚餐時間的半品脫酒，那時你就像其他的人們一樣地坐在這裏了。」

另一名警察正面對著時鐘的罩子，看到玻璃上面反映出老闆娘的一個快速的動作。他馬上轉過身去，看見她正在關爐灶的門。

「這個爐灶透著有點奇怪，太太。」他一邊說，一邊走上前去，打開爐門，從裏面拿出一面鈴鼓。

「啊，」她帶有歉意地說，「我們收藏這個東西，是預備在舉行一場小規模的安靜舞會的時候用的。你知道，潮濕天氣會把它損壞了，因此我把它放在那裏烘乾。」

警察好像很在行地點點頭，但是實際上他什麼也不懂，從這一群沉默而規規矩矩的人們，他們探聽不出任何線索。幾分鐘後，查案人員出去了，和在門口等侯的助手們會合，一起到旁的地方去了。

40

在這時的很久以前，佇立橋頭的韓洽德沉思默想得有些厭倦了，已經往市區走回。當他站在大街底端的時候，遊行行列突然出現在他的眼前，那些人正從前邊的一條巷子走出來。那些燈籠、號角和大群的人使他大吃一驚；他看見驢背上的兩個人像，馬上知道是怎麼一回事了。

那些人穿過道路，走進另一條街，然後就不見了。他折回來，走了幾步，陷入一陣嚴肅的沉思之中，最後終於沿著河邊的昏暗小徑走回家。他在家裏心情無法平靜下來，就去到他繼女的住所；房東告訴他伊莉莎白．珍到范福瑞太太那裏去了。他懷著一種無可名狀的憂懼，像是受了鬼使神差一般，也朝著那個方向走去，希望能夠遇見伊莉莎白，這時那些喧鬧的群眾已經消失無蹤。他的希望落了空，就輕輕地拉范福瑞家的門鈴，然後得知已經發生的事情的全部詳情，以及醫生吩咐必須把范福瑞找回來，已經有人動身前往巴德茂斯大路去尋找他了。

「可是他是到麥斯托克和維瑟勃里去了！」韓洽德大聲喊道，現在他感到說不出地難過。「根本沒去巴德茂斯大路。」

但是，可惜韓洽德已經名譽掃地了。他們不相信他的話，只把他所說的當作胡謅八扯的空話。雖然此刻柳塞塔的性命似乎有賴於她丈夫的歸來（她處於極度的精神痛苦之中，唯恐永遠沒有機會把她過去和韓洽德的眞實關係，很平實地告訴他的丈夫了），卻

沒有派人前往維瑟勃里的方向找他回來，韓洽德在痛苦的焦慮和悔恨之中決定親自去找范福瑞。

於是他趕緊從市區走下去，沿著德恩歐弗荒原上方東邊大路往前奔跑，跑上前面那座小山，在春夜的幽暗之中繼續前進，到達第二座小山，就要到達三哩之外的第三座小山了。在山腳的雅爾勃里平地（或稱「平原」），他側耳傾聽。最初，除了自己的心跳之外，什麼也聽不見，只有遍布在兩側山崗上面的雅爾勃里樹林的針樅和落葉松在緩風吹拂之下，發出蕭蕭之聲。但是過了不久，就從新鋪起的石板上面傳來輕快的車輪聲，同時有閃耀的燈光在遠方出現。

從車輪聲的難以形容的個性來判斷，他知道那是范福瑞的雙輪單馬車在往山下行駛，因爲那輛車本來是他的，在拍賣財產時被那個蘇格蘭人買去。於是韓洽德沿著雅爾勃里平原折回去，那輛雙輪單馬車的御者在兩片樹木之間減緩了速度，不久就趕上他了。

在公路的這個地點附近，通往麥斯托克的路從回家的方向分岔出去。如果范福瑞按照原來的計畫，離開公路前往那個村莊，到家的時間可能延緩兩小時。韓洽德不久就看出了，范福瑞還是想實行原定的計畫，因爲燈光轉向鷓鴣小路，也就是前面提到的那條岔路。范福瑞的右車燈朝著他照射過來。在這同時，范福瑞看見不久前曾經和他搏鬥的敵手。

「范福瑞——范福瑞先生！」韓洽德上氣不接下氣地喊道，同時舉起一隻手。

范福瑞把馬車轉到分岔的小路上，前進了好幾步，才停下來。他勒住韁繩，回過頭來說：「什麼事？」好像是在面對著一個明確的仇敵。

「馬上回嘉德橋去！」韓洽德說。「你家裏出了事——需要你回去。我跑了這麼遠路到這裏來，就是要告訴你這件事。」

范福瑞默然不語，他的沉默使得韓洽德的心往下沉了。爲什麼自己以前未曾想到這件非常明顯的事情呢？他在四小時前曾經誘使范福瑞和他做一場你死我活的搏鬥，現在卻在深夜的黑暗中站在一條荒僻的道路上，勸促他不要走預定的道路，而走另外一條特殊的道路，在預定的道路上他的安全會比較有保障，而在另外那條道路上，可能會有攻擊者的同黨埋伏著。韓洽德設身處地想一想，可以感覺得到范福瑞會有這種想法。

「我必須到麥斯托克去，」范福瑞冷冷地說，同時鬆開韁繩要繼續前進。

「但是，」韓洽德懇求說，「這件事情比你去麥斯托克要辦的事情更重要。那是——你的太太！她病了。我們一起回去，我可以在路上把詳細情形告訴你。」

韓洽德的激動和唐突，使范福瑞更加猜疑，以爲這是一個計謀，要把他引誘到下一個樹林裏面，有效地完成韓洽德在當天較早的時候由於有所顧慮或缺乏勇氣而未能完成的事情，於是他縱馬前進。

「我知道你心中的想法，」韓洽德在後面追趕，向范福瑞求情，他想到自己在這位舊朋友心目中所具有的那種毫無忌憚的卑鄙小人的形像，在絕望之餘，幾乎心灰意冷了。「但是我不是你所想像的那種人！」他用嘶啞的聲音喊道。「相信我，范福瑞。我

到這裏來，完全是爲了你和你的太太。她現在情況危險。其他事情我也不知道；他們要你回去。家裏人以爲你到巴德茂斯大路去了，派一名僕人到那條路去找你。范福瑞啊，不要不信賴我——我是一個不足道的人，但是我的心對你仍然是忠誠的！」

可是，范福瑞完全不信賴這個人了。他知道太太有身孕，但是他離家的時候，她的健康情況十分良好，距離現在並沒有多久。韓洽德的奸詐比他所講述的故事更爲可信。范福瑞以前曾經聽到韓洽德講過一些惡毒的反語，現在他所說的可能就是反語。范福瑞策馬加速前進，不久就走上位於那個地方和麥斯托克之間的那片高地，韓洽德斷斷續續地在後面追，更加使人相信他不懷好意。

韓洽德看到那輛雙輪單馬車和御者的影子在天空的背景之下逐漸變小；他爲范福瑞的福祉所做的一切努力都已歸於徒然了。至少，這個懺悔的犯罪者將來就算進了天國，也不會得到快樂的。他像一個更不審慎的約伯①似地詛咒自己；以他那樣一個性情火爆的人，一旦失去貧困生活中的唯一精神支柱——也就是他的自尊心，他必然會這樣自責的。他所經歷的一陣情緒上的陰沉，使得附近森林地區的昏暗相形減色，然後他的心情便陷入這種情況。不久之後，他就又循著來時的道路走回去。范福瑞在回家的路上如果再在那裏遇見他，也完全沒有理由來耽擱行程了。

回到嘉德橋，韓洽德又到范福瑞家中探詢。門一打開，他就看見樓梯上、過道上、和樓梯口的一些渴望的面孔，他們都非常失望地說：「啊——不是他！」原來那名男僕

①參看前面第十二章第一二三頁的注解。

發現自己走錯了路，已經回來很久了，因此大家把一切希望都集中在韓洽德一個人身上。

「你沒找到他嗎？」醫生問。

「找到了……我沒法子跟你說明！」韓洽德回答說，同時在房門裏面的一把椅子上坐下。「他要在兩小時後才能到家。」

「嗯。」醫生說，然後就回到樓上去了。

「她的情形怎麼樣？」韓洽德問伊莉莎白，她也置身在那一群人中間。

「極其危險，父親。她渴望見到她丈夫，因而非常煩躁不安。可憐的女人——我擔心他們會把她害死了！」

韓洽德對這個富於同情心的說話者注視了一會兒，彷彿她已經使他刮目相待。然後，他沒再講什麼話，就走到門外，回到他那悽寂的小屋。男人和男人之間的競爭就到此爲止吧，他心裏想。死神將坐收漁人之利，范福瑞和他自己都落得一場空。但是伊莉莎白·珍卻使他念念不忘，在他的陰霾心情之中，她好像是他的一線光明。他喜愛她從樓梯上回答他的問話時臉上現出的神情。那副神情顯示著一種溫情，現在他所最希望得到的，莫過於來自任何純潔而善良的心靈的溫情。她不是他的親生女兒，可是他現在首次懷著一個朦朧的夢想，希望能把她逐漸當作自己親生女兒一般地喜愛——只要她能繼續愛他。

韓洽德到家的時候，姚普正要就寢。他進了門，姚普就說：「范福瑞太太病了，這

件事情很糟糕。」

「是的，」韓洽德簡短地說，雖然他並沒想到姚普是今晚這個惡作劇的幫兇，他稍微抬抬眼睛，剛好看見姚普的臉上現出焦慮的皺紋。

「有人來找你，」姚普繼續說，這時韓洽德已經走回自己的套房，正要把門關起。「像是一個旅客，也像是船長一類的人。」

「哦！那會是誰呢？」

「他似乎是個很富裕的人——頭髮灰白，臉龐很寬，但是他沒留下姓名，也沒留話。」

「我也不管他是何許人。」韓洽德說完這句話，就把門關上了。

范福瑞因為轉到麥斯托克，而延緩了回家的時間，和韓洽德估計的兩小時相差無幾。家裏需要他回來，有幾個緊急的理由，其中之一是要他決定派人到巴德茂斯路，去請第二位醫生。在他終於回來的時候，他為了自己誤會了韓洽德的動機，心情幾乎陷於發狂的地步。

雖然時間已經很晚，還是派了一個人前往巴德茂斯；夜越來越深了，另一位醫生在後半夜一兩點鐘來到。唐納回來之後，柳塞塔感到很大的安慰。他很少或始終未曾離開她的身邊；他剛一進門，她就口齒不清地向他述說悶在心中的秘密，他制止她那聲音微弱的言語，唯恐講話會引起危險，他告訴她說，以後會有很多時間，可以把一切事情講給他聽。

到這時爲止，他對於那場司奇密提遊行還毫無所知。范福瑞太太病危和流產的消息，不久就傳遍全城，那項壯舉的領導份子對於發病的起因做出了充滿憂慮的猜測，悔恨和恐懼促使他們對那場喧鬧活動的全部詳情諱莫如深；柳塞塔左右的人們也不敢提起這件事，免得增加她丈夫的苦惱。

在那個悽慘的夜晚的幽寂之中，他們二人獨處的時候，范福瑞的妻子終於就她和韓洽德的瓜葛向他解說些什麼，解說了多少，我們無從得知。從范福瑞自己的言談之中，我們知道，她已經把她和糧食商人那段奇特的親密關係毫無掩飾地告訴他了。但是關於她後來的行爲——她來嘉德橋的動機，是要嫁給韓洽德——她發現此人很可怕，就用這個作爲理由把他捨棄了（實際上，她不要那個男人的最大原因，是遇到了另一個男人，忽然一見鍾情）——在她和第一個男人的婚約還未完全解除的時候就跟第二個男人結婚，她用什麼方法來安撫自己的良心：關於這些事情，她究竟講了多少，始終是范福瑞一個人的秘密。

那天夜裏，除了宣報時間和氣象的更夫之外，還有一個人的身影在糧食街上走來走去，出現的頻繁不下於更夫。那個人就是韓洽德，他本來想上床就寢，但是剛一做這種嘗試，馬上就知道自己根本無法入睡。於是他放棄這個念頭，到外面各處走動，每隔些時候就去探聽病人的情況。他去探詢病情，不僅是爲了柳塞塔的緣故，也是爲了范福瑞的緣故，更是爲了伊莉莎白．珍的緣故。所有其他的關切對象都一一地被剝奪了，現在他的生活情趣似乎集中在他的繼女一個人身上，而在不久以前，他還是一看見她就討厭

的。他每次到柳塞塔家探詢病情的時候看見她，都感到一種安慰。

他最後一次探詢病情，是在清晨四點鐘左右前去的，在黎明的鋼灰色微光之中。在德恩歐弗荒原的上空，金星正逐漸消失在白晝的光線裏，麻雀剛剛飛落在大街上，母雞已經開始在雞舍裏咯咯地叫。在距離范福瑞家還有幾碼遠的時候，他看見房門輕輕地開啓了，一名女僕舉手把包紮在門環上的一塊布解下來。他走過去，路上的麻雀照樣在撿食散落在地上的食物，根本不飛避，牠們不相信人類會在這麼早的時刻來侵擾牠們。

「你爲什麼把布拿掉了？」韓洽德說。

女僕對於他的出現感到驚異，轉過身來，一時沒有答話。然後她認出他是誰了，才告訴他說：「因爲現在他們要敲多響就可以敲多響，她永遠聽不見了。」

## 41

韓洽德回到家裏。天已經大亮，他生起火，神情茫然地坐在爐邊。他在那裏坐了沒有多久，就聽到一陣和緩的腳步聲走近這所房屋，進入過道，用手指輕輕地敲門。韓洽德面有喜色，因爲他知道來的人是伊莉莎白。她走進房間，看起來面容很蒼白而憂傷。

「你聽說沒有？」她問道。「范福瑞太太！她已經——死了！眞的——大約在一個鐘頭以前！」

「我知道了，」韓洽德說。「我剛從那裏回來。伊莉莎白，謝謝你來告訴我這個消息。你整夜沒睡，一定也非常疲倦了。今天上午你就待在我這裏好了。你可以到另外那個房間休息；早飯準備好的時候我來叫你。」

爲了使他高興，而且她自己也很願意這樣做（因爲他最近的親切態度博得這個孤寂少女的受寵若驚的感激），她按照他的吩咐去到隔壁房間，躺在韓洽德用高背長靠椅搭成的臥榻上。她聽見他各處走動，準備早飯，但是她的思緒起伏，一直在想柳塞塔的遭遇，她正値盛年，而且滿懷著卻將做母親的愉快希望，竟而突然夭折，實在出乎意料，令人驚駭。不久她就睡著了。

在這同時，她的繼父已經在外間把早飯擺好，但是發現她在瞌睡，不願意叫醒她；他在等待著，眼睛注視著爐火，像個管家婆一般很用心地使水壺保持沸騰，彷彿有她在這個家裏乃是一種榮譽。實際上，就他和她的關係來說，他的想法已經發生巨大的變化；他正在對未來懷抱一個夢想，那個未來由於這個孝順女兒的出現而充滿光明——彷彿只有那樣，他才會有幸福快樂。

又有人敲門了，他站起來去開門，在此時此刻，他實在不願意有任何人來打擾。一個體格健壯的男人站在門階上，在風采和態度方面現出一種不常見的外地人的氣質——見多識廣的人們可能稱之爲殖民地的氣質。這個人就是曾經在彼德的手指問路的人。韓洽德點點頭，臉上顯示出一副詢問的神情。

「早安，早安，」陌生人非常熱誠地說。「請問你是韓洽德先生嗎？」

「我是韓洽德。」

「那麼我是趕上你在家了——這樣很好。我還在想，上午是辦事的時間。我可以跟你談幾句話嗎？」

「當然可以。」韓洽德回答說，然後把他領進屋裏。

「你也許還記得我吧？」客人說，並且坐下了。

韓洽德態度淡漠地把他打量一番，然後搖搖頭。

「噢，也許你不記得了，我姓紐森。」

韓洽德的面容和眼神顯得非常沮喪，另一個人沒有注意到這種情形。「我很熟悉這個姓。」韓洽德終於說，眼睛望著地板。

「這一點我毫不懷疑。噢，實在的情形是，在過去的兩星期當中，我一直在找你。我在海溫普爾上岸，在前往法爾茂斯的途中經過嘉德橋，到達法爾茂斯之後，他們告訴我說你幾年前住在嘉德橋。於是我又回來，一路奔波，受了不少辛苦，十分鐘前才乘馬車到達此地。他們說：『他住在下邊磨坊附近。』於是我來到這裏。我來拜訪的目的，是爲了二十年左右以前我們之間所做的一樁交易，那是一樁很奇怪的交易。我當時比現在年輕，也許從某一方面來說，這件事件以不多談爲妙。」

「奇怪的交易！豈止奇怪，簡直非常糟糕，我甚至不能承認我就是你當時所遇見的那個人。我當時神志不清，一個人要神志清醒才是他眞正的本人。」

「我們當時都很年輕，做事輕率，」紐森說。「可是，我今天來的目的，是要補救已經發生的事情，而不是掀起一場爭論。可憐的蘇珊——她的遭遇很奇特。」

「的確很奇特。」

「她是一個熱誠樸實的女人。她完全不是那種所謂精明機警的女人——如果她是那種女人就好了。」

「她不是那種女人。」

「你大概也知道，她的頭腦簡單，竟然認爲那樁買賣具有相當的拘束力。就那件事情來說，她像天上的聖徒一般清純無辜，沒有犯過任何錯誤。」

「我知道，我知道。當時我馬上就發現這種情形了，」韓洽德說，他的眼睛仍然望著別處。「一直使我痛苦難安的，也就是這一點。如果她當時看清事情的眞相，她絕對不會離我而去的。絕對不會！但是我們怎能期待她明白這種事情呢？她有什麼本事呢？什麼本事也沒有。她會寫自己的名字，但是別的什麼都不會。」

「當時這件事情既然已經成爲事實，我也就不想拆穿眞相，使她醒悟過來，」這位從前的水手說：「我當時心裏想——這種想法並不是往自己臉上貼金——她跟我一起生活會更快樂些。她是相當地快樂，我也就永遠不想說明眞相，讓她糊塗一輩子好了。你那個孩子死了，她又生了一個，一切都很順利。但是，後來有那麼一天——你聽我說，這一天總是要來的。有那麼一天（那是我和她帶著孩子從美國回來不久之後），她向一個朋友吐露這個秘密，那個朋友告訴她說，我對她的權利要求是個笑話，並且嘲笑她竟然相信我具有這種權利。從那時以後，她和我在一起就一直不快樂了。她越來越清瘦憔悴，萎靡不堪，時常唉聲歎氣。她說她一定要離開我，然後就是我們孩子的問題。後來有人爲我想出一個辦法，我照辦了，因爲我認爲那是個最好的辦法。我把她留在法爾茂斯，自己上船出海，在到達大西洋另一邊的時候，遇到一場暴風雨，大家以爲我們很多人，包括我自己在內，都掉到海裏去了。我在紐芬蘭上了岸，然後就在考慮下一步應該怎麼辦。『既然到了這裏，我就在這裏住下了，』我當時心裏這樣想，『現在她對我已經有了反感，就讓她認爲我已不在人世吧，這樣對她最好不過，因爲，』我當時想，『如果她以爲我們兩人都還活在世上，她會很痛苦；但是如果她以爲我已經死了，她就會回到他那裏去，孩子也可以有一個家。』直到一個月以前，我才回國，果然不出我所料，我發現她回來找你了，我的女兒和她在一起。在法爾茂斯，他們告訴我蘇珊已經死了。但是我的伊莉莎白・珍——她在哪裏呢？」

「也死了，」韓治德很堅定地說。「你一定也聽說了吧？」

這位水手一驚而從座位上跳起來，很虛弱無力地在屋子裏踱了一兩步。「死了，」他低聲說。「那麼我這些錢對我還有什麼用呢？」

韓洽德沒有回答，只搖搖頭，彷彿那是紐森自己的問題，與他無關。

「她埋葬在哪裏？」旅客問道。

「在她母親旁邊。」韓洽德說，還是那種無動於衷的語調。

「她什麼時侯死的？」

「一年多以前。」另一個人毫不猶豫地回答。

水手繼續站在那裏。韓洽德的兩眼一直望著地面。紐森終於說：「我這一趟是白來了！我最好怎麼來就怎麼走吧！這是我罪有應得，我不多打擾你了。」

韓洽德聽到紐森的腳步從撒著沙子的地面往外走，機械性地拉起門閂，緩緩地開了門又關上，這種緩慢動作在一個受挫的或沮喪的人是很自然的情形；但是他並沒有轉過頭去看。紐森的身影從窗外經過，他走了。

韓洽德幾乎不相信自己感官所提供的證據，他從座位上站起來，對於自己剛才的所作所爲感到驚愕。那完全出自一時衝動，最近他對伊莉莎白十分關懷，在孤單寂寞的生活中興起一個希望，但願她能成爲自己的女兒，而且像親生女兒一般引以爲榮，實際上她本人現在仍然以爲她是他的親生女兒。紐森的突然出現，對他的關懷和希望發生一種刺激作用，使之化爲一個要獨佔這個女兒的意念。因此，當他突然覺察到自己可能失去這個女兒的時候，他就像小孩一般撒了一個彌天大謊，完全不計後果。他本來預料紐森

## 41

會對他嚴加追問，不出五分鐘就會拆穿他的謊言，可是他並沒有追問。但是，他遲早是要追問的；紐森的離去可能只是暫時性的；他會在本城向旁人打聽，得悉一切實情，然後回來咒罵他，把他的最後珍寶帶走！

他匆匆地戴上帽子，出門朝著紐森離去的方向走去。不久他就看見紐森的背影沿著道路行進，正在穿越牛椿。韓洽德跟在後面，看見他的客人在王徽旅館門口停住腳步，這位客人來時乘坐的早班驛站馬車要在那裏停留半小時，等待另一輛經過此地的驛站馬車。現在紐森乘坐的那輛馬車正要再度登程。紐森上了車，他的行李也放進去了，那輛車就載著他消逝無蹤了。

他連頭也沒回。這種行爲所顯示的意義，是他對韓洽德所說的話完全相信——眞是純眞得幾乎到了崇高的地步！當年那個年輕的水手，在二十多年前由於一時興之所至，單憑看一眼蘇珊的面容，就把她帶走了，現在這個頭髮灰白的旅客，在性格和作風方面仍然和當年那個年輕水手一樣，他那麼毫不懷疑地信賴韓洽德的話，使得這個站在那裏望著他離去的人感到羞愧。

這項臨時憑空捏造的謊言，能使伊莉莎白・珍依然爲他所有嗎？「也許不會很久，」他說。紐森可能和同車的旅客交談，其中有些是嘉德橋人；這個詭計就會被揭穿了。

這種可能性促使韓洽德採取一種防禦的態度，他並未考慮如何盡力改正錯誤，馬上把實情告訴伊莉莎白的父親，反而要想辦法來保持自己無意中獲得的有利地位。每當他對這個少女的親權要求遭遇一種新的危險時，他對她的感情就變爲更加強烈，不容旁人介入。

他注視著遠方的公路，預料會看到紐森徒步走回來，他已經明白眞相，極爲憤怒，要索回他的孩子。但是沒有任何人影出現。大概他在馬車上沒有和任何人談話，只把他的憂傷埋藏在自己心中。

他的憂傷！──和他韓洽德如果失去了她所可能感到的憂傷比較起來，他的憂傷又算得了什麼？紐森的感情已因時隔多年而冷淡下來，怎能和與她經常相見的他的感情相比呢？他的嫉妒的心靈就這樣地爲自己做似是而非的辯解，認爲拆散他們父女也沒什麼不對。

他回到家裏，以爲她可能已經走了。但是沒有，她還在那裏──剛從裏屋出來，眼皮上遺留著睡眠的痕跡，顯示著大致已經休息過來的神情。

「父親！」她微笑著說。「我一躺下就睡著了，雖然我本來並沒打算睡覺。我覺得很奇怪，我一直在想著可憐的范福瑞太太，卻沒有夢見她；但是我的確沒有夢見她。最近發生的事情雖然總是縈繞在我們的心頭，我們卻不常夢見，這是多麼奇怪的事情。」

「我很高興你能睡著，」他說，同時握住她的手，態度很急切，彷彿那隻手是屬於他的親人之手──這個舉動使得她又驚又喜。

他們坐下吃早飯，伊莉莎白・珍的思緒又回到柳塞塔。那些思緒的哀愁爲她的面容添加幾分嫵媚，她的面容的美本來在於她那種沉思的端莊神情。

「父親，」她的心思一回到擺在桌上的餐食，就這樣說。「太謝謝你了，親手做出這麼好的早餐，而我卻在那裏睡懶覺。」

「我每天都做飯，」他回答說。「你離開我了，所有的人都離開我了，我不自己親手做飯怎麼活下去呢？」

「你很寂寞，是不是？」

「是的，孩子——寂寞到一個你完全想像不到的程度。這是我自己的過錯。在過去幾星期當中，只有你還和我接近，可是以後你也不會來看我了。」

「你爲什麼這樣說呢？如果你願意和我見面，我一定會來的。」

韓洽德顯示出猶豫不決的樣子。他最近很希望伊莉莎白・珍再以女兒身分住在他的家裏，但是現在他不願意要求她這樣做了，因爲紐森隨時可能回來，伊莉莎白發現這個騙局之後，心中會怎麼想呢，所以最好還是不要和她住在一起。

吃完早飯之後，她的繼女仍然逗留不去，直至到了他每天要去上工的時候，她才站起身來，說她以後一定還要再來，然後就在早晨的陽光中走上那座小山了。

「在目前，她對我像我對她一樣地親切，如果我要求，她會來和我一起住在這個簡陋的小屋！可是在天黑以前，他也許又來了，然後她就會瞧不起我！」

這個意念不斷地重複出現在韓洽德的心中，那一整天不論走到哪裏都擺脫不了。他的心境不再是一個反抗、嘲諷、和無所顧忌的不幸者的心境，他已經失去所有能使他對人生發生興趣甚或覺得人生還可以忍受的一切，現在他的心境就是這樣一個人的陰沉的憂鬱。以後將沒有可以使他引以自傲的人了，也沒有一個可以使他振作起來的人了，因為伊莉莎白·珍不久即將成為一個陌生人，而且比陌生人還不如。蘇珊、范福瑞、柳塞塔都一個接著一個離他而去了——或是由於他的錯誤，或是由於他的不幸。

他沒有什麼興趣、愛好或欲望來代替他們。如果他求助於音樂，他也許還能忍受目前這種逆境，因為音樂對於韓洽德具有無上的力量。單是喇叭和風琴的音調就足以使他受到感動，崇高的和聲則變化了他的氣質。但是殘酷的命運注定他無力在患難中召來這個神靈。

擺在他前面的整個世界是一片黑暗，沒有任何將要來臨的東西，沒有任何可以等待的東西。可是在人生的自然歷程中，他也許還要在世上苟延三四十年——被人嘲笑，往好處說是被人憐憫。

想到這種情形，使他無法忍受。

嘉德橋東方有一些荒原和草地，大量的河水流經其間。朝著那個方向漫遊的人，如果在一個寂靜的夜晚佇立一會兒，可以聽到流水發出的奇異的交響樂，彷彿是一個沒有燈光的管弦樂隊，從荒原的遠近各處奏出各種各樣的音調。在一個腐朽的水壩的洞裏，流水奏出一個吟誦調；在一個支流的溪水從一座石造胸牆上面傾洩下來的地方，流水很歡樂地發出顫音；在一座拱門下面，流水在演奏金屬的鐃鈸；在德恩歐弗洞，流水發出嘶嘶之聲。流水演奏聲音最響亮的地點，是一個叫作「十閘門」的地方。在大潮時期，這裏演奏的簡直就是一首遁走曲。

在這個地方，河水總是很深，水勢強勁，因此那些水閘門都是用輪齒和絞盤升降

# 41

的。有一條小路從公路上的第二座橋（以前時常提到的）通到這些水閘門，可以由位於水閘門頂端的一座很窄的木板橋過河。但是在黃昏之後，很少有人往那邊走，因爲小路只通到這條河流的一段很深的叫作「黑水」的水域，而且過河很危險。

可是，韓洽德從東邊那條大路出了城，走到第二座橋，也就是石橋，轉到這條人跡罕至的小路，從河邊沿著小路往前走，直至看到十閘門的暗影遮住了由夕陽殘照的餘輝投射到河面上的亮光。過了一會兒，他站在河水最深的水壩洞旁邊。他前後望望，視野之內沒有一個人。於是他脫了外衣，摘下帽子，兩手十指在胸前交叉著，站在河邊。

他兩眼俯視著河水，慢慢地看見有個東西在那個由河水沖蝕幾百年而成的圓形水潭上面漂浮著；他打算以那個水潭作爲自己死亡時的寢床。最初那個東西很不清楚，因爲被河岸的陰影籠罩著，但是後來它浮現出來，顯示出具體的形狀，原來是一個人體躺在水面上，僵硬而挺直。

中流的迴旋水流使那個人體漂浮上來，在他的眼前移動；然後他懷著一種恐怖的感覺看出那個人就是**他自己**。那個人並不是和他有些相像，而是在所有各方面都和他一模一樣，簡直就是他的化身，在那裏漂浮著，彷彿已經死在十閘門洞裏。

這個不幸者的超自然的感覺很強烈，他就好像實際看到一場可怕的奇蹟一般轉過臉去。他蒙起眼睛，低下頭。他沒有再往河裏看，就拿起外衣和帽子，緩緩地走開了。

不久他就到了自己住所的門口。使他大感意外地，伊莉莎白・珍正站在那裏。她走上前來，和他說話，像從前一樣地稱他爲「父親」。看樣子，紐森還沒有回來。

「我覺得你今天早晨似乎很憂愁，」她說，「所以我又來看看你。這倒不是說我並不憂愁。但是一切人和一切事情似乎都那麼和你過不去；我知道你一定很痛苦。」

這個女人眞是料事如神！但是她還沒料到整個事情麻煩到什麼程度。

他對她說：「伊莉莎白，你認爲現在這個時代還會有人做出奇蹟嗎？我讀書不多，許多想知道的事情都不知道。我這一輩子總想多念點書，多知道一些事情；但是我越想多得些知識，越像是更加愚昧了。」

「我不大認爲在現今這個時代還會發生什麼奇蹟。」她說。

「例如，一個人在窮途末路尋求解脫的時候，會不會有外力出而干預呢？噢，也許不會直接干預，也許不會。但是你能不能跟我走一趟，我可以讓你看看我所指的是什麼。」

她欣然同意了，於是他領著她從公路走過去，再沿著那條荒僻小路走向十閘門。他走路時很煩躁不安，彷彿有一個她所看不見的作祟陰魂盤旋在他的四周，困擾他的視線。她本想談談柳塞塔的事情，但是又怕擾亂他的心緒。在走近水壩的時候，他站住了，要她到前邊去往那個水潭裏面看看，然後告訴他看見了什麼。

她去了，很快就回來了。「什麼也沒看見。」她說。

「再去，」韓洽德說。「仔細看看。」

她第二次去到河邊。這一次是在那裏耽擱了一些時候才回來，她告訴他說，她看見一個東西在那裏轉來轉去地漂浮著，但是她看不清楚究竟是什麼東西。看起來好像是一捆舊衣服。「很像我的衣服嗎？」韓治德問。

「噢——是很像。哎呀——不曉得是不是——父親，我們走吧！」

「再去看看，然後我們就回家。」

她又去了，他看見她彎下身子，直至把頭靠近了水潭的邊緣。她忽然站起來了，急忙回到他的身邊。

「現在你怎麼說？」韓治德問。

「我們回家吧。」

「但是你要告訴我——一定要告訴我，是什麼東西在那裏漂浮著？」

「模擬人像，」她匆忙地回答。「一定是他們怕治安當局發現，想把它丟掉，就從上游「黑水」旁邊的柳樹林扔到河裏，然後順流而下漂到這裏。」

「啊——不錯——是我的像！但是另外一個像在哪裏呢？爲什麼只有這一個？……他們這場表演殺死了她，而留下我仍然活在世上！」

在他們緩步走回市區的路上，伊莉莎白·珍反覆思索著韓治德所說的「留下我仍然活在世上」這句話，最後終於猜出其中的含義。「父親！——我不能再像這樣丟下你一個人不管了！」她大聲說道。「我可以像過去一樣和你住在一起，服侍你嗎？你窮我不在乎。今天早晨如果你要求我，我就會同意搬來了，但是你並沒要求我。」

「你可以搬到我家裏來嗎？」他很悽愴地大聲說道。「伊莉莎白，別嘲弄我了！如果你眞能搬來就好了！」

「我從前對待你的態度那麼粗暴，你怎麼會原諒我呢？你不會的！」

「我會搬來的。」她說。

「我已經忘記了。不要再談那些了。」

她說這些話讓他放心，並且安排父女重聚的計畫；最後兩個人各自回家了。然後韓洽德刮了臉（這是他很多天以來第一次刮臉），穿上乾淨的亞麻布襯衫，並且梳理頭髮，從此完全像是一個重生的人了。

第二天早晨，事實果然和伊莉莎白．珍所推測的一樣，那個模擬人像被一個放牛的人發現了，柳塞塔的像也在同一條河上游不遠的地方發現了。但是大家對於這件事情盡量少談，那兩個人像被私下毀掉了。

儘管這個神秘事件得到了自然的解答，韓洽德卻還是認爲，那個人像之所以會在那裏漂浮著，乃是出自一種外力的干預。伊莉莎白．珍聽見他說：「像我這樣完全被上帝擯棄的人，世間少有，可是就連我，似乎在冥冥之中也被什麼人控制著！」

但是，韓洽德認爲自己「在冥冥之中被什麼人控制著」這種情緒上的信念，由於時光的推移逐漸湮沒了最初引起他這種想法的事件，已經開始從他的心中消失了。紐森的影子仍然時常出現在他的心中。那個人一定還會再來。

可是紐森沒有來。柳塞塔被抬著經過教堂墓地的小徑；嘉德橋的市民對她做最後一次的注視，然後各人去做自己的事情，好像世界上根本不曾有過這個人一般。但是伊莉莎白對她自己和韓洽德的關係一直深信不疑，未受干擾，現在和他住在一起。紐森也許就永遠不再來了。

在適當的時機，喪失愛妻的范福瑞至少已經得知柳塞塔生病和死亡的大概的原因，他當時的第一個衝動自然是循法律的途徑，對那場惡作劇的禍首加以報復。他決定等辦完喪事之後，再來採取行動。到喪事辦完的時候，他仔細考慮了一番。那場烏合之眾的遊行雖然造成悲慘的後果，但是那種後果顯然完全不是那夥輕率魯莽的籌辦者所曾預料到的，也不是他們存心如此。一般市井小民，經常受到高高在上者的壓制，能有機會使那些大人物感到難堪，實在是一件充滿刺激的無上樂事——就他所能想到的，促使那夥人發動遊行的動機只是這個誘人的情景，沒有別的原因，因爲他對於姚普的煽動毫無所知。他還有其他的一些考慮。柳塞塔在臨死之前已經向他表白了一切。現在最好不要再把她過去的事情大加張揚，這樣做不但是爲了她，也是爲了韓洽德和他自己。在范福瑞看來，把這件事情當作一個不幸的意外事件，是對死者在天之靈的最眞實的體貼，也是最好的處世之道。

韓洽德和他都避免彼此相見。爲了伊莉莎白的緣故，韓洽德壓抑住自尊心，接受了以范福瑞爲首的幾位市議員爲他買下來的那個販賣種子和根莖的小店鋪，作爲一個新的開始。如果單就他個人來說，范福瑞是他曾經猛烈攻擊過的人，任何同那個人稍有牽連的援助，他都會毫無疑問地謝絕。但是，那個女孩子的好感似乎是他的生存所不可缺少的東西；於是爲了她的緣故，自尊心披上了謙卑的外衣。

他們在這個小店鋪裏安頓下來；在他們的共同生活當中的每個日子裏，韓洽德都很留意地預先料想到她的每一個願望，一種唯恐這個女兒被別人奪走的強烈的憂慮，更加深了爲父者的關懷。可是，現在實在也找不出什麼理由，認爲紐森還會回到嘉德橋來認女兒。他是一個流浪漢，異鄉人，幾乎可以說是外國人；他已經好幾年沒看見他的女兒；他對她的親情必然已經不很強烈；其他的興趣或許不久就會沖淡他對她的懷想，因此他也就不會再來探究過去的事情，以致終於發現她還活在世上。爲了略微安撫一下自己的良心，韓洽德一再地告訴自己說，那項使他得以保留住自己所希求的珍寶的謊言，並不是爲了達到那個目的蓄意說出的，而是在完全沒有考慮後果的絕望心情中說出的一句氣憤話。而且，他還在內心裏爲自己辯護說，紐森絕對不會像他那麼愛她，也不會像他那樣準備在有生之年一直高高興興地服侍她。

他們就這樣地在那個俯瞰教堂墓地的店鋪裏生活著，在這一年的其餘日子裏，沒有

發生什麼特別的事情。他們外出的時候不多，在市集日絕對不外出，他們只是極其罕有地偶爾看到范福瑞一次，那時他的身影多半是短暫地出現在大街的遠處。可是他在處理普通的業務，對其他商人做出機械的笑容，跟講價的人們爭論——一般喪妻的男人過了一段時間之後都是如此的。

時間老人「以他那老練的方式」①教范福瑞如何估評自己和柳塞塔的一段共同的生活經驗——那一切都曾存在，那一切都已消逝。世上有一種人，對於偶然落入自己胸懷之中的某一個影像或目標，在自己的判斷已經宣告那個影像或目標並不稀罕——甚或完全相反——的很久之後，仍然很固執地堅持要對它忠心耿耿，此情永遠不渝。可欽敬人士的排行榜上，是少不了他們的。但是范福瑞不是那種人。范福瑞生性富於洞察力，活潑而敏捷，無可避免地會使自己脫出由那場損失而陷入的一片空虛。他不能不覺察到，柳塞塔的死亡已經把一場隱患化為一種單純的憂愁。她過去的那段歷史既經揭發出來之後（那段歷史無論如何遲早會被揭發出來的），就很難相信自己和她兩人的共同生活還能產生更進一步的幸福。

儘管有這些情況，柳塞塔的影像仍然生活在他的記憶之中。她的缺點只引起了他的極其溫和的指責，她隱瞞自己的過去，當然使他憤怒，但是她所遭受的痛苦時常把他的憤怒消減成為一顆短暫的火星。

到那年年底，韓治德那個不比櫃櫥大多少的零售種子和穀物的小店鋪，生意已經有

①出自英國詩人雪萊的「我靈魂中的靈魂」（Epipsychidion）。

了很大的發展，繼父和女兒在那個風物宜人陽光照耀的街角享受著頗爲寧靜的生活。在這個時期當中，最能顯示伊莉莎白・珍的特性的，乃是一個充滿內心活動的人那種安詳的態度。她每星期到鄉間做長程散步兩三次，多半是往巴德茂斯的方向走。他有時想到，在她外出做那種使人精神煥發的散步之後，晚間和他一起坐著的時候，她的態度是溫文有禮，而非感情深厚。因此他的心中很感煩惱。當初她向他表示親情的時候，他曾用嚴苛的挑剔凍結起那種情意，後來時常爲此感到痛切的懊悔，現在這種悔恨又襲上他的心頭。

現在一切事情都是她說怎麼樣就怎麼樣。對於出去和回來，對於買和賣，她的話就是法律。

「你有了一隻新皮手筒了，伊莉莎白。」有一天他十分謙恭地跟她說。

「是的，我買的。」她說。

他又看看那隻放在旁邊桌子上面的皮手筒。毛皮是褐色的，有光澤，雖然他對於這類物品並不在行，可是他覺得，對她來說，這是一件非常好的東西。

「大概很貴吧，親愛的，是不是？」

「是貴了一些。」她很安詳地說。「但是這件東西不花俏。」

「是的，」這隻陷入羅網的雄獅說，唯恐惹起她一點點的不快。

不久之後，時序已經到了春天，有一天她不在家，他從她的臥室外面經過，就在那裏停住腳步，往裏邊看看。他想起從前，她因爲被他厭惡和苛待而從他那所很有氣派的

大房子搬出去，那時他也曾像現在一樣地看過她的臥室。現在這個房間比從前那個房間不如遠甚，但是裏面有大量的書籍在各處放置著，給與他很深刻的印象。那些書籍的數量和性質，使放置書籍的那些簡陋傢俱顯得不相稱到一種荒謬可笑的程度。有些書——實際是很多書——一定是最近才買來的，雖然他曾本著大道理鼓勵她買書，但是沒有想到她竟然不顧念家中的收入微薄，花那麼多錢盡情滿足自己天生的愛好。他認爲她太浪費了，心中第一次感到很不高興，他決定要跟她談談這件事。但是在他還沒來得及鼓足勇氣向她開口之前，發生了另一件事情，使他的思緒突然轉移到一個完全不同的方向。

種子生意的忙碌季節過去了；乾草季節之前的爲時數周的一段平靜時期已經來臨。這段時期爲嘉德橋帶來一片特殊的景象：市場上擺滿了木耙，黃色、綠色和紅色的新運貨馬車，非常大的鐮刀，和足以把一小家子人串起來的尖頭乾草叉。韓洽德一反平常的習慣，在一個星期六的下午出門了，朝著市場走去，因爲他心中有一個奇異的感覺，想去到他從前在商場得意的地點流連幾分鐘。范福瑞——（對他來說，韓洽德仍然是一個相當陌生的人）——正在糧食交易廳門外下面的臺階上站著（在這個時刻，他通常是站在那裏的），兩眼正望著不遠處的一樣什麼東西，臉上現出一副茫然出神的樣子。韓洽德的眼睛順著他的目光望去，看到他所注視的並不是什麼給人看樣品的農場主人，而是自己的繼女，她剛從對面一家商店走出。她完全沒有覺察到他在注視她，在這一方面，她沒有某些少女那麼幸運，那些少女每當可能的愛慕者出現在視界之內的時候，她們就和孔雀一樣，身上長著一百隻眼睛②。

韓洽德走開了，他以爲范福瑞在這個時機注視伊莉莎白．珍，也許並沒有什麼重大意義。但是他忘不了，那個蘇格蘭人過去曾經向她表示愛慕之意，雖然那只是短暫的一時的柔情。於是，從最初就支配著他的行爲，並且使他落到今天這步田地的那種老脾氣，又顯現出來了。照理說，他所鍾愛的繼女，如果和精力充沛事業興隆的唐納結爲夫婦，對於她和他本人來說，都是令人想望的美事，但是他不但不這樣想，反而對於這種可能性感到憎恨。

要是在從前，這種直覺的反對馬上就會付諸行動。但是，現在他已經不是當年的韓洽德了。他訓練自己，對於這件事情像所有其他事情一樣，要把她的意旨視爲絕對正確、無可置疑而加以接受。他唯恐說出一句話，就會使自己失去憑著深摯愛心從她那裏重新獲得的好感，他覺得與其把她留在身邊而引起她的憎惡，不如分離而保持那種好感。

但是，一想到這種分離，就使他心情狂亂。那天晚上，他以充滿懸慮的沉靜態度對她說：「伊莉莎白，你今天看見范福瑞先生沒有？」

這句問話使伊莉莎白．珍吃了一驚，她有些慌亂地回答說：「沒有。」

「噢——沒什麼——沒什麼……我問這個，只因爲今天我們兩人都在大街上的時

②希臘神話：阿戈斯（Argos）是一個人形怪物，長著一百隻眼睛，其中的一部分永遠醒著，後來赫密士（Hermes）使用魔法，使他所有的眼睛都睡著了，把他殺死。天后希拉（Hera，即羅馬神話中的Juno）用那一百隻眼睛裝飾孔雀的尾巴。

候，我看見他了。」他心中在想，她的困窘態度是否可以證明他的新猜疑果然不錯——她近來常去做的漫長散步，使他感到那麼驚異的那些新書，恐怕都和那個年輕人有些關聯。她沒有向他透露什麼，他很怕沉默會使她形成一些不利於他們目前這種友善關係的意念，所以把話題轉移到別的方向去了。

由於天性的關係，韓洽德是最不肯做出偷偷摸摸行爲的人，不論是好事還是壞事。但是，由愛而引起的憂懼——他已經沒落到（或者從另一個觀點來說，他已經升高到）把伊莉莎白的好感視爲精神上的依靠——使他違背了本性。她所做出的一件事情，或說出的一句話，往往使他一連反覆思量好幾小時，想弄清楚它的意義；要是在從前，他第一個本能的反應，就是用一句直率的問話來澄清一切。現在，因爲想到她對范福瑞的熱情可能完全取代了她對自己那種溫和的孝順的同情，心中忐忑不安，所以他更加留意觀察她的行動。

實際上，她的行動毫無秘密可言，只是她一向沉默寡言，有時也許令人生疑；她和唐納有時碰巧遇見，兩人談幾句話，這是不必諱言的事。不論她到巴德茂斯大路散步的動機爲何，她散步回來的時候，往往正好范福瑞也從糧食街走出，到風勢很大的公路上吹吹風——如他自己所說的，要把自己頭腦裏面的種子和穀糠吹掉，然後再坐下來喝下午茶。韓洽德經過一番調查，才曉得這種情形，他去到圓形競技場，躲在圍牆裏邊，朝著大路望著，直至看到他們兩人相遇。他的臉上現出一副極端痛苦的神情。

「他想把她也從我這裏奪走！」他低聲說。「但是他有這種權利。我不想干涉。」

實際上，他們兩人的會面是很普通的，這兩個年輕人之間的關係還沒有進展到韓洽德在嫉妒和憂傷心情之中所推想的那個程度。如果他聽到他們兩人所談的這些話，他就可以明白實際情形了：

**他**。——「韓洽德小姐，你喜歡到這邊來散步——是不是這樣？」（用他那抑揚有致的音調說出，並且用一種品評的，沉思的眼神注視著她。）

**她**。——「是的。我近來選擇了這條路，並沒有什麼重大的理由。」

**他**。——「但是那卻可能為別人提供了一個理由。」

**她**（臉紅了）。——「這個我不知道。要說我的理由，就是想每天去看看海。」

**他**。——「其中有什麼秘密嗎？」

**她**（很不情願地）。——「有。」

**他**（語氣帶有他的一首家鄉歌曲的那種哀感）。——「啊。我不相信秘密會有什麼好處！一項秘密為我的生活投下一片濃密的陰影。這件事情你知道得很清楚。」

伊莉莎白承認她知道，但是不肯說出海為什麼對她具有吸引力。其實她自己也說不清楚，因為她不知道這個秘密的實情可能是：除了早年生活與海洋有關的聯想之外，她的身體裏還流著一個水手的血。

「范福瑞先生，謝謝你送給我那些新書。」她又很羞怯地說。「我不知道自己是不是應該接受那麼多書！」

「唉！有什麼不應該？我給你買那些書所得到的快樂，比你得到那些書所感受的快

# 42

樂還要多！」

「不會的！」

他們兩人一起沿著大路行走，到了市區，才分路各自回家。

韓洽德發誓要任憑他們自行其是，不論他們怎樣做，他都不加阻礙。如果他命中注定要失去她，那也是沒有辦法的事。在他們的婚姻所將造成的情勢之中，他看不出自己有任何的立足點。范福瑞必然只會以倨傲的態度對待他，除了過去的行爲之外，他的貧困也一定會使范福瑞如此。因此伊莉莎白會漸漸變成一個陌生人，他將在孤寂無依的狀態中了卻殘生。

因爲這種可能有即將來臨之勢，他不能不多方留意。實際上，他也有權利把她視爲一個被監護者而加以照看。在一周當中的某些日子，他們的會晤已成了當然的事情。

他終於獲得了充分的證據。當時他正站在靠近范福瑞和她碰面之處的一座牆後邊。他聽見那個年輕人稱她爲「最親愛的伊莉莎白・珍」，然後就吻她，女孩子很快向四周望望，來確定附近什麼人也沒有。

他們走開之後，韓洽德從牆後出來，很憂傷地跟在他們後面往嘉德橋走去。這項婚姻所牽涉的主要的隱約出現的麻煩，並未減少。范福瑞與伊莉莎白・珍和其他人的想法不一樣，他們一定認爲伊莉莎白是他的親生女兒，這是他從前這樣認爲的時候，親口告訴她的。雖然范福瑞一定已經原諒了他，不會反對承認他爲岳父，但是彼此間絕對不會建立起親密的關係。那樣一來，這個女孩子——她是他唯一的朋友——就會受了她丈夫的影響，而逐漸和他疏遠，並且瞧不起他。

如果她傾心於世界上任何其他的男人，而不是這個他在自己銳氣尚未遭受挫折的時候曾經與之競爭，加以詛咒，並且做過生死搏鬥的人，他會說：「我很滿意」。但是對於現在呈現在眼前的這片遠景，他是很難感到滿意的。

人的頭腦有一個外室，一些不爲自己所承認，非自己所希求的，有毒素的意念，有時會被容許在那裏遊蕩片刻，然後被遣返原處。這樣的一個意念現在正大搖大擺地走進韓洽德的意識。

假如他把實情告訴范福瑞，說他的未婚妻根本不是麥可·韓洽德的孩子——從法律的觀點來說，不是任何人的孩子，那個品行端正、身居要津的市民會有怎樣的反應呢？他很可能放棄了伊莉莎白·珍，那麼她就又可以完全歸她的繼父所有了。韓洽德不寒而慄，大聲說道：「這種事爲上帝所不容！我正在竭力避開魔鬼的作祟，爲什麼還會著了他的道兒？」

# 43

韓洽德這麼早就看到的事情，不久之後旁人自然也看到了。范福瑞先生「偏偏和已經破產的韓洽德的女兒「一起走路」，成了全城人的普通話題。「一起走路」是本地的土話，表示「追求」或「求婚」的意思。嘉德橋的十九位傑出少女，本來每人都認爲只有她自己能使這位商人市議員幸福快樂，現在都很憤怒地不再到范福瑞去的那所教堂做禮拜了，不再故意地矯揉造作了，不再在晚禱之中把他的名字和自己血親放在一起祝福了，總而言之，又恢復自己本來的正常生活了。

在嘉德橋的居民當中，唯一的對蘇格蘭人這項隱約出現的選擇眞心感到滿意的，也許就是三水手客棧那夥曠達的座上客，其中包括郎維斯、克里斯托夫·柯尼、比利·威爾斯、巴茲福先生等等。好幾年前，他們就是在三水手客棧看到那兩個青年男女以卑微身分第一次出現在嘉德橋的舞臺上，現在對於他們的境況很親切地感到興趣，這也許和幻想將來會受到他們的喜慶款待不無關係。一天晚上，老闆娘史坦尼治太太搖晃著身軀走進大廳發表意見說，像范福瑞先生那樣的一個人，身爲「本城的棟樑」，本可以選擇一位專門職業人士的女兒，或大家閨秀，現在竟這樣自貶身價，眞是一樁奇事。柯尼不揣冒昧地表示不贊成她的看法。

「不對，太太，這樁事一點也不奇怪。這是她屈就他——我認爲。一個死了老婆的男人——第一個老婆並沒有給他增光——對一個熟讀詩書、獨立自主、又受人喜愛的少女來說，這算什麼呢？但是兩個人湊合一下，我看倒也很好。一個男人像他那樣地用最好的大理石爲前妻立了一座墓碑，哭了個夠，把整個事情考慮了一下，然後對自己說：『那個女人騙了我；我先認識這個女人；她是一個通情達理的伴侶，現在在上流社會裏已經找不到忠實可靠的女人了，』——這樣看來，如果她對他有情，他要是不娶她，再找一個還不如她。」

在三水手客棧，大家就這樣地談論著。但是我們一定要避免把那些因襲的陳腔濫調做過分的使用，如說這件即將發生的事情造成了大轟動、大家議論紛紛等等，雖然這些說法會爲我們那可憐的唯一的女主角添加一些光彩。我們把那些散布傳聞的人所說的話作了交代之後，也要指出一點：對於和自己無直接關係的事情，任何人的興趣都是淺薄而短暫的。如果我們說，嘉德橋人（始終要把那十九名少女除外）在聽到這個消息的時候，抬頭觀看了一陣，然後就收回他們的注意力，繼續辛勞工作和吃飯，撫養子女，埋葬死者，對於范福瑞的婚姻大事毫不關懷——這才是更爲眞實的描述。

關於這件事情，伊莉莎白本人和范福瑞都一點也沒有向她的繼父透露。韓洽德推究他們緘口不言的原因，得到一個結論：這對心情興奮的青年男女根據他過去的行爲來衡量他，不敢告訴他這件事情，並且把他視爲一個可厭的障礙，滿心希望他能完全置身事外。韓洽德對於社會本來已經懷著怨恨的心情，現在他對自己處境這種陰沉的看法越來越深深地控制著他，直到後來，他每天必須面對人類，特別是必須面對伊莉莎白，竟成了幾乎使他無法忍受的事。他的健康衰退了，他變得過分地敏感。他希望躲避那些不需

要他的人們，永遠銷聲匿跡。

但是，如果他這種看法是錯誤的，在她結婚之後他並沒有和她完全分離的必要，又將如何呢？

於是他爲另一種可能描繪出一幅圖畫——他在由繼女做女主人的那所房子的後屋住著，像是一頭無牙的雄獅；一個不討人厭的老人，伊莉莎白很溫柔地以笑容相對，她的丈夫很和藹地對他加以容忍。想到自己竟然淪落這個地步，實在爲他的自尊心所難容。可是，爲了她的緣故，他可以忍受一切，甚至連來自范福瑞的冷待，連輕蔑和盛氣凌人的斥責，他都可以忍受。住在她的家中是一種榮幸，個人受些屈辱算不了什麼。

不論這種情況是稍微有些可能性，還是完全相反，韓洽德對於這場求婚——此事顯然已在進行之中——感到極大的興趣。

如前面已經講過的，伊莉莎白常去巴德茂斯大路散步，范福瑞便利用這種機會，在那裏和她偶然相遇。在市區兩哩之外，離開公路四分之一哩的地方，有一座史前時代的堡壘，叫做「少女城堡」①，面積很大，有許多壁壘，一個人站在堡壘圍牆的裏邊或上邊，從公路上看來只是一個很小的黑點而已。韓洽德時常到那個地方去，手上拿著望遠鏡，觀察那條無樹籬的大路——因爲那是當年羅馬大軍修築的路徑——上的情形，可以看到兩三哩外，他的目的是想了解范福瑞和他所迷戀的美女之間的風流韻事的進展情形。

①少女城堡（Mai Dun，通常稱爲Maiden Castle）爲不列顛最大的史前期堡壘之一，位於道柴斯特，（即小說中的嘉德橋）南方約兩哩之處。這座堡壘是泥土建造的，佔地一一五畝，在若干地方，它的壁壘高達六百呎。

有一天，韓洽德正在那個地方，看見一個男人的身影沿著巴德茂斯大路走來，並且在那裏留連不去。他拿起望遠鏡，本來以爲會像往常一樣看到范福瑞的面貌，但是今天透鏡所顯示出來的並不是伊莉莎白·珍的情郎。

這個人的穿著像是一位商船船長，他在察看道路情況的時侯轉過身來，顯示出他的臉。韓洽德一看到那張臉，馬上知道一切都完了。那是紐森的臉。

韓洽德放下望遠鏡，有好幾秒鐘沒有做出任何其他的動作。紐森等待著，韓洽德也等待著——如果他的呆立不動也可以稱爲等待的話。但是伊莉莎白並沒有來。她今天大概有事情，未能來做例行的散步。也許范福瑞和她爲了變換一下，選擇了另外一條路。但是那又有什麼用呢？她明天還會到這裏來的；無論如何，如果紐森一心想和她私下會晤，向她揭露事情的眞相，不久他就會有這樣的機會。

到那時候，他不但會告訴她，他是她的生身之父，也會告訴她，他曾經被人使用詭計打發走。以她那一絲不苟的性情，她一定會開始瞧不起她的繼父，認爲他是一個大騙子，而把他的影像從她的心中連根拔除，由紐森取代他的主宰地位。

但是那天上午紐森並沒有發現伊莉莎白的蹤影。他一動不動地在那裏站了一會兒，就循著原路回去了。韓洽德當時的感覺，彷彿是一個已經被判死刑的人，得到幾小時的延緩執行。他回到家裏的時侯，看見她沒有出去。

「父親！」她很天眞地說。「我接到一封信——一封很奇怪的信——沒署名。有人要我去和他見面，或者今天中午在巴德茂斯大路上，或者晚上在范福瑞先生家裏。他說他

從前曾經來看我，但是被人欺騙，沒有見到我。我不明白這是怎麼一回事；但是我告訴你，你不要對別人講，我想這件事情一定是唐納在裏面要花樣，大概是他的一位親戚想要對他所選定的對象表示一些意見。但是我要先跟你商量商量，再去和他見面。你說我可以去嗎？」

韓洽德心情沉重地回答說：「可以，你去吧。」

他是否留在嘉德橋的問題，因爲紐森即將出場而永遠解決了。以韓洽德的性格來說，對於一件切身的事情，他不能眼睜睜地等著即將來臨的譴責。他是默默忍受痛苦的老手，而且生性傲慢，所以決心對於自己的意向淡然處之，同時馬上採取措施。

那個少女本來是他的一切，現在他出其不意地告訴她說：「伊莉莎白．珍，我要離開嘉德橋了。」彷彿他已經不管她了。

「離開嘉德橋！」她大聲喊道，「也離開——我？」

「是的，你一個人會把這個小店鋪經營得很好，和我們兩個人經營一樣。我不喜歡商店、大街和人們！我願意一個人到鄉間去，別人看不見，隨心所欲過我自己的日子，你也可以隨心所欲過你自己的日子。」

她低下頭，眼淚悄悄地流下來了。她覺得，他的這項決定似乎是由她的戀愛及其可能造成的後果所引起的。可是，她控制住自己的情緒，大膽地講了老實話，藉以表示她對范福瑞的一往情深。

「你做了這樣的決定，我很難過，」她在說話時很費力地維持自己的堅定態度。

「因爲我想我大概——可能——會在不久以後和范福瑞先生結婚了，我不知道你不贊成這件事！」

「小伊，你想做的任何事情我都贊成，」韓洽德用沙啞的聲音說。「如果我不贊成，那也沒有關係！我想走開了。我留在這裏將來會把事情弄得很尷尬。總而言之，我最好走開。」

不論她怎樣動之以情，向他勸說，都不能使他重新考慮自己的決定，因爲對於她所不知道的事情，她是無從勸說的，她無從說出這樣的話——當她知道他只是她的繼父的時候，她不會瞧不起他，當她知道他曾做了什麼事情來把她蒙在鼓裏的時候，她不會憎恨他。他深信她免不了要瞧不起他，要憎恨他，任何言語或行爲都不能清除他這種堅強的信念。

「那麼，」她終於說，「你不能來參加我的婚禮了，那是不應該的。」

「我不要看見你們的婚禮——我不要看見你們的婚禮！」他大聲說，然後又更爲柔和地補充說，「但是，在你的未來生活之中，你有時要想到我——你能這樣做嗎，小伊？——在你身爲本城最富有最重要的人物的妻子的時候，你要想到我，**在你知道我的種種罪惡之後**，不要爲了那些罪惡而完全忘記這一點：我雖然愛你很遲，卻愛你很深。」

「這都是由唐納所引起的！」她嗚咽著說。

「我不阻止你和他結婚，」韓洽德說。「答應我，不要完全把我忘掉，在——」他的意思是說在紐森回來之後。

她在心情激動之中機械式地答應了。在當天晚上的黃昏時分，韓洽德離開了嘉德橋，在過去許多年間，他曾經是這個城市的發展的主要推動者之一。在白天，他曾經買來一個新的工具筐，把他的舊乾草刀和撚繩器擦拭乾淨，穿戴上新的裏腿套、護膝和燈芯絨上裝，並且在其他方面恢復他青年時代的工作服裝，永遠丟棄了那套破舊的上流人士衣服和褪色的大禮帽，自從落魄以來，他一直以那身打扮出現在嘉德橋街頭，顯示著他以前曾經有過風光的日子。

他偷偷地一個人走開了，在許多認識他的人之中，沒有一個人知道他的離去。伊莉莎白．珍陪著他走到公路上的第二座橋（因爲她和那個不知爲誰的訪客約會在范福瑞家見面的時間還沒到），懷著一種眞摯的驚異和憂愁心情和他分手——又阻留了他一兩分鐘，才放他走開了。她注視著他的身影在荒原上逐漸變小，他每邁一步，後背上的藺草筐就上下動盪一下，兩膝後面的縐摺交替出現，直至她完全看不見他了。雖然她並不知道，但是韓洽德現在的這副形象的確和他在將近四分之一世紀前第一次走進嘉德橋市的時候幾乎完全一樣，當然也有不同的地方，那就是，歲月不饒人。他邁出的大步已經遠不如當年那樣充滿活力，絕望的處境已經使他衰弱，並且使他那背負著筐子的肩膀顯然有些彎曲了。

他繼續前行，一直走到第一座里程碑，那座里程碑豎立在一座陡峭小山的半山腰上的一座土堤上面。他把工具筐放在石碑頂上，兩隻胳臂肘也倚在上面，這時他的身體不禁抽搐起來，那種感受比啜泣一場還糟糕，因爲非常難於忍受，而且不能發洩感情。

「如果我能帶著她一起走就好了——如果能那樣就好了！」他說。「如果有她在一起，怎樣辛苦工作也不算一回事！但是那是不可能的事了。我——該隱②——獨自行走，這是我罪有應得。但是我的刑罰並**沒有**超過我所能忍受的！」

他很嚴厲地壓抑住心中的痛苦，背起工具筐，繼續往前走。

在這同時，伊莉莎白為他歎了一口氣，恢復了平靜的心情，轉身朝著嘉德橋走回。在她還沒走到第一座房屋的時候，就遇見了唐納・范福瑞。這顯然已經不是他們當天的第一次見面了，兩人不拘形跡地牽著手，范福瑞很急切地問她：「他走了嗎——你告訴他了沒有？——我是說另一件事情——不是我們的事情。」

「他走了，我把我所知道的關於你的朋友的事情，都告訴他了。唐納，你那位朋友是什麼人？」

「好啦，好啦，親愛的，你不久就會知道了。韓洽德先生如果走得不遠，他也會聽說的。」

「他會走得很遠的——他一心想去到一個誰也看不到聽不到的地方！」

她在愛人的身旁走著，在到達十字路口時，她並未一直回到自己的家，而和他一起轉到糧食街。在范福瑞家門口，他們停下來，走進去了。

范福瑞推開樓下客廳的門，對她說：「他在裏面等你呢，」伊莉莎白就進去了。在

②見舊約「創世紀」第四章第十三節。該隱（Cain）是亞當和夏娃的長子，因為殺死弟弟亞伯而被罰各處流浪漂泊。該隱對耶和華說：「我的刑罰太重了，超過了我所能忍受的。」

扶手椅上，坐著一位寬臉龐的和藹可親的男人，他曾經在一年到兩年前的一個令人難忘的上午去拜訪韓洽德，後者看見他在到達嘉德橋不到半小時之後，又登上他來時乘坐的驛站馬車離去。這個人就是理查·紐森。她和生離死別了六年的無憂無慮的父親會面的詳情，我們無須細表了。拋開父親身分的問題，這也是一個很動人的場面。韓洽德何以遽然離去，馬上就得到解答了。在談述事實眞相的時候，恢復她從前對紐森的信心並不像預想的那麼困難，因爲韓洽德的行動本身就證明了這些事實的眞實性。而且，她是在紐森的父愛呵護之下長大的，即使韓洽德是她的生身之父，在她和他分別的情景有些淡忘的時候，這個在幼年時代撫養她的父親也會佔了上風，取而代之。

紐森看見她已長成爲這樣一個標緻的少女，他的得意之情是無法言宣的。他一再地親吻她。

「我免除了你來接我的麻煩了——哈哈！」紐森說。「事情是這樣的，這位范福瑞先生跟我說：『紐森船長。到我家裏來住一兩天，我把她找來和你見面。』『好，』我說，『就這麼辦，』於是我就到這裏來了。」

「韓洽德已經走了，」范福瑞說，同時把門關上。「他這樣做完全是出於自願的，我根據伊莉莎白所說的情形推測，他對她很好。我本來感到很不安，不過事情的發展情形是應該如此的，以後我們就完全不會再有什麼困難了。」

「現在，這種情形和我所想的差不多。」紐森說，並且輪流注視著兩人的面容。「在我打算設法不讓她知道而偷偷看看她的時候，我跟自己說了足有一百次——『一點不錯，我最好像這樣一聲不響地住上一兩天，等待有利的發展。』我現在知道你們很好，我還何所求呢？」

「紐森船長，我很希望你能一直住在我這裏，因爲這樣做沒有什麼害處，」范福瑞說。「而且我一直在想，婚禮大可以在我家裏舉行，這所房子很大，你何必一個人住在外面——住在我家裏不是能使你免去很多麻煩和花費嗎？而且新婚夫婦不必走很遠路才能到家，這也是一種方便！」

「我全心全意地贊成，」紐森船長說，「你說的不錯，這樣做沒有什麼害處，因爲可憐的韓洽德已經走了，否則的話，我就不會這樣做，也完全不會做出對他有所妨礙的事，因爲當年我曾經干擾他的家庭，超越了禮貌所能容忍的程度。但是這位少女本人的意見如何呢？伊莉莎白，我的孩子，過來聽聽我們所談的事情，別待在那裏瞪著眼睛往窗戶外面看，好像完全沒聽見我們說些什麼似的。」

「這件事情要由唐納和你來決定，」伊莉莎白喃喃地說，她的眼睛還在聚精會神地注視著大街上的一件什麼小東西。

「那麼，」紐森繼續說，他又轉過臉來面朝范福瑞，帶著一副對於這件事情已經完全進入情況的神情，「我們就這麼辦了。范福瑞先生，你已經提供了那麼多東西，還有場地等等，我就在飲料方面盡一點力，負責準備蔗汁酒和斯奇丹杜松子酒③——大概十二罈就夠了，因爲客人當中有很多女士，她們也許不會喝得很兇，在計算當中造成一個

③斯奇丹杜松子酒（Schiedam）：產於荷蘭斯奇丹（Schiedam）的杜松子酒。

很高的平均數吧？但是你知道得最清楚。爲男人和船員準備酒，我很有經驗，但是一位婦女，一位不喝酒的婦女，在喜宴席上會喝多少杯攙水的烈酒，我是像小孩子一樣地茫然無知。」

「噢，都不喝酒——我們不需要很多酒——不需要！」范福瑞說，同時以驚駭的莊重神情搖著頭。「你把一切都留給我來辦吧。」

他們繼續談了一些細節，然後紐森把身體靠著椅背，面朝天花板若有所思地微笑著說：「范福瑞先生，我還一直沒有告訴你，還是已經告訴過你，韓洽德那一次怎樣把我矇騙了。」

他表示對於船長所說的這件事情，完全不知道。

「啊，我想我沒有告訴過你。我記得，當時我決定不損害這個人的名譽。但是現在他已經走了，我可以跟你說了。我告訴你，在上星期我找到你那天的九個或十個月以前，我到嘉德橋來過。在那以前，我曾經到此地來過兩次。第一次，我是到西部去，路過這個城市，當時不知道伊莉莎白住在此地。後來我在一個地方聽說（我不記得是在什麼地方了），一個姓韓洽德的人曾在這裏做過市長，我就又來了，在一天上午到他家裏拜訪。這個老壞蛋！——他說伊莉莎白在好幾年前就死了。」

現在伊莉莎白對於他所講的故事很認眞地加以注意。

「我萬萬沒想到那個人是在說謊話騙我，」紐森繼續說。「說起來你也許不相信，當時我的心緒非常煩亂，回到來時搭乘的那班驛站馬車那裏，在本城停留不到半小時就又登上原車繼續前進了。哈哈！這個玩笑開得可眞不錯，我居然相信了！」

伊莉莎白．珍聽到這個消息，十分驚愕。「玩笑？——這不是玩笑！」她大聲說道。「父親，本來你老早就可以到此地來了，他卻使我們在那麼多月裏不能相見，是不是？」

做父親的承認實際情形的確如此。

「他不應該這樣做！」范福瑞說。

伊莉莎白歎了一口氣。「我說過我永遠不會忘記他。但是現在情形不同了！我想我應該把他忘掉！」

像許多置身在陌生的人們和陌生的道德標準中間的流浪者和過客一樣，紐森並沒有覺察到這種行爲的罪大惡極，雖然他自己是主要的受害人。而且，在旁人對於那個不在場的罪犯的抨擊趨於嚴厲的時候，他反而開始站在韓洽德的一邊了。

「可是，他總共沒說上十句話，」紐森爲他辯護。「而且，他怎麼知道我是這樣一個大傻瓜，居然相信他所說的話呢？可憐的人，這不僅是他的錯，也是我的錯，」

「不，」伊莉莎白．珍心中懷著強烈的反感，很堅決地說。「他知道你的性情——你總是那麼信賴別人，父親；我聽見母親這樣說過多少百次了——他就這樣欺負你。他說他是我的父親，已經使我和你隔絕了五年之久，然後又做出這樣的事，實在太不應該了。」

他們這樣地談著，誰也沒再爲那個不在場者的欺騙行爲向伊莉莎白說什麼求情的

話。即使韓洽德本人在場，他大概也不會加以辯解，因爲他已經極不珍視自己或自己的好名聲了。

「好啦——好啦——這一切都已經成爲過去了。」紐森很溫厚地說。「現在，我們再來談談婚禮的事情吧。」

在這同時，他們所談論的那個人向東踽踽獨行，直至疲倦不堪，才四處望望，想找一個休憩的地方。和那個少女分手之後，他的心緒非常惡劣，不願意面對任何的旅店，甚或一個極其簡陋的人家，於是走進一片田地，在一個麥桿堆下面躺下，也不想吃東西。心靈的沉鬱使他酣然入睡。

第二天早晨，明亮的秋陽越過殘株照射著他的眼睛，使他很早就醒了。他打開工具筐，把昨天包好的晚餐當作早餐吃下，同時把筐裏的其他東西檢視一番。雖然他所攜帶的一切東西都必須自己背負，他還是在工具當中收藏了伊莉莎白．珍的一些丟棄的東西，如手套、皮鞋、一張帶有她的手跡的紙片，等等；他的衣服口袋裏還帶著她的一綹頭髮，他看看這些東西，又收起來，然後繼續往前走。

在接連的五天裏，韓洽德肩上的藺草筐在公路兩旁的樹籬中間向前行進，偶而有一個在田裏工作的人，從山楂樹籬的縫隙看一眼，會注意到藺草筐的鮮黃色彩，還有那個步行人的帽子和頭，以及他那張面朝下的臉，小枝的陰影連綿不斷地在那張臉上晃動著。現在已經不問可知，他所要去的地方就是維敦．普萊斯。在第六天下午，他到了那裏。那座馳名的小山，在過去多少世代一直是每年一度的市集舉行之所，現在卻不見一個人影，也沒有任何其他東西。幾隻羊在附近吃草，但是當韓洽德在山頂停住腳步的時候，牠們就跑開了。他把筐子放在草地上，懷著一種憂傷的好奇心四處望望，發現一條

路，他和他的妻子在二十五年前從那條路走進那片使他們兩人都終身難忘的高地。「是的，我們從那邊上來，」他在辨清方位之後，這樣說。「她抱著孩子，我在看歌曲。然後我們從這裏走過去——她非常憂愁而疲倦，我因爲自尊心在作祟，又由於貧窮而感到屈辱，幾乎一句話也不跟她說。然後我們看見這裏的一座帳篷——應該是再往這邊一點兒。」他走到另一個地點，那實在並不是帳篷的所在地，不過在他看起來好像就是那裏。「我們從這裏進去，在這裏坐下。我面朝這邊。然後我喝了酒，做出了那項罪行。她在跟他走之前向我說最後幾句話的時候，一定就是站在這塊仙人圈①上；現在我還聽到她那些話，和她那嗚咽的聲音：『麥可！我跟你過了這麼久，只有天天受你的氣。現在我要離開你了——到別處去碰碰運氣。』」

他回顧過去那段雄心壯志的生涯，發現自己在感情方面的犧牲和在實質方面的收穫具有同等的價值，已經覺得很痛苦，再想到自己後來改弦更張，卻落得一場空，心中更加痛苦。老早以前，他就爲自己過去的所作所爲感到懊悔，但是他想用愛來代替雄心壯志的嘗試，卻像雄心壯志本身一樣地遭受挫敗。他那受過虧待的妻子用一項欺騙行爲擊敗了他的嘗試，那項欺騙行爲雖然簡單幼稚，卻用心良苦，幾乎可以說是一種美德的行爲。從所有那些破壞社會法則的行徑之中，居然生出了那朵造化之花——伊莉莎白，眞令人咄咄稱奇。他之所以想退出人生舞臺，一部分是由於他覺察到人生當中的乖謬的矛

①仙人圈（Pixy-ring）：因爲地下長了蕈，草地出現一個顏色和他處不同的圓圈，從前的人們認爲這是由仙人在那裏跳舞所造成的，故名。

盾現象——造物主甘願支持一些非正統的社會原則。

他打算從這個地方往東走（他來訪問這個地方，乃是一項懺悔行爲），去到一個完全陌生的地區。但是他無法抑制自己，時時在想伊莉莎白，和她生活在其中的那片天地。這樣一來，他那由厭世所產生的離心力，竟被他鍾愛繼女的向心力所抵消了。結果他並沒沿著一條直線遠離嘉德橋，卻漸漸地，幾乎不自覺地，偏離他最初想走的路線，直到最後，他竟漸漸和加拿大伐木人一樣，沿著一個圓周漫遊，而那個圓周的中心就是嘉德橋。在登上任何一座小山時，他總要盡可能地藉著太陽、月亮、或星辰來辨明方位，並且在心中弄清楚嘉德橋和伊莉莎白所在的確實方向。他嘲笑自己太癡心了，可是每一小時——實在是每隔幾分鐘——都要猜想她當時在做什麼——她坐下了，站起來了，她出去了，回來了，直到紐森和范福瑞的反對勢力，像掠過池塘水面的一陣寒風似的出現在他的心中，抹消了她的影像。那時他就會這樣說他自己：「你這個傻瓜！爲了一個並非親生的女兒，竟然癡心到這種程度！」

最後，他找到一份自己本行的捆乾草工作，因爲當時正值秋季，農場都需要這種人手。雇用他的是一所鄉間的農場，在一條古老的西部公路附近，那條公路是一些新興的繁華城市和威塞克斯各偏僻市鎮之間的交通要道。他之所以選擇這個靠近交通要道的地方，是因爲他覺得，置身在這個地方，雖然相距五十哩之遙，卻比只有一半距離而沒有大路通達的地方，更爲接近他所深切關懷的那個人。

在這種情形之下，韓洽德發現他自己又處於和二十五年前完全相同的地位了。從表面看來，並沒有任何事物會來妨礙他東山再起，他憑著自己的新見解，可以比當年心靈尚未成熟時有更高的成就。但是神爲了把人類改善自己處境的可能減至最小限度而設計出來的巧妙機關——這個機關做出一項安排，使人類做事的智慧和做事熱情的衰退以同一步調齊頭並進——阻礙著這一切的進展。對他而言，世界已經成了一幅畫出的布景，他不想再度在這個世界中和旁人一較短長。

在拿乾草刀嘎喳嘎喳地砍割氣息芳香的草莖的時候，他時常在思量著人類，並且自言自語地說：「在此地和所有其他各處，都有一些爲他們的家人、國家和世界所需要的人，像霜打的葉子一般沒到時候就死亡了，而我這個被社會擯棄的人，世間的累贅，不爲任何人所需要，被一切人輕蔑，卻違背自己的意願活在世上！」

他時常熱切地諦聽過路人的談話——並非出於一般的好奇心——而是希望在那些往來於嘉德橋和倫敦之間的旅客當中，遲早會有人談到那個小城的事情。可是，距離實在太遠了，他的願望很難實現；他諦聽路邊談話的最大收穫是，有一天他眞的聽到一位運貨馬車車夫說到嘉德橋這個地名了。韓治德跑到他工作所在的那片田地的圍籬門口，和說話的人打招呼，那人是個異鄉人。

「是的，先生，我是從那裏來，」他回答韓治德的詢問。「我來來往往各處做生意，你知道，不過不用馬的交通越來越普遍了，我這個行業不久就要完蛋了。」

「我可不可以問問你，那個老地方最近有什麼動人的事情嗎？」

「一切都和平常一樣。」

「我聽說前任市長范福瑞要結婚了。這個話是不是眞的？」

「這件事我實在一點兒也不知道。我想沒有這麼一回事。」

「有這麼一回事，約翰——你忘記了，」貨車篷裏面的一個女人說。「在這星期開頭我們不是運去一些包裹嗎？他們的確說有人不久就要辦喜事了——是在聖馬丁節②那天吧？」

那位車夫宣稱，這件事他一點也不記得了；然後貨車又嘎嘎吱吱地繼續翻越小山向前行進了。

韓洽德相信那個女人的記憶力。這個日子大有可能，因爲雙方都沒有理由再行延緩。關於這件事，他本來可以寫信詢問伊莉莎白，但是他一心想要隱遁，所以一直沒能這樣做。可是，在他離開她之前，她曾經說過，他不參加她的婚禮，並不符合她的願望。

現在他不斷地回想，他之所以離開，並不是伊莉莎白和范福瑞把他趕走，而是自己心性高傲，覺得最好不要再留在那裏。他曾假定紐森會回來，但是並沒有絕對的證據可以證明那位船長打算回來；至於說伊莉莎白．珍會歡迎他，更是渺茫得很了；而且即使他眞的回來，他是否會久留，也是完全無法證明的事。如果他的想法是錯誤的，如果在這些不順遂的事情當中，他並沒有和他所愛的人完全分離的必要，又將如何呢？再努力嘗試一次去接近她；回去；和她見面，向她申訴自己的衷曲，請求她原諒他的欺騙，竭

②聖馬丁節（Martin's Day），爲十一月十一日。

盡全力去堅持爭取她的愛；即使冒著遭受拒絕的危險，甚或冒著生命的危險，也是值得的。

但是，如何開始從他以前的一切決定倒轉過來，而不致使那對夫婦為了他的反覆無常而輕視他，這個問題使得他憂心忡忡，抑鬱沉思。

他又割了兩天草，然後突然做出一個不顧一切的決定，要去參與他們婚禮的喜慶，這樣便結束了他的猶豫不決。他認為自己不必先寫信或捎個口信去。她曾經因為他決定不參加婚禮而感到難過——在婚禮那天，她那公正的心中可能會因為他不在場而感到有些缺憾，他的出乎預料的來臨正好可以彌補這種缺憾。

他的一切和那場喜事可以說是完全不協調的，為了盡量不使自己破壞那場喜事的氣氛，他決定到晚上才露面——那時拘謹的感覺已經逐漸消逝，一種溫和的不咎既往的願望會支配著所有的心靈。

他在聖馬丁節兩天前的早晨徒步出發，預備每天大約走十六哩路，把舉行婚禮那一天計算在內，一共是三天的路程。沿途只有兩個還算比較重要的市鎮，就是麥柴斯特和薛茨福，他第二天晚上在薛茨福停留下來，不僅為了歇息，也要為明天晚上做好準備。

除了身上穿的那套工作服之外，他沒有別的衣服——而那套衣服一連穿了兩個月，已經很髒，而且走樣了，所以他走進一家商店，想買幾件衣服，至少可以使他在外表上和明天那個場合的氣氛稍微調和一些。他買了一件質料不佳可是還算體面的外衣和帽子，一件新襯衫和舊式領帶。他把衣服買好，覺得自己至少在外表方面不會使伊莉莎白感到不快，下一步就要處理一個比較有趣味的項目——為伊莉莎白買件禮物。

買什麼禮物好呢？他在大街上走來走去，猶猶豫豫地注視著店鋪櫥窗陳列的東西，因爲他很抑鬱地覺得，他最想送給她的東西，大概都不是他的羞澀的錢囊所能買得起的。最後，他看見一隻裝在籠子裏的金翅雀。籠子不大，很樸素，那家店鋪也很簡陋，經過詢問之後，他認爲店主索價不高，還買得起。店主用一張報紙把那個小生物的鐵絲牢籠包紮起來，韓洽德拿著包好的鳥籠，去找一個過夜的地方。

翌日早晨，他開始最後的一段行程，不久就進入他往日做生意的地區。有一段路程，他是搭乘運貨馬車的，坐在馬車後部的最昏暗的角落。其他乘客多半是短途旅行的婦女，那些人在韓洽德前面上上下下，他們談論很多當地的新聞，其中大部分是當時正在他們即將到達的市鎮裏面舉行的一場婚禮。他從他們的談話得知，市樂隊已經受雇要在晚會裏演奏，因爲擔心那批人也許好酒貪杯，不能圓滿執行任務，又從巴德茂斯雇來一個絃樂隊，以便在需要的時候，還有一個後備樂隊可以接替。

可是，除了他已經知道的事情之外，並沒有聽到很多新消息，旅途上最使他深感興趣的是嘉德橋的柔和鐘聲，當馬車在雅爾勃里山頂停住放下制輪器的時候，悠揚的鐘聲傳到那些旅客的耳際。這時是十二點剛過。

那些音符是一個信號，表示一切都很順利，臨時並沒有發生什麼失誤以致功敗垂成，伊莉莎白．珍和唐納．范福瑞已經結爲夫婦了。

聽到鐘聲之後，韓洽德不想再和那些喋喋不休的同伴一起繼續坐車前進了。實在說，那個聲音使他十分氣餒。爲了實行他要等到晚上才在嘉德橋街上露面的計畫，以免

使范福瑞和他的新娘感到難堪，他就在這裏下車了，手上拿著那個鳥籠包裹，不久就只剩下他一個孤單單的身影在那條白茫茫的寬闊公路上獨自行進了。

差不多兩年以前，就是在這座小山附近，他曾經等待和范福瑞碰面，把他的妻子柳塞塔患重病的消息告訴他。現在景物依舊，那些落葉發出和過去一樣的颯颯之聲，但是范福瑞有了另外一個妻子了——而且據韓洽德所知，那是一個更好的妻子。他只希望伊莉莎白・珍這個新家比她過去的家更爲美好。

這個下午的其餘時間，他都在一種好奇的緊張心情中度過，他不能做什麼事情，心中只在想著即將來臨的和她會面的情形，他爲了自己的情緒激動而憂傷地諷刺自己，認爲自己是一個剃了頭的參孫③。新婚夫婦在舉行婚禮之後馬上離開本城跑到別處去，嘉德橋大概還沒有這種新風氣，但是如果眞有那種情形，他也要等他們回來。爲了要把這件事情弄清楚，在走近市區的時候，他向一個做生意的人打聽，新婚夫婦是否已經到別處去了，那個人馬上告訴他說他們並沒到別處去；根據所有各方面的消息，可以斷定他們此刻正在糧食街的家中款待滿屋子的賓客。

韓洽德拂去靴子上的灰塵，在河邊洗洗手，然後在微弱的燈光之下往上城走去。他不必事先探詢，因爲在走近范福瑞住宅的時候，即使最馬虎的人也會知道裏面在舉行慶祝活動，唐納本人也參與其中，因爲他的聲音在街上都清晰可聞，他正在唱一首有關他

③參孫（Samson）是聖經故事中一位力大無比的勇士，他的力量來源是他的頭髮，非利士人利用他的情婦探出這個秘密，剃掉他的七綹頭髮，他就失去了力量，任人擺布，最後與敵偕亡。見舊約「士師記」第十三章至第十六章。

那親愛的故鄉的歌曲，強烈地表現出思鄉之情，他非常愛他的故鄉，但是一直沒再回去過。一些閒人站在人行道上，韓洽德不願被他們看到，便加快腳步走到門口。

門大開著；大廳裏燈火輝煌，人們從樓梯走上走下。他的勇氣消失了；現在他兩腳疼痛，手上拿著個包裹，衣著寒酸，如果就這個樣子走進一個那麼富麗堂皇的場面，一定會爲他所深愛的人帶來不必要的屈辱，甚至會惹起她丈夫的拒斥。因此他繞到他非常熟悉的後街，走進花園，悄悄地經過廚房進入屋子裏面，暫時把鳥和籠子放在外邊的一個矮樹叢下面，藉以減少自己露面時的狼狽相。

孤獨和憂愁已經使韓洽德變爲非常軟弱，對於以前所輕蔑的情況，他現在會感到恐懼，他開始後悔自己不應該毅然在這樣一個時機來到這裏。可是事情進展得出乎預想地順利，他發現一個上了年紀的婦人獨自在廚房裏面，看樣子像是在辦喜事的忙亂期間擔任臨時女管家。她是那種對任何事情都不會感到驚奇的人，雖然在她看來，他以一個陌生人的身分而提出這樣的請求，似乎有些奇怪，可是她還是很情願地要去向男女主人傳報，說「有一位卑微的老朋友」來訪。

她再考慮一下之後，又說他最好不要在廚房裏等，後面有個小客廳，現在沒人，他可以到那裏去等。於是他跟著她到了小客廳，她就走開了。在她剛走過樓梯口，還沒到大客廳門口的時候，樂隊開始演奏一支舞曲，於是她回來告訴他說，她要等這支舞曲奏完之後再去爲他通報，因爲范福瑞先生和太太都下場跳舞了。

前廳的門已被卸下，以便有更多的空間，韓洽德坐在其中的這個房間，門半開著，

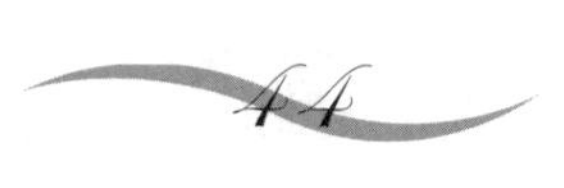

因此跳舞者們迴旋到門口附近時，他可以看到他們的片斷身影，多半是衣服的下襬和飄動的鬈髮；還可以看到樂隊的五分之三的側影，包括一名小提琴手的臂肘動來動去的影子，和低音提琴琴弓的尖端。

這種歡樂景象使韓洽德感到不快。他不大了解，以范福瑞那樣一個穩重的人，而且是個鰥夫，歷經艱辛，何以會喜好這一套，儘管實際上他還年輕，容易被跳舞和唱歌激起熱情。至於安詳的伊莉莎白，她很久以前就把人生看得很淡，儘管她還處於少女時代，卻知道婚姻通常並不是跳舞湊熱鬧的事情，現在居然對這種狂歡作樂有熱烈的興趣，尤其令他感到驚異。可是，他最後的結論是，青年人畢竟不能和老年人一樣，而且習俗是神通廣大的。

在跳舞的進行當中，跳舞的人們向外圍伸展一些，因此他得以首次瞥見那一度受他輕蔑，後來主宰著他並且使他憂傷的女兒。她穿著一身白色的綢子或緞子的衣服，因爲隔著相當的距離，他不能確定究竟是綢子還是緞子——那身衣服潔白如雪，沒有一絲牛奶或奶油的色彩；她臉上的表情是一種緊張的愉悅，而非歡樂。過了不久，范福瑞出現了，他那活力充沛的蘇格蘭人動作，馬上使人覺得與眾不同。這對夫婦並沒一起跳舞，但是韓洽德可以看得出，每當舞曲變換，兩人有機會共舞時，他們的情緒散發出一種比其他時候更爲微妙得多的本質。

韓洽德逐漸注意到一個跳舞者，其步法之熱烈活潑，比范福瑞猶有過之。他覺得很奇怪；更加奇怪的是，他發現那個出色人物竟然是伊莉莎白・珍的舞伴。韓洽德第一次看到他的時候，他正氣勢不凡地做出一個迴旋的動作，他的頭顫抖著，垂得很低，兩腿成X形，後背朝著門。第二次看到他的時候，他正從另一個方向轉過來，他的白背心在臉之先出現，腳尖又在白背心之先出現。那張快樂的臉，就是使韓洽德寢食難安的根源。那是紐森的臉，他眞的來了，並且取他而代之了。

韓洽德趕緊向門口挪動，有幾秒鐘沒有做出任何其他動作。然後他站起來，像一座昏暗的廢墟一般站在那裏，籠罩在「自己的靈魂所投射出來的陰影」④之中。但是現在他已經不能像從前那樣無動於衷地忍受這種逆境了。他的心情非常激動，很想離開這裏，但是在他還未來得及走開之前，這支舞已經結束了，女管家去告訴伊莉莎白·珍說有一位陌生人等著見她，她馬上到這個房間來了。

「哦——原來是——韓洽德先生！」她說，在受驚之餘向後退縮。

「什麼？伊莉莎白！」他大聲說道，同時抓住她的手。「你說什麼？韓洽德先生？不要，不要這樣折磨我！叫我老匹夫韓洽德——叫我什麼都可以——但是不要對我這麼冷淡！我的閨女啊，我知道你已經有了另外一位——一位生身的父親，代替了我。那麼你已經什麼都知道了；但是你不要把整個的心都用在他的身上，務必也要給我留出一個小小的位置！」

她的臉通紅，輕輕地抽開了自己的手。「我本來可以永遠愛你的——我會很高興地那樣做，」她說。「但是我既然已經知道你騙了我，而且把我騙得那麼苦，我如何還能

④「自己靈魂所投射出來的陰影」係引自雪萊的長詩「伊斯蘭的叛變」(The Revolt of Islam)第八卷第六節。)

像從前一樣愛你呢！」

韓洽德半張開嘴，想要開始解釋。但是他又把嘴像老虎鉗子似的閉起了，一聲也沒吭。在此時此地，他爲自己的大錯向她提出辯解，告訴她說，關於她的身世，他自己最初也是受了蒙蔽，後來從她母親生前留下的信裏，才知道他的親生女兒已死；至於那第二項罪名，他的謊言乃是一個愛她甚於自己榮譽的賭徒所做的最後的不顧一切的孤注一擲——說這些還能有什麼用呢？在促使他不肯做這些辯解的許多阻力之中，有一個很重要的因素，那就是，他已經不很珍視自己，認爲不必藉費力懇求或巧言申辯來減輕自己的痛苦了。

因此他放棄了自我辯護的權力，一心只關懷她的困窘不安。「不要爲了我苦惱你自己，」他帶著高傲的優越感說。「我不希望那樣——尤其是在這樣的時刻。我不該來看你的——我知道自己做錯了。但是也只有這麼一次，你就原諒我吧。我以後永遠不會再來煩擾你，伊莉莎白·珍——今生今世永遠不會！晚安。再見！」

然後，在她還沒有理清自己的思緒之前，他已經走出她的屋子，像來時一樣地從後門離去；她以後再也沒見到他。

# 45

現在距離前一章末尾所敘述的那一天，大約有一個月的樣子。伊莉莎白．珍已經習慣於自己的新奇處境，唐納的行動和從前的唯一不同之處，就是每天下班之後，比往常更迅速地趕回家中。

喜事辦完之後，紐森在嘉德橋又住了三天（我們可以猜想得到，那場結婚舞會的歡樂氣氛，都是由他一手造成，而非新婚夫婦），被人們當作海上歸來的魯濱孫①一般地注視和敬重。在過去的幾百年間，嘉德橋是一個舉行巡迴審判的城鎮，聳人聽聞的死亡和流放到地球另一邊之類事情每隔半年就會發生，所以戲劇性的歸來和失蹤已經不易使嘉德橋人感到興奮。不知究竟是否爲了這個緣故，當地居民完全沒有爲了紐森而失去心情的平靜。在第四天早晨，有人看見他悶悶不樂地登上一座小山，渴望能從什麼地方看一看海洋。接近大海原來是他生活當中一個不可缺少的條件，他寧願以巴德茂斯作爲居住之地，雖然他的女兒住在另外一個城鎮。他去到那個地方，在一棟有綠色百葉窗的小屋裏面住下，那所小屋有一個弓形窗，向外突伸出去，住在裏面的人打開窗戶，身子向前探伸，從一片高大房屋的一條窄巷望過去，就能直上直下地看到一片狹長的碧藍海水。

①魯濱孫是英國小說家狄福（Daniel Defoe, 1661-1731）的「魯濱孫漂流記」中的主人翁。這部小說記述他漂流到一個荒島上的各種奇遇。

這一天，伊莉莎白・珍正站在樓上客廳的中央，歪著頭，以一種批判的態度觀察一些重新布置起來的物件，這時女僕走進來告訴她說：「太太，現在我們知道那隻鳥籠是怎麼來的了。」

在住進新居的第一個星期當中，伊莉莎白曾經視察她的新領域，以批判的滿意態度注視著一個又一個使人愉悅的房間，很審愼地深入黑暗的地窖，又以小心翼翼的步伐走出，去到被秋風撒滿落葉的花園，就這樣地像一位明智的元帥一般，估量著她即將在那裏展開管家戰役的場地，有哪些可資利用的優點——唐納・范福瑞太太在做這些觀察的時候，在一個隱蔽的角落發現一隻新鳥籠，用報紙包著，籠子的底部有一團羽毛——是一隻金翅雀的屍體。誰也不知道那隻鳥和籠子是怎麼到那裏來的，不過那隻可憐的小鳴禽顯然是餓死的。這個悽慘的事件在她心中留下深刻的印象，有很多天一直不能忘懷，儘管范福瑞曾經用親切的戲謔言詞爲她化解。現在她幾乎已經把這件事情忘記了，卻又有人舊事重提。

「太太，我們知道那隻鳥籠是怎麼來的了。在婚禮那天晚上來看你的那個莊稼漢——有人看見他從大街上走過來的時候，手上拿著那隻籠子，一定是他在進屋說話的時候，把它放在那裏，走的時候忘記拿走了。」

這番話已經足以開啓伊莉莎白的思路，在思索之中，她憑著女性的特殊本能，一下子就想出這個籠中之鳥乃是韓洽德爲她帶來的，當作一件結婚禮物和懺悔的象徵。他不曾爲了自己過去所做的事情而向她表示懊悔，或有所辯解；但是，不爲自己的任何過錯尋求別人的原諒，而只是在以後的日子裏極其嚴苛地譴責自己，這乃是他的本性。她走出去，看看那隻籠子，把餓死的小鳴禽埋葬起來，從這個時候起，對於那個自我疏離的人，她的心腸軟化了。

她丈夫回來的時候，她告訴他鳥籠之謎已經得到答案，並且請求唐納幫助她盡快查明韓洽德把自己放逐到什麼地方去了，以便她可以同他言歸於好，並且設法使他的生活不那麼像一個被社會擯棄的人，可以更過得去一些。雖然范福瑞從來不曾像韓洽德喜愛他那樣地熱烈喜愛韓洽德，可是在另一方面，他對韓洽德也從來不曾像韓洽德對他那樣地深惡痛絕，因此他對於伊莉莎白．珍這個值得稱讚的計畫，很願意加以協助。

但是，著手尋覓韓洽德的工作，絕非易事。他在離開范福瑞夫婦的門口之後，顯然已經隱匿無蹤。伊莉莎白．珍想起他過去一度企圖要做的事情，不寒而慄。

但是，雖然伊莉莎白．珍還不知道，韓洽德已經變成了另一個人（當然，這是就感情基礎的改變對他所發生影響的程度而言），因此她已經無須擔心。幾天之後，范福瑞打聽出來，一個認識韓洽德的人在半夜十二點看見他沿著麥柴斯特大路一直往東走——換句話說，他又循著來時的道路走回去了。

有這個線索就夠了；第二天早晨，范福瑞駕著他的二輪單馬車出了嘉德橋市區，朝著那個方向駛去，伊莉莎白．珍坐在他的身旁，圍著一條當時流行的那種很厚的毛皮圍脖，臉面的膚色比從前略為鮮麗，流露著一種剛剛開始綻現出來的已婚婦女的高貴端莊的神情，這個「姿態散放著心智的光輝」②的人，長著兩隻清澈的敏諾華式③的灰眼睛，使得她那種神情顯得十分合宜。她自己至少已經從一些比較重大的憂患之中到達一個避風港，現在她的目的是使韓洽德也能過著類似的平靜日子，免得沉淪到低下的生活境界，照目前的情形看，他是極可能落到那個地步的。

他們的馬車沿著公路行駛數哩之後，又向人打聽，在過去幾星期一直在那一帶做工的一位修路工人告訴他們，他曾經在他們所說的那個時間看見過那樣一個人，在維瑟勃里離開麥柴斯特驛站馬車路，走上那條沿著艾格頓荒原④邊緣的岔路。於是他們掉轉馬頭，朝著那個方向駛去，不久他們的車輪就在一片古老的曠野上面滾轉前進，最早期的部落的腳步曾經掠過那片曠野，從那時以後，除了兔子的抓痕之外，地面不曾被人翻動過一指深。那些早期部落遺留下來的古塚，呈現著暗褐色，上面覆蓋的蓬亂的石南屬植物，從高地上圓鼓隆咚地向天空突伸著，彷彿是多乳房的戴安娜⑤仰臥在那裏，裸裎著胸部。

②這個引用語的來源待考。

③敏諾華是羅馬神話中司智慧與技藝的女神，已見於第二十章注解①。敏諾華式的眼睛即灰眼睛，爲智慧的標誌。

④艾格頓荒原（Egdon Heath）的藍本是大荒原（The Great Heath），位於英國道塞特郡東南部，在道柴斯特（即嘉德橋）之東，上面長滿了石南屬常青灌木(Heath)。哈代在「還鄉」的第一章中，把這片荒野當作一個人物一般，描寫它那萬古不變的景色，爲讀者留下永難磨滅的印象。

⑤戴安娜是羅馬神話中月亮和狩獵的女神。多乳房的戴安娜（Diana Multimammia）是她的形相之一，象徵大地的豐饒。

他們在艾格頓荒原各處尋覓，但是找不到韓洽德。范福瑞繼續駕車前行，下午到達位於盎格爾勃里之北的艾格頓荒原的一個延伸地區，那個地區有一個顯著的特徵，就是在一座小山頂上有一叢枯萎的樅樹，他們不久就從下面走過去了。他們可以相當地斷定，到現在爲止，他們所走的道路就是韓洽德徒步行走的路線，但是現在開始出現幾條岔路，究竟應該走哪一條，就完全要憑猜測了，因此范福瑞極力勸他的妻子放棄親自尋找的計畫，可以想別的辦法打聽她繼父的消息。他們現在離家至少已經有二十哩，但是如果現在回到剛剛經過的村莊讓馬休息兩小時，當天還可以趕回嘉德橋；如果繼續往前走，就要被迫在外面露宿；「那要破費很多錢的。」范福瑞說。她把情勢考慮一下，同意他的辦法。

於是他勒住韁繩，可是在他還沒有把馬車倒轉過來之前，他停頓了一會兒，從這塊高地向眼前那片廣闊原野漫無目標地各處望望。在他眺望的時候，一個孤獨的人影從那叢樹下面走過來，在他們前邊穿越道路。那人是個勞工，步伐踉蹌，目不轉睛地凝視著前方，像是戴著眼罩一般，他的手裏拿著幾根柴枝。穿越道路之後，他往下走到一個峽谷裏，那裏展現出一所小屋，他走進那所小屋。

「如果不是離嘉德橋這麼遠，我要說那個人一定就是惠特爾，太像他了。」伊莉莎白．珍說。

「大概就是惠待爾，因爲他有三星期沒到場院做工了，一句話也不說就走掉了。我還欠他兩天的工錢，不知交給誰好。」

這種可能促使他們下了車，至少可以到那所小茅屋打聽一下。范福瑞把韁繩繫在門杜上，他們走近那所簡陋得無以復加的住宅。牆壁是用糅合起來的泥土建造的，當初是用抹子把表面墁平了，但是經過雨水多年的侵蝕，牆面已經疙疙瘩瘩的，分崩離析，布滿了深溝和凹槽，有一枝常春藤把裂縫箍攏，那種有葉的箍帶實在沒有足夠的力量擔負這項任務。椽子已經下陷，茅草屋頂上有一些破洞。樹籬的葉子被風吹到門口的角落，悠閒自在地躺在那裏。門半開著，范福瑞敲了幾下；他們的猜測果然不錯，出現在他們面前的就是惠特爾。

他的面容顯示出深切憂傷的痕跡，他的兩眼用一種散漫的眼神望著他們，手裏仍然握著剛從外面拾來的幾根柴枝。他一認出他們是誰，馬上吃了一驚。

「怎麼，惠特爾，是你在這裏嗎？」范福瑞說。

「是的，先生！你知道，母親在世的時候，他對她很好，雖然他對我很兇。」

「你在說些什麼啊？」

「啊，先生——我是說韓洽德先生！你還不知道吧？他剛剛過去了——大約在半個鐘頭以前吧，根據太陽來推測，因爲我沒有錶。」

「不是——死了吧？」伊莉莎白結結巴巴的說。

「是的，太太，他過去了！母親在世的時候，他對她很好，他送給她最好的海船運來的煤，燒起來幾乎一點兒灰都沒有，他還送給她馬鈴薯，和她所非常需要的這一類東西。在閣下和你身邊這位女士結婚的那天晚上，我看見他沿著大街往前走，我覺得他看起來心情很壞，走路搖搖晃晃。我就跟在他後面，走上灰橋，他轉過身來，看見我，就對我說：『你回去！』但是我還是跟著他，他又轉過身來說：『你聽見沒有，老兄？回去！』但是我看他的心情很不好，還是跟在後面。然後他說：『惠特爾，我說了好幾遍，叫你回去，你爲什麼還要跟在我後面？』我說：『先生，因爲我看你的情況很不好，雖然你對我很兇，可是你對我母親很好，所以我現在要對你好。』然後他繼續往前走，我在後面跟著，他沒再對我抱怨。我們就這樣走了一整夜，在清晨的青灰色晨光之中，天還沒亮，我往前看看，發現他搖搖擺擺，像是再也走不動了。那時候，我們已經過了這個地方，但是我在路過的時候看到這所房子是空的，我就讓他走回來；我把窗戶上的木板取下來，扶著他走進屋裏。『怎麼，惠特爾，』他說，『你眞是這樣一個可憐的愚蠢的傻瓜，居然要照看像我這樣一個不幸的人嗎？』然後我再往前面走一段路，附近的幾個伐木人借給我一張床，一把椅子，和幾件其他的破爛家具，我們把那些家具搬來，盡我們所能做到的使他感到舒適。但是他的體力並沒有增加，因爲你知道，他不能吃東西——完全沒有胃口——他更加衰弱了；今天他就死了。一位鄰居已經去找人爲他量身。」

「哎呀，原來是這麼一回事！」范福瑞說。

至於伊莉莎白；她一言未發。

「他在床頭釘了一張紙，上面寫了一些字，」亞伯．惠特爾繼續說，「但是我沒念過書，不識字，所以不知道寫的是什麼。我可以拿來給你們看看。」

他跑進小茅屋，他們默默地站在那裏，過了一會兒，他拿著一張縐縐巴巴的紙回來了。那張紙上的字是用鉛筆寫的，內容如下：

「麥可・韓洽德遺囑

不要把我的死訊告訴伊莉莎白・珍・范福瑞，也不要使她為我悲傷。

不要把我葬在神聖的墓地。

不要讓教堂執事為我敲鐘。

不要讓任何人看到我的屍體。

不要任何人為我送殯。

不要在我的墓地栽花。

不要任何人記得我。

此囑。

麥可・韓洽德。」

「我們怎麼辦呢？」唐納把那張文件交給伊莉莎白，然後說。

她不能很清晰地回答這個問題。「唐納啊！」她終於流著眼淚說。「這裏面包含著多少辛酸痛苦！如果在那次最後分別的時候，我不是那麼冷酷絕情，我現在也不會這麼難過！……但是現在已經無可改變了——一切只好如此吧。」

韓洽德在臨終的痛苦心情寫下的那些話，凡是能行得通的，伊莉莎白·珍都盡量加以尊重，她之所以這樣做，與其說是由於她覺得一個人的遺言是神聖的，不如說是因為她對於死者的為人有一種獨到的認識，深知他所寫出的都是由衷之言。她知道遺囑裏面的各項吩咐，乃是造成他一生事蹟的那種性格的一部分，因此不能為了使自己在憂傷之中得到快慰，或使她的丈夫博得寬宏大量的令譽，而有所增損。

最後，一切都終於成為過去了，就連她為他最後一次來訪時對他加以誤解，以及未能早些出去把他找到而生出的悔恨心情，也都漸漸消逝了，雖然有好一陣子，那些悔恨心情是深切而強烈的。從這時起，伊莉莎白·珍發現自己置身在一個風平浪靜的境界，那種氣候本身就舒暢宜人，因為她前些年曾經度過一些迦百農⑥一般的黑暗歲月，現在更覺得加倍地幸福。早期婚姻生活的蓬勃而璀璨的情緒，逐漸凝聚成為一種平穩的沉靜，她的天性做了一些更為美好的施展，向周遭的貧困人們揭露一個秘訣，使有限的機會能夠差強人意（這是她自己過去在現實生活中所體驗到的）；她認為，那個秘訣就是藉著一種顯微鏡式的處理，把微小的滿足很巧妙地加以擴大，而任何一個人，只要不是

⑥迦百農（Capernaum——是Capernaum的阿拉姆語Aramaic拼法）意指「黑暗」，見新約「馬太福音」第四章第十三至十六節：「然後又離開拿撒勒往迦百農去，就住在那裏。……那坐在黑暗裏的百姓，看見了大光，坐在死蔭之地的人，有光出現照著他們。」

處於確實的痛苦之中，他的生活當中都會有那種微小的滿足。那些滿足經過如此處理之後，對於人生可以產生許多和更爲廣大的利益所匆促發揮的相同的激勵作用。

她所受到的教訓對於自己發生一種反射作用，使得她認爲，爲嘉德橋下層社會所敬重，和受到上層社交界的尊崇，就她個人的感受來說，這二者之間並沒有很大的差別。她的處境，用一句常言來說，的確很明顯地提供了許多值得感謝的事物。她沒有明白表示感謝，那並不是她的過失。對也罷，錯也罷，過去的生活經驗告訴她，在一個悲慘的短暫的行程中出現一些可疑的榮譽，大可不必爲此而熱情洋溢地吐露感激之情，即使在某一個中途點，那條人生小徑忽然像她目前處境一樣地陽光燦爛，也是一樣。但是她有一種強烈的感受，覺得自己或任何旁人所應該得到的，都不比本身已經得到的爲少，這種感受並未蒙蔽了她，使她看不見這個事實：還有一些人，他們所得到的，遠比他們所應該得到的爲少。她雖然不得不把自己列入幸運者之中，可是她對於世事的永難逆料仍然莫測高深，她雖然在成年階段享受到這樣完整的安靜生活，少年時代的經歷卻給了她一個教訓，使她認爲幸福快樂只是整齣痛苦戲劇中偶然出現的插曲而已。

國家圖書館出版品預行編目資料

嘉德橋市長／湯瑪斯．哈代原著：吳奚真譯
——版—台北市 ： 大地出版社 2006〔民95〕
面 ； 公分. --（大地叢書 ； 014）
ISBN 978-986-7480-56-9（平裝）
ISBN 986-7480-56-2（平裝）

873.57 95014042

# 嘉德橋市長

大地叢書014

| | |
|---|---|
| 作　　者 | 湯瑪斯．哈代 |
| 譯　　者 | 吳奚眞 |
| 發 行 人 | 吳錫清 |
| 主　　編 | 陳玟玟 |
| 出 版 者 | 大地出版社 |
| 社　　址 | 114台北市內湖區內湖路2段103巷104號 |
| 劃撥帳號 | 0019252-9（戶名：大地出版社） |
| 電　　話 | 02-26277749 |
| 傳　　眞 | 02-26270895 |
| E-mail | vastplai@ms45.hinet.net |
| 美術設計 | 洸譜創意設計股份有限公司 |
| 封面設計 | 洸譜創意設計股份有限公司 |
| 印 刷 者 | 普林特斯資訊有限公司 |
| 一版一刷 | 2006年8月 |

定　價：280元